Magdalen Nabb

Vita Nuova

Guarnaccias vierzehnter Fall

Roman

Aus dem Englischen von Ulla Kösters

Diogenes

Titel des Originals:
›Vita nuova‹
Umschlagfoto: Copyright © Grant Faint/
Getty Images

www.diogenes.ch
200/08/44/1
ISBN 978 3 257 06641 8

1

Maresciallo Guarnaccia stand am Rand des Swimmingpools: Die dunklen Gläser einer Sonnenbrille schützten seine Augen vor dem gleißenden Licht der tiefstehenden Sonne. Ein großes, gelbes Blatt dümpelte einsam auf der blauen Wasseroberfläche. Unter seinen Schuhsohlen klebten ebenfalls ein paar nasse Blätter. Die schwüle Wärme fühlte sich nach September an, aber das oberste Blatt seines Taschenkalenders zeigte erst den neunzehnten August. Guarnaccia kehrte dem Swimmingpool und damit auch dem gegenüberliegenden, steinernen Turm den Rücken zu und senkte den Blick. Kein Geräusch drang hier oben an seine Ohren, obwohl die roten Dächer und die marmornen Türme von Florenz direkt unter ihm lagen. An normalen Tagen musste der Verkehrslärm, der dort unten tobte, auch hier oben deutlich zu hören sein – wenn auch nur gedämpft. Doch im August war die Stadt, abgesehen von den Touristen, so gut wie ausgestorben. Der Swimmingpool lag am äußeren Rande der Hügelkuppe, und wer den Kopf aus dem Wasser streckte, blickte direkt auf die Kuppel des Doms, die Kirchturmspitze und den endlos blauen Himmel. Ganz schön beeindruckend. Das kühle Nass allerdings konnte den Maresciallo nicht locken, da konnte es so heiß sein, wie es wollte. Eigentlich konnte er diesem Anwesen hier oben nichts Besonderes abgewinnen, auch wenn es eine schicke Extravaganz ausstrahlte. Ihm gefiel es hier nicht … diese Stille, dieses gleißende Licht kaum Schatten. Guarnaccia drehte sich noch einmal um und starrte über das Becken hinweg zu dem Turm hinüber, zu dessen Füßen zwei cremefarbene Liegestühle mit Blick zum Pool aufgestellt waren. Ein Sonnenschirm, ebenfalls cremefarben, spendete einem Tisch und ein paar Stühlen Schatten.

Eigentlich sollte sich hier anstelle des offenen, blau glitzernden Pools ein hübscher Obstgarten befinden oder vielleicht auch ein Weingarten. Die aufsteigende Sonne brannte durch das blaue Hemd hindurch sengend auf seine Schulter. Der Maresciallo trat einen Schritt zurück, suchte Schatten.

Von den beiden Frauen war nur die junge, hübsche in lautstarkes, verzweifeltes Wehklagen ausgebrochen. Sie ließ den Tränen freien Lauf und wrang die feuchten Taschentücher in den Händen. Die Mutter war stumm geblieben. Der Schock vielleicht. Aufrecht saß sie auf dem Küchenstuhl, das Gesicht gerötet, der Blick eher glasig als den Tränen nahe, Schweißperlen auf der Stirn. Mit keiner Geste versuchte sie ihre Tochter zu trösten, blieb einfach nur stumm und reglos sitzen. Die Küche war sehr groß und mit allerlei modernem Firlefanz ausgestattet, aber sie befand sich in einem Kellerraum mit hochgesetzten, kleinen Fenstern. Auf Guarnaccia wirkte dieser Raum ausgesprochen beklemmend und düster. Deswegen verabschiedete er sich auch recht bald mit der Entschuldigung, den Staatsanwalt empfangen zu müssen, und zog sich erleichtert nach draußen zurück. Der Garten lag ebenso ruhig und friedlich da wie der Pool. Ein großes, gelbes Blatt segelte nach unten und verfing sich in einer

Hemdepaulette. Der Maresciallo wischte es herunter. Ihm war viel zu warm. Wenn es doch nur schon September wäre! Bei dem Gedanken, dass er von nun an den herrlichen Duft des Herbstlaubes mit verwesenden Leichen in Verbindung bringen würde, drehte sich ihm der Magen um. Blödsinn, nichts als Blödsinn! Zum einen befand sich da noch immer der Pool mit dem gechlorten Wasser vor dem Turm mit den offen stehenden Türen, und zum anderen lag die tote Frau im zweiten Stock. Unmöglich, dass der Verwesungsgeruch bis zu ihm drang. Dennoch hielt Guarnaccia den Atem bewusst flach. Irgendwie steckte ihm der Geruch noch immer in der Nase. Er konnte zurück in die Küche, zögerte aber wegen der beklemmenden Atmosphäre dort, oder vielleicht war es ja auch dieser undefinierbare, unangenehme Geruch, der ihn davon abhielt. Nichts, was greifbar gewesen wäre. Diese Leute rochen nach Geld, viel Geld. Der Vater in einer Privatklinik, die älteste Tochter tot, wahrscheinlich ermordet, ein Enkelkind, jetzt Vollwaise; die andere Tochter steigerte sich in ein lautstarkes Lamento, und weit und breit kein Staatsanwalt in Sicht. Wo zum Teufel steckte der bloß? Wo immer er auch wohnte, im August gab es keine Verkehrsstaus, nirgendwo. Der Maresciallo marschierte um den Pool herum, machte kehrt, als er die Ecke des Turmes erreicht hatte, und zockelte dann zurück zu dem hohen, mit Eisenbeschlägen verzierten Haupttor. Die Villa war eines dieser jahrhundertealten, befestigten Landhäuser mit dicken Mauern, vergitterten Fenstern und hohen Zinnen. Die großen Augen hinter der Sonnenbrille registrierten sämtliche Details. Zwei Familienautos, ein Mercedes-Kabrio und ein schwarzer Mini, parkten im Schatten eines großen Baumes.

An das mächtige Tor zur Auffahrt schlossen die hohen Umfassungsmauern direkt an, dennoch würde es Unbefugten keine Probleme bereiten, in das Anwesen einzudringen. Guarnaccia hatte schon einen Blick hinter das Haus und die angrenzende Gartenanlage geworfen, wo offenbar ein zweiter Swimmingpool angelegt wurde. Doch im Augenblick war der Baulärm verstummt. Der Carabiniere des Capitano hatte sämtliche Arbeiten stoppen lassen. In einem der Dächer weiter unten klaffte ein großes Loch. Es gehörte zu einem Bauernhaus, das noch innerhalb der Umfriedung lag. Bestimmt gab es eine Tür in dieser Mauer und einen daran anschließenden Feldweg, über den man in friedlichen Zeiten – von denen es früher wohl nicht allzu viele gegeben hatte – die landwirtschaftlichen Erzeugnisse des Hofes nach unten in die Stadt gebracht hatte. Ein steinernes, ziemlich verwittertes Wappen prangte am Tor zur Villa, keines, das der Maresciallo kannte. Beim Betreten des Hauses nahm er Schirmmütze und Sonnenbrille ab. Noch immer hörte er lautes Weinen, aber es klang jetzt ein wenig ruhiger und wurde von leisem Gemurmel unterbrochen. Ein moderner, grauer Steinfußboden, ein neues, schmiedeeisernes Treppengeländer, glatte, graue Stufen, die nach unten in die Küche führten. Reiche Leute, da stand ihm wohl Ärger ins Haus. Alles hing davon ab, welcher Staatsanwalt den Fall übernehmen würde. Beim Geräusch seiner schweren Schritte auf der Treppe schwoll das Weinen wieder an.

Es dauerte noch eine ganze Stunde, bis der Staatsanwalt endlich auftauchte. Und als er schließlich auf der Bildfläche erschien – sonnengebräunt, weißer Leinenanzug und kleiner Schmerbauch unter dezent gestreiftem Hemd –, war das für den Maresciallo wie ein kräftiger Schlag in die Magengrube: Fulvio De Vita! Ganz offensichtlich war auch der Staatsanwalt nicht gerade entzückt, als er die dunkle, kompakte Statur des Maresciallo erkannte, die ihm den Weg versperrte. Sie reichten sich die Hände. Der Staatsanwalt war ein wenig außer Atem, als wäre er in halsbrecherischem Tempo hier heraufgejagt.

»Ah, Guarnaccia, ja, ja, ich erinnere mich…«

Ich auch, dachte der Maresciallo, ich auch, ganz besonders an unseren ersten gemeinsamen Fall. Damals war es auch August gewesen. Ganz klarer Selbstmord, hatte De Vita entschieden, weil er möglichst rasch seinen Urlaub hatte antreten wollen. Warum auch nicht, das Opfer damals war ja nur eine arme, unbedeutende alte Frau. Für diesen Fall hier würde er sämtliche Puppen, die ihm zur Verfügung standen, tanzen lassen.

»Entschuldigen Sie bitte, darf ich?«

Sie standen auf dem Treppenabsatz im zweiten Stock des Turms und traten einen Schritt zurück, um den jungen Carabiniere mit der Videokamera seine Arbeit machen zu lassen. Der Maresciallo beobachtete den Mann. Er machte eine Aufnahme von der weißen Kreidezeichnung auf den ausgetretenen, roten Fliesen, trat dann in das Zimmer und nahm jede Einzelheit sorgfältig ins Visier, Detail für Detail. Um ein Vielfaches gründlicher und rascher als das menschliche Auge. Der Maresciallo selbst hatte sich zuvor einen Weg durch das Wohnzimmer gebahnt, wo die Tote hinter der geöffneten Schlafzimmertür direkt vor dem Bett hingestreckt lag. Er hatte nach eventuellen Lebenszeichen gesucht, obwohl ihm das beim Anblick der roten Schleifspur, die sie hinterlassen hatte, als sie sich von der Tür zum Telefon am Bett geschleppt hatte, höchst unwahrscheinlich erschien. Die junge Frau hatte das Telefon nicht mehr erreicht. Den Arm hatte sie schon danach ausgestreckt gehabt, die Hand lag auf dem geschwungenen Fuß des Nachttisches. Aber die Kugel in ihrem Hinterkopf musste sie abrupt aufgehalten haben. Vielleicht hatte sie versucht, den Nachttisch zu sich heranzuziehen. Ein Foto in einem silbernen Rahmen lag umgeben von zersplittertem Glas auf dem weißen Läufer.

»Können wir sie umdrehen?«

Der Kameramann machte Platz, und zwei Kriminaltechniker in weißen Schutzoveralls drehten die Tote um.

»Sie hat wenigstens vier oder fünf Kugeln im Bauch«, riefen sie dem Staatsanwalt zu.

»Hat die Schwester irgendwelche Spuren am Tatort zerstört, Maresciallo?«

»Nein, hat sie nicht. Als sie die Tür geöffnet und die Tote entdeckt hat, ist sie gleich wieder davongestürzt.«

»Hat sie denn nicht einmal nachgeschaut, ob ihre Schwester wirklich tot war?«

»Hat sie nicht, zumindest hat sie das so ausgesagt.«

»Und? Sagt sie die Wahrheit?«

»Ich denke schon. Hier draußen gibt es keine Blutspuren, es wäre aber ziemlich schwierig gewesen, in das Zimmer zu gelangen, ohne in Blut zu treten.«

»Aha, dann wissen wir also nicht, ob irgendwas gestohlen wurde, oder?«

»Richtig, mit Gewissheit können wir das jetzt noch nicht

sagen, aber es gibt keine Anzeichen, dass der Turm nach Wertgegenständen durchsucht worden ist.«

»Echte Profis haben es schon lange nicht mehr nötig, Wohnungen zu durchsuchen. Diebstähle in solchen Villen sind meist sorgfältig geplant, und oft genug steckt ein Auftraggeber dahinter. Manchmal haben sie es nur auf ganz bestimmte Sachen abgesehen.«

»Ja schon …«

»Aber?« Der Staatsanwalt musterte Guarnaccia angriffslustig. Der Selbstmord, der keiner gewesen war, war längst passé … und außerdem hatte der Maresciallo ja recht behalten! »Normalerweise müssen wir uns dann aber nicht um derlei Hinterlassenschaften kümmern …«

Die ›Hinterlassenschaft‹ war der Leichnam, der gerade in einen Metallsarg gehoben wurde. Ein weicher, weißer Morgenmantel, der ein wenig offenstand, stämmige, nackte Beine, blondes, offenes Haar.

Mit einem Nicken stimmte der Staatsanwalt dem Abtransport der Leiche zu, und wieder mussten sie auf dem Treppenabsatz zurücktreten, als der Sarg nach draußen gebracht wurde.

»Professor Forlis Assistent …«, der Maresciallo tastete nach dem Notizbuch in der Brusttasche des blauen Hemds, »hat, von der Körpertemperatur ausgehend, als ungefähre Todeszeit neun Uhr morgens genannt. Keine Totenstarre, keine Leichenflecken. Der Mörder hat so lange gewartet, bis –«

»Ja, ja, danke. Wenn ich den vollständigen Bericht habe, dann … Was ist mit der Familie?«

Der Maresciallo blätterte zurück.

»Die Schwester der Toten, Silvana Paoletti, lebt mit ihren Eltern in der Villa. Sie ist hergekommen, um Piero, ihren Neffen, abzuholen. Piero ist drei Jahre alt. Sie wollte ihn um Viertel nach acht in den Sommerhort bringen, weil seine Mutter, das Opfer, arbeiten musste. Silvana hat den Jungen im Hort abgeliefert, ein paar Erledigungen in der Stadt gemacht und ist dann hierher zurückgekommen. Beim Anblick ihrer toten Schwester ist sie schreiend geflüchtet.«

»Warum hat das Mädchen Sie angerufen und nicht einfach den Notruf der Polizei?«

»Sie war es ja gar nicht, die angerufen hat. Silvana ist nach draußen auf die Straße gerannt und hat geschrien wie am Spieß. Die Nachbarin von gegenüber hat gerade Blumen gegossen und das Mädchen in ihr Haus gebracht. Dann hat sie mich angerufen, wir kennen uns. Das war um zehn Uhr siebenunddreißig. Anschließend ist sie mit Silvana wieder hierher und hat mit ihr zusammen auf mich gewartet, denn das Mädchen war völlig außer sich. Die beiden sind aber nicht wieder nach hier oben gegangen.«

»Und wer, bitte schön, ist diese Bekannte von Ihnen?« Mit einer kurzen, unverhohlenen Musterung von Kopf bis Fuß gab der Staatsanwalt Guarnaccia deutlich zu verstehen, welche Art Bekannte seiner Ansicht nach ein Mensch wie er in dieser Gegend nur haben konnte. »Ist sie Angestellte dort?« Das Haus auf der anderen Straßenseite war etwas kleiner als die Villa und wahrscheinlich gerade mal knapp hundert Jahre alt, dennoch war es ein eindrucksvolles, herrschaftliches Gebäude.

»Nein, keine Angestellte...« Guarnaccia stopfte das Notizbuch in die Tasche zurück und schloss bedächtig den

Knopf. »Sie ist die Hausherrin.« Er machte sich nicht die Mühe, dem Staatsanwalt zu erläutern, dass er der Frau damals geholfen hatte, als ihr Sohn den Wehrdienst bei den Carabinieri ableisten wollte, denn er schämte sich ein wenig. Er saß nun wirklich nicht mit Leuten an einem Tisch, die sich ein Haus in einer der kostspieligsten Gegenden von Florenz leisten konnten. Ganz im Gegenteil, im Augenblick saß er mit gar niemand an einem Tisch. Seine Laune sank unter den Gefrierpunkt, als er an den Abend dachte, den er wohl wieder allein verbringen würde.

»Und die Mutter?«

»Sie steht ganz offensichtlich unter Schock. Ihr Mann hatte einen leichten Schlaganfall und liegt im Krankenhaus. Und jetzt auch noch das ... Sie hat tief und fest geschlafen, als Silvana mit der Nachbarin kam, um ihr von dem Unglück zu erzählen. Selbst als ich hier eintraf, war sie noch immer ganz benommen. Ist wohl besser, ich spreche morgen mit ihr.«

»Ja, tun Sie das ... oder nein, warten Sie, vielleicht sollte ich das besser übernehmen ... schließlich müssen Sie sich ja auch noch um Ihre Station kümmern – Palazzo Pitti, nicht wahr?«

»Ja.«

»Gut, dann rede ich morgen mit ihr. Das spart Ihnen Zeit. Das Opfer war also nicht verheiratet? Gut, aber schaffen Sie mir trotzdem den Mann aus ihrem Leben herbei, den Vater des Kindes, ihren Freund, den Mann, mit dem sie ausgegangen ist. So was kann man nicht geheim halten. Irgendjemand wird was wissen. Konzentrieren Sie sich darauf.«

»In Ordnung, ja, ich kümmer mich drum. Lorenzini, mein Stellvertreter, kommt demnächst wieder aus dem Urlaub zurück. Es wird also keine Probleme geben, wenn ich …«

»Alles klar.« De Vita starrte in das Zimmer, in dem noch immer zwei Kriminaltechniker arbeiteten, einer sammelte mit einer Pinzette etwas vom Boden auf, der andere untersuchte das Fensterbrett unter einem offenen Fenster. Doch schien sich der Staatsanwalt nicht sonderlich für die Arbeit der beiden zu interessieren. Er starrte einfach nur gedankenverloren vor sich hin, eine steile Falte auf der Stirn. Die Spitzen der beiden Zypressen streckten sich dem Himmel entgegen, regungslos wie zwei Wachposten. In dem großen Schlafzimmer stand die Luft. Nur ein Fenster war geöffnet. Die Morgensonne brannte heiß ins Zimmer, strahlte wie ein Scheinwerfer das weiße, ungemachte Bett an, das auf der einen Seite mit zahllosen kleinen, roten Sprenkeln übersät war. Die Türen zum Bad und zum Kinderzimmer standen offen. Der Staatsanwalt fixierte noch immer gedankenverloren denselben Punkt. Bestimmt überlegt er gerade, wie er mir den Fall am geschicktesten wieder entziehen und an jemand anderen übergeben kann, schlussfolgerte Guarnaccia. Er wusste nur zu genau, was der Staatsanwalt von ihm hielt, hatte seine Worte keineswegs vergessen, die der Mann ihm vor Jahren hinterhergerufen hatte:

»Dieser Kerl, begreift nichts, aber auch rein gar nichts!«

Zugegeben, im Reden war er nicht sonderlich gut, und der Staatsanwalt war nicht der Erste, der deshalb die Geduld mit ihm verloren hatte, und würde mit Sicherheit auch nicht der Letzte bleiben. Was soll's, wenn De Vita tatsächlich jemand anderen auf den Fall ansetzte, umso besser. In letzter Zeit neigte er sowieso ziemlich häufig zu Verdrossenheit und Missmut, wahrlich keine gute Voraussetzung dafür, um reichen Leuten auf die Füße zu treten, die jederzeit ihre Verbindungen spielen lassen und jede Menge Ärger machen konnten.

»Gut.« Der Staatsanwalt hatte offensichtlich einen Entschluss gefasst. Er nahm die Aktentasche auf, die er zwischen den Beinen abgestellt hatte, und klopfte Guarnaccia auf die Schulter. »Alles klar! Sie suchen nach ihrem Freund … und bringen Sie die Schwester nach hier oben, wenn die beiden Jungs hier fertig sind mit ihrer Arbeit. Sie muss unbedingt nachsehen, ob was gestohlen worden ist. Ich erwarte Sie dann morgen mit dem Bericht in meinem Büro.«

Sie verabschiedeten sich mit einem Händeschütteln, und urplötzlich blitzten den Maresciallo strahlend weiße Zähne an. Das ungewohnte, breite Lächeln im Gesicht des Staatsanwalts beunruhigte den Maresciallo mehr als jeder Wutausbruch. Was hatte das zu bedeuten?

Man soll seine Mitmenschen nicht voreilig in Schubladen stecken. Möglicherweise hatte der Staatsanwalt inzwischen seine freundliche, mitfühlende Seite entdeckt. Auf jeden Fall hatte der Kerl viel zu weiße Zähne. Und sein Haar war gefärbt.

»Außerdem kann ich Männer nicht ausstehen, die wie eine Parfümerie riechen. Ich weiß, ich weiß, du sagst jetzt wieder, ich sei altmodisch. Na und? Ich bin altmodisch! Wo zum Teufel ist …« Er öffnete eine Schranktür nach der anderen und schlug sie krachend wieder zu, ohne richtig hineinzusehen; so fand er natürlich nicht das Gesuchte. »O Teresa!«

Doch kurz darauf bald blieb er plötzlich wie angewurzelt mitten in der Küche stehen – die Schranktüren waren ihm ausgegangen.

»Und komm mir jetzt bloß nicht wieder damit, dass Männer nie was finden. Wenn die Sachen dort wären, wo sie hingehören, dann müsste man nicht suchen, dann wären sie nämlich einfach da.«

Das Telefon klingelte. »Wo zum Teufel...?« Er hatte das schnurlose Gerät aufs Bett gelegt, als er duschen war, falls sie...

Der Maresciallo eilte ins Schlafzimmer und ging ans Telefon, war dabei aber so wütend, dass er sich nicht einmal aufs Bett setzte, sondern stocksteif stehenblieb.

»Hallo?«

»Salva? Alles in Ordnung?«

»Nein, nichts ist in Ordnung! Ich dachte, du hättest eingekauft, bevor du geflogen bist. Der Salzstreuer ist leer.«

»Dann füll ihn halt auf.«

»Wie denn, wenn kein Salz da ist?«

»Im Schrank links neben der Abzugshaube, unterstes Regal. Hör mal, Salva, ich hab gestern ganz vergessen, dich zu fragen... hast du Capitano Maestrangelo noch mal auf die Wohnung angesprochen, von der er erzählt hat?«

»Ich hatte keine Zeit, mich um Wohnungen zu kümmern.«

»Ach Salva, du hast doch selbst gesagt, dass der August sehr ruhig ist, die beste Zeit, um ein solches Projekt in Angriff zu nehmen. Und außerdem mag ich es nicht, wenn du mich so anschreist.«

»Ich schrei doch gar nicht!« Trotzdem senkte er gehorsam die Stimme. »Lass uns darüber reden, wenn du wieder zu Hause bist.«

»Aber der Capitano hat gesagt, wir müssten uns sofort darum kümmern.«

»Das ist doch totaler Blödsinn, wenn du nicht hier bist. Was soll ich mir eine Wohnung angucken, die dir hinterher vielleicht nicht gefällt?«

»Du könntest dir einen ersten Eindruck verschaffen, mir alles erzählen, vielleicht gibt es ja Pläne, dein Interesse bekunden ... Außerdem ist es keine Frage von Gefallen oder Nichtgefallen; entscheidend ist einzig und allein, ob es eine gute Investition ist. Du könntest schon mal mit der Bank reden und fragen, wie viel Geld sie uns zur Finanzierung bewilligen würden.«

»Nein, nein, das klappt ja doch nicht, wir haben August, da ist der Filialleiter in Urlaub.«

»Der war schon im Juni in Urlaub. In der Karibik, falls es dich interessiert. Er wollte seiner Frau etwas Besonderes gönnen, nachdem sie diese schwere Operation überstanden hatte. Er hat gesagt, du sollst dich einfach melden, wenn du einen freien Tag hast. Er wird sich dann schon Zeit für dich nehmen.«

»Ich kann mir aber nicht freinehmen. Ich arbeite an einem wichtigen Fall.«

»Im August?«

»Ja, im August. Nicht alle Leute sind ans Meer gefahren und amüsieren sich dort.«

»Du hast gesagt, dass im August rein gar nichts passiert, abgesehen von ein paar Bagatelleinbrüchen in leerstehenden

Häusern. Sind die Einbrecher denn dieses Jahr nicht im Urlaub?«

»Offenbar nicht. Außerdem ist es kein Einbruch, sondern –«

»Willst du denn gar nicht wissen, wie es Nunziata geht?«

»Wie geht es ihr denn?«

»Sie ist wieder optimistischer, das ist das Wichtigste.«

»Bestimmt, weil du jetzt bei ihr bist.«

»Komm schon, Salva! Blas mir jetzt bloß keine Trübsal. Du hast es schließlich auch überlebt, als ich mich um deine Mutter gekümmert habe.«

»Damals war ich deutlich jünger.«

»Stell dich nicht so an! Die Jungs tun ihr richtig gut. Totò hat ihr gestern gesagt, sie sei seine allerliebste Lieblingstante. Und das hat er wirklich so gemeint. Du hättest ihr Gesicht sehen sollen!«

»Sie ist die einzige Tante, die er hat.«

»Das hat er auch gesagt! Gleich, als ihm das aufgegangen ist. Du kennst ja Totò. Er bringt sie immer zum Lachen. Sie wird übrigens schon am Montag operiert und muss nicht bis September warten, wie wir zuerst dachten. So was darf man nicht auf die lange Bank schieben.«

»Kommst du dann früher heim?«

»Kann ich jetzt noch nicht sagen. Das hängt davon ab, ob sie anschließend noch eine Chemo machen muss.«

»Könnte sie die nicht auch hier bei uns machen? Was ist, wenn die Schule wieder anfängt?«

»Mal sehen.«

»Speis mich nicht mit so was ab. Das kannst du mit den Jungs machen, aber nicht mit mir!«

»Aber das ist genau das, was Nunziata von den Ärzten zu hören bekommt. – Hast du schon was gegessen?«

»Was hat das denn damit zu tun?«

»Du hast immer so schrecklich schlechte Laune, wenn du hungrig bist.«

»Ich habe keine schlechte Laune. Und ich hätte schon längst was gegessen, wenn ich das Salz gefunden hätte.«

»Ah, da fällt mir ein, dass ich dir ja noch was ganz anderes erzählen wollte. Hör mal...«

Und er hörte ihr zu, presste den Hörer so fest ans Ohr, dass es weh tat, nur um ihrer warmen Stimme ein bisschen näher zu sein. Von dem, was sie erzählte, bekam er nicht wirklich etwas mit.

»Concetto, der Briefträger... erinnerst du dich an ihn... die Wohnung des Gemüsehändlers an der Ecke der Piazza. Seine Schwester hat in derselben Firma wie Nunziata gearbeitet, aber sie hat gekündigt, als sie das zweite Mal schwanger geworden ist, und dann ist doch ihr Mann bei diesem Unfall gestorben... wie hieß der noch? Gleich fällt's mir wieder ein... Wo war ich gerade? Ach ja, Concetto, jetzt weiß ich's wieder. Seine Mutter wollte ihn immerzu verheiraten, ist nie auf die Idee gekommen, dass... nun ja, jetzt weiß sie's und ist sehr froh... sie denkt wohl, sie könnte ihn jetzt für immer behalten, also kennt sie wohl noch nicht die ganze Geschichte...

Ich hab ihnen erlaubt zu gehen, aber nur unter der Bedingung, dass sie zusammenbleiben... ich will nicht, dass Totò dort allein herumläuft, und darum hab ich gesagt...

Ach ja, heute gibt's einen Alberto-Sordi-Film um neun, der wird dich aufheitern...«

Neun Uhr? Er hatte den Anfang verpasst, aber das machte nichts, er kannte den Film so gut wie auswendig. Spaghetti oder Fusili? Spaghetti, auf jeden Fall Spaghetti. Guarnaccia deckte den Küchentisch für eine Person, dieses Mal aber befreit von diesem hässlichen, dumpfen Gefühl der Einsamkeit in der Magengrube, das er so sehr fürchtete. Er spürte noch immer den Hörer an seinem Ohr, fühlte noch immer die Wärme ihrer Stimme durch seinen Körper fluten. Eine große Schüssel Pasta und ein Glas Rotwein würden ihm guttun, und anschließend würde er sich mit Alberto Sordi belohnen. Der Abend hatte plötzlich etwas Angenehmes. Er schloss das Fenster trotz der in der Pfanne dampfenden Sauce, um das Zirpen der Zikaden und die Dunkelheit des Boboli-Gartens auszusperren, die ihn doch nur an seine Einsamkeit erinnerten.

Er gehörte nicht zu jenen Männern, die allein nicht zurechtkamen, ganz im Gegenteil. Er kam sehr gut allein klar, das war wahrscheinlich das Problem. Als Teresa in Syrakus seine kranke Mutter gepflegt und er in Florenz gearbeitet hatte, war er über viele Jahre allein gut zurechtgekommen. Dabei hatten sie sich so viel vorgenommen gehabt, hatten so viele Pläne geschmiedet, doch seine Mutter war nach einem Schlaganfall bettlägerig geworden, und es folgten lange Jahre der Einsamkeit. Der reiche Mann im Krankenhaus war da besser dran. Nur ein leichter Schlaganfall, hatten sie gesagt, eine winzige Blutung. Musste jetzt auf seinen Blutdruck achten. Seiner war ja so weit ganz in Ordnung. Nur sein Gewicht... Besser, er konzentrierte sich auf den Fall. Hunger lenkt ab. Teresa sagte immer, dass er nur darauf achten müsse, nicht über die Stränge zu schlagen.

Hmmm, einfach köstlich. Kein Wunder, schließlich hatte sie die Tomatensauce selbst gemacht... Er würde noch ein winziges Stückchen Butter dazugeben. Eigentlich sollte er darauf verzichten, aber schließlich musste er sich bei Kräften und bei Laune halten, damit er sich auf die Arbeit konzentrieren konnte. Dieser Fall würde eine ausgesprochen heikle Angelegenheit werden, und außerdem hatte er es gerade wirklich nicht leicht, so einsam und verlassen, wie er sich fühlte. Sonst hatte sich immer Teresa um seine Diät gekümmert.

»In all diesen Mahlzeiten ist nichts, was dick macht, wenn du nicht zu viel Brot dazu isst... Und denk daran, jeden Abend eine Portion aus der Tiefkühltruhe zu nehmen...«

Natürlich hatte er es vergessen, er hatte eben an Wichtigeres zu denken, und deshalb würde er wohl, bis sie wieder nach Hause kam...

Es war auch für Teresa nicht einfach gewesen, die kranke Schwiegermutter pflegen zu müssen, während ihr Mann weit weg in einer anderen Stadt sein Geld verdiente und sie weder unterstützen noch trösten konnte. Aber immerhin war sie nicht allein, die Kinder und seine Schwester Nunziata waren ebenfalls dort. Es brauchte schon zwei, um die alte Frau im Bett umdrehen zu können...

Jedes Mal, wenn er hier am Tisch saß und aß, so ganz allein, Abend für Abend, überfiel ihn die Einsamkeit, und auch jetzt war er ihr hilflos ausgeliefert.

Noch ein bisschen Käse. Er mochte ihn nur frisch gerieben, nicht aus einem Schüsselchen, das schon seit Tagen im Kühlschrank stand, wie es bei manchen Leuten und sogar manchen Restaurants der Fall war. Der Parmesan wurde dann leicht sauer. Er liebte es, auf den Basilikumblättern zu kauen, und bat Teresa immer, sie ganz in der Sauce zu lassen. Die Jungs legten sie beiseite, und Teresa…

Verdammt! Er hatte ihr doch von dem urplötzlich so freundlich gewordenen Staatsanwalt erzählen wollen. Frauen kannten sich mit sowas viel besser aus. Vielleicht war dem Mann ja eingefallen, dass der Maresciallo recht behalten hatte, damals, bei dem sogenannten Selbstmord. Nein, nein, als ob De Vita daran auch nur einen Gedanken verschwenden würde, und selbst wenn, hätte er es in der Zwischenzeit längst vergessen, schließlich war das alles schon Ewigkeiten her. Aber diese Sache hier würden sie auf keinen Fall vorschnell als Selbstmord zu den Akten legen, das funktionierte dieses Mal nicht; reiche Familien mochten keine Selbstmorde.

Er ließ den Morgen noch einmal Revue passieren und blieb bei De Vitas Feststellung hängen: ›Diebstähle in solchen Villen…‹

»Nein, nein…« Ein Stückchen Brot, nur ein kleines, um den Rest der Sauce aufzutunken.

Guarnaccia stand vom Tisch auf, spülte die Schüssel, die Gabel, das Glas und die große Pfanne. Da in der kleinen Pfanne noch immer ein Rest Sauce war, stellte er sie zurück in den Kühlschrank.

»Nein.« Natürlich, wenn die Familie, deren Wappen die Eingangstür zierte, noch immer dort wohnte, könnte das vielleicht der Fall sein, wegen der Gemälde und so. Aber in diesem Fall hier, nein, wirklich nicht. Noch bevor der Staatsanwalt überhaupt erschienen war, hatte sich Guarnaccia bereits dort umgesehen und sich ein Bild machen können. Der Mann in der Privatklinik war offensichtlich reich genug, um sich eine solche Villa leisten zu können, aber die Bauarbeiten hinter dem Haus, der zweite Swimmingpool, das war nun wirklich nicht der Stil alten Florentiner Adels. Er hatte mit den Bauarbeitern gesprochen ... nun ja, mit einem von ihnen, weil die anderen der italienischen Sprache nicht mächtig waren. Alles Rumänen, bis auf einen, der kam aus Marokko. Sie arbeiteten den ganzen August durch, bauten den Säulengang und die Nebengebäude hinter der Villa zu drei Luxuswohnungen mit gemeinsamem Garten und Swimmingpool um. Zwei der Wohnungen waren bereits verkauft. Leute aus Mailand, hatte der Bauarbeiter gesagt. Und dann war da noch diese Küche, vollgestopft mit dem modernsten Schnickschnack und den teuersten Geräten, die zu haben waren ... Welten entfernt von einer Küche alteingesessenen Florentiner Adels. Soweit er wusste, zählten die sogar die Streichhölzer nach, die ihre Angestellten gebraucht hatten. Nein, nein ...

Der Maresciallo überprüfte mit einem letzten Blick seine eigene, ordentlich aufgeräumte Küche, machte dann das Licht aus und kehrte in sein Büro zurück, wo die zwei oder drei Notizen vom Morgen auf dem Schreibtisch lagen und darauf warteten, in den Ermittlungsbericht aufgenommen zu werden. Eine ziemlich einfache Sache, zumindest war das früher mal so gewesen, bis ›das Ding‹ gekommen war.

›Das Ding‹, wie er es immer nannte, war ein Computer, der mitten auf seinem Schreibtisch thronte. Er hatte ihn ignoriert, solange es eben ging, aber neuerdings mussten alle Informationen in die Datenbank eingegeben werden, damit sie den Beamten im ganzen Land zur Verfügung standen.

Selbst die Tagesbefehle, die über ein Passwort nur ihm zugänglich waren, musste er dort eingeben. Ein höchst effizientes System, keine Frage.

Seufzend schaltete er das verfluchte Ding ein und wartete. Es war so unglaublich langsam. Inzwischen hätte er den halben Bericht im Zwei-Finger-Suchsystem eingetippt gehabt, aber nun blieb ihm nichts anderes übrig, als kurzen, heiteren Tonfolgen zu lauschen, während der Computer immer neue, hübsche Bildchen hochfuhr, ihm tausenderlei Möglichkeiten offerierte, die er alle nicht nutzen wollte, die immer gleichen Daten abfragte, und dann, gerade als er glaubte, er könne endlich zu arbeiten anfangen – ihm dringend empfahl, ein Antivirenprogramm herunterzuladen.

»Nein!« Verdammtes Ding! Was soll's, er konnte das Programm ruhig laufen lassen, Zeit zum Nachdenken...

Über Mutter und Tochter, zum Beispiel. Die Tochter war wie alt? Er schaute das Geburtsdatum in seinen Notizen nach... fünfundzwanzig! Und hübsch obendrein, trotz des fleckigen, tränenüberströmten Gesichts. Schlanke Figur, das lange, dunkle Haar zum Pferdeschwanz gebunden. Kein Make-up, obwohl Spuren von Wimperntusche auf den tränenfeuchten Tüchern zu sehen gewesen waren, die sie auf dem großen Glastisch liegengelassen hatte. Also schminkte sie sich wohl doch hin und wieder. Vielleicht war sie ja am Abend zuvor aus gewesen. Sie hatte ein einfaches, geblümtes Sommerkleid getragen, das sie in Verbindung mit dem Pferdeschwanz wie ein kleines Mädchen aussehen ließ. Das hemmungslose Weinen hatte diesen Eindruck nur noch verstärkt. Es gab viele Arten zu weinen, und der Maresciallo hatte in den langen Dienstjahren eine Menge verschiedener

Arten kennengelernt. Die meisten Erwachsenen weinten unterdrückt, versuchten die Tränen zurückzuhalten, aber diese junge Frau hier hatte lautstark und ohne jede Zurückhaltung losgeweint, hatte Hilfe und Trost gesucht. Am liebsten hätte er ihr beruhigend über den Kopf gestrichen, so wie er es bei seinen Jungs tat, aber heutzutage musste man vorsichtig sein. Er hatte die Mutter abwartend angeschaut, doch die reagierte überhaupt nicht, die arme Frau. Kein Wunder. Sie stand wohl noch unter Schock. Eine Blondine, wie das tote Mädchen; zwar war das Haar gebleicht und inzwischen von grauen Strähnen durchzogen, aber die blassblauen Augen verrieten den Typ. Sie war einundfünfzig, sah allerdings älter aus, vielleicht wegen des Übergewichts. Kam ursprünglich aus Alto Adige, sprach aber wohl Deutsch, denn sie hatte einen deutschen Namen – Anna Wertmüller! Schon ein bisschen seltsam, die deutsche und die italienische Sprachgemeinde dort oben waren sich nicht gerade grün, und darum fand er es ziemlich erstaunlich, dass sie hierhergezogen war. Nun ja, er wusste nichts über die damaligen Umstände, und heute war wirklich nicht der richtige Zeitpunkt, sich nach derlei zu erkundigen. Er hatte versucht, mit ihr zu reden, aber sie hatte ihn nur angestarrt wie ein kleines, verstörtes Kind, als erwarte sie von ihm gesagt zu bekommen, was sie tun solle. Was sollte er ihr sagen? Ihm fiel nichts weiter ein, als die weinende Tochter zu bitten, der Mutter etwas zur Beruhigung ihrer Nerven einzuschenken.

»Sie trinkt nicht!«, wehrte die Tochter noch immer weinend ab.

Besser, er versuchte morgen noch einmal, mit den beiden

zu reden, egal, was der Staatsanwalt meinte. Für ein Weilchen rief er sich das Bild der zwei Frauen ins Gedächtnis zurück, wie sie dort in der großen Küche saßen, die er so gar nicht mochte. Hohe, vergitterte Fenster, eine geschlossene Tür, die wahrscheinlich zu den Quartieren der Dienstboten führte. So ein Haus machte viel Arbeit, aber was für eine blöde, neumodische Idee, die Küche in den Keller zu verlagern! Früher war dieser Raum ein Weinkeller gewesen, die Gewölbedecke hatten sie erhalten. Und dieser schwache Geruch, der kam und ging... kaum, dass er ihn genauer zu bestimmen versuchte, hatte er sich auch schon wieder verflüchtigt. Wahrscheinlich völlig unwichtig, aber irgendwie mit unangenehmen Erinnerungen verbunden. Die feuchten Tücher, die sie unablässig zerknüllte, waren leicht parfümiert, aber das war nicht der Geruch, den er in der Nase hatte. Kurze Fingernägel, nicht lackiert...

Die tote Frau... er sah noch einmal in seine Notizen.

Daniela. Älter als ihre Schwester ... siebenundzwanzig. Alleinerziehende Mutter ... der Mann in ihrem Leben galt natürlich als der Hauptverdächtige, damit hatte der Staatsanwalt auf jeden Fall recht. Er würde die Männer, die der Capitano für diesen Fall abgestellt hatte, auch morgen noch brauchen. Den ganzen Tag hatten sie den Turm und dessen unmittelbare Umgebung abgesucht, aber sie hatten die Waffe nicht gefunden. Als Nächstes musste das gesamte Baugelände überprüft werden. Es musste getan werden, auch wenn Guarnaccia ziemlich sicher war, dass sie auch dort ergebnislos wieder abziehen würden. Warum sollte der Mörder die Waffe zurücklassen? Jemand, der den Nerv besaß, seinem Opfer in aller Ruhe eine Kugel in den Hinterkopf zu jagen … Wenn der Täter in Panik ausgebrochen wäre, hätte er in dem Moment die Flucht ergriffen, als das Opfer zu Boden stürzte. Der Capitano hatte ihm voll und ganz zugestimmt, als er ihm abends telefonisch berichtet hatte.

»Ein eiskalter Typ. Bedenken Sie doch, wie lang sie gebraucht haben muss, um sich mit diesen Verletzungen vom Wohnzimmer ins Schlafzimmer zu schleppen. Und er hat seelenruhig in der Tür gestanden und zugesehen … Haben Sie wirklich die fehlende Kugel nicht gefunden?«

»Tut mir leid, bis jetzt noch nicht.«

»Verdammt selbstsicher, der Typ. Hat genau gewusst, dass sein Opfer ihm nicht entkommen kann; und er hat in dem ganzen Zimmer tatsächlich keine einzige Spur hinterlassen?«

»Sieht ganz so aus.«

»Ein Profi, oder?«

»Nun ja …«

»Sie glauben, eher nicht?«

»Nein, nein, Sie haben bestimmt recht. Nur … einfach dazustehen und zuzusehen … er hätte sie doch sofort richtig erschießen können, oder? Zuzusehen, wie … dazu muss er sie wirklich gehasst haben … deswegen würde ich nicht ausschließen, dass … nein, natürlich, aber vielleicht haben Sie recht.«

»Sie waren am Tatort, Guarnaccia, und Ihr Gefühl hat Sie noch nie getäuscht – was uns dann zu einem Profi führt, der das Opfer aus persönlichen Motiven gehasst hat. Nun, so was kann es natürlich auch geben.«

»Ja, aber die Frau war eine junge Mutter, die ein sehr zurückgezogenes Leben geführt hat, es sei denn …«

»Es sei denn, die Dinge sind nicht so, wie sie scheinen.«

»Ja, aber das finde ich heraus.«

Der Capitano hatte kein Wort über den zuständigen Staatsanwalt verloren. Er hatte nur etwa eine Sekunde verstreichen lassen, bevor er feststellte: »Sie werden schon zurechtkommen, da bin ich mir sicher.«

Der Capitano war ein äußerst diskreter Mann. Verdammt, der Capitano! Jetzt hatte er doch tatsächlich schon wieder vergessen, nach dieser Wohnung zu fragen... nun ja, eigentlich hatte er sowieso keine Zeit, irgendwelche Wohnungen zu besichtigen. Völlig unsinnig, dass er allein loszog. Ja, keine Frage, sie schoben es nun schon seit Jahren vor sich her, und irgendwann einmal mussten sie etwas tun, sonst kamen sie zu nichts, die Immobilienpreise stiegen und stiegen, und eines Tages, wenn er in Rente ging... Es war genau das Richtige. Etwas kaufen und vermieten, eine solide Investition, und bei steigendem Marktwert... – schön und gut, aber nicht ohne Teresa! Jetzt hatte er sowieso erst einmal diesen Fall am Hals, und damit war der Punkt ein für alle Male von seiner Tagesordnung gestrichen.

Um sich selbst zu beweisen, wie beschäftigt er war, legte er die Finger auf die Tastatur und starrte auf den leeren, dunklen Bildschirm. Da hatte dieses verdammte Ding Stunden gebraucht, melodiöse Tonfolgen erklingen zu lassen, nach Viren zu suchen und Gott weiß was sonst noch alles zu tun, und schaltete sich dann, nur weil es einen Augenblick lang keine Aufmerksamkeit erfahren hatte, einfach wieder ab.

»Ich hab es nicht nur ein Mal gesagt, ich hab es hundert Mal gesagt!«, bellte er nach Lorenzini, doch seine Worte verhallten in der Stille; sein Stellvertreter befand sich noch immer mit seiner Familie am Meer.

»Jetzt reicht's mir!« Guarnaccia zog die Haube über das Ding und verschloss sein Büro. Er würde den Bericht gleich morgen früh eingeben, jetzt wollte er sich den Rest des Filmes ansehen und anschließend ins Bett gehen. Und genau das hätte er auch getan, wenn es nicht schon weit nach Mitternacht und der Film nicht schon lange zu Ende gewesen wäre. Er schaltete den Insektenvernichter an und starrte mit großen, traurigen Augen auf das Nachbarbett und die unberührten, glatten Satinlaken.

2

Der Arbeiter schaute ziemlich unglücklich drein. »Und was sagen wir unserem Boss?«

»Sie können doch nichts dafür, das ist schließlich eine Anordnung des Staatsanwalts. Am besten, Sie gehen jetzt alle nach Hause, bis wir hier fertig sind.«

»Uns werden nur die Arbeitsstunden bezahlt, wir haben gestern durch den Baustopp schon Zeit verloren. Er zahlt den Lohn eh zu spät, und jetzt wird er die Verzögerung als Vorwand nehmen, ihn noch länger einzubehalten.«

Keiner der anderen sagte ein Wort, schweigend starrten sie auf den Boden. Abgesehen von Cristiano, der legal aus Rumänien eingewandert war und fließend Italienisch sprach, hatten sich all die anderen Arbeiter bestimmt für einen Hungerlohn ohne jeglichen Vertrag verdingt. Es hatte ihnen einen ziemlichen Schrecken eingejagt, als die Männer des Capitano ihre Werkzeugkisten durchsucht hatten.

»Es tut mir leid, aber da kann ich leider nichts machen…« Dem Maresciallo tat es wirklich leid, aber die Suche nach der Mordwaffe würde noch mindestens einen Tag in Anspruch nehmen. »Und Sie sind wirklich sicher, dass keiner der Männer gestern Morgen einen Fremden hier gesehen hat? Dass sie das nicht einfach nur sagen, weil sie Angst haben, in die Sache verwickelt zu werden?«

»Ich habe ihnen erklärt, dass es hier um Mord geht und sich niemand für ihre Privatangelegenheiten interessiert. Sie würden es mir sagen, wenn sie etwas wüssten. Sie vertrauen mir.«

Das bezweifelte der Maresciallo nicht. Cristiano war ein großer, kräftiger Mann, der keineswegs eingeschüchtert wirkte, und wie Guarnaccia strahlte auch er Ruhe und Verlässlichkeit aus.

»Außerdem war ich auch schon vor acht hier, und Sie sehen ja selbst, wie ruhig es hier oben ist. Hier hört man die Blätter fallen, ein Auto oder Schritte auf dem Kies hätten wir bestimmt nicht überhört.«

»Und was ist mit dem Ding da?« Der Maresciallo deutete auf den stillstehenden Zementmischer. »Nehmen Sie den morgens nicht als Erstes in Betrieb – und was ist mit dem Bagger? Als ich hier ankam, war der im vollen Einsatz.«

»Ja, stimmt... Wir sind gestern Morgen mit den Erdarbeiten fertig geworden, und gerade als der Bagger zurückgebracht werden sollte, haben Ihre Leute den Baggerführer gestoppt. Sie haben ihn durchsucht und Namen und Adresse notiert. Der Mann war darüber nicht gerade begeistert. Wenn der Boss das erfährt, rastet der aus, er muss für jeden Tag blechen, den die Maschine hier steht.«

»Der Bagger kann heute zurückgebracht werden. Was ist mit dem Zementmischer?«

»Jetzt wo Sie es sagen... ja, der lief von morgens acht, bis Sie gekommen sind... daran hab ich gar nicht gedacht...«

»Verstehe. Wenn der nicht gewesen wäre, hätten Sie die Schüsse bestimmt gehört und auch die Frau bemerkt, die schreiend aus dem Turm gerannt kam.«

»Ja, da haben Sie recht, tut mir leid, das hatte ich völlig vergessen.«

»Schon gut, wem fallen schon Geräusche auf, die immer da sind?«

Der Unbekannte hätte natürlich auch die Nacht mit ihr verbracht haben können, aber bislang hatten die Experten keinerlei Hinweis auf sexuelle Aktivitäten entdeckt, und er hatte sie von der Tür aus erschossen …

»Was ist mit morgen? Können wir morgen wieder arbeiten?«

»Ich denke schon. Geben Sie mir Ihre Telefonnummer, für alle Fälle. Falls wir nicht fertig werden, rufe ich Sie heute Abend an.«

»Danke.«

Guarnaccia war zufrieden: Die Truppe war an diesem Morgen vollzählig zur Arbeit erschienen. Damit hatte sich der ohnehin recht unwahrscheinliche Verdacht erledigt, einer der verschüchterten Männer hätte eine Karriere als Dieb starten wollen, die ein katastrophales Ende genommen hatte.

Der Maresciallo wandte den Arbeitern den Rücken zu und machte sich auf den Rückweg. Vorsichtig setzte er einen Fuß auf die Bretter, die sie auf die frisch aufgeworfenen, lehmig gelben Erdhügel platziert hatten. Früher musste das hier ein wunderschöner Ort gewesen sein. Die Villa war bestimmt das einzige Gebäude auf dem bewaldeten Hügel gewesen, der nun von zahllosen kleinen, modernen Häusern und blau glänzenden Swimmingpools verunstaltet wurde. Guarnaccia hielt inne, hinter seinem Rücken registrierte er aufkommende Unruhe, Protest wurde laut.

Einer der Bauarbeiter, ein junger, dunkelhaariger Mann,

schien ziemlich verzweifelt zu sein. Aufgeregt gestikulierend redete er lautstark auf Cristiano ein. Der Maresciallo machte kehrt und sah, wie der Mann mit einem Stück Papier vor Cristianos Gesicht herumfuchtelte, doch als er den Beamten auf sich zukommen sah, wandte er sich abrupt ab und verfiel in Schweigen.

»Was ist los?«

»Nichts, Maresciallo, gar nichts ... zumindest nichts, was Sie interessieren müsste. Unser Geld für Juli – das meiste jedenfalls steht noch aus. Ich musste unserem Boss die Pistole auf die Brust setzen, damit er uns wenigstens einen Teil auszahlt, aber den größten Batzen ist er uns schuldig geblieben. Vielleicht verstehen Sie jetzt, warum ich nicht gerade glücklich darüber bin, die Männer nach Hause schicken zu müssen. Ich hab noch was in Reserve, ich bin das gewohnt, aber Milo ist pleite. Wir hatten gehofft, dass der Boss heute vorbeikommt und uns auszahlt, zumindest hat er das versprochen.«

»Und was steht auf dem Zettel, mit dem er rumgefuchtelt hat?«

»Nichts ...«

»Sagen Sie ihm, dass er ihn mir geben soll.«

Cristiano sprach leise mit dem anderen Mann, der dem Maresciallo daraufhin mit hochrotem Kopf das Stück Papier aushändigte. Der Maresciallo war zwar der darauf verwendeten Sprache nicht mächtig, aber er konnte erkennen, dass es sich um eine Einkaufsliste handelte, und ein Posten darauf war Babynahrung.

»Er soll einkaufen gehen, seine Frau hat ihm die Liste heute Morgen mitgegeben. Windeln und Brei fürs Baby und so. Fünfzehn Euro hätten ihm gereicht, und wir haben doch gedacht, dass der Boss uns heute… Er wollte nach der Arbeit gleich in den Supermarkt, hat aber keinen Cent mehr in der Tasche. Wenn er jetzt mit leeren Händen nach Hause kommt, der Lohn für einen vollen Tag Arbeit futsch…«

Milo hielt den Kopf tief über die Werkzeugkiste gebeugt und packte mit zitternden Händen zusammen. Guarnaccia zog Cristiano auf die Seite, nahm ein paar Geldscheine aus der Tasche und reichte sie ihm. »Sagen Sie ihm, er soll einkaufen gehen. Ich hab hier noch länger zu tun, er kann es mir später zurückzahlen. Dann hätte ich gern die Telefonnummer von eurem Boss – ich werde mit ihm reden, ihm klarmachen, dass ich von nun an ein Auge auf ihn habe und keine Beschwerden mehr hören will. Er wird die Männer morgen auszahlen und ihnen ordnungsgemäße Papiere besorgen, keine Bange.«

»Danke, Maresciallo.«

»Wofür denn? Man tut, was man kann…«

Die Männer, die der Capitano zur Unterstützung geschickt hatte, hielten sich offenbar alle in der frisch ausgehobenen Swimmingpoolgrube auf. Sie arbeiteten schweigend. Einer von ihnen sah den Maresciallo kommen und zeigte ihm den Daumen nach unten. Dort würden sie mit ihren Metalldetektoren eh nichts finden, höchstens irgendwelchen Müll. Guarnaccia ging weiter. Während der Nacht hatte es gedonnert und wohl auch etwas geregnet, der Rasen und die Büsche waren noch leicht feucht. Jetzt aber erstrahlte der Himmel wieder in ungetrübtem Blau, und die Vögel zwitscherten. – Bitte, lieber Gott, gib, dass die Schwester mit dem Weinen aufgehört hat. – Er ging unter einem Torbogen hindurch und an den im Umbau befindlichen Nebengebäuden vorbei. Wahrscheinlich waren das hier früher die Stallungen und das Kutscherhaus gewesen. Er hielt sich eng bei den Mauern, wo die hölzernen Dachtraufen den Kiesweg beschatteten, und kehrte so zum Haupthaus zurück. Der Garten mit den niedrigen, exakt getrimmten Buchsbaumhecken befand sich auf einer tiefer liegenden, in den Hügel eingeschnittenen Terrasse. Darunter gab es noch ein paar Weingärten, einen Olivenhain und etwas Weideland, umgrenzt von einer niedrigen Steinmauer. Nach der wochenlangen Hitze machten die Blumenbeete einen schlappen, ungepflegten Eindruck auf den Maresciallo, der sich ähnlich schlapp und ungepflegt fühlte. Was für Blumen auch immer die niedrig geschnittenen Hecken umsäumt hatten, sie waren vertrocknet oder auf dem besten Wege dorthin. Das bisschen Regen von gestern Abend hatte höchstens dem Unkraut frisches Leben eingehaucht. Ein wenig mehr Pflege und Aufmerksamkeit hätten dem Garten gutgetan. Nicht zu übersehen, dass es hier keinen Gärtner gab. Das mit Eisenbeschlägen verzierte Tor stand weit offen, so dass der Maresciallo die gepflasterte Auffahrt hinauf bis zum Haupteingang sehen konnte, den er gestern benutzt hatte. Er fühlte sich beobachtet. War da jemand am Tor? Nein. Irgendwo in der Auffahrt? Er ging ein wenig weiter, seine Schritte knirschten laut auf dem Kies, dann blieb er stehen. Immer noch dieses deutliche Gänsehautgefühl … aber wo …? Vielleicht gab es doch einen Gärtner.

Guarnaccia blickte suchend nach rechts, entdeckte aber nichts, wo sich ein Beobachter hätte verstecken können, nur geometrisch angeordnete Leere. Er gab die Suche auf und ging weiter. Da unten links hatte er ein schwaches Schimmern registriert. Die hohen Küchenfenster zu seinen Füßen? Aber nein, an denen war er längst vorbei, das hier mussten andere Kellerräume sein. Da war doch eine Tür gewesen in der Küche; bestimmt führte die zu den ehemaligen Dienstbotenquartieren. Also gab es doch noch eine weitere Person in der Villa, mit der er sich einmal unterhalten sollte ... klar, dass sie neugierig war, wahrscheinlich auch verängstigt, schließlich war hier ein Mord passiert. Bestimmt hatte sie keine Arbeitserlaubnis. Heutzutage ...

Er marschierte hinüber zu dem Turm am Ende des Grundstücks. Auch hier standen die Eichentüren weit offen. Er hatte einen Carabiniere mit der Schwester dorthin geschickt, damit sie die Wohnung auf fehlende Gegenstände überprüfte.

»Aber wenn Sie das Gefühl haben, dass sie dem nicht gewachsen ist und möglicherweise wieder in Tränen ausbricht, bringen Sie sie bitte geradewegs wieder raus. Das hier war kein Einbruchdiebstahl, und ich will, dass sie einigermaßen gefasst ist, wenn ich sie vernehme.«

Das Erdgeschoss des Turmes war mit Naturstein gepflastert. Eine Dusche und eine mit Latten abgetrennte Umkleidekabine waren in der einen Ecke, außerdem stand da ein riesengroßer Kühlschrank, der, wie die gestrige Durchsuchung gezeigt hatte, bis zum Rand mit Obst und Säften vollgestopft war. An der einen Seite des Raums stand ein langer Tisch mit einer Marmorplatte, auf der anderen Seite befanden sich Liegestühle, Strandschirme und ein Haufen Spielzeug, offensichtlich eine Art Abstellraum für den Swimmingpool draußen. Die steile Steintreppe, die nach oben führte, sah für einen Dreijährigen nicht ungefährlich aus, bestimmt nicht ganz einfach für den kleinen Jungen. Auf dem Weg die Treppe hinauf lauschte der Maresciallo, hörte aber kein Weinen von oben. Und während er lauschte, dankte er dem Himmel, dass er sich mit der Schwester hier oben verabredet hatte und nicht in diese dunkle Kellerküche musste – er durfte nicht vergessen zu fragen … dieses Gesicht, das er nur als Schatten wahrgenommen hatte. Hatte Silvana gestern nicht gesagt, dass sich nur sie und ihre Mutter im Haus aufgehalten hatten? Bei all den angenehmeren Möglichkeiten, die dieses Haus zu bieten hatte, zogen sich die beiden ausgerechnet nach dort unten, in diese Kellerküche zurück …

Gott sei Dank gab es dieses wunderschön glatte, steinerne Treppengeländer. Viel zu hoch für einen Dreijährigen …

Warum hatten ihn diese reichen Leute ausgerechnet in der Küche empfangen? Wollten sie ihm zeigen, wo er hingehörte, ihn beleidigen? Nein, dem Staatsanwalt war es nicht besser ergangen, als er schließlich am Tatort erschien war.

»Endlich!« Die letzten Stufen.

Der Carabiniere erwartete ihn bereits auf dem Treppenabsatz.

»Sie sagt, dass nichts fehlt.«

»Hat sie es einigermaßen verkraftet, als Sie sie ins Schlafzimmer gebracht haben?«

Das Bett und der blutbefleckte Läufer waren mit einer Plastikplane abgedeckt.

»Ja, sie scheint ganz in Ordnung. Ich geh jetzt nach unten und helfe den anderen, es sei denn, Sie brauchen mich hier noch.«

»Schon gut, gehen Sie ruhig. – Halt, nein, warten Sie! Gehen Sie doch bitte rüber zur Nachbarin. Sie heißt Donati, Costanza Donati. Bestellen Sie ihr einen Gruß von mir, und fragen Sie sie, ob ihr vielleicht noch irgendetwas eingefallen ist. Ich habe zwar gestern schon mit ihr gesprochen, habe aber so gut wie nichts in Erfahrung bringen können, sie war ziemlich durcheinander. Vielleicht hat sie ja doch jemanden herkommen oder weggehen sehen, mit dem Auto oder zu Fuß, den Postboten, einen Lieferanten, Sie wissen schon. Oder vielleicht erinnert sie sich an jemand, der in letzter Zeit hier herumgelungert ist und...« Er zog den jungen Mann beiseite. »Fragen Sie sie, ob sie das Opfer mal in männlicher Begleitung gesehen hat«, murmelte er leise.

Der Carabiniere polterte die Steintreppe hinunter, während Guarnaccia an die geöffnete Tür klopfte.

»Darf ich?«

Sie saß auf einem großen, weißen Sofa und untersuchte aufmerksam den Inhalt einer Schachtel auf ihrem Schoß. Ein Sonnenstrahl, der durch das offen stehende Fenster drang, zauberte kleine rote Funken auf ihren dunklen Schopf und ließ die Goldkette aufblitzen, die sie durch die Finger gleiten ließ. Die Tür zum Schlafzimmer war jetzt geschlossen. Die Blutspuren auf dem Boden waren beseitigt worden, nachdem die Spurensicherung ihre Arbeit erledigt hatte.

Sie blickte zu ihm auf, sagte aber kein Wort. Das junge Mädchen trug ein dunkelblaues T-Shirt, einen Baumwollrock und braune Ledersandalen, das lange, dunkle Haar fiel offen über ihren Rücken. Ohne die verweinten Augen war sie noch hübscher, als der Maresciallo angenommen hatte.

»Was ist mit dem Schmuck? Sind Sie sicher, dass nichts fehlt?«

Sie wand das goldene Kettchen um die Finger.

»Es ist alles da.«

»Man kann nie wissen, vielleicht hat Ihre Schwester sich ja selbst mal was gekauft, irgendein wertvolles Stück?«

»Das glaube ich nicht. Sie hatte kein Geld.«

Guarnaccia blickte auf das Mädchen hinunter, das die Hände um das Kettchen öffnete und schloss, immer wieder. Das war kein belangloses, einfaches Kettchen, es war etwas breiter gearbeitet und erinnerte an eine feine Klöppelarbeit. Ein mit Edelsteinen besetztes Kreuz hing in der Mitte. Wenn sie nicht aufpasste, würde sie es mit ihren unruhig spielenden Fingern kaputtmachen. Aber immerhin, sie weinte nicht ...

»Überhaupt keins? Ich gehe mal davon aus, dass sie für die Wohnung hier, die ihren Eltern gehört, keine Miete zahlen musste, und Sie haben mir gestern doch gesagt, dass sie gearbeitet hat. Sie haben den kleinen Jungen zur Schule gefahren, weil Ihre Schwester arbeiten musste.« Er sprach leise, freundlich, wählte seine Worte sorgfältig, in der Hoffnung, einen erneuten Weinkrampf vermeiden zu können.

»Sie hat an ihrer Doktorarbeit in Chemie gearbeitet. Manchmal hilft sie im Sekretariat der Uni aus, wenn dort viel zu tun ist. Im Moment ist da ziemlich viel los, weil es im Juli mit den Einschreibungen losgegangen ist, aber das macht sie nur ein paar Stunden die Woche. Sie hatte kein Geld, um sich Schmuck zu kaufen.«

»Und was ist mit einem Geschenk – von ihrem Freund vielleicht? Ein Ring oder so? Vielleicht haben sie sich gestritten, und er hat ihn mitgenommen, weil der Ring uns vielleicht zu ihm geführt hätte, über eine Kreditkarte oder so, verstehen Sie? Hat sie einen Ring getragen?«

»Nein. – Kann ich die hier behalten? Ich möchte sie gern behalten. *Papà* hat sie ihr zur Kommunion geschenkt.«

Röte stieg ihr bei den Worten ins Gesicht, Tränen standen in ihren Augen.

»Aber natürlich. Sie wollen eine Erinnerung an sie. Sie müssen das nicht erklären. Sie gehört Ihnen, aber jetzt kann ich Ihnen die Kette noch nicht überlassen. Sobald die Ermittlungen abgeschlossen sind, bekommen Sie sie zurück.«

»Sonst will ich nichts, nur die Kette.«

»Das können Sie sich später noch in aller Ruhe überlegen. Bestimmt hätte Ihre Schwester gewollt, dass Sie oder Ihre Mutter auch die hier bekommen. Ein wirklich schönes Paar Ohrringe. Sind das echte Diamanten?«

»Natürlich sind die echt! Aber ich will nichts davon, kein einziges Stück. Ich interessiere mich nicht für Schmuck.«

»Sie dürfen sich nicht aufregen. Atmen Sie tief durch.«

Sie tat, wie Guarnaccia sie geheißen hatte, fixierte ihn dabei mit großen dunklen Augen, die um Hilfe baten.

»So ist es gut. Schön tief und ganz langsam. Ich muss Ihnen ein paar Fragen stellen, aber wir können uns Zeit lassen, müssen nichts überstürzen. Wenn es Sie zu sehr aufregt oder wenn Sie müde werden, dann unterbrechen wir und machen morgen weiter, okay?«

Sie nickte, umklammerte noch immer die Kette und hielt den Blick fest auf ihn gerichtet. Dunkle, lange Wimpern umrahmten Augen, die ihn unverwandt anstarrten …

»Schön, dann erzählen Sie mir doch ein bisschen über

sich selbst.« Die Punkte, die sie aufregen würden, wollte er nach und nach ansprechen, wohldosiert, mit langen Pausen dazwischen. »Sie haben sich gestern um Ihren kleinen Neffen gekümmert. Heißt das, dass Sie nicht arbeiten? Atmen Sie ganz ruhig weiter, keine Grund zur Eile.«

»Ich bin ganz okay, das schaff ich schon. Ich helfe *Papà* im Büro, aber nur stundenweise.«

Die Röte in ihrem Gesicht wich langsam einer normalen Farbe.

»Verstehe. Was ist das für ein Büro?«

»Eine Stellenvermittlung. Wir verschaffen den Leuten Arbeit, hauptsächlich Hausangestellte, manchmal auch Bürojobs.«

Gehorsam atmete sie deutlich hörbar weiter tief ein und aus.

»Verstehe, wenn ich einen Koch oder einen Gärtner bräuchte, dann würde ich zu Ihnen kommen.«

»Ja.«

»Zumindest, wenn ich mir einen leisten könnte.«

»Bei uns müssen Sie nicht mehr zahlen als bei anderen Agenturen auch.«

»Natürlich, ja, ganz bestimmt nicht. Ich meinte doch nur, dass ich mir bei meinem Gehalt keinen Koch oder Gärtner leisten kann.« Er lächelte sie freundlich an, um ihr zu zeigen, dass er sie nicht hatte angreifen wollen.

»Ach so...« Sie antwortete mit einem flüchtigen Lächeln, starrte ihn dann aber gleich wieder ernst mit großen Augen an.

»Sie haben es wirklich gut, in einem so herrlichen Haus leben zu können.« Das war nur so dahergesagt, er hätte ungern in diesem traurigen, leeren Haus gelebt, das von Baggern entwurzelt wurde. Und doch, das Fenster, vor dem sie saß, bot einen spektakulären Blick auf Florenz unter heiterem Sommerhimmel.

Immer hübsch langsam und vorsichtig, bremste Guarnaccia sich selbst. Wie die Mutter machte auch das Mädchen den Eindruck eines völlig verängstigten Kindes. Aber reiche Familien beschäftigten gerne kostspielige Rechtsanwälte. Er befand sich mitten in einem Minenfeld. Mit Sicherheit spielte in dieser Geschichte ein Mann eine Rolle...

»Darf ich mich dort hinsetzen?« Er zog einen robust wirkenden Stuhl zu sich heran. Die Möbel in dem Raum sahen einfach, aber sehr solide aus, passten zu diesem schroffen Wachturm aus Stein. Kostbare Teppiche, weiße Stuhlkissen, Bücherregale und der warme Sonnenstrahl, der ins Zimmer fiel, milderten den herben Eindruck. Guarnaccia hatte einen Blick für stabile Stühle. Er wollte nicht, dass sie weiter zu ihm aufsehen musste. »Darf ich?«

»Natürlich. Aber – müssen Sie unbedingt diese dunkle Brille tragen? Die stört mich.«

»Tut mir leid. Ich hab Schwierigkeiten mit den Augen.«

»Gestern haben Sie sie nicht aufgehabt.«

»Das stimmt. Aber gestern waren wir unten in der Küche. Hier oben, bei Sonnenschein ...« Offensichtlich eine gute Beobachterin, obwohl sie so durcheinander war. Aber das hieß ja noch lange nicht, dass sie ihm auch verriet, was sie beobachtet hatte. »Vielleicht könnten Sie die Läden ein wenig zuziehen, wenn es Ihnen nichts ausmacht.«

Sie stellte das Schmuckkästchen beiseite und zog die braunen Läden vor das offenstehende Fenster.

»Danke.« Er nahm die Sonnenbrille ab und steckte sie in die Hemdtasche.

»Ist das besser so?« Keine schlechte Idee, stellte Guarnaccia fest, als sie sich wieder setzte. Der halbdunkle Raum bot viel eher die Atmosphäre für ein vertrauensvolles Gespräch unter vier Augen. »Die vielen Bücher hier ... Ihre Schwester muss eine ziemlich intelligente Frau gewesen sein. Sind ihre Freunde auch an der Uni? Bestimmt sind ein paar sie auch mal hier besuchen gekommen, oder?«

»Nein. Wenn sie nicht studiert hat, war sie hier bei uns und hat sich um Piero gekümmert.«

»Ja, natürlich. Sie muss sehr beschäftigt gewesen sein.« Hat den Mann in ihrem Leben also vor ihrer Familie verborgen gehalten. Aber an der Uni würde es bestimmt jemanden geben, der mehr wusste.

»Was ist mit Pieros Vater? Kennen Sie ihn?«

»Sie hat uns nie verraten, wer der Vater ist.«

»Aber Sie haben doch bestimmt Vermutungen, oder? Sie hätten es doch gewusst, wenn sie einen heimlichen Freund gehabt hätte, auch wenn er Ihnen nie vorgestellt worden ist.«

»Nein, das hätte ich nicht. Sie hat immer Geheimnisse vor uns gehabt. *Papà* besteht zwar darauf, dass wir alle zusammen zu Abend essen, und wir haben uns mit dem Kochen regelmäßig abgewechselt, aber sie redete dabei so wenig mit uns, dass *Mamma* sie manchmal ›unsere Untermieterin‹ genannt hat.«

»Tatsächlich? Nun ja ... Chemie, haben Sie gesagt? Diese Wissenschaftler leben ja oft in ihrer ganz eigenen Welt, sind dabei völlig geistesabwesend.«

»Sie war so, seit sie zehn war.«

»Früh übt sich ... Glauben Sie, dass sie den Vater vielleicht nie erwähnt und auch nie mit nach Hause gebracht hat, weil er ein verheirateter Mann war?«

Die Schwester schwieg, betrachtete das Kettchen, das sie immer enger um die Finger gewickelt hatte, schien darüber nachzudenken.

»Vielleicht ...«, räumte sie schließlich ein.

»Und was ist mit Ihnen? Was haben Sie studiert?«

»Musik. Ich war auf dem Konservatorium. Ich wollte Sängerin werden, aber dann bin ich krank geworden und lag über ein Jahr lang im Krankenhaus. Das war's dann mit dem Singen.«

»Das tut mir leid. Aber jetzt haben Sie wieder mit dem Singen angefangen?«

»Manchmal.« Sie zuckte mit den Schultern. »Meine Stimme ist noch immer recht gut, aber ich wollte ein erstklassiger Profi werden und nicht als mittelmäßiger Amateur um Engagements anstehen müssen.«

»Verstehe.« Machte sie deswegen das Mädchen für alles, half im Büro, fuhr das Kind ihrer Schwester in den Kindergarten und kümmerte sich um die Mutter?

»Ihr Vater kommt bald wieder auf die Beine, aber das wissen Sie ja, nicht wahr?« Der Staatsanwalt hatte gestern erst mit den Ärzten Rücksprache gehalten, bevor er Paoletti die traurige Nachricht überbrachte. Offenbar hatte es doch so seine Vorteile, einen Fall in diesen Kreisen zu bearbeiten. Da nahm einem der Staatsanwalt hin und wieder ein paar von den schwierigen Aufgaben ab, die normalerweise ihm zugefallen wären.

»Draußen vor dem Tor steht ein Streifenwagen Wache, Sie brauchen keine Angst zu haben. Nachts sind sie sogar hier auf dem Grundstück.«

»Heute Morgen, als ich Piero in den Kindergarten gebracht habe, waren sie nicht da.«

»Das stimmt, aber jetzt sind sie da, und sie werden dableiben. Möglicherweise treiben sich da draußen auch ein paar Journalisten herum. Ignorieren Sie sie einfach. Wir werden es nicht zulassen, dass Sie von der Presse belästigt werden. Bestimmt müssen Sie später noch mal los und Piero abholen, richtig?«

»Ja, um vier. Ich hab ihm noch nichts gesagt. Er will immerzu wissen, wann sie zurückkommt, und ich hab keine Ahnung, was ich ihm sagen soll.«

Rote Flecken erschienen auf ihrem Gesicht, und die Augen glitzerten schon wieder feucht.

»Versuchen Sie ganz langsam und ruhig durchzuatmen…« Doch da rollten bereits die ersten Tränen die rotgefleckten Wangen hinunter. Mit keiner Geste versuchte sie, sie fortzuwischen, starrte ihn einfach nur weiter an. Da er nichts anderes einstecken hatte, bot er ihr sein sauberes, weißes Taschentuch an.

»Danke. Ich bin jetzt für ihn verantwortlich. Ich muss es ihm irgendwann sagen.«

»Ja, das müssen Sie. Das Wichtigste ist jetzt, dass Sie für ihn da sind. Aber zuerst einmal müssen Sie sich beruhigen, bevor Sie mit ihm reden und ihm erklären können, dass sie nie wieder zurückkommt. Wenn Sie so durcheinander sind, können Sie das nicht. Hilft Ihnen eigentlich irgendjemand? Passt jemand auf das Kind auf, wenn Sie anderweitig zu tun haben? Ein Hausmeister oder ein Dienstmädchen vielleicht?« Die Mutter brauchte er erst gar nicht zu erwähnen.

»Zwei Mädchen arbeiten hier; sie wohnen zwar nicht im Haus, aber *Papà* hat gestern Abend noch spät angerufen und gesagt, dass eine der beiden ab sofort auch hierbleiben soll. Sie hat gestern drüben im Haupthaus geschlafen, aber jetzt … jetzt muss sie hier in Danielas Zimmer schlafen, damit Piero sein Zimmer nebenan behalten kann. Ich muss bei *Mamma* bleiben.«

»Das hört sich doch nach einem vernünftigen Plan an. Aber Sie müssen warten, bis der Staatsanwalt den Turm wieder freigibt. Das kann noch ein Weilchen dauern.«

»Aber warum? Ich bin doch jetzt auch hier!«

»Ja, aber Sie sind nicht allein hier. Wir brauchen Sie, um zu überprüfen, ob irgendetwas fehlt. Später werden die Türen wieder versiegelt, und Sie alle müssen im Haupthaus bleiben. Machen Sie sich keine Gedanken, das dauert nur so lange, bis die Ermittlungen beendet sind.«

Er war sich sehr wohl bewusst, dass er sie wie ein kleines Kind behandelte oder wie eine Kranke, die der Schonung bedurfte und in einen hysterischen Weinkrampf ausbrechen konnte. Oder vielleicht am ehesten noch wie eine Bombe, die jeden Augenblick explodieren konnte. Doch das Mädchen hatte inzwischen die Tränen getrocknet und wartete ruhig auf die nächste Frage. Eine Taube versuchte auf dem Fenstersims zu landen, hatte aber bei geschlossenen Läden keine Chance. Was hatte die Spurensicherung gestern dort eigentlich gesucht? Hatten die etwa geglaubt, der Mann sei die Turmmauer hochgeklettert, um zu seiner Prinzessin zu gelangen?

»Hat ihre Schwester die Vögel gefüttert?«

»Nein. Keine Ahnung. Vielleicht doch. Ich bin nie nach hier oben gekommen. Sie hat Piero immer nach unten ans Auto gebracht, und wenn sie nicht gelernt hat, haben wir den Nachmittag am Pool verbracht. *Papà* wollte Piero das Schwimmen beibringen und jetzt… jetzt…«

»Er wird ihm das Schwimmen beibringen. Das wird er ganz bestimmt. Sie können es jetzt vielleicht nicht so recht glauben, aber das Leben geht weiter. Das tut es immer. Alles wird wieder gut.«

»Nein, das wird es nicht«, widersprach sie mit leiser, hoffnungsloser Stimme, die keinen Zweifel zuließ. Ihr Körper krümmte sich, als litte sie schreckliche Schmerzen. »Nein, nichts wird wieder gut werden, und er wird mir die Schuld geben.«

In dem Zimmer war es zu dunkel geworden. Das schummrige Licht tat zwar seinen Augen gut, aber Silvana brauchte Sonne, Sonne und Licht. Wenn sie ihm hier zusammenbrach, hatte er keine Zeugin mehr. Das musste er unbedingt vermeiden. Er hätte den Carabiniere nicht fortschicken dürfen. Wenn der Staatsanwalt herkam, um mit der Mutter zu sprechen, und feststellte, dass die Tochter bei einem Gespräch mit ihm einen hysterischen Anfall erlitten hatte, wäre es schlagartig vorbei mit seiner Freundlichkeit.

»Kommen Sie, wir stellen die Läden wieder ein wenig auf. Ich setze mich so, dass mir das Licht nicht in die Augen fällt. Keine Sorge, ich setze die Brille schon nicht wieder auf.«

Sie rührte sich nicht vom Fleck, blieb zusammengekauert sitzen, dic Augen starr auf die Kette gerichtet, die sich so eng um die Finger geschlungen hatte, dass sie blau anliefen. Er stand auf und trat hinter das Sofa, um das Fenster zu schließen. Jetzt drang nur noch das spärliche Licht von den kleinen Fenstern draußen im Flur in den Raum. Er musste sie hier rausschaffen.

»Wir gehen jetzt besser nach unten. Sie regen sich zu sehr auf.«

»Ich will, dass *Papà* heimkommt. Ich kann das nicht allein.«

»Ihr Vater ist in ein paar Tagen bestimmt wieder da. Aber dann sollte er Sie nicht in einem solchen Zustand vorfinden. Er wird wieder ganz gesund werden, aber er war krank und wird Sie brauchen, Sie müssen ihm helfen, ihn trösten.«

»Er braucht mich nicht. Er wird mir die Schuld geben. Ich will nicht, dass er heimkommt.«

»Warum sollte er Ihnen die Schuld geben? Sie waren ja nicht einmal hier – und selbst wenn, was hätten Sie gegen einen bewaffneten Mann unternehmen sollen?«

»Ich war nicht hier. Ich war nicht hier … Ich war … Wollen Sie wissen, wo ich war? Ich war Schuhe kaufen! Das hab ich Ihnen gestern nicht gesagt, nicht wahr? Hab's vergessen – nein, das stimmt nicht … Ich hab mich geschämt, dass ich bei Gucci Schuhe anprobiert habe. Ja, ich hab Schuhe anprobiert, während … während … O mein Gott! O Gott!« Ihr Gesicht war leichenblass.

»Nein, nein, nein. So geht das nicht. Es hilft niemandem, wenn Sie die Schuld bei sich suchen. Atmen Sie tief durch. Hübsch langsam.«

Gott sei Dank gehorchte sie ihm folgsam. Er musste sie nach unten bringen, nach draußen an die Luft.

»Kommen Sie mit mir, kommen Sie. Wir gehen nach unten in den Garten, machen einen kleinen Spaziergang, bis Sie sich wieder beruhigt haben.«

Er ging vor ihr die steile Treppe hinunter, machte sich Sorgen, dass sie ohnmächtig wurde, ihm vielleicht nicht folgte. Solange sie ruhig und gefasst war, war sie ein recht fügsames Mädchen.

Sobald sie nach draußen traten, setzte er seine Kappe und die dunkle Brille auf. Er fühlte sich nun wieder sicherer und war direkt erleichtert, den Carabiniere auf sich zusteuern zu sehen, den er zu der Nachbarin gegenüber geschickt hatte.

»Begleiten Sie uns ein Stück, und berichten Sie, was Sie herausgefunden haben.«

»Es tut mir leid, aber da gibt es nichts zu berichten. Auch in der anderen Sache, die Sie erwähnt hatten ...« Verlegen blickte er zur Schwester des Opfers.

»Schon in Ordnung. Ich denke, wir sollten uns den Garten einmal näher ansehen.«

Bestürzt blickte der junge Carabiniere den Maresciallo an. Er war noch relativ neu, begeistert von dem Job und ganz versessen darauf, mit den anderen zusammen weiter nach der Waffe zu suchen. Wahrscheinlich hoffte er darauf, derjenige zu sein, der sie entdeckte. Er hatte keine Ahnung, was er im Garten tun sollte.

»Die anderen durchsuchen gerade ein leerstehendes Häuschen direkt bei der Mauer. Ein kleines Tor führt auf einen Trampelpfad hinaus. Der Leutnant hat gemeint, dass es ganz einfach sei, von dort auf das Grundstück zu kommen und –«

»Kommen Sie mit uns«, unterbrach Guarnaccia seinen Untergebenen. »Es ist sehr angenehm hier ... ein so großer

Garten« – der Maresciallo tat, als schaute er sich bewundernd um –, »macht aber sicherlich auch recht viel Arbeit. Und dann auch noch der Pool...«

»*Papà* kümmert sich darum, außerdem haben wir diesen Mähroboter.«

»Aha, ja, ich glaub, ich weiß, was Sie meinen. Da gibt es sogar einen, der mäht das Gras von ganz allein... Ihr Vater arbeitet also gerne im Garten? Ach was, bestimmt haben Sie einen Gärtner.«

»Nein.«

»Und Sie? Haben Sie keinen Spaß daran, hier im Garten zu arbeiten?«

»Nein.«

Die Fragen langweilten sie, das war nicht zu übersehen. Nicht die geringste Reaktion. Wenn der kleine Piero der Sohn eines munteren Gärtners war, dann wusste sie zumindest nichts davon.

»Aber all die Hecken hier müssen doch geschnitten werden, und die Pflanzen brauchen bei dieser Hitze ständig Wasser... Wer kümmert sich denn darum?«

»Einmal im Monat kommt ein Aushilfsgärtner zum Schneiden der Hecken. Wir haben ein automatisches Bewässerungssystem. Früher einmal kam ein Mann...«

»Wann war das?«

»Hab ich vergessen. Ist ein paar Jahre her, aber *Papà* musste ihn feuern.«

»Wissen Sie noch, warum?«

»Ich glaube, er hat gestohlen. Sie hatten sich gestritten. *Papà* war stinksauer, weil er so ein undankbarer Bursche war.«

»Verstehe. Lassen Sie uns doch hier weitergehen … war das hier früher mal der Gemüsegarten?«

»Ja, ich glaube schon. Warum?«

»Ach, nur so. Hab vor kurzem einen ähnlichen gesehen, bei dem waren die einzelnen Beete auch von so kleinen Hecken abgetrennt. – Warum hätte er denn dankbar sein sollen? Der Gärtner, meine ich.«

»Weil er im Gefängnis gewesen war und *Papà* ihm den Job nur aus Gefälligkeit gegeben hatte.«

»Verstehe. Jeder, der aus irgendeinem Grunde wütend auf Ihren Vater ist, steht erst einmal unter Verdacht. Ich werde mit ihm reden, sobald er wieder hier ist. Was ist mit den beiden Mädchen, die Sie erwähnt haben? Die waren doch bestimmt hier, als … als Sie den Kleinen gestern in den Kindergarten gebracht haben. Ich muss mit ihnen reden. Sie haben gesagt, dass Sie gestern niemanden in der Nähe der Villa gesehen und auch kein Auto bemerkt hätten, als Sie zurückgekommen sind. Aber vielleicht haben die beiden ja etwas bemerkt. Ich hab sie gestern gar nicht gesehen.«

»Weil sie nicht da waren. Ich habe Ihnen doch gesagt, dass niemand hier war, nur *Mamma* und ich. Sie kommen erst am frühen Nachmittag, bringen die Einkäufe und bereiten das Abendessen vor. Normalerweise gehen sie wieder so gegen neun, aber Frida bleibt jetzt. – Gehen wir nach unten in den Weingarten?«

»Nein, nein, wir drehen jetzt besser um. Es ist ziemlich heiß in der Sonne, und Sie haben nichts auf dem Kopf.«

»Ich trage keinen Sonnenhut, nie.«

»Nun ja, Sie haben aber auch wundervolles, dickes Haar.

Trotzdem, man kann nicht vorsichtig genug sein, nicht wahr, Carabiniere?«

»Wie bitte, was? O ja, natürlich, Maresciallo.«

»Eine ziemlich ungewöhnliche Arbeitszeit für die beiden Mädchen, finden Sie nicht?«

»Wegen *Mamma.* Es geht ihr nicht gut, und sie schläft sehr schlecht. Sie nimmt Tabletten und steht immer erst sehr spät auf.«

»Bis auf gestern natürlich, bei all dem Lärm ... aber nein, Sie haben ja gesagt, dass Sie sie wecken mussten, nicht wahr? Ich möchte sie möglichst wenig belästigen. Es hat sie doch sehr mitgenommen, und ich weiß ja, dass ihre Gesundheit angegriffen ist ... aber ich muss sie zumindest fragen, ob sie irgendetwas gehört hat.«

»Hat sie nicht. Kann sie doch gar nicht. Ich hab Ihnen doch gesagt, dass sie Schlaftabletten nimmt. Und sie trägt Ohrstöpsel. Ich hab sie nicht geweckt, das hat die Frau von gegenüber getan, als sie mit mir rübergekommen ist. Sie hat ganz schön lange gebraucht, um *Mamma* um diese Uhrzeit wachzukriegen.«

»Ah ja, Signora Donati. – Nehmen wir doch diesen Weg hier. – Der Carabiniere hat gerade mit ihr gesprochen. Kennen Sie sie gut?«

Sie antwortete nicht sofort. Ihr Blick wanderte aufwärts. Er folgte ihren Augen: der Turm. Es würde lange dauern, bis sie wieder dorthin schauen konnte, ohne das Bild ihrer toten Schwester vor Augen zu haben. Er hatte ihr heute einiges zugemutet, aber wen hätte er sonst um Hilfe bitten können? Die Mutter ganz bestimmt nicht.

»Wie bitte? Was haben Sie gesagt?«

»Signora Donati? Kennen Sie sie gut?«

»Wer soll das sein?«

»Die Nachbarin, die Ihnen gestern geholfen hat.«

»Kenn ich nicht.«

Natürlich nicht, was hatte er bloß erwartet? Um wie viel einfacher war es doch, einen Mord in den Vierteln der Altstadt zu untersuchen, wo jeder jeden kannte!

»Sie sind immerhin dorthin gelaufen, um Hilfe zu holen.«

»Nein, bin ich nicht. Ich wollte einfach nur weg. Ich hatte Angst, und er war irgendwo dort draußen, und ... und ich hab geschrien... Ich habe über Ihre Frage von gestern nachgedacht... ob ich jemanden gesehen habe, meine ich ...«

»Und? Ist Ihnen etwas eingefallen?«

»Ich bin mir nicht sicher. Ich dachte... Ich war so durcheinander und weiß nicht mehr so genau, aber ... «

»Die Person, die Sie gesehen haben, haben Sie sie erkannt? Sie brauchen keine Angst zu haben, Namen zu nennen. Wenn Sie sich jetzt irren und das später korrigieren müssen, das macht gar nichts.«

»Wirklich nicht?«

»Natürlich nicht. Ich schreibe nichts auf, das sehen Sie doch, oder? Und der Carabiniere schreibt auch nichts auf, oder machen Sie etwa Notizen?«

»Ich? Äh ... nein, natürlich nicht.«

»Nach so einem schrecklichen Schock ist es ganz natürlich, dass Sie durcheinander und verängstigt sind. Wenn Sie die Sache ruhig angehen, wird die Erinnerung nach und nach zurückkehren. Wir werden nichts protokollieren, bis Sie ganz sicher sind.«

Silvana schwieg ein Weilchen. Die Schritte auf dem Kies

knirschten vernehmlich in der Stille. Der Maresciallo drängte sie nicht, sagte ihr nichts vor. Sie hatte gesagt: ›Er war dort draußen‹, damit hatte sie nicht Signora Donati gemeint, die Blumen gegossen hatte, das Mädchen hatte einen Mann gesehen. Aber er durfte ihr nichts einreden. Sie hatte eine zu fügsame Persönlichkeit, um eine wirklich gute Zeugin zu sein. Wie so viele Menschen, die in ihrer Trauer nach jedem Strohhalm griffen, würde sie wahrscheinlich nur zu bereitwillig das sagen, was er hören wollte.

»Es war ein Mann.«

»Hat sie tatsächlich gesagt, dass sie einen Mann gesehen hat? Sie haben es ihr nicht in den Mund gelegt? Ach, was rede ich da? Natürlich haben Sie das nicht, Sie sind schließlich ein erfahrener Mann, der seinen Job versteht. Ausgezeichnet!« Der Staatsanwalt grinste breit und wirkte sehr zufrieden.

Glücklicherweise hatte er die Läden seines Büros geschlossen und die Tischlampe eingeschaltet. Guarnaccia hatte immer einen großzügigen Vorrat sauberer, weißer Taschentücher einstecken, aber er fühlte sich wohler, wenn er keine Sorge haben musste, dass seine lichtempfindlichen Augen ausgerechnet im Büro von De Vita zu tränen anfingen. Trotz der neu geschlossenen Freundschaft wollte er sich vor diesem Mann lieber nicht die Tränen aus den Augen wischen müssen. › … erfahrener Mann, der seinen Job versteht …‹ Mein Gott! Nun ja, Komplimente waren mal was anderes, auch wenn er sie nicht für bare Münze nehmen konnte. Dennoch machten sie das Leben einfacher.

»Wenn Silvana ›er‹ gesagt hat, dann hat sie auf jeden Fall

nicht die Nachbarin gemeint, die im Garten Blumen gegossen hat. Dann muss sie einen Mann vor Augen gehabt haben. Keine Ahnung, ob ich mich klar ausdrücke…«

»Glasklar. Ich stimme Ihnen voll und ganz zu.«

Das hätte den Maresciallo fast dazu verführt weiterzusprechen. Aber die anderen Bilder vor seinem geistigen Auge waren viel undeutlicher. Die schlanke Figur mit dem langen, dunklen Haar, die kräftigen Beine in dem Metallsarg … nun ja, verheiratet oder nicht, wer brachte seinen Freund schon nach Haus, wenn dort eine so blendend aussehende Schwester wartete? Die Erstgeborenen waren immer eifersüchtig – nun ja, Giovanni nicht, der betete Totò geradezu an. Vielleicht war ja schon mal was in der Art vorgefallen, vielleicht mit dem Vater des Kindes. Silvana war fünfundzwanzig und Single. Ja, ja, Frauen hatten heutzutage einen Beruf, eine Karriere und heirateten nicht mehr so jung wie früher. Schöne Karriere, den kleinen Neffen in der Gegend herumzukutschieren und halbtags im Büro des Vaters auszuhelfen. Sie ist krank gewesen, ja … so viele Frauen wurden von ihren Familien bis zur Selbstaufgabe in die Pflicht genommen. Nunziata wäre es ähnlich ergangen, und es war nur Teresa zu verdanken, dass sich seine Schwester ein Stückchen Freiheit hatte bewahren können, nachdem ihre Mutter…

Die Miene der Mutter… hatte sie es überhaupt begriffen? Lag es nur an den Schlaftabletten?

»Hm.« Guarnaccia starrte die Fotos auf dem Schreibtisch an.

»Sechs Kugeln in den Bauch«, der Staatsanwalt folgte seinem Blick. »Eine in den Hinterkopf, eine fehlt.«

»Eine Kugel fehlt?«

»Acht Patronenhülsen … leider schlechte Nachricht von den Ballistikern. Ich habe den Bericht noch nicht hier, aber sie haben mir schon vorab mitgeteilt, dass es eine Beretta 22 LR war und Winchester-Patronen.«

»Mist …«

»Richtig, die meistgekaufte Pistole im ganzen Land, hat jeder Hobbyschütze daheim im Schrank. Das ist jetzt zwar nicht das Ende der Welt, aber damit werden wir kaum weiterkommen. Komisch, dass alle glauben, Ballistiker könnten mit Hilfe der Patronenhülsen eindeutig die Waffe identifizieren. Nun ja, wir beide wissen, dass das mit der Realität nichts zu tun hat. Wenn die Waffe nicht zufällig irgendeinen Fehler hat, der auf der Patronenhülse eine klare Markierung hinterlässt, ist der Abgleich der Hülsen schwieriger, als eineiige Zwillinge auseinanderzuhalten.«

»Ja …«

›Wir beide wissen‹, eine neu begründete Freundschaft … Wie lange die wohl hielt …

»Wir müssen diesen Mann finden, unbedingt. Reden Sie noch mal mit der Schwester, sie soll genauere Angaben machen.«

»Ich treffe sie morgen. Mit dem Vater muss ich auch noch sprechen, sobald er nach Hause kommt. Nicht, dass er eine Aussage zur Tat machen kann, aber vielleicht kann er uns helfen, was die Männerbekanntschaften seiner Tochter betrifft, Sie wissen schon … Hat die Mutter irgendwas dazu gesagt, als Sie heute Morgen dort waren?«

»Nein, sie weiß von nichts. Sie hat gemeint, dass sie mit ihrer Tochter keine sonderlich enge Beziehung verband, und konnte uns darum keine Namen nennen. Über den gestrigen Morgen habe ich auch nichts aus ihr herausbekommen können. Offensichtlich nimmt sie Schlaftabletten und trägt Ohrstöpsel.«

»Genau das hat die Tochter mir auch erzählt. Sie ist ziemlich verzweifelt und gesundheitlich nicht wirklich auf der Höhe ... Komisch, dass die beiden sich so gar nicht nahestanden ... sie sehen sich ähnlich ...«

Eine Rubensfigur mit sechs Löchern im Bauch, vier an der fast gleichen Stelle ... Die Öffnung ... ordentlich gesäubert für die Fotos ...

»Hübsch ... ich denke mal, die Schwester kommt mehr auf den Vater raus, dunkelhaarig und so ...«

»Ja, er ist ein dunkler Typ, aber nicht wirklich schlank. Hat mit den Jahren ganz schön zugelegt ... aber wer hat das nicht? Jetzt wird er wohl mehr auf sein Gewicht achten müssen. Sauberer Schuss. Kurze Distanz, klar, aber abgesehen vom letzten Schuss keinerlei Schmauchspuren. Ich mache Druck, dass wir den Autopsiebericht bis morgen früh auf den Tisch bekommen. Hab schon kurz mit Forli gesprochen. Technisch gesehen war die Kugel im Hinterkopf die Todesursache, sofortiger Eintritt des Todes, hat kaum noch geblutet. Aber über kurz oder lang wäre sie an den anderen Verletzungen sowieso gestorben.«

»Aha. Die fehlende Kugel ...«

»Ich hab den Jungs gesagt, dass ich sie noch heute haben will. Ich hab mir die Videoaufnahmen von der Lage der Toten angesehen. Auf der Vergrößerung sieht es so aus, als sei die Kugel durch den Fotorahmen gegangen, der zerbrochen auf dem Boden lag. Irgendwo muss sie ja stecken. Um sechs gebe ich eine Pressekonferenz. Muss den Reportern ein bisschen Futter geben. Wir haben August, Sommerloch, die sind am Verzweifeln. Aber Sie brauchen deswegen nicht extra zurückzukommen. Sie haben mehr als genug zu tun, Maestrangelo kann das übernehmen.«

Gott sei Dank! Der Capitano konnte so was richtig gut.

»Also dann, Maresciallo, ich besorge Ihnen den Autopsiebericht so schnell wie möglich. Rufen Sie mich an, wenn es Neuigkeiten gibt...«

»Ja... Die Schwester wollte den Jungen wieder in seinem Zimmer schlafen lassen, aber ich habe ihr erklärt...«

»Nein, nein. Der Tatort bleibt weiter versiegelt. Ich spreche mit ihr. Ich möchte über alles informiert werden, Guarnaccia, über jede Kleinigkeit. Sie haben meine Handynummer. Rufen Sie mich an, jederzeit!«

»Natürlich.« Wichtige Leute. Aber auch in dieser Geschichte gab es Menschen, die manchen Leuten weniger wichtig schienen.

»Sonst noch was?«

Der Maresciallo hatte sich von seinem Stuhl nicht fortbewegt, hielt die Hände mit der Schirmmütze unbeweglich auf den Knien.

»Ja, die Arbeiter. Ich hab versprochen, dass ich ihnen Bescheid gebe, wenn sie morgen weitermachen können. Sie renovieren die Nebengebäude, hauptsächlich Dacharbeiten im Moment. Dort ist bereits alles abgesucht worden.«

»Ach ja, gut, dann sollte das kein Problem sein.«

Sehr schön, nun würden wenigstens ein paar Leute ruhig schlafen können. Guarnaccia allerdings gehörte nicht dazu. Er beschloss, nicht allein in der Küche zu essen. Das war einfach zu deprimierend. Nach einem längeren Kampf mit dem ›Ding‹, dem er die neuen Tagesbefehle anvertraut hatte, duschte er, zog sich um und ging zum Abendessen in den Offiziersclub. Er traf einen ehemaligen Kollegen, der erst kürzlich in den Ruhestand versetzt worden war und nun einen Job bei einem Großindustriellen angenommen hatte.

»Er will einfach nur, dass ich da bin, damit ich als sein Auge fungiere, wenn er unterwegs ist. Ich hab kaum was zu tun und bekomme kein schlechtes Geld.«

»Langweilt dich das denn nicht?«

»Manchmal schon, aber man trifft immer wieder eine Menge Leute, mit denen man ein bisschen quatschen kann.«

Mit einem guten Essen im Bauch gelang es Guarnaccia, sich rechtzeitig vor jenen deprimierenden Gesprächen in Sicherheit zu bringen, die sich einzig und allein um die Prostata-Probleme seiner Exkollegen im Ruhestand drehten, oder darum, wer alles in der Zwischenzeit gestorben war. Er schaffte es gerade noch rechtzeitig, zur Zusammenfassung seines Falls in den regionalen Spätnachrichten zu Hause zu sein. Dann schaltete er den Fernseher wieder aus und lief durch die Wohnung, als suche er etwas. Die Zimmer waren leer und still, und er würde dort nicht finden, was ihm fehlte. Viel zu spät, um sie jetzt noch anzurufen. Er hätte anrufen können, bevor er sich auf den Weg in den Club gemacht hatte, aber das hatte er nicht über sich gebracht, weil sie ihn bestimmt wieder nach der Wohnung gefragt hätte, wegen der er noch immer nichts unternommen hatte. Morgen würde er den Capitano treffen. Dann würde er mit ihm darüber reden, und morgen Abend konnte er Teresa dann anrufen.

Er ging zu Bett und fiel in einen traumlosen Schlaf. Doch schon um fünf am nächsten Morgen öffnete er die Augen und war schlagartig hellwach. Zwei Fragen gingen ihm im Kopf herum: Der Mörder war kaltblütig genug, in aller Gemütsruhe zuzusehen, wie sie sich kriechend vor ihm in Sicherheit zu bringen versuchte, aber warum glaubte der Staatsanwalt, der Mann sei ein hervorragender Schütze, wenn doch eine Kugel fehlte? Der Mörder hatte ein sich extrem langsam bewegendes, sterbendes Ziel verfehlt! Als sie ihm in der Tür gegenüberstand hatte er ja wohl kaum danebengeschossen! Und warum benutzte die Mutter Ohrstöpsel in einer Umgebung, die so still war wie ein Friedhof?

›Die Bagger‹, beantwortete er seine Frage selbst und schloss wieder die Augen. Darum. Sie schlief gerne lange. ›Und bis sie die Kugel finden … das ist Sache der Spurensicherung.‹ Guarnaccia drehte sich um, zog Teresas Kissen zu sich rüber, knuffte es zurecht und schlief wieder ein.

3

Es war ein trüber, grauer Morgen. Wenn es doch nur endlich richtig regnen würde! Manchmal waren ein paar winzige Tropfen zu spüren, aber für einen ordentlichen Schauer reichte es nicht, nur die Luftfeuchtigkeit nahm immer weiter zu. Die Häuser in der Innenstadt wirkten schmuddelig, und wegen des geringen Verkehrs, drängte sich an Stelle der gewohnten Abgase immer häufiger der Geruch der Abwässer in den Vordergrund. Der Fahrer des Maresciallo bahnte sich einen Weg zur Piazza Pitti, drängte sich statt durch Autoschlangen durch dahintrottende Touristengruppen. Guarnaccia verschanzte sich hinter den dunklen Gläsern seiner Sonnenbrille vor dem stechend grellen Licht. Nach dem kurzen Besuch in der Wissenschaftlichen Fakultät in der Viale Morgagni und einer Stunde Arbeit am Schreibtisch hätte er am liebsten schon wieder geduscht.

Sie fuhren über den Ponte Santa Trinità, um auf die andere Seite des niedrigstehenden, träge dahinfließenden Arno zu gelangen. Touristen posierten für Fotos mit dem Ponte Vecchio als Hintergrundmotiv. Die Welt schien eintönig grau, nicht einmal die Hügel hinter dem Fluss waren zu erkennen.

»Soll ich warten, oder soll ich lieber später wiederkommen?«

»Bitte warten Sie, dann können Sie mich anschließend zur Villa hochfahren«, entschied der Maresciallo.

Doch als sie das Hauptquartier in der Via Borgo Ognissanti erreicht hatten, setzte der Wagen des Capitano gerade aus dem Kreuzgang heraus. Der Fahrer hielt an, und das Fenster an der Beifahrerseite wurde heruntergefahren.

»Tut mir leid, Guarnaccia. Ein Notfall. Ein neuer Zwischenfall bei den Zigeunern. Die Presse hat schon Wind davon bekommen und macht Stimmung gegen den Bürgermeister, weil er den Zigeunern dort eine Bleibe gegeben hat. Ich muss ihm die neuesten Informationen bringen und mit ihm beratschlagen, bevor er im Palazzo Vecchio eine Pressekonferenz einberuft. Kommen Sie doch einfach mit, dann können Sie mir unterwegs Bericht erstatten. Ihr Fahrer kann uns folgen.«

Der Maresciallo instruierte seinen Fahrer entsprechend und setzte sich dann auf den Rücksitz zu dem Capitano ins Auto.

»Wie läuft's denn so?«

Der Maresciallo ließ die Frage erst einen Moment sacken. »Ach, ich weiß nicht. Es ist schwierig. Keine Ahnung, was da wirklich vor sich geht...«

»Sie haben den Eindruck, dass die Dinge dort nicht so sind, wie sie scheinen, und das macht Ihnen Sorgen?«

»Nein, das ist es nicht. Was mir zu schaffen macht ist, dass das alles keinen Sinn ergibt ... Warum zum Beispiel kauft jemand solch ein Anwesen und lässt dann Handwerker und Bagger kommen, um alles auf den Kopf zu stellen und etwas ganz anderes daraus zu machen? Warum hat er es dann überhaupt erst gekauft?«

»Das ist auch mir ziemlich schleierhaft. Ich habe das Anwesen mal gesehen, in grauer Vorzeit, als es unbewohnt war. Von dieser Art mittelalterlicher Villen gab es hier in der Gegend früher jede Menge, alle nur zwei bis drei Kilometer von der Stadt entfernt. Auf alten Gemälden sind sie oft noch zu sehen, aber die meisten Häuser gibt es inzwischen längst nicht mehr, gehörten damals dem reichen Mittelstand.«

»Ach … ich dachte, das sei mindestens Adel gewesen.«

»Nein, nein, ganz und gar nicht. Die bedeutenden Adelsfamilien haben sich auf Landsitze zurückgezogen, die viel weiter draußen lagen. Nein, hier haben sich gutsituierte Händler und Bankiers und so was in der Art, einen Zufluchtsort geschaffen, um sich vor Feinden oder auch vor der Pest in Sicherheit zu bringen und für harte Zeiten ein bisschen Obst, Gemüse und Wein anzubauen.«

»Ich will mich ja nicht als großer Kenner der Architektur aufspielen, aber ich finde es wirklich schade, dass er das alles hier so einfach zerstört.«

»Da haben Sie wohl recht, aber so was passiert doch ständig: Großzügig angelegte, herrschaftliche Anwesen werden kurzerhand in winzige Parzellen aufgeteilt, und oft genug treten Banken als Käufer auf. Spekulationsgeschäfte halt.«

»Aber er wohnt dort!«

»Wie lange wohl noch? Wenn die Arbeit getan ist, verscherbelt er das Ganze und streicht dabei wahrscheinlich ein Vermögen ein.«

»Hmm.«

»Also gut, bleiben Sie weiter an der Sache dran. Haben Sie an der Uni irgendetwas in Erfahrung bringen können?«

»Nichts, nur dass sie eine außergewöhnlich gute Studentin war. Sie hatte darauf gehofft, in der Forschungsabteilung anfangen zu können, was uns nicht weiter interessieren muss, es sei denn…«

»Es sei denn, was?«

»Ihr Doktorvater – ich habe kurz mit ihm sprechen können, ein glücklicher Zufall, denn er verbringt normalerweise den ganzen August in seinem Haus am Meer; kam nur zurück, um ein paar Unterlagen zum Arbeiten zu holen…«

»Und? Was ist mit ihm?«

»Nichts. Die beiden scheinen sich nur ziemlich nahegestanden zu haben. Ich glaube, dass sie ganz schön ehrgeizig war. Nun ja, abgesehen von dem Kind kreiste ihr ganzes Leben ausschließlich um das Studium. Ich dachte nur… ehrgeizige junge Damen neigen manchmal zu… ähm… Kurzschlusshandlungen… Sie wissen schon, was ich meine.«

»Ich dachte, so was kommt nur im Showbusiness vor.«

»Nein…« Der Capitano ging nicht mehr viel unter die Leute, das hatte er mit Daniela Paoletti gemeinsam. »So was passiert heutzutage in allen Kreisen und Schichten. Der Professor hat gemeint, dass der Konkurrenzkampf in der Welt der Akademiker knallhart geworden ist und dass er oft genug mit ansehen muss, wie Leute mit den richtigen Verbindungen die wirklich brillanten Köpfe ausstechen und beiseite drängen.«

»Und wäre er für unser Opfer die ›richtige Verbindung‹ gewesen?«

Der Maresciallo schüttelte den Kopf. »Sie haben für das kommende Jahr nur eine Forschungsstelle bewilligt bekommen, und auf die wartet bereits dieser Politikersohn;

außerdem sah der Professor wirklich nicht so aus, als würde er …«

»Nicht? Wieso? Zu alt?«

»Das auch. Hat nicht ein Mal von seinen Büchern aufgeblickt. Ich kann mir nicht vorstellen, dass er wegen einer jungen Studentin Ärger riskiert. Und ebenso wenig kann ich mir vorstellen, dass er wegen so was Ärger mit seiner Frau riskiert. Aber man kann sich täuschen. Unser Opfer scheint ja auch nicht gerade ein flatterhaftes Mädchen gewesen zu sein und hatte dennoch ein uneheliches Kind. Der Professor ist auf jeden Fall außen vor, er hat ein Alibi. Er war bereits seit zwei Tagen in Neapel, als der Mord geschah. Hat an irgendwas gearbeitet, hab's nicht ganz verstanden, mit zwei anderen Forschern. Er hat überhaupt nicht begriffen, dass ich nur sein Alibi überprüfen wollte, und hat mir einen ellenlangen Vortrag über diese Forschungsarbeit gehalten. Ich würde noch immer dort sitzen, wenn nicht jemand hereingekommen wäre und mich erlöst hätte. Erinnert mich ein bisschen an Professor Forli. Nein, nein, der Mann ist sauber …

Ich hab dann noch mit zwei Frauen und einem Mann im Studentensekretariat gesprochen, aber die hatten nicht allzu viel Kontakt mit ihr. Sie waren ziemlich geschockt, als ich ihnen gesagt habe, wie sie starb, aber sie wussten nichts von einem Freund, kein Klatsch, kein Tratsch, gar nichts. Und was den Vater des Kindes angeht – sie hatten nicht einmal gewusst, dass sie ein Kind hatte. Ich habe meine Karte dort gelassen, weil sie mich loswerden wollten; da stand eine endlose Schlange ausländischer Studenten, die alle zum Einschreiben gekommen waren.«

»Aber jemand muss doch etwas wissen, verflucht noch mal, die Florentiner sind schließlich berühmt für ihren Hang zu Klatsch und Tratsch. Was sagt denn der Staatsanwalt?«

»Er sagt: ›Finden Sie den Mann in ihrem Leben.‹ Was soll er auch sonst sagen? Vielleicht ist es keine schlechte Idee, die Presse einzuschalten und das Fernsehen.«

Sie fuhren über die Piazza della Signoria zum Palazzo Vecchio, dem Rathaus von Florenz. Große Gruppen schwitzender Touristen folgten den Fahnen oder Schirmen, die ihre Führer in die Höhe hielten.

»Was ist denn eigentlich im Zigeunerlager passiert? Hab den größten Teil der Nachrichten gestern Abend verpasst.«

»Ein paar Zigeunerkinder haben einem Mann ein Messer ins Bein gerammt, als sie ihm irgendwo am Bahnhof die Brieftasche klauen wollten. In der Nacht darauf ist jemand in das Zigeunerlager eingedrungen und hat mit einem Benzinkanister zwei Wagen angezündet. Ein kleines Mädchen ist gestorben.« Sie stiegen aus dem Auto aus und sahen sich sofort von einem aufdringlichen Fernsehteam umringt.

»Kanal-Drei-Nachrichten. Können Sie uns sagen, was ...?«

Der Capitano ignorierte die Reporter. »Ich werde in nächster Zeit wohl viel unterwegs sein, Guarnaccia, aber Sie können mich jederzeit übers Handy erreichen ... Vielleicht wird Ihre Pressekonferenz auf morgen verschoben, weil wir wegen dieser Sache hier wohl auch eine abhalten müssen ... Sie sehen ja, was hier los ist.«

»Klar, verstehe. Komisch, wer hätte gedacht, dass der Mord an einem kleinen Zigeunermädchen von größerem öffentlichem Interesse zu sein scheint als der an einer jungen Frau aus gutem Hause?«

»Nun ja, der Bürgermeister macht sich bestimmt keine Sorgen um das Zigeunermädchen, eher um seine politische Zukunft. – Halten Sie mich auf dem Laufenden.«

»Natürlich.« Auf dem Weg zum Auto fiel dem Maresciallo die Wohnung wieder ein. Zu spät! Der Fahrer hatte den Motor bereits gestartet. Der Kameramann drängelte sich durch die Touristenschar, um mit dem Capitano ins Rathaus zu kommen. Ein paar Jugendliche mit Shorts und Baseballkappen vergaßen für einen Augenblick ihr Eis und starrten den beiden neugierig hinterher. Der Kameramann allerdings verschwendete mit ziemlicher Sicherheit nur seine Zeit. Die Journalisten hatten dem Capitano nicht umsonst den Spitznamen ›das wandelnde Grab‹ gegeben.

»Wir hätten sie eigentlich schon früher finden müssen.« Der Kriminaltechniker zeigte ihm die Kugel in einer kleinen Plastiktüte.

Den Maresciallo überraschte es nicht sonderlich, dass die jungen Männer sie bis dato übersehen hatten. Der Nachttisch war ein antikes Stück, reich mit Schnitzereien verziert, und Holzwürmer hatten tiefe Spuren hinterlassen.

»Sie ist einfach hier im Holz verschwunden. Wenn wir nicht gewusst hätten, wo wir suchen müssen, hätten wir keine Chance gehabt ...«

»Das wird den Staatsanwalt freuen.« Nicht, dass Guarnaccia sich über den Fund nicht auch gefreut hätte, aber er wäre gern endlich einmal allein in dem Raum gewesen. Abgesehen von ein paar kurzen Augenblicken gestern, hatte er noch keine Gelegenheit dazu gehabt. Zu viele Leute, die in alles ihre Nase steckten.

Wenn die Familienmitglieder ihm schon nichts verrieten, dann tat es vielleicht das Haus.

Die Fenster samt Läden waren alle geschlossen, und als die Spurensicherung endlich die starken Strahler eingepackt hatte und gegangen war, wirkte der Raum ausgesprochen dunkel, obwohl die Lichter brannten. Der Maresciallo wartete einen Moment, und schon bald hatten sich seine Augen an das Licht gewöhnt.

Damit die Schwester des Opfers gestern in das Zimmer geführt werden konnte, hatte man das Bett und auch den Boden mit Plastikplanen abgedeckt. Jetzt entfernte der Maresciallo diese wieder und deponierte sie draußen im Flur.

Dann blieb er stehen und ließ den Raum auf sich wirken.

Ungemachtes weißes Bett, rote, ausgetretene Bodenfliesen, glatt und glänzend vom Wachs, nur wenige dunkle, schwere Möbel, fast wie eine Klosterzelle, sah man einmal von der Unordnung in der einen Ecke des Raumes ab. Eine blutige Schleifspur, die in der Kreidezeichnung endete, zerbrochenes Glas vom Fotorahmen, das Bild samt Rahmen und Rückwand lag flach auf dem Nachttisch, wo die Kriminaltechniker es dort fotografiert hatten. Ein kleines, blondes Mädchen, ganz in Weiß, eine Aufnahme von einer Erstkommunion, mit einem kleinen, runden Loch darin. Der Maresciallo betrachtete das kleine Mädchen. Daniela. Sie war sehr dünn, die großen, ernsten Augen umrahmt von dunklen Schatten. In dieser Familie schien niemand gesundheitlich ganz auf der Höhe zu sein. Neben der Nachttischlampe standen zwei weitere Fotografien, auf einer war Daniela mit dem Baby im Taufkleid zu sehen, das andere, ein neueres, zeigte den kleinen Piero, der einen Holzlaster mit roten Rädern vor sich herschob. Die gestrige Durchsuchung hatte keine weiteren Fotos zutage gefördert. In dem Stockwerk über diesem Zimmer, Danielas Arbeitszimmer, hatte der Maresciallo einen Schreibtischkalender entdeckt, der aber keinerlei private Notizen enthielt. Ein paar Termine beim Zahnarzt, Seminare für die Doktorarbeit, eine Notiz, die Wäsche aus der Reinigung zu holen. Falls es sich tatsächlich um einen verheirateten Mann handelte, konnte er sich voll und ganz auf ihre Diskretion verlassen. Offenbar war es der jungen Frau tatsächlich gelungen, ihr Geheimnis mit ins Grab zu nehmen. Über dem Arbeitszimmer, ganz oben im Turm, befand sich noch ein Speicher. Leer.

»Sie hat immer Geheimnisse vor uns gehabt.«

Ein Speicher ohne Geheimnisse, ein Kalender ohne Geheimnisse.

Und doch hat sie dieses eine Geheimnis bewahrt.

Das Kinderzimmer war ein kleiner, freundlich wirkender Raum. Das Bett lag aufgeschlagen zum Lüften, ein flauschiges Tier mit einer spitzen Nase hockte auf dem Kopfkissen, ein Regal mit Bilderbüchern. Das fast ganz in Weiß gehaltene Bad wirkte sehr aufgeräumt. Die Handtücher, weiße und dunkelblaue, lagen ordentlich zusammengefaltet auf einem Messingregal, nur eines, das benutzt war, lag auf einem Wäschekorb.

Eine ruhige, fleißige Frau war aufgestanden, hatte ihren kleinen Sohn gewaschen und angezogen, ihm einen Stock tiefer Frühstück gemacht und ihn dann nach unten zu ihrer Schwester gebracht. War sie anschließend zum Duschen nach hier oben gekommen? Vielleicht. Sie hatte noch diesen weißen Morgenmantel getragen, als sie starb, und sie hatte noch keine Zeit gehabt, das Bett zu machen. Es sah hier so gar nicht nach einem Schauplatz für einen Mord aus. Alles war so ruhig, so sauber, so einfach, so … unschuldig.

Nichts ist, wie es scheint. Das Telefon …

Er betrachte wieder die Kreidezeichnung, die die Lage ihres Körpers markierte.

Vielleicht hatte sie gerade versucht, sich aufzurichten, und nach dem Telefon gegriffen, war aber zusammengebrochen, als er die erste Kugel auf ihren Kopf abfeuerte.

Doch all diese Spekulationen brachten die Ermittlungen nicht weiter. Jemand war nach hier oben gekommen, sie hatte ihrem Mörder die Tür geöffnet. Hatte sie ihn gekannt? Bestimmt. Sie hatte ihm im Morgenmantel die Tür geöffnet, einem dünnen, weißen Morgenmantel, wahrscheinlich Seide. Hier oben gab es kein zweites Telefon, und gestern hatte er in keinem der anderen Stockwerke eine Nebenstelle gesehen. Er trat ans Fenster zur Frontseite und öffnete es. Schwierig, jemanden, der dort unten direkt vor der Tür stand, aus diesem Blickwinkel zu erkennen, aber jemand Vertrautes, eine Stimme, die grüßte … Er lehnte sich nach draußen.

Da unten stand ein Mann, dunkles Haar, keine Uniform, rauchend. Plötzlich schaute er rasch nach links und rechts, warf die Zigarette fort, bückte sich, huschte unter dem Absperrband der Polizei durch und verschwand im Turm.

Der Maresciallo schloss das Fenster und eilte nach unten. Zwecklos, auf den Steinstufen geräuschlos nach unten kommen zu wollen. Wie zum Teufel hatte es dieser Mann überhaupt auf das Grundstück geschafft? Überall wimmelte es von Carabinieri. Im Grunde interessierte den Maresciallo das ›Wer‹ viel mehr als das ›Wie‹. Als er endlich unten ankam, sah er den Mann, der sich in aller Ruhe umschaute.

»Verdammt noch mal!«

»Morgen, Guarnaccia.«

»Was zum Teufel haben Sie hier verloren … und wie sind Sie überhaupt hier hereingekommen?«

»Ach, Sie kennen mich doch.« Nesti grinste.

»Nur zu gut, nur zu gut. Sie haben Glück, dass der Staatsanwalt nicht hier ist und Sie für diese Eskapade hinter Gitter bringt. Verschwinden Sie, aber ein bisschen plötzlich.«

»Kommen Sie schon, Maresciallo, geben Sie mir was, irgendwas, was ich morgen bringen kann, und schon bin ich weg. Ich hab natürlich gewusst, dass die Staatsgewalt nicht vor Ort ist, bin dort unten bei dem kleinen Nebenhaus reingekommen, wo sie bis vor etwa zehn Minuten noch eine Durchsuchung laufen hatten. Die Mauer dort ist eingebrochen … hab mir die Schuhe ruiniert.«

Nestis Ehrgeiz, stets als Erster am Tatort zu erscheinen, grenzte an Besessenheit und wurde höchstens noch von seiner Leidenschaft für exquisite Kleidung und Schuhe übertroffen.

»Raus hier, Nesti.«

»Ich habe Ihnen auch schon geholfen.«

Das stimmte. Noch bevor Guarnaccia nach Florenz gekommen war, hatte Nesti schon als Journalist bei *La Nazione* gearbeitet, und er wusste einfach alles, was es in dieser Stadt zu wissen gab.

»Außerdem kann ich nicht auf dem gleichen Weg wieder hier raus, auf dem ich reingekommen bin, weil die Mauer auf der Innenseite zwei Meter höher ist – und ich kann ja wohl nicht so mir nichts, dir nichts an dem Wagen vorbeimarschieren, den Sie am Haupteingang postiert haben.«

»Nesti!«

»Es wird Ihnen leid tun, wenn Sie mir nicht helfen, denn ich hab ein paar Informationen über den Kerl.«

»Über den Mörder?«

»Wer weiß das schon – wenn ich die Sache richtig sehe, haben Sie noch immer nicht den geringsten Hinweis. Nein. Im Moment allerdings spreche ich vom Besitzer dieses Anwesens hier, Paoletti. Sie haben ihn bestimmt noch nicht kennengelernt. Er liegt im Krankenhaus.«

»Ach, und Sie kennen ihn? Erzählen Sie mir jetzt bloß nicht, Sie waren im Krankenhaus…«

»Nein, nein. Eine Geschichte aus der Vergangenheit. Er hat's ganz schön weit gebracht. Wenn ich mich hier so umsehe…«

»Nesti …!« Der Mann hatte ihm schon oft nützliche Tipps gegeben, aber er hatte diese laxe Art, ihm so ganz nebenbei ein paar Informationsbröckchen hinzuwerfen, dass Guarnaccia nie genau sagen konnte, ob der Journalist ihn nicht vielleicht bloß auf den Arm nahm. Nesti vermittelte ihm ständig das Gefühl, er meine es nicht ernst, dabei scherzte er eigentlich nie. Es lag an diesem lässigen Auftreten und den Augen, die fast immerzu fest zusammengekniffen waren – wahrscheinlich nur zum Schutz gegen den aufsteigenden Zigarettenqualm –, dass alles, was er sagte, irgendwie komisch wirkte.

»Also, ich verschwinde zusammen mit Ihnen im Auto von hier. Sie haben mich hergebeten, weil Sie von mir ein paar Hintergrundinformationen über Paoletti haben wollten. Und um die Geschichte auch wirklich schön glaubwürdig aussehen zu lassen, verpassen Sie den beiden Wachen am Tor einen ordentlichen Anschiss, weil sie mich einfach hier haben hereinspazieren lassen. Damit wäre Problem Nummer eins gelöst.«

»Und was ist Problem Nummer zwei?«

»Hab ich doch schon gesagt: Ich brauch Futter für die Lokalseite morgen. Sie bekommen von mir ein paar Zuckerstückchen über Paoletti, und dafür verraten Sie mir ein bisschen was von der Geschichte hier, und alle sind glücklich und zufrieden. Wenn irgend möglich, lassen Sie uns das bei einem ordentlichen Mittagessen besprechen. Ich sterbe vor Hunger, hab aber keinen Cent mehr in der Tasche.«

»Sie sollten nicht alles für Klamotten verpulvern.«

»Wie recht Sie haben. Jetzt muss ich mir auch noch ein Paar neue Schuhe kaufen. Wir gehen zu Paszkowski. Ich brauche Zigaretten, und alle anderen vernünftigen Lokale haben im Moment geschlossen.«

»Haben Sie es aufgegeben, das Rauchen aufzugeben?«

»Ganz im Gegenteil. Ich gebe nie auf, lege nur mal eine kleine Pause ein.«

»Tut mir leid, das Mittagessen ist gestrichen, keine Zeit für eine Pause.«

Höchstens für ein paar Sandwiches, das würde reichen müssen. Schließlich einigten sie sich darauf, gemeinsam zu Abend zu essen. Vielleicht hatte Nesti ja tatsächlich ein paar interessante Informationen, aber um der Wahrheit die Ehre zu geben: Guarnaccia hätte den Abend auch mit dem Teufel verbracht, nur um der Einsamkeit daheim zu entfliehen.

Diese Art Manöver war ihm bereits seit seiner Kindheit vertraut. Alle seine Schulfreunde fuhren in den Urlaub, nur sie blieben immer zu Hause. Er hing daheim herum, wusste nichts mit sich anzufangen, fühlte sich einsam und verlassen. Seine Mutter hatte einfach zu viel zu tun, um Mitleid für ihn aufzubringen.

»Steh nicht hier in der Küche herum. Ich muss den Boden wischen. Geh und spiel mit Nunziata, oder hilf deinem Vater im Hühnerstall.«

Aber seine Schwester war zwei Jahre älter und wollte ihn nicht ständig auf der Pelle haben. Sein Vater war zwar ein ausgesprochen ruhiger und sehr geduldiger Mensch, aber es war nicht zu übersehen, dass er besser ohne ihn zurechtkam.

Darum dauerte es meist nicht lange, bis er wieder in der Küche auftauchte.

»Ich habe Hunger.«

»Da, iss ein Brot.«

Dann schnitt ihm die Mutter eine dicke Scheibe Brot ab, belegte sie mit Tomate und gab ein wenig Salz und einen Tropfen Öl darauf.

»Hier, bitte. Jetzt sei aber so gut und geh mir endlich aus den Füßen. Warum läufst du nicht mal rüber zu dem kleinen Beppe? Der mag bestimmt mit dir spielen.«

»Der ist erst acht!«

Schließlich ging er doch rüber, und sie gründeten eine Art Notgemeinschaft, die sie den langen, einsamen August über am Leben erhielten, bis die anderen endlich wieder aus dem Urlaub zurückkehrten.

Er ließ Nesti am Ende der Straße raus, wo der Journalist seinen Wagen geparkt hatte.

»Acht Uhr, bei Paszkowski. Inzwischen geh ich ein bisschen kuren, ist gut für meine Leber.«

»Wie bitte?«

Um fünf Uhr saß der Maresciallo hinter seinem Schreibtisch. Zuvor hatte er bei den beiden Carabinieri reingeschaut, die im Mannschaftsraum Dienst taten, einer saß vor dem Funkgerät und sprach mit den Kollegen von der Motorradstreife.

»Alles in Ordnung?«

»Alles ruhig, Maresciallo.«

»Sehr schön. Dann lassen Sie bitte diesen Namen durch den Computer laufen. Kontrollieren Sie, ob es eine Akte gibt, irgendwelche Einträge, was auch immer.«

»In Ordnung ... aber ... das ist doch ...?«

»Ja, das ist er. Bringen Sie mir alles, was Sie finden können, sofort ... und wenn es irgendwelche Zwischenfälle mit Zigeunern gibt, geben Sie mir bitte auch sofort Bescheid. Der Capitano will nicht, dass die Stimmung weiter hochkocht, wir müssen die Presse im Auge behalten.«

»Verstanden. Haben Sie schon gehört, dass noch ein Kind gestorben ist?«

»Nein. Wie ist das passiert?«

»Sie haben es gerade in den Nachrichten gebracht. Der kleine Bruder des Mädchens, das im Feuer umgekommen ist. Er hatte schlimme Verbrennungen und ist vor einer Stunde gestorben. Armer Kerl. Hoffen wir bloß, dass das all jenen, die gegen die Zigeuner hetzen, das Maul stopft.«

Der Maresciallo bezweifelte das. Die würden sich eher freuen, dass es nun zwei Zigeuner weniger auf dieser Welt gab. Er setzte sich hinter den Schreibtisch und seufzte tief. Ein heikles Problem, bei dem die Emotionen hochkochten und sich niemand mehr wirklich für Fakten interessierte. Jedes kleine Vorkommnis war willkommener Anlass, all den Ärger wiederaufflammen zu lassen, und mit dieser Brandstiftung war das Ganze zu einem brisanten Politikum mutiert.

Als Kind hatte er die Warnungen seiner Eltern, er müsse sich vor den Zigeunern in Acht nehmen, nie so ganz für bare Münze genommen. Dennoch hatte er in mancher dunklen, einsamen Nacht in seinem Bett vor Angst das Zittern bekommen. Warum sollten sie Kinder stehlen? Das war doch nur so ein Schauermärchen, damit er draußen nicht herumstromerte und pünktlich bei Einbruch der Dunkelheit nach Hause zurückkehrte. Nun ja, Zigeuner stahlen tatsächlich Kinder, zwar nicht unbedingt in Italien, aber sie taten es und brachten ihnen Betteln und Stehlen bei und wie man seinem Opfer ein Messer ins Bein rammte, wenn es nicht schnell genug klein beigab ...

Guarnaccia holte sein Notizbuch aus der Tasche. Wo er schon bei heiklen Problemen war ...

Costanza Donati – eine Frau, die das Herz auf dem rechten Fleck trug; wer die zur Nachbarin hatte, konnte von Glück sagen – hatte ihm nicht wirklich weiterhelfen können, was Daniela Paolettis Tod oder deren Leben betraf. Aber dafür hatte sie ihm bei der Lösung eines anderen Problems geholfen. Ihr Mann war Arzt, Facharzt, und sie hatte versprochen, ihn zu fragen, ob Nunziata ihre Therapie in Florenz machen konnte, wenn sie wirklich eine brauchte.

»Das ist zwar nicht sein Spezialgebiet, aber machen Sie

sich keine Sorgen. Sagen Sie einfach Bescheid, wenn es so weit ist, dann kümmert er sich um alles.«

»Dafür wäre ich Ihnen wirklich sehr dankbar. Ich habe gehört, dass diese Therapien oft sehr schlecht verträglich sind. Sie soll das nicht allein durchstehen müssen, wenn sie hier bei uns sein kann. Ich bin Ihnen für Ihre Unterstützung wirklich sehr dankbar.«

»Ach wo, das ist doch nicht der Rede wert. Ich habe nicht vergessen, was Sie für uns getan haben.«

»Wie geht's denn Ihrem Sohn?«

Sie waren noch ein Weilchen auf der Bank sitzen geblieben, um im Schatten ein wenig weiterzuschwatzen. Der Garten der Donatis lag etwa vier Meter über der Straße und bot eine ziemlich gute Aussicht auf die beiden obersten Turmgeschosse.

»Ist aber wohl doch zu weit weg, als dass Sie irgendetwas gehört haben könnten, oder?«

»Keine Ahnung. Vielleicht hätte ich etwas hören können, wenn dieser grässliche Bagger nicht die ganze Zeit so gelärmt hätte. Ich weiß wirklich nicht, was die dort drüben vorhaben, aber ich wette, dass sie es schaffen, dieses herrliche Anwesen total zu verschandeln.«

Wie gesagt, eine Frau mit dem Herzen auf dem rechten Fleck.

»Um ehrlich zu sein, Maresciallo, ich hab keine Ahnung, ob ich kapiert hätte, dass da jemand schießt. So was kenne ich nur vom Fernsehen oder aus dem Kino. Ich mag gute Krimis, wenn sie nicht zu brutal sind. Wären die Schüsse denn sehr laut gewesen?«

»Nein, nein, nicht so wie im Fernsehen. Aber ehrlich gesagt, uns interessiert gar nicht so sehr, wann genau die Schüsse gefallen sind. Wir würden viel lieber wissen, ob Sie jemanden gesehen haben, aber Sie haben ja schon gesagt, dass Ihnen niemand aufgefallen ist. Haben Sie an dem Morgen vielleicht schon länger hier draußen gearbeitet? Bestimmt hat der Carabiniere Sie das auch schon gefragt, der gestern hier war, oder?«

»Ja, das hat er, und ich hab ihm gesagt, dass ich bis etwa neun Uhr hier zu tun hatte. Es ist schon ein ordentliches Stück Arbeit, das Gießen und Ausputzen. Eigentlich ist das die Aufgabe meines Mannes. Er ist der Gärtner von uns beiden. Aber an dem Morgen hatte er einen Notfall und musste früher los als sonst. Ich hab die junge Frau aus der Stadt zurückkommen sehen, und kurz darauf kam sie schreiend nach draußen gestürzt.«

Signora Donati war ins Haus gegangen und kehrte nun mit einem Tablett zurück. Eine kleine Erfrischung, sanftes Plätschern beim Einschenken, leises Klirren der Eiswürfel, Vogelgezwitscher, es duftete nach Gras. So ein Garten war schon etwas Schönes, machte aber auch viel Arbeit.

»Wie wird die Familie mit diesem Schlag fertig, Maresciallo? Es muss ein schrecklicher Schock für sie gewesen sein. Ich sehe sie zwar nur selten, aber sonntags morgens gehen sie alle zusammen in die Kirche. Ich selbst gehe nur selten, und mein Mann hasst den Florentiner Klerus geradezu. Sie war ja noch so jung … der kleine Junge hat im Auto immer auf ihrem Schoß gesessen. Sonst sehe ich sie so gut wie nie. Elio und ich frühstücken bei gutem Wetter gerne hier draußen. Wie kommt die Schwester zurecht? Meine Güte, das Mädchen war ja völlig außer sich.«

»Es geht ihr schon besser, sie hat sich ein wenig beruhigt.«

»Dennoch macht sie sich bestimmt Sorgen. Der kleine Junge wird sie brauchen…«

»Ja. Ich wüsste nur zu gern, wer der Vater ist.«

»Da kann ich Ihnen nicht weiterhelfen. Ich habe sie nie in Begleitung eines Mannes gesehen, tut mir leid.«

Dem Maresciallo tat es auch leid. Er schloss das Notizbuch und starrte auf die Straßenkarte seines Reviers an der Wand gegenüber. Dieses Gespräch gab nur wenig her für seine Fallnotizen, eigentlich nur, dass die Familie sonntags zusammen in die Kirche ging. Dennoch hatte er seine Zeit bei Signora Donati nicht verschwendet, denn schließlich hatte sie ihm versprochen, dass ihr Mann ihnen helfen würde, wenn Nunziata herkam. Eine Familie sollte zusammenstehen, insbesondere wenn Probleme auftauchen. Er hatte sofort Teresa angerufen, um ihr die guten Neuigkeiten mitzuteilen.

»Aber was ist, wenn sie gar nicht kommen will? Wir alle wollen doch viel lieber in unseren eigenen vier Wänden sein. Gerade du müsstest das verstehen.«

»Aber doch nicht allein! Und schon gar nicht, wenn man krank ist. Sie wird sich Sorgen machen, Angst haben, Hilfe, Trost und Unterstützung brauchen.«

»Deine Schwester ist ganz und gar ruhig und gefasst, sie hat schon alles bis ins Kleinste durchorganisiert. Im Moment sitzt sie mir genau gegenüber und schüttelt den Kopf.«

»Gib sie mir.«

Nunziata kam ans Telefon und lachte ihn einfach aus.

»Das ist mal wieder typisch für dich, den großen Tyrannen von Syrakus!«

»Was?«

»Ja, erinnerst du dich etwa nicht?«

»Woran soll ich mich erinnern?«

»Dionigi! Der Tyrann von Syrakus. Die Geschichte aus der Schule ... Wie hieß der Lehrer noch? Hab's vergessen, egal, es war der, der immer mit Kreide nach dir geworfen hat, weil du dir die Formen des Konjunktivs nicht merken konntest. Du musst dich doch noch daran erinnern ... die alte Frau, die für Dionigi gebetet hat, als er im Sterben lag, während alle anderen schon freudig sein Grab schaufelten.«

»Ich weiß nicht ... aber du stirbst doch nicht ...«

»Und als sie wissen wollten, warum die Alte für ihn betete, hat sie gesagt, sie wolle, dass er am Leben bleibt, denn alles, was nach ihm käme, wäre wahrscheinlich noch schlimmer – und recht hat sie gehabt!« Nunziata lachte schallend. »Monatelang habe ich dich damals Tyrann von Syrakus gerufen. Tu nicht so, als ob du das vergessen hättest. Kaum dass du mir über den Kopf gewachsen bist, hast du geglaubt, du müsstest mich herumkommandieren.«

»Hmm.«

»Nun, du bist noch immer größer als ich, aber du kannst dich aufspielen, wie du willst, ich gehe nirgends hin. Ich habe hier alles organisiert und werde mich hüten, meine alten Knochen woandershin zu verfrachten. Teresa hat mit dir und den Kindern genug am Hals. Ich mach jetzt Schluss. Wir müssen los. Tschühüss, Tyrann von Syrakus.«

»Trotzdem ist es nicht richtig«, erklärte der Maresciallo der Karte an der Wand. Er musste daran denken, wie ihn vor Jahren einmal eine wirklich schreckliche Grippe erwischt hatte und er ganz allein in Florenz, von Fieber und schrecklichen Alpträumen geplagt, nichts bei sich behalten konnte als ein wenig Wasser, und oft genug auch das nicht. Alles in seinem Kopf hatte sich gedreht, wenn er aufstehen musste, um die schweißnassen Laken vom Bett zu ziehen.

»Nein, nein ...«

Ein Carabiniere klopfte und streckte den Kopf durch die Tür.

»Haben Sie gerufen?«

»Was? Nein.«

»Oh. Ich dachte ... Ich wollte Sie nur kurz informieren: Über Paoletti gibt es nichts, keine Akte, keinen Eintrag.«

»Danke.«

Als der Carabiniere sich zurückzog, fiel dem Maresciallo wieder ein, dass er vergessen hatte, die Bank wegen des Kredits anzurufen. Gut, dass Teresa nicht danach gefragt hatte. Morgen! Aber morgen war Samstag, da hatten die Banken geschlossen. Verdammt! Er beschloss, die Tagesbefehle zu schreiben, und schaltete das ›Ding‹ ein. Wenigstens konnte er seine schlechte Laune jetzt daran auslassen.

Die Piazza della Repubblica wirkte dunkel und verlassen, obwohl ein paar Kneipen und ein Restaurant für die Touristen geöffnet hatten. Die Zeitungsverkäufer im Bogengang vor dem Hauptpostamt waren verschwunden, und auch die meisten anderen Geschäfte hatten die Scherengitter schon zugezogen. Paszkowskis Außentische wurden von Blumentopfhecken abgegrenzt, die mit bunten Lichterketten geschmückt waren. Eigentlich sollten die fröhlich wirken, aber irgendwie machten sie einen traurigen Eindruck. Ein paar Musiker spulten müde einen Song ab.

»Mein Gott, ist das heute wieder schwül!«, grüßte Nesti. »Wollen Sie wirklich hier draußen sitzen und den letzten Tropfen Flüssigkeit ausschwitzen, oder gehen wir lieber rein und genießen die Annehmlichkeiten einer Klimaanlage?«

Ein Kellner in cremefarbenem Jackett und goldfarbener Krawatte ging an ihnen vorbei und balancierte ein mit hohen Gläsern beladenes Tablett in der Luft, grellbunte Drinks mit Fähnchen und Früchten auf Holzstäbchen.

Einer der Männer hinter der Bar grüßte Nesti.

»Einen ruhigen Tisch, wir wollen uns unterhalten.«

»Mario, einen Tisch bitte.«

Sie wurden in eine ruhige Ecke geführt, wo nur noch ein Ehepaar saß, das bereits speiste. Der Mann hielt einen großen, weißen Hund an der Leine, der neugierig den langgestreckten Kopf hob, eine Reihe strahlend weißer Zähne und eine rosafarbene Zunge entblößte und den Kopf dann wieder gelangweilt auf den Boden sinken ließ.

»Was darf ich Ihnen bringen?«

»Zwei Aperitifs und die Speisekarte ... und ein Päckchen Zigaretten, bitte.«

Die beiden Männer bestellten Pasta. »Hmm, die ist wirklich köstlich«, lobte der Maresciallo nach dem ersten Bissen.

»Hier schmeckt es immer gut, aber das überrascht Sie doch nicht wirklich, oder? Sagen Sie bloß nicht, Sie haben noch nie hier gegessen.«

»Nein, natürlich nicht, warum sollte ich?«

Nesti zuckte mit den Schultern. Er hatte seine Gabel hingelegt, um sich eine Zigarette anzuzünden. »Wenn man spätabends gut essen will und außerdem noch Zigaretten braucht, ist dies hier das einzige Lokal weit und breit, das in Frage kommt.«

»Darf man hier denn rauchen?«

»Nein. – Aber jetzt zu diesem Paoletti.«

»Ich hab ihn überprüfen lassen. Er hat keine Akte, keine Vermerke, nichts.«

»Möglich, aber da gibt es ein paar dunkle Punkte in seiner Vergangenheit.«

»Was hat er gemacht?«

»Zuhälterei.«

»Zuhälterei?«

Nesti drückte die halbgerauchte Zigarette aus, nahm die Gabel wieder in die Hand und schien vollkommen ernst. »Unten im Cascine-Park. Sie haben ihn festgenommen, weil er eine Prostituierte halb totgeschlagen hat. Keine Ahnung, warum. Hat wahrscheinlich versucht, ihn übers Ohr zu hauen – oder abzuhauen. Sie war noch sehr jung.«

»Aber offensichtlich ist er nicht verurteilt worden.«

»Richtig. Genau darum ist die Geschichte ja so interessant. Ein paar Freier, die durch den Park gefahren sind, haben die junge Frau blutüberströmt mitten auf der Straße gefunden. Eine der Prostituierten hat ausgesagt, Paoletti sei der Zuhälter der Kleinen. Aber es gab keine Beweise, das Opfer konnte nicht gegen ihn aussagen, und so ist er noch mal davongekommen.«

»Ist sie etwa gestorben? Oder war sie zu verängstigt?«

»Weder noch. Sie durfte nicht gegen ihn aussagen, weil sie inzwischen seine Frau geworden war. Es hat eine Weile gedauert, bis man ihn gefunden hatte, und als es endlich so weit war, da hat er sie kurzerhand geheiratet und den Priester auch noch davon überzeugt, er rette ein gefallenes Mädchen. Einzig und allein sich hat er gerettet, der wäre ganz schön lange eingefahren ... Zuhälterei, schwere Körperverletzung. Kaum, dass sie aus dem Krankenhaus entlassen wurde, hat er sie geschnappt, und als sie ihn schließlich festnehmen wollten, war er mit ihr verheiratet. Wäre sie keine Prostituierte gewesen, hätte man sie als Zeugin vielleicht unter Schutz gestellt, aber so ... und den Priester hat er doch tatsächlich dazu überredet, als Leumund für ihn auszusagen. Ich kann Ihnen morgen Kopien der Zeitungsartikel schicken, wenn Sie wollen.«

»Danke, ja. Ich frage mich nur, was aus ihr geworden ist ...«

»Das kann ich Ihnen sagen. – Noch einen Schluck Wein?«

»Ja, danke. Das ist ein sehr guter Tropfen, den Sie da ausgesucht haben.«

»Sie wollen doch keinen billigen Fusel, oder? Das ist schlecht für die Leber. Tut mir leid, dass ich gerade pleite bin, aber nächstes Mal geht die Runde auf mich. – Die Prinzessin hat ihr Märchenschloss bekommen, Sie haben sie dort ja schon getroffen. Was halten Sie von ihr?«

Der Maresciallo war so verblüfft, dass er im ersten Augenblick dachte, die junge Prostituierte, die blutend im Park gefunden worden war, sei identisch mit dem Opfer aus dem Turm. Aber nein, natürlich war es die Mutter, die verschreckte, stille Mutter mit den glasigen Augen. Die Geschichte von dem Priester machte Nestis Geschichte absolut glaubwürdig.

›Sonntags morgens gehen sie alle zusammen in die Kirche.‹

4

Nach dem ausgezeichneten Schlemmermahl, bei dem sich keiner der beiden Zurückhaltung auferlegt hatte, tat ihnen der Spaziergang am Fluss entlang zurück nur gut. Sie gingen über den Ponte Vecchio, der zwar dunkel vor ihnen lag, weil die kleinen Geschäfte inzwischen die Gitter heruntergelassen und die Läden geschlossen hatten, der aber dennoch deutlich belebt war, mit Liebespärchen, die sich an der Balustrade auf der Brückenmitte küssten, und zahlreichen nach Parfüm duftenden Urlaubern, die nach dem Abendessen dort flanierten. Auf der anderen Seite des Flusses nahm sie nächtliche Stille in Empfang, abgesehen von den eigenen Schritten war in der schwülen Nacht kein Laut mehr zu hören.

»Fast so gut, als wäre ich kuren gewesen«, grinste Nesti und tätschelte liebevoll seinen Bauch. »Der hier freut sich, dass er heute mal so richtig verwöhnt worden ist.«

»Wie? Sie haben doch keine Trinkkur gemacht? Haben Sie mich auf den Arm genommen heute Mittag?«

»Nicht wirklich. Ich bin zwar tatsächlich dorthin gefahren, aber von dem widerlichen Zeugs hab ich natürlich nichts getrunken.«

Der Maresciallo blickte Nesti prüfend von der Seite an, aber es war nicht hell genug, um die Gesichtszüge des Journalisten zu deuten. Wie immer hatte er eine brennende Zigarette im Mundwinkel hängen und die Augen wegen des aufsteigenden Qualms fest zusammengekniffen.

»Diese Kurhäuser sind einfach grässlich. Jetzt ist natürlich längst nicht mehr so viel los wie früher, als man auf Kosten des staatlichen Gesundheitswesens einen ausgedehnten Erholungsurlaub mit guten Speiselokalen, Spielkasinos und Nachtclubs buchen konnte. Na ja, Sie und Ihre Jungs bekommen so was noch immer auf Rezept, oder? Haben Sie es schon mal versucht?«

»Nein.«

»Keine Probleme mit der Leber?«

»Hin und wieder schon, aber meine Frau würde ohne die Kinder nicht mitkommen, und Sie werden es nicht erleben, dass ich allein im Kurpark spazieren gehe.«

»Sie würden nicht lange allein bleiben, wenn mein Eindruck bei meiner Stippvisite mich nicht völlig täuschte. Wie ich schon sagte, Paoletti hat es zu ganz schön was gebracht. Ist jetzt Besitzer eines extravaganten Nachtclubs, bedient die Reichen und Berühmten, die ihre Frauen daheim versauern lassen, während sie beim Kuren ihren Leidenschaften frönen.«

Die mächtige Steinfassade des Palazzo Pitti schimmerte im Licht der Laternen gelblich. Sie blieben unten am Fuß der Auffahrt stehen, um ihr Gespräch in Ruhe zu Ende zu führen, senkten aber die Stimmen, um die Stille der Nacht nicht ungebührlich zu stören.

»Emperor, so heißt der Club. Hab ich Ihnen nicht gesagt, dass ich eine nützliche Informationsquelle bin?«

»Schön, jetzt weiß ich wenigstens, wo das Geld herkommt, die Geschichte mit der Stellenvermittlung, die seine Tochter mir aufgetischt hat, fand ich nicht sonderlich überzeugend.«

»Von Amts wegen reicht's. Er benutzt das Geschäft als Tarnung. Alles absolut legal – nur, dass er mehr Leute ins Land schafft, als in den Akten in seinem Büro gelistet sind, wenn Sie verstehen, was ich meine, und dabei handelt es sich weder um Köche noch um Putzfrauen.«

»Prostituierte?«

»Aus Osteuropa. Einmal Zuhälter, immer Zuhälter. Die Stellenvermittlung ist keine schlechte Tarnung; ein paar Mädchen verschafft er wirklich Jobs, das spricht sich rum, und schon wirkt alles verdammt reell. Ich schätze, dass noch mehr dahintersteckt, und gehe auf jeden Fall noch mal hin. Da ist eine Story drin, und zwar eine fette, die es aufs Titelblatt schaffen wird.«

»Eine mit einem Mörder?«

»Mit mehr als nur einem. Wenn da jemand eine Rechnung mit Paoletti zu begleichen hatte – und an die Familie zu gehen ist typisch in diesem Milieu –, dann nur, weil Paoletti sich zu weit vorgewagt und eine Grenze überschritten hat. Prostituierte aus dem Osten für das eigene Etablissement heranzuschaffen ist eine Sache, aber andere Clubs zu versorgen – falls er das getan haben sollte –, da kommt er der russischen Mafia ins Gehege.«

»Nun ja, wenn dem wirklich so ist, kann ich wieder ruhig schlafen. Niemand erwartet von einem einfachen Maresciallo wie mir, sich mit der Mafia anzulegen.«

»Stimmt. Aber für mich steckt da 'ne hübsche Titelseite drin.«

Sie verabschiedeten sich voneinander, als sie eilige Schritte hörten und eine Frau, die laut schrie.

»Sieht nach Arbeit für Sie aus, Maresciallo ...«

Sie konnten die Frau sehen, die auf der anderen Straßenseite an einer Laterne vorbeilief, aber sie konnten nicht verstehen, was sie in hysterisch hoher Tonlage kreischte. Ein großer, kräftiger Mann verfolgte sie schweigend.

Der Maresciallo war schon im Begriff, die Straße zu überqueren, als Nestis lakonische Bemerkung ihn stoppte: »Ich würde nicht mit ihm tauschen wollen, wenn die auf ihn losgeht.«

Der Maresciallo drehte sich um. »Kennen Sie die beiden?«

»Hab sie schon mal gesehen. Kleinkriminelle. Drogen, Bagatelldiebstähle, nicht der Rede wert.«

»Trotzdem ...« Der Maresciallo glaubte gern, dass der schweigsame, übergewichtige Mann in Gefahr war, wenn sich die Wut der Furie dort drüben gegen ihn wendete. Die Raserei dieser Frau brachte die Luft zum Kochen.

»Lass mich los, du verdammter Bastard, lass mich los!«

Er hatte sie eingeholt und versperrte ihr am Eingang zur Bank den Weg.

»Lassen Sie die zwei das lieber unter sich ausmachen«, riet Nesti.

»Kommen Sie mit rüber. Wenn er uns sieht, wird er die Frau wenigstens nicht schlagen.«

Sie überquerten die Straße und näherten sich dem Paar.

»Kommen Sie«, sprach der Maresciallo den Mann ruhig an. »Lassen Sie die Frau los, damit sie sich beruhigen kann.«

Der dicke Mann hörte nicht auf den Maresciallo, sondern hielt die Arme der Frau weiter fest umklammert.

»Lass mich gehen! Lass mich los!« Ihr Gesicht hatte eine gelblich weiße Farbe angenommen, und sie schnappte komisch nach Luft. Gerade als sie zur nächsten Tirade ansetzen wollte, verdrehte sie die Augen und sackte in sich zusammen.

»Nesti, ruf einen Krankenwagen.«

Die Frau lag auf dem Bürgersteig, ihr Körper krampfte, die Beine zuckten unkontrolliert.

Der Maresciallo kniete neben ihr und versuchte, ihren Mund offen zu halten.

»Ist das ein epileptischer Anfall?«

Der dicke Mann hatte sich ebenfalls zu ihr auf den Boden gekniet, tat aber nichts, sondern hielt nur weiter ihre Arme wie in einem Schraubstock gefangen. Er antwortete nicht.

»Ist sie Epileptikerin? Antworten Sie!«

»Sie nimmt Tabletten … oder spritzt sich was. Spritzen … Vielleicht ist sie Asthmatikerin …«

»Heben Sie ihre Beine an! Verdammt, Nesti! Heben Sie ihre Beine an. Kommt der Krankenwagen?«

»Ist unterwegs. Ich glaube, sie kommt wieder zu sich.«

»Lass mich los!« Der Mann lockerte seinen Griff nicht. »Lass mich los! Ich kann nicht atmen!«

»Sie atmen doch«, beruhigte der Maresciallo sie. »Sie atmen. Wer redet, atmet auch. Bleiben Sie ganz still liegen. Der Krankenwagen ist unterwegs.«

»Nein! Nein! Keinen Krankenwagen, da steig ich nicht ein! Ich will nicht ins Krankenhaus! Lassen Sie mich gehen.«

Ihr anfänglicher Protest war deutlich schwächer geworden, sie hatte aufgehört, sich zu wehren.

Als der Krankenwagen eintraf, dauerte es ein Weilchen, bis die Sanitäter die sich sträubende Frau so weit beruhigt hatten, dass sie sich auf die Trage betten ließ. Die Männer waren sehr geduldig, und schließlich gelang es ihnen sogar, den Mann abzudrängen und die Trage in den Krankenwagen zu schieben. Der Mann wollte ebenfalls einsteigen, aber das ließen die Sanitäter nicht zu. Nach einer kurzen Auseinandersetzung fuhr der Krankenwagen ab, und auf der Piazza kehrte wieder Ruhe ein.

»Ich hau dann auch ab. Muss noch den Artikel schreiben. Wir sehen uns«, verabschiedete sich Nesti, zündete sich eine Zigarette an und verschwand in der Dunkelheit. Nur das Echo seiner Schritte hallte noch ein Weilchen aus der kleinen Gasse herüber.

Der dicke Mann stand mit hängenden Armen wie angewurzelt an seinem Platz.

»Sie gehen jetzt besser auch nach Hause«, erklärte der Maresciallo. »Sie ist in guten Händen.«

Der Mann antwortete nicht, sah den Maresciallo nicht einmal an. Seine Unterlippe hing unkontrolliert nach unten und legte offen, dass er nur noch einen Schneidezahn besaß. Offensichtlich war er völlig weggetreten. ›Drogen oder Alkohol?‹, überlegte Guarnaccia.

Wie zur Antwort schoss plötzlich ein dunkelroter, alkoholisch riechender Strahl aus dem Mund des Mannes auf den Bürgersteig und spritzte auf die beigefarbenen Hosenbeine des Maresciallo.

Auch das rührte den Mann nicht im Geringsten, kein Wort der Entschuldigung kam über seine Lippen, er blieb einfach wie angewurzelt da stehen, als wäre überhaupt nichts passiert. Der Maresciallo gab auf, ging zurück über die Straße und ging den leeren Vorplatz zum Palazzo Pitti hinauf. Oben drehte er sich noch einmal nach dem dicken Mann um. Tatsächlich, er stand noch immer in dem schummrigen Eingang der Bank, er konnte seine Silhouette zweifelsfrei erkennen.

Wie entfernte man Rotweinflecken aus einer beigefarbenen Hose? Guarnaccia hatte keine Ahnung. Außerdem war er in Gedanken bereits mit etwas ganz anderem beschäftigt. Statt sich sofort umzuziehen, ging er zuerst in die Wache und warf einen Blick in den leeren Warteraum. Gegenüber befanden sich die beiden Zellen, deren cremefarbene Türen mit einem dicken Riegel gesichert wurden. Lange her, dass sie hier jemand in Verwahrung nehmen mussten.

»Ja ... das war's ...!«

Vor Jahren, dieser Mann, Forbes. Unangenehmer Job, hatte sich in jener Nacht in der Zelle die Seele aus dem Leib gekotzt, literweise billigen, roten Fusel. Das war's! Der Geruch nach Alkohol und Erbrochenem hatte diese unangenehme Erinnerung wieder wachgerufen. Alkohol und Erbrochenes, aufgewischt, aber noch immer der Geruch in der Luft, das hatte er in dieser schicken Kellerküche in der Villa wahrgenommen, ganz schwach nur, aber doch eindeutig. Deshalb also war die Mutter zu benommen, um die Nachricht vom Tod ihrer Tochter wirklich zu begreifen. Darum stand ihr der Schweiß auf der Stirn, die glasigen Augen ... ein gewaltiger Brummschädel ... und nach allem, was Nesti ihm erzählt hatte, überraschte ihn das nicht einmal.

Ein drückend heißer Nachmittag. Da sie die Bauarbeiter weggeschickt hatten, unterbrach nicht einmal der Zementmischer die Stille. Der Maresciallo drückte im Schatten des Hauseingangs auf die Klingel. Eine junge Frau öffnete ihm. Blondes, beinahe schon weißes, zurückgebundenes Haar, Jeans, ein billig aussehendes T-Shirt. Er folgte ihr in die Küche. Wer diese Familie kennenlernen wollte, musste sich ihrem Tageslauf anpassen. Um diese Zeit sollten die beiden Mädchen da sein, die sich um den Haushalt kümmerten. Der Maresciallo war bereit, einiges darauf zu wetten, dass dies nur der Job war, dem sie am Tage nachgingen. Die Dame des Hauses sollte jetzt wohl aufgestanden, gewaschen und in einem Zustand sein, der eine Unterhaltung ermöglichte, sofern sie sich dazu bereit erklärte.

Offenbar lag er mit seiner Einschätzung nicht völlig daneben. Die Frau saß an dem großen Glastisch, eine Tasse und einen Teller mit den Resten einer trockenen Toastbrotscheibe vor sich. Angezogen war sie allerdings noch nicht, sie trug noch immer das Nachthemd, über das sie irgendwas drübergezogen hatte.

»Tut mir wirklich leid, dass ich Sie noch mal stören muss, aber ...«

Als er sich zu ihr setzte, hielt ihn ein warmer, heftiger Schlaf- und Schweißgeruch, vermischt mit einer leichten, Alkoholfahne, auf Abstand.

»Vielleicht ... eine Tasse Kaffee ...« Unsicher blickte die Frau vom Maresciallo zu dem Mädchen.

»Für mich nicht, vielen Dank, Signora. Ich habe unterwegs bereits eine Tasse getrunken.«

Das war gelogen, aber Guarnaccia zog es vor, hier nichts

zu sich nehmen, nicht einmal ein Glas Wasser. Ganz automatisch hielt er den Atem wieder so flach wie möglich.

»Ich mach dann mal weiter«, erklärte das Mädchen zögernd. Da niemand sie zurückhielt, verschwand sie durch die offen stehende Tür in den Raum nebenan. Ihr Zimmer? Hatte *sie* ihn von einem der vergitterten Fenster aus an jenem Morgen beobachtet, oder war es die andere gewesen?

»Ich habe von Ihrer Tochter erfahren, dass jetzt jemand ständig hier bei Ihnen bleibt. Darüber bin ich sehr froh. Ist das die junge Frau, die gerade hinausgegangen ist? Wie heißt sie noch?«

»Danuta.«

»Schläft Danuta jetzt hier? Hilft sie mit dem Kleinen?«

»Ich weiß nicht, vielleicht, manchmal...«

Ganz offensichtlich hatte die Herrin des Hauses keine Ahnung, was um sie herum vorging.

»Oder macht das vielleicht die andere junge Frau, die, die ich noch nicht kennengelernt habe?«

Signora Paoletti antwortete nicht sofort, sondern hob die Tasse an die Lippen, sehr vorsichtig, als wäre sie bis zum Rand gefüllt. Das war sie nicht, aber die Hände der Frau zitterten unkontrolliert, Schweißperlen standen ihr auf der Stirn. Sie musste einen gewaltigen Brummschädel haben. »Wahrscheinlich meinen Sie Frida«, erklärte sie mit vor Anstrengung gekrauster Stirn. »Entschuldigen Sie, ich sollte eigentlich längst angezogen sein.«

Sie warf einen verängstigten Blick zur Treppe. Die Entschuldigung galt nicht wirklich dem Maresciallo. Offensichtlich hatte sie auch dann noch Angst vor Paoletti, wenn er gar nicht im Haus war.

»Tut mir leid, aber zur Zeit geht es mir nicht gut.«

»Verstehe. Ihre Tochter, Silvana, hat mir alles erklärt ... Kein Wunder nach solch einem schlimmen Schock, erst die Sache mit Ihrem Mann und jetzt Ihre Tochter.«

Sie hob die Tasse wieder an die Lippen und nippte daran.

»Es ist Milch«, erklärte sie, als habe er sich danach erkundigt, »Milch mit einem Tropfen Kaffee. Kaffee pur vertrage ich nicht.«

»Ja, ein starker Kaffee kann ganz schön auf den Magen schlagen.«

Hätte er besser nicht kommen sollen? Doch! Er konnte sich nicht vorstellen, dass der Staatsanwalt dieser Frau auch nur die kleinste Information würde abringen können. Hatte er es nicht bereits versucht? Bestimmt hatte sie schon was gegen den Kater genommen, und die Milch und der Toast beruhigten ihren Magen hoffentlich so weit, dass man mit ihr reden konnte. Als sie dann aber die Tasse absetzte und mit unbewegter Miene fragte, ob ihre Tochter tot sei, brachte ihn eine derart unvermittelte Gesprächseröffnung doch ziemlich aus der Fassung.

»Ja, Signora, sie ist tot. Eigentlich bin ich heute nur hergekommen, um Ihnen zu sagen, dass die Autopsie abgeschlossen ist und der Staatsanwalt sie nun sehr bald zur Beerdigung freigeben wird. Sie werden Vorbereitungen für die Beerdigung treffen wollen.«

»Nein, nein, das kann ich nicht. Darum können wir uns erst kümmern, wenn mein Mann wieder zu Hause ist.«

»Ja natürlich, verstehe.«

»Wo ist Piero?«

»Ich weiß nicht ... bei seiner Tante vielleicht?«

»Ganz allein? Wir dürfen Silvana nicht allein mit ihm lassen.«

»Ja, da haben Sie recht. Sie ist noch immer ganz durcheinander – aber jetzt ist ja jemand im Haus, der ihr zur Hand gehen kann.«

»Bitte entschuldigen Sie mich. Ich glaube, ich muss ...«

Der Maresciallo brachte sich lieber rasch in Sicherheit und klopfte an die Tür, durch die das Mädchen verschwunden war.

»Die Signora braucht Hilfe.«

Das Mädchen erschien. Wortlos ging sie zu Signora Paoletti hinüber. »Möchten Sie sich anziehen?«

»Ins Bad. Mir ist übel ...«

Offensichtlich hatten die zwei Frauen die Anwesenheit des Maresciallo ganz vergessen. Das Mädchen half Signora Paoletti auf die Füße. Hinter der Tür, durch die sie zurückgekehrt war, sah er Eimer und Wischer stehen, von denen dieser schwache, aber unverkennbar von Desinfektionsmitteln übertünchte Geruch ausging.

»Ich finde schon selbst hinaus.«

»Danke.«

»Gibt es eine bestimmte Zeit, zu der es der Signora normalerweise bessergeht? Ich würde mich gern mit ihr unterhalten.«

Danuta zuckte mit den Achseln und verzog das Gesicht zu einer vielsagenden Grimasse: »Sie können es ja mal kurz vor dem Abendessen versuchen, so gegen sieben. Signora! Halten Sie sich nicht am Tisch fest, stützen Sie sich auf mich, nein, auf mich! Ja, so ist's besser.«

Der Maresciallo ging die Treppe hoch nach draußen an

die frische Luft. An der Tür scholl ihm fröhliches Wassergeplansche entgegen. Er ging bis ans Ende der Auffahrt und wandte sich dann nach links zum Turm. Silvana stand aufrecht in dem blau schimmernden Swimmingpool. Das Wasser tropfte nur so aus ihrem nassen Haar, und hoch über dem Kopf hielt sie einen kleinen, kräftigen, blondlockigen Knaben, der an eine Engelsfigur erinnerte. Das Engelchen mit den pitschnassen Locken weinte, aber sie lachte zu ihm hoch, bis es zu weinen aufhörte und ebenfalls lachte. Der Maresciallo blieb einen Augenblick stehen und beobachtete die beiden. Giovanni war in diesem Alter ebenfalls ein stämmiges Kerlchen gewesen, dunkelbraunes, weiches Haar und große, braune Augen, die verwirrt auf das Meer starrten. Auch er konnte sich nicht so recht entscheiden, ob er nun lachen oder weinen sollte, wenn eine Welle ihn erfasste. Die Zeit, die er mit ihm hatte verbringen können, bevor er fort in den Norden musste, war viel zu kurz gewesen, und die mit Totò noch viel kürzer. Diese Jahre waren unwiederbringlich verloren. – Ein schlankes, blondes Mädchen brachte ein Tablett mit Broten und Getränken zu dem Tisch unter dem Sonnenschirm. Sollte er in diese friedliche Szene hineinplatzen, er, ein uniformierte Fremder, der über die Beerdigung reden wollte? So dringend war das nun auch wieder nicht, zumal sowieso nichts entschieden werden würde, bevor Paoletti aus dem Krankenhaus zurückkehrte. Er musste ohnehin wiederkommen, um mit der Mutter zu reden. Guarnaccia zog sich zurück.

»Lorenzini! Gott sei Dank!«

Erstaunt wich Lorenzini zurück.

»Schön, dass Sie mich vermisst haben ...«

Lorenzini, der Stellvertreter des Maresciallo, war ein waschechter Toskaner und hatte recht wenig Geduld mit der sizilianischen Art des Maresciallo. Seiner Meinung nach stiftete sie nur heillose Verwirrung, kostete jede Menge Zeit und war, alles in allem, ein lästiges Übel. Nur selten waren die beiden einer Meinung, aber sie waren daran gewöhnt und machten nicht viel Aufhebens davon.

»Ich habe in den Fernsehnachrichten die Pressekonferenz über die Zigeunerkinder gesehen. Maestrangelo hat ein Gesicht gemacht wie sieben Tage Regenwetter, wohl, weil sie diese Sache jetzt zu einem brisanten Politikum aufgebauscht haben, richtig?«

»Hmpf.«

»Sie gucken aber auch nicht gerade quietschvergnügt aus der Wäsche. Ist Teresa noch immer nicht zurück?«

»Nein.«

»Ich weiß genau, was Sie durchmachen. Meine Frau bleibt auch für den Rest des Monats in Castiglioncello, ist natürlich besser für die Kleinen, aber ...«

»O ja ...«

»Darum bin ich heute schon hier, obwohl ich eigentlich erst morgen früh den Dienst wieder antreten muss. Dachte, wir könnten heute Abend vielleicht zusammen essen.«

»Nun ja, ich wollte gerade zu meiner Abendrunde aufbrechen ...«

»Macht nichts. Wir essen eine Kleinigkeit, und dann begleite ich Sie. Immer noch besser, als allein zu Hause vor der

Glotze zu hocken, diese ewigen alten Schinken, die sie im August immer bringen... Ich kenn ein hübsches Lokal, wo es ein bisschen kühler ist.«

Olmo lag so hoch über Florenz, dass es dort um gut vier Grad kühler war. Als sie aus dem Wagen stiegen, entfuhr dem Maresciallo ein Seufzer der Erleichterung.

»Was für ein Unterschied!«

»Und dann noch diese unglaubliche Aussicht.«

Als sie vom Parkplatz zum Restaurant hinübergingen, erhellte ein gewaltiger Blitz die Hügel des gegenüberliegenden Arno-Tals und löschte mit seinem grellen Licht für einen kurzen Augenblick die kleinen Lichterketten, die normalerweise das Abendpanorama beleuchteten.

»Tolles Gewitter«, stellte Lorenzini fest. »Hoffentlich kommt es bis in die Stadt. Reinigt die Luft. Es ist zwar noch ziemlich weit weg, aber vielleicht setzen wir uns doch besser rein.«

Sie setzten sich vor eines der großen Panoramafenster, um das aufziehende Gewitter beim Essen zu beobachten.

»Keine Pasta heute Abend«, entschied Guarnaccia eingedenk Teresas ständiger Ermahnung, er solle es nicht übertreiben.

»Gute Idee«, stimmte Lorenzini sofort zu. »Ich bestelle einen Teller gemischte Crostini, damit wir was zu beißen haben, während wir warten. Ich hatte gehofft, wir könnten uns vielleicht ein Florentinisches Beefsteak teilen, was meinen Sie? Nur mit grünem Salat und vielleicht ein paar Pommes...«

Möglicherweise hatte der Maresciallo seinen Stellvertreter ja wirklich vermisst, gegen dessen Vorschlag hatte er auf jeden Fall nichts einzuwenden. Außerdem machte das Essen bei kühleren Temperaturen deutlich mehr Spaß. Als der Kellner ihm ein Glas Rotwein einschenkte, hätte er vor lauter Zufriedenheit schnurren können.

»Also, was ist mit diesem Mord, von dem ich gehört habe? Was Interessantes?«

»Kann man wohl sagen, aber es sieht ganz so aus, als ob mehr dahintersteckt, als wir alle zunächst dachten. Schätze mal, dass mir der Fall schon recht bald entzogen wird. Und ganz ehrlich gesagt, ich werde ihm nicht nachtrauern. Haben Sie gehört, welcher Staatsanwalt verantwortlich ist?«

»Das war das Erste, was mir zu Ohren gekommen ist.«

»Nun ja, bis jetzt war er ganz okay. Es fällt mir schwer, zu vergessen, wie er sich bei unserem ersten Fall benommen hat... aber das war ja noch vor Ihrer Zeit...«

»Das stimmt nicht ganz, das war in meinem ersten Jahr, aber Sie haben den Fall allein bearbeitet.«

»Hmmpf. Ja, ich wollte niemanden in Schwierigkeiten bringen...«

Zusammen mit dem Beefsteak machten sie noch ein paar Staatsanwälte nieder und trösteten sich zum Schluss mit einem Nachtisch darüber hinweg, dass sie noch ein Weilchen als Strohwitwer in der Hitze der Stadt ausharren mussten.

Riesige gegabelte Blitze tauchten die umliegenden Hügel in zuckendes Licht.

»Fantastisch! Haben Sie das gesehen?«

»Was? Nein...« Der Maresciallo tastete nach seiner Brieftasche. Ein ziemlich kostspieliges Restaurant, das Lorenzini da ausgewählt hatte...

»Tut mir leid«, entschuldigte sich Lorenzini. »Bin gerade

erst zurückgekommen. Sie wissen schon. Muss mir morgen dringend etwas Bargeld besorgen. Sollen wir jetzt zu unserer Runde aufbrechen?«

Ihr erster Halt auf dem Weg zurück in die dunkle, schwüle Wärme von Florenz war die Paoletti-Villa, vor der zwei gelangweilte Carabinieri im dunklen Auto saßen. Sie hatten den Wagen so hinter dem Eingangstor geparkt, dass die Scheinwerfer vorbeifahrender Autos sie nicht erfassten.

Einer der beiden stieg aus und kam zum Tor.

»Alles ruhig?«

»Wie ein Grab. Die beiden Frauen haben gegen neun das Haus verlassen. Seitdem ist nichts mehr passiert.«

»Alle beide? Das ist komisch. Ich dachte, die eine würde die Nacht hier verbringen.«

Der junge Carabiniere zuckte mit den Schultern. »Es waren zwei, haben sich ordentlich herausgeputzt, Titten wie –«

»Mit welchem Auto sind sie gefahren?«

»Mit dem Mini.«

»Und in welche Richtung?«

»Dort hinunter, Richtung Porta Romana.«

Der Maresciallo stieg wieder ins Auto. Entweder hatten sie den Plan kurzfristig geändert, weil das zweite Mädchen woanders gebraucht wurde, oder sie brachte die andere nur zum Club und kehrte dann zurück.

Nach dem kurzen Halt fuhren sie zurück in die Stadt. Die Runde in der abgestandenen, schwülen Nachtluft verlief ruhig und ohne besondere Vorkommnisse. Das Gewitter kam kein bisschen näher. Gegen Viertel nach eins gähnte Lorenzini.

»Das war's dann wohl für heute. Mein Gott, ich bin diese Hitze ja so leid, hab das Gefühl, als wäre ich überhaupt nicht in Urlaub gewesen. Wie muss es Ihnen da erst gehen!«

»Hmm. Ich bin dankbar, diesen Tag hinter mich gebracht zu haben, ohne dass jemand seinen Mageninhalt auf meine Hosen geleert hat.«

»Wie bitte?«

»Nichts. Machen wir Schluss für heute. Ich erzähl's Ihnen auf dem Rückweg.«

Der Maresciallo hatte eigentlich erwartet, Nestis Artikel am nächsten Tag in *La Nazione* zu lesen, aber als er die Zeitung in seinem Büro durchblätterte, während sämtliche Glocken der Stadt den Tag einläuteten, konnte er ihn nicht finden. Die Lokalseite war dem Tod der beiden Zigeunerkinder gewidmet, und auch die Titelseite und die zweite Seite befassten sich mit diesem Thema. Nesti war bestimmt enttäuscht, aber dem Maresciallo tat das überhaupt nicht leid. Der Staatsanwalt, sein neuer Freund, wäre ziemlich sauer gewesen, wenn er von Paolettis Nebengeschäften aus der Presse erfahren hätte. Halten Sie mich auf dem Laufenden, hatte er verlangt. Und wenn an der ganzen Sache gar nichts dran war? Hätte er den Mann wirklich am Samstagabend auf dem Handy anrufen sollen? Paoletti hatte keinen Eintrag im Führungszeugnis, juristisch lag nichts gegen ihn vor, und die Geschichte war verdammt lange her. Guarnaccia war wirklich froh, dass die Zeitung die Story nicht gebracht hatte. Wie die Geier hätten sich sämtliche Journalisten der Stadt auf das Büro des Staatsanwalts gestürzt. Zwecklos, Nesti um diese Uhrzeit ausfindig machen zu wollen, mit ein bisschen Glück würde er ihn am Nachmittag in der Redaktion erreichen. Guarnaccia rief den Staatsanwalt an und erstattete Bericht.

»Ich kontaktiere Nesti heute Nachmittag und sag ihm, dass er Ihnen die Artikel von damals schicken soll. Wie gesagt, Paoletti stand nie vor Gericht, aber er hat ein paar Tage in Untersuchungshaft gesessen, bevor er auf Kaution freigekommen ist. Wie es aussieht, hat er damals einen Exsträfling als Gärtner eingestellt und dann wieder entlassen. Vielleicht hat es Ärger gegeben und …«

»Na schön. Gut gemacht. Wir werden dem nachgehen. Ich rede selbst mit Paoletti und frage ihn nach dem Namen des Mannes.«

»Soll ich mir diesen Club einmal ansehen …?«

»Ich würde meinen, ein Anruf bei der zuständigen Wache macht mehr Sinn. Wenn dort irgendetwas nicht koscher ist, dann wissen die Bescheid. Ich ruf dort an und veranlasse, dass sich jemand bei Ihnen meldet.«

Der Staatsanwalt hielt Wort. Es war noch keine Viertelstunde vergangen – die Kirchenglocken läuteten noch immer –, da meldete sich Piazza, der Maresciallo des Kurortes, am Telefon, ein recht gesprächiger, jovialer Typ.

»Nein, nein, nein! Presseklatsch, nichts weiter. Nach dem Anruf des Staatsanwalts bin ich rasch dort vorbei und habe sicherheitshalber einen Blick hineingeworfen. Hab aber nichts entdecken können, was uns nicht sowieso schon bekannt war. Herrenabende, harmlose Zerstreuung für Geschäftsleute, romantische Diners zu zweit und so weiter, Sie wissen schon. Sehr vornehm alles und sehr profitabel. Wir haben den falschen Job, wenn Sie mich fragen.«

»Ja, wahrscheinlich haben Sie recht.« Guarnaccia fragte erst gar nicht nach der russischen Mafia. Bei Nesti wusste man nie, ob er es ernst meinte oder nicht. Außerdem war er Reporter, und obwohl es August war, hatte die Zeitung die Geschichte nicht gebracht. »Vielen Dank auch, dass Sie sich so schnell bei mir gemeldet haben.«

»Keine Ursache. Schlimme Geschichte, die Sache mit seiner Tochter. Hat sich wohl mit den falschen Typen eingelassen. Und ausgerechnet jetzt liegt er im Krankenhaus. Ist hier im Club passiert, haben Sie das gewusst?«

»Nein, hab ich nicht.«

»Aber ja. Er kommt nicht oft her, aber wenn Frischfleisch ankommt, guckt er sich die Mädchen an. ›Er hatte aufrecht an seinem Tisch gesessen‹, hat mir der Manager erzählt, ›vor einer Tasse Kaffee, und hat sich eine Sängerin angesehen, eine rothaarige, sah ziemlich gut aus, hat's aber nicht gebracht, hat mitten im Song abgebrochen, weil jemand im Saal gerufen hatte, sie solle sich ausziehen und dass ihre Titten hoffentlich hübscher seien als ihre Stimme.‹ Der Manager des Clubs hat was darauf gesagt, aber Paoletti hat nicht reagiert. Mit offenen Augen hatte er dagesessen, alles sah ganz normal aus, nur geantwortet hat er nicht. Der Manager hat versucht, ihn wachzurütteln, aber auch das half nichts. Der Mann konnte ihn nicht mehr hören, war völlig weggetreten, deshalb hat der Manager schließlich einen Krankenwagen gerufen. Gibt einem ganz schön zu denken. Aber wie man hört, soll er ja wieder in Ordnung kommen.«

»Ja, er wird schon bald wieder nach Hause können.«

»Armer Kerl. Das wird eine schöne Heimkehr werden, zu einer toten Tochter. Ich werde ab sofort ein Auge auf den

Emperor haben, man weiß ja nie. Was die dort treiben ist völlig legal, alles im Rahmen des Gesetzes, das können Sie mir glauben, aber vielleicht gibt es ein paar neidische Konkurrenten, Sie wissen schon, was ich meine.«

»Ja, habe auch schon in diese Richtung gedacht.«

»Zu Recht, ganz bestimmt zu Recht. Wäre nicht das erste Mal, dass sie sich an unschuldigen Familienmitgliedern vergreifen. Aber machen Sie sich keine Sorgen. Machen Sie auf Ihrer Seite weiter, und ich unterhalte mich mal mit ein paar Leuten hier. Sobald ich was höre, melde ich mich bei Ihnen.«

»Danke, ja, so machen wir's, Sie kennen Ihre Leute am besten.«

Warum bloß hatte er dann noch am selben Abend eingewilligt, mit Nesti in den Club zu gehen? Diese Entscheidung, seine ureigene Entscheidung, war die Ursache all seiner Probleme. Weder zum Zeitpunkt seiner Einwilligung noch im Nachhinein konnte Guarnaccia erklären, warum er das getan hatte. Er hatte diesem verrückten Unternehmen doch wohl hoffentlich nicht nur zugestimmt, weil er den Abend nicht allein zu Hause verbringen wollte? Nein, bestimmt nicht, obwohl, wenn Teresa da gewesen wäre, sie hätte ihm von der Aktion abgeraten. Aber sie war nicht da gewesen. Hätte sie aber sein sollen. Im Nachhinein war es natürlich ganz einfach, den Finger auf den Punkt zu legen, aber zum damaligen Zeitpunkt hatte er nichts dabei gefunden. Er hatte Nesti doch nur angerufen, damit er die alten Zeitungsartikel in das Büro des Staatsanwaltes schicken ließ.

»Kein Problem, die bringe ich ihm sogar persönlich vorbei. Muss sowieso dorthin, zu der Pressekonferenz.«

»Wegen der Zigeuner?«

»Was sonst? Sind Sie auch da?«

»Nein, nein. Das übernimmt unser Capitano. Ich fahre raus zur Paoletti-Villa. Mal sehen, ob ich endlich ein paar vernünftige Antworten aus der Frau herausbekomme.«

»Das wird bestimmt interessant. Anschließend treffen wir uns am Zeitungskiosk an der Porta Romana. Gehen uns den Emperor mal aus der Nähe ansehen. Mir sind da so ein paar Sachen zu Ohren gekommen.«

»Was für Sachen?«

»Erzähl ich Ihnen unterwegs. Wir buchen alles auf meine Kreditkarte, um Ihren Name da rauszuhalten...«

Das war schon was, wenn heutzutage jemand freiwillig die Kosten übernahm...

»Sie können mir Ihren Anteil später in bar geben. Wir treffen uns dann so gegen halb acht.«

Das Mädchen, das ihm öffnete, sah ihn ängstlich an.

»Sie sind Danuta, nicht wahr?«

Sie nickte, während die Augen von der Tür nach hinten zur Küchentreppe und wieder zurück zu seiner Uniform flogen. Offensichtlich hatte sie vor zwei verschiedenen Dingen Angst. Der Maresciallo lächelte freundlich und trat ins Haus.

»Was ist los? Ist Signor Paoletti nach Hause gekommen? Das ist schön. Er wird mich sprechen wollen. Mit Ihnen würde ich mich auch gerne unterhalten, später.«

Er wollte ihr Mut machen, ihr zu verstehen geben, dass er etwas Besseres zu tun hatte, als illegalen Einwanderern das Leben schwerzumachen. Aber vielleicht war das keine gute Idee, denn damit gab er das einzige Druckmittel aus der Hand, das er gegen ihre Angst vor Paoletti in die Waagschale werfen konnte.

»Nein, lassen Sie mich doch vorgehen. Folgen Sie mir einfach.« Das Mädchen tat ihm leid, er konnte nichts weiter für sie tun, als ihr seine stämmige Figur als Schutzschild anzubieten. Offensichtlich hatte er eine heftige Auseinandersetzung unterbrochen, die lautstarken Wortwechsel schwangen noch in der Luft. An sein Ohr drang allerdings nur noch ein letzter, leiser Befehl:

»Raus hier.«

Er hörte, wie ein Stuhl gerückt wurde, und ging die letzten paar Stufen hinunter.

»Guten Abend.«

Schweigend wurde sein Erscheinen zur Kenntnis genommen. Die Spannung in dem Raum war greifbar. Paoletti saß an dem großen Glastisch, der für drei gedeckt war. Um und neben seinem Teller lagen mehrere Medikamentenschachteln, zwei davon aufgerissen. Paoletti hatte seine linke Hand auf den Tisch gelegt und hielt sie mit der rechten fest. Seine Tochter stand mit dem Rücken zur marmornen Arbeitsfläche. Ihr Gesicht war fast so weiß wie das Band, mit dem sie ihr Haar zurückgebunden hatte. Wasser lief, es roch nach Fenchel.

»Es tut mir schrecklich leid, ich störe Sie wohl gerade bei den Vorbereitungen zum Abendessen.«

»Nein, nein, Sie stören doch nicht«, widersprach Paoletti geistesgegenwärtig. »Sie müssen der Maresciallo sein, richtig? Maresciallo Guarnaccia. Der Staatsanwalt hat mir von Ihnen erzählt. Ich freue mich, Sie kennenzulernen. Ich weiß, Sie tun alles, um Danielas Mörder zu finden. Setzen Sie sich doch, Maresciallo. Silvana, du kannst weitermachen.«

Das Mädchen drehte sich um und begann, Gemüse kleinzuschneiden.

Ein Stuhl vor einem der Teller war zurückgeschoben worden. Hatte Paoletti eine Auseinandersetzung mit seiner Frau gehabt? Der Maresciallo hätte einiges darauf verwettet und ließ sich bewusst auf einen der anderen Stühle nieder. Er konnte es riechen beziehungsweise spüren, dass sie vor kurzem noch da gewesen war und vor Angst gezittert hatte. Hatte sie sich in das Quartier der Dienstboten zurückgezogen? Wo hätte sie sonst hingehen sollen, als er ihr befahl zu verschwinden?

»Eigentlich wollte ich mit Ihrer Frau sprechen. Ich hatte wirklich nicht erwartet, Sie...«

Wie sollte er den Satz vernünftig zu Ende bringen?

»Bestimmt sind Sie froh, wieder zu Hause zu sein, trotz der unglücklichen Umstände.«

»Nicht *trotz,* sondern *wegen* der unglücklichen Umstände, wie Sie so schön sagen, bin ich vorzeitig wieder nach Hause gekommen. Ich kann meiner Tochter nicht die ganze Last allein aufbürden. Die Ärzte haben mich heute Nachmittag auf meine eigene Verantwortung entlassen. Ich muss später noch ein paar Untersuchungen über mich ergehen lassen, aber ich bin wieder vollständig hergestellt. – Und? Haben Sie irgendwelche Neuigkeiten für mich?«

»Nein, noch nicht. Tut mir leid. Wir stehen noch ganz am Anfang unserer Ermittlungen...«

»Ich hab gehört, dass die ersten achtundvierzig Stunden

entscheidend sind. Wenn es länger dauert, wird so ein Mordfall nur noch selten gelöst.«

»Das trifft in manchen Fällen wohl zu. Darum wollte ich heute ja auch gerne mit Ihrer Frau sprechen.«

»Meiner Frau geht es nicht gut. Außerdem hat Silvana gesagt, dass sie geschlafen und von der ganzen Sache gar nichts mitbekommen hat.«

»Ja, ich weiß; dennoch muss ich mit ihr reden, der guten Ordnung halber.«

»Ja, ja, schon gut. Ein anderes Mal. Sie ist gesundheitlich nicht ganz auf der Höhe, und nun auch noch der Verlust ihrer Tochter ... Wenn ich Ihnen irgendwie behilflich sein kann, ich war zwar nicht hier, als es geschah, aber ...«

»Ja, da gibt es schon noch ein oder zwei Fragen, die ich Ihnen gern stellen würde, das Privatleben Ihrer Tochter betreffend ...« Offenbar stand Danuta, das junge Mädchen, das ihm die Tür geöffnet hatte, noch immer am Fuße der Treppe.

»Du kannst nach oben gehen«, befahl ihr Paoletti. Die Haut seines teigigen Gesichts fiel faltig über die Wangen, als sei sie eine Nummer zu groß. Vielleicht hatte er während seines Krankenhausaufenthaltes sehr rasch an Gewicht verloren? Er hatte weißes Haar und die gleichen klaren grauen Augen wie seine Tochter.

»Nach oben?«

»Ja, nach oben.«

Der Maresciallo hörte, wie das Mädchen die Treppe hinaufging. Offensichtlich war das Dienstbotenzimmer anderweitig belegt. Da Paoletti seine Tochter nicht aus dem Zimmer geschickt hatte, würde er ihm wohl nicht allzu viel Neues erzählen.

»Nun, wie kann ich Ihnen weiterhelfen?«

»Der Gärtner, der früher hier gearbeitet hat.«

»*Papà,* ich hab nicht…«

»Konzentrier dich auf deine Arbeit. Wenn du so weitermachst, bekommen wir unser Essen frühestens um zehn. – Warten Sie mal, er hieß… Melis, Antonino Melis. Tut mir leid, aber ich hab keine Ahnung, wo er sich jetzt aufhält. Glauben Sie, er hat was damit zu tun?«

»Vielleicht war er sauer, weil Sie ihn gefeuert haben. Er hat Sie bestohlen, nicht wahr?«

»Um ehrlich zu sein, das weiß ich nicht mehr so genau. Er hat seinen Job nicht vernünftig gemacht, daran erinnere ich mich sehr genau. Ich kann in meinen Unterlagen nachsehen, vielleicht finde ich seine letzte Adresse.«

»Danke, das wäre nett. Dann würde ich gerne noch etwas von Ihnen über… ähm… das Privatleben Ihrer Tochter erfahren, den Vater des Kindes und so, Sie verstehen schon… Wenn Sie mir da vielleicht…«

Erwartungsgemäß schickte Paoletti nun auch seine Tochter aus der Küche.

»Geh nach oben.«

Wortlos verließ Silvana den Raum. Offenbar hatte Paoletti bei Guarnaccias Ankunft seine Frau ins Dienstbotenquartier verbannt und nicht wie die anderen nach oben geschickt, damit der Maresciallo nicht sah, in welcher Verfassung sich die Dame des Hauses befand, betrunken oder noch im Nachthemd oder beides. Sie hatte ihren Mann nicht erwartet. Hatte er das Krankenhaus vorzeitig verlassen, weil er wusste, dass der Maresciallo kurz mit ihr gesprochen hatte und an diesem Abend wiederkommen wollte? Der Maresciallo wartete, überließ Paoletti die Initiative.

»Kann ich Ihnen etwas anbieten?« Der Mann spielte auf Zeit.

»Nein, nein danke.« Das war nun wirklich keine leichte Vorstellung, die Paoletti sich da vorgenommen hatte. Er wollte freundlich sein, sich kooperativ zeigen, dabei von seinen Geschäften ablenken und überlegte nun, wie er dies alles, kombiniert mit der Trauer um seine Tochter, vorteilhaft in Szene setzen konnte. In seinem Gesicht spiegelten sich in rascher Folge die verschiedensten Emotionen. Der Mann probierte die verschiedenen Masken aus, während er nach einer Antwort suchte. Pure Zeitverschwendung. Schweigend blieb der Maresciallo auf dem Stuhl sitzen und verzog keine Miene, stellte keine Fragen, beobachtete einfach nur Paoletti, der den Lerneifer seiner Tochter beschrieb, ihre zurückhaltende Art, ihre Verschwiegenheit, was den Vater des Kindes betraf... Auch die Art, wie der Mann redete, klang aufgesetzt und unnatürlich. Guarnaccia registrierte die zunehmende Spannung. Ob er wohl eine Träne zerquetschte, wenn alle anderen Mittel versagten? Ihm fiel der Priester ein, den Paoletti vor langer Zeit überredet hatte, als Leumund für ihn auszusagen. So langsam ging seinem Gegenüber die Luft aus. Der Maresciallo stellte ganz bewusst keine Fragen, die weiteren Gesprächsstoff geboten hätten. Aber natürlich durfte er nicht vergessen, dass Paoletti sich seit vielen Jahren am Rande der Legalität bewegte und dabei ein Vermögen gescheffelt hatte. Das war kein Dummkopf, den er da vor sich hatte.

»Sie wollen meine Frau sprechen, ich weiß. Selbstverständlich werde ich mich mit Ihnen in Verbindung setzen, sobald es ihr wieder bessergeht. Vielleicht möchten Sie, wo sie nun schon einmal da sind, auch mit Danuta reden. Das ist das Mädchen, das Ihnen aufgemacht hat. Sie war zwar nicht hier, als es passiert ist, aber wie Sie selbst schon sagten, der guten Ordnung halber … reine Routine, so nennen Sie das doch für gewöhnlich, nicht wahr? Danuta!«

Zweifellos hatte das Mädchen oben an der Treppe gelauscht und kam nun eilig die Stufen herunter.

»Hol deine Papiere, Ausweis, Arbeitserlaubnis, alles.«

Die junge Frau eilte wieder nach oben und kam mit den verlangten Dokumenten zurück. Sie ließ Paoletti keine Sekunde aus den Augen, schien wie ein eifriges Hündchen nur darauf zu warten, seinem nächsten Befehl unverzüglich nachkommen zu dürfen.

»Setz dich hierher, und beantworte die Fragen des Maresciallo – ihr Italienisch ist nicht gerade erstklassig, aber es wird schon gehen. Ich lasse Sie dann mal allein.«

Das konnte Paoletti sich offensichtlich erlauben. Er wusste, dass ihm gehorcht wurde, dafür bedurfte es nicht seiner Anwesenheit im Raum.

Selbstverständlich waren die Papiere einwandfrei. Während Guarnaccia sie durchsah, lauschte er Paolettis Schritten auf der Treppe. Nur eine ganz kleine Unregelmäßigkeit im Schritt.

»Tomaszòw. Wo ist das? Bei Warschau?«

»Nein, das ist im Südosten von Polen, in der Nähe der ukrainischen Grenze.«

»Haben Sie Heimweh?«

»Es war kalt dort.«

»Dann werden Sie sich wohl nicht über die Hitze hier im August beschweren?«

Er stellte ihr keine richtigen Fragen, hielt sie einfach nur am Reden, wie viele Geschwister sie habe, ob sie eines Tages wieder zurückwolle und so weiter. Paoletti wollte mit dieser Aktion nur nachdrücklich demonstrieren, dass seine Unternehmungen auf dem Papier alle einwandfrei dastanden. Die erste Runde ging klar an ihn, dennoch empfand der Maresciallo seinen Besuch in der Villa nicht als Zeitverschwendung. Als Danuta sich erhob, um sich von ihm zu verabschieden, brach er kurzerhand die Regel und legte dem verängstigten Kind tröstend die Hand auf den Kopf.

»Bitte machen Sie sich keine Sorgen. Sie werden keinen Ärger bekommen, Sie nicht und Frida auch nicht. Ist sie hier?«

»Sie bringt Piero zu Bett.«

»Wo?«

»Oben im Erdgeschoss. Sie schlafen jetzt beide dort.«

Danuta war nicht hübsch, sah mitgenommen und ein wenig verbraucht aus. Das Haar, extrem blond, fast schon weiß, hatte sie mit einem farbigen Gummiband zurückgebunden wie kleine Mädchen es mögen.

Der Maresciallo ging hinauf ins Erdgeschoss. Er dachte nicht daran, Frida zu suchen. Ihre Papiere waren mit Sicherheit ebenfalls in Ordnung, doch es war anzunehmen, dass Paoletti diese unter Verschluss hielt.

Als er auf dem Weg durch die Eingangshalle Stimmen hörte, ging er ein wenig langsamer. Eine Tür zu seiner Rechten stand offen, und er erhaschte einen Blick auf eine eindrucksvolle Bibliothek und auf Silvana, die mitten im

Raum stand, sich drehte und dann über die Schulter einen Blick zurückwarf, den Saum ihres Kleides zwischen Daumen und Zeigefinger.

»Fürs Büro …«

»Es ist zu kurz. Du machst dich lächerlich.«

Silvana stürmte aus dem Zimmer und prallte auf den Maresciallo, mit einem Gesicht als wolle sie gleich in Tränen ausbrechen.

Der Maresciallo hüstelte. Paoletti erschien in der Tür und schloss sie hinter sich.

»Alles in Ordnung?«

»Ja, danke. Ich möchte Sie nun wirklich nicht länger von Ihrem Abendessen abhalten.«

»Ich hoffe, Sie können meiner Frau noch einmal verzeihen … Sie können sich vorstellen, was sie durchmachen muss …«

»Aber natürlich. Machen Sie sich bitte keine Gedanken. Das ist keine dringende Sache. Sie müssen sich jetzt erst einmal darauf konzentrieren, selbst wieder ganz gesund zu werden. Ihre Familie braucht Sie.«

5

Den brauchen die so dringend wie ’n Loch im Kopf«, kommentierte Nesti. Er hatte in der Dunkelheit neben dem vergitterten Zeitungskiosk auf den Maresciallo gewartet, im eleganten grauen Leinenanzug und mit einer Zigarette im Mundwinkel. »Hoffentlich taucht der Mann nicht ausgerechnet heute Abend im Club auf.«

»Nein, nein, keine Sorge. Der Maresciallo dort hat gemeint, dass er nur sehr selten in den Club kommt, und außerdem ist er noch nicht ganz wieder auf der Höhe. Eigentlich sollte er noch im Krankenhaus liegen, hat die Ärzte aber überredet, ihn auf seine eigene Verantwortung zu entlassen.«

»Na, da wollen wir mal aufs Beste hoffen. O Gott, ich hasse Florenz im August.«

Nicht ein Auto fuhr durch den großen Kreisel an der Porta Romana, und der leere Asphaltstreifen um die kräftige weiße Statue wirkte in seiner stillen Einsamkeit fast schon unheimlich.

»Elf Monate im Jahr kriegt man vor lauter Abgasen keine Luft, und jetzt kriegt man keine, weil einfach keine da ist. Ist ja schlimmer als im Dampfbad.«

»Warum sind Sie dann in der Stadt? Sie sind doch wohl lange genug bei *La Nazione,* um Ihren Urlaub so planen zu können, wie Sie wollen.«

»Hab da eine Geschichte am Laufen, und sie muss auch hierbleiben… Wir gehen besser los, hab gesagt, dass wir um halb neun da sind.«

»Ich musste noch nach Hause, mich umziehen, kann mich ja wohl kaum in Uniform dort blicken lassen. Ich hoffe nur, Sie wissen, was Sie da tun.«

»Keine Sorge! Wir sind zwei harmlose Freier, die sich ein bisschen amüsieren wollen, während unsere Frauen mit den Kindern ans Meer gefahren sind.«

»Hm. Ich hab heute noch nichts gegessen. Und Sie sind mit Zahlen dran.«

»Das hier ist Geschäft, kein Vergnügen! Wir haben heute noch einiges vor.«

»So ein Club macht doch nicht vor elf auf.«

»Davon war ja auch nicht die Rede. Wir haben vorher noch eine Verabredung. Fahren wir mit Ihrem oder mit meinem Wagen?«

»Jeder mit seinem. Dann kann jeder zurückfahren, wann und wie es ihm passt. Ich folge Ihnen.«

In der Hauptstraße des Kurortes herrschte Hochbetrieb. Bis sie dort ankamen und die Autos geparkt hatten, war es stockdunkel. Clubs, Bars und Restaurants hatten die Leuchtschilder eingeschaltet, die größeren Clubs zogen mit blinkenden Neonlichtern die Aufmerksamkeit auf sich. Zwischen den Paaren und kleineren Grüppchen bewegten sich ein paar fast schon verwahrlost aussehende Mädchen, wahrscheinlich aus Osteuropa, die die flanierende Menge aufmerksam beobachteten.

»Auf der Suche nach Freiern«, kommentierte der Maresciallo.

»Um diese Uhrzeit? Nein, die halten Ausschau nach einem einsamen Mann, der ihnen ein Abendessen spendiert.«

Die Mädchen sahen wirklich halb verhungert aus und konnten eine ordentliche Mahlzeit bestimmt gut vertragen. Eine von ihnen hatte Ähnlichkeit mit Danuta. Eigentlich sahen ihr alle ein wenig ähnlich, nicht die Gesichtszüge, aber dieser Ausdruck in den Gesichtern …

»Kommen Sie schon, Guarnaccia. Sie können nicht alle füttern. Wir haben eine Verabredung, schon vergessen?«

Ihre Verabredung allerdings sah nun wirklich nicht so aus, als leide sie Hunger. Eine ausgesprochen attraktive, junge Frau, lange, schwarze Locken, funkelnde Augen und eine ordentliche Portion Selbstvertrauen. Drei Monate lang hatte sie im Emperor als Tänzerin vorn an der Stange gearbeitet und hatte den Club wieder verlassen, als ihr Vertrag auslief. Sie war eine Freischaffende, hatte einen Agenten, der ihr sichere, gutbezahlte Jobs verschaffte, und bis zum Ende dieser Saison würde sie genug Geld zusammenhaben, um nach Rumänien zurückzukehren und das Studium der Betriebswirtschaft wieder aufnehmen zu können. Sie musste die beiden Männer fast anschreien, so voll und laut war es in dem Restaurant.

»Und danach?«, wollte der Maresciallo wissen und reichte ihr den geriebenen Käse für die Pasta. »Werden Sie einen Job finden, oder müssen Sie wieder herkommen?«

»Hierher zurück? Nein, danke. Ich hab mir zu Hause ein bisschen Land gekauft. Zu einem Spottpreis. Jetzt, wo wir zur EU gehören, ist das Land ein Vermögen wert. Ich komme nicht mehr zurück. Nicht, dass es mir hier nicht gefällt, ich habe hier ein paar nette Leute kennengelernt.«

»Meinen Freund Tommaso, zum Beispiel«, warf Nesti ein, legte die Gabel auf den Tisch und griff nach den Zigaretten.

»Hier ist das Rauchen verboten«, informierte ihn der Maresciallo.

»Ich weiß«, gab Nesti zurück und zündete sich seelenruhig die Zigarette an. »Darum steht da ja auch ein Aschenbecher. Sie haben sich eine wirklich gute Partie durch die Lappen gehen lassen, Maddalena.«

»Ja, ich weiß. Tommaso ist wirklich in Ordnung. Er ist Journalist, hat seinen Job bei der Zeitung hier, die Sportberichterstattung ist sein Ein und Alles. Und dann ist da ja auch noch seine Familie. Seine Mutter ist Witwe, nicht mehr allzu gut beieinander. Er wollte, dass ich hierbleibe, dass wir heiraten. Aber ich hab eigene Pläne. Ich will Geld verdienen. Viel Geld. Bestellen Sie mir ein gegrilltes Filetsteak, Nesti. Das ist das Einzige, was man hier essen kann.«

»Ihr Wunsch ist mir Befehl.« Nesti schnippte, ohne aufzublicken, mit dem Finger nach dem Kellner.

»Ich hab um elf noch eine Verabredung in der Bar gegenüber.«

»Haben Sie es denn noch nötig, Freier mitzunehmen, damit Geld in die Kasse kommt?«

»Solange es ein anständiger Kerl ist, der ordentlich zahlt – warum nicht. Das ist ein sauberes Geschäft. Sehen Sie sich doch mal hier um, diese Frauen mit ihren gelifteten Gesichtern und den Vuitton-Handtaschen – haben in aller Ruhe ihre Ehegatten blechen lassen, während sie mit seinem besten Freund in der Kiste lagen. Der Unterschied zwischen denen und mir ist, dass sie betrügen, ich nicht. Ich hab nicht mehr viel Zeit. Machen wir jetzt weiter mit der Story oder nicht?«

»Warum sitze ich wohl hier?«

»Und was ist mit dem? Wer ist der?« Ihre hellen Augen bohrten sich prüfend in die des Maresciallo.

»Ich –«

»Er ist in Ordnung. Ein Freund. Hat Kontakte zu den Carabinieri, und letztlich wird die Sache sowieso dort landen. Ich will nur meine Story für die Titelseite, für dramatische Rettungsaktionen hab ich nicht viel übrig.«

»Seien Sie bloß vorsichtig. Tun Sie, was sie sagt, sonst hat sich das mit der Rettungsaktion verdammt schnell erledigt.«

»Machen Sie sich da mal keine Sorgen. Wie heißt sie?«

»Cristina, aber fragen Sie nicht nach ihr. Sie tanzt heute Abend an der mittleren Stange in einem silberfarbenen Tanga und einer durchsichtigen blauen Bluse, die sie beim Tanzen auszieht. Ihr Haar sieht aus wie meines, und sie hat ein großes, dunkles Muttermal direkt unter der linken Brust. Wenn ihr Auftritt zu Ende ist, kommt sie zu Ihnen an den Tisch.«

»Wie viele Mädchen sind denn dort?«

»Fünf. Aber eigentlich geht es um die anderen beiden, die, die Sie nicht sehen werden.«

Der Maresciallo, zu dessen Revier der Emperor gehörte, hatte mit einem bestimmt recht gehabt: Dieses Haus war definitiv ein Etablissement der gehobenen Preisklasse. Bewachter Parkplatz, großer, gepflegter Garten, dezent beleuchtete Kieswege.

»Das hier alles in Schuss zu halten wird schon ein paar Euro kosten«, stellte Guarnaccia fest. Aus der Entfernung drang Musik an ihre Ohren.

»Bisschen was anderes als so ein Puff in der Stadt, was?«

»War falsch, sie alle dichtzumachen.«

»Bevor sie alt genug waren, einen zu besuchen? Oder spricht da der Beamte aus Ihnen? Bessere Kontrollen, bessere medizinische Versorgung und so?«

»Nein, nein, das ist es nicht. Mir tut es nur leid, diese jungen Mädchen halb erfroren oder klitschnass am Straßenrand stehen zu sehen, die armen Dinger. Das ist nicht in Ordnung. Sie sollten drinnen sein, im Warmen.«

»Nun ja, die Mädchen hier haben es auf jeden Fall hübsch warm.«

Sie öffneten die Tür: Ebenso gut hätten sie sich im Foyer eines Kinos befinden können: die Kasse zur Linken, ein Samtvorhang, dahinter eine Treppe.

»Für zwei, bitte«, sagte Nesti.

»Zum ersten Mal hier?«

»Ja.«

»Dreißig Euro.«

»Kann ich mit Karte zahlen?«

Guarnaccia folge Nesti hinter den Vorhang. Laut dröhnende Discomusik empfing sie. Sie würden sich selbst kaum denken hören, geschweige denn mit Cristina reden können, wer auch immer sie war, aber was blieb dem Maresciallo anderes übrig, als die einmal eingeschlagene Strategie weiterzuverfolgen, auch wenn sich schließlich herausstellte, dass diese Nestis Karriere zuträglicher war als der seinen.

Der schummrige Raum war etwa fünfundzwanzig bis

dreißig Meter lang mit Spiegeln an den Wänden, einer Bar am hinteren Ende und einer Bühne in der linken Hälfte, wo drei Tänzerinnen bei bunt flackerndem Licht an Stangen tanzten. Kleine Ledersitzgruppen mit niedrigen Tischen standen im Raum verteilt. Nesti wählte eine direkt gegenüber der Bühne, wo noch niemand saß. Es war nicht sonderlich voll hier, aber vielleicht war es ja noch zu früh. Zumindest für die übliche Kundschaft. Der Maresciallo konnte nur mühsam ein Gähnen unterdrücken.

»Darf ich Ihnen etwas zu trinken bringen?«

Ein Kellner hatte sich zu ihnen heruntergebeugt.

»Nein, nein …«

»Wir dürfen nicht auffallen«, flüsterte Nesti ihm ins Ohr. »Das ist im Eintritt mit drin.«

»Ein Glas Rotwein, bitte.«

Nesti gab die Bestellung an den Kellner weiter, doch der schüttelte bedauernd den Kopf.

»Sie schenken keinen Wein im Glas aus. Im Ticket ist nur ein ganz normaler Drink enthalten. Trinken Sie doch einen Gin mit Tonic mit mir. Sie können nicht ›nicht trinken‹, wir sind schließlich hier, um uns zu amüsieren! Schon vergessen?«

»Dann bitte einen Grappa.«

Das stellte den Kellner zufrieden, der sich von ihrem Tisch wieder entfernte, um die Getränke zu holen.

»Ich wusste gar nicht, dass Sie Grappa mögen.«

»Mag ich auch nicht sonderlich.«

Als das Glas vor ihm stand, nippte Guarnaccia zimperlich daran. »Und diesen Lärm mag ich auch nicht.«

»Was?«

»Ich kann ... Ach, was soll's.« Er gab vor, interessiert zu den Tänzerinnen hinüberzusehen, und musterte dabei unauffällig die anderen Besucher. Abgesehen von drei oder vier einsamen Männern, ungefähr im gleichen Alter wie er selbst, waren da nur noch mehrere kleine Gruppen junger Männer Ende zwanzig, Anfang dreißig. Er kannte diese Typen: guter Job, lebten bei den Eltern und gaben ihr ganzes Geld für Autos, Klamotten und Urlaub aus. Eben die Sorte Männer, die ihr Geld in Clubs auf den Kopf hauen konnten. Aber eigentlich gab es bislang nicht viel auf den Kopf zu hauen, fünfzehn Euro inklusive Getränk! Das nächste kostete wahrscheinlich dreißig, aber trotzdem ...

Spaßeshalber zählte der Maresciallo, den Kopf stur auf die Bühne gerichtet, einmal durch: zwei Männer hinter der Bar, ein Kellner, eine Kellnerin im glitzernden Bikini, drei Tänzerinnen auf der Bühne, mindestens drei, ja genau, plus drei Tänzerinnen, die im Raum arbeiteten, einsamen Herren einen Kuss schenkten oder sich auf dem Schoß der jungen Männer niederließen, und noch drei weitere Tänzerinnen, die diejenigen auf der Bühne gerade ablösten. Diese bedrohlich wirkenden Typen an der Tür waren mit Sicherheit Rausschmeißer ...

»Die können mit dem Laden hier unmöglich Geld verdienen«, schrie er Nesti ins Ohr. »Hier läuft ja mehr Personal rum als Gäste.«

Nesti antwortete nicht, versetzte ihm nur einen kurzen Rippenstoß. Eine der Tänzerinnen kam von der Bühne direkt auf sie zu. Langes, dunkles, lockiges Haar, ein schwarzes Muttermal unter der linken Brust. Cristina. Sie setzte sich auf Nestis Schoß, küsste ihn und flüsterte ihm etwas ins

Ohr. Kurz darauf erhoben sich die beiden und marschierten in Richtung Ausgang. Nesti signalisierte Guarnaccia, ihnen zu folgen. »Lassen wir es auf einen Versuch ankommen«, murmelte er ihm leise zu, als sie den Ausgang erreicht hatten.

Es klappte nicht, an der Kasse wurden sie aufgehalten.

»Er muss auch ein Mädchen mitnehmen.«

»Wir wollen sie aber beide. Wir zahlen für zwei.«

»Nein. Das geht nicht. Sechzig Euro, zehn Minuten.«

»Machen sie zwanzig Minuten draus.« Grinsend zog Nesti Cristina zu sich heran und küsste sie.

»Hundertzwanzig.« Der Kassierer zog einen Zeitmesser auf und reichte dem Mädchen die Uhr. Die beiden verschwanden die Treppe hinauf, während der Maresciallo zu den tanzenden Lichtern, dem Lärm und dem Grappa zurückkehrte. Das würden lange zwanzig Minuten werden. Er beobachtete die Tänzerinnen, sah, wie sie immer wieder Augenkontakt zu den Besuchern herstellten und sie verführerisch anlächelten, doch dann und wann wurden die Bewegungen langsamer, das Lächeln verschwand, und es trat ein abwesender, müder Ausdruck in ihr Gesicht. Sie hörten nie auf, sich zu bewegen, und die jungen Männer, die wie gebannt auf ihre Brüste starrten, hätten das sowieo nicht bemerkt. Nun ja, sie hatten alle sehr hübsche Brüste. Ein paar von ihnen konnten sogar richtig tanzen, die anderen wackelten einfach nur ein bisschen herum und nahmen mehr oder weniger obszöne Posen ein. Jedes Mal, wenn das Team wechselte, ertönte eine Stimme über den Lautsprecher, die Applaus für die ausgezeichnete Darbietung forderte. Das Publikum reagierte kaum, und es wäre peinlich gewesen, wenn die dröhnende Musik das nicht überspielt hätte. Innerlich seufzend, blickte Guarnaccia auf die Uhr.

»Darf ich das abräumen?«

Er nickte zustimmend, und Nestis leeres Glas verschwand vom Tisch.

»Kann ich Ihnen noch etwas bringen?«

»Nein, nein, danke.«

Ein blondes Mädchen in einem knallblauen Bikinihöschen und mit zahlreichen Tattoos blieb vor ihm stehen. Er lächelte sie freundlich an und schaute dann weg. Das Mädchen ging weiter. Absolut diskret. Er dachte an Maddalena, ein cleveres Mädchen, das zielstrebig ihren Abschluss in Betriebswirtschaft machen und dann Geld verdienen würde, und konnte nicht umhin, sie mit den gelangweilten, jungen Männern zu vergleichen, die hier herumsaßen, redeten, tranken und lachten. Für sie waren die nackten Mädchen nur unbedeutende Staffage, wie die Scheinwerfer oder die Ledersofas. Im Augenblick zeigte eine Stripperin ihre Show auf der Bühne, aber die jungen Männer stellten, ganz und gar in die eigene Wichtigkeit vertieft, aufgeblasene Langeweile zur Schau und ließen sich auch dann nicht ablenken, als die Stripperin den letzten Fetzen Stoff ablegte und vor den Spiegeln die Beine weit öffnete, so dass sich das Bild im ganzen Saal spiegelte. Nur drei Teenager, die direkt an der Bühne standen, hatten die Show aufmerksam verfolgt. Offensichtlich waren sie ziemlich angetrunken, und der Rausschmeißer verwarnte sie, als sie sich auf den Rand der Bühne setzen wollten. Folgsam suchten sie sich einen Platz in einer Nische neben der Bühne, dem Maresciallo fast direkt gegenüber. Zwei der Jungs kicherten und grinsten, aber der Dritte sah aus, als würde er sich am liebsten zu Hause in sein Bett verkriechen. Nie im Leben war der achtzehn! Der sah ja kaum älter aus als Totò. Der Junge saß mit gesenktem Kopf nach vorn gebeugt, die Ellbogen auf die Knie gestützt, die Hände baumelten frei herunter, als wäre er eingeschlafen. Er hob nicht einmal den Kopf, als ein Pärchen mit großem Tamtam auf die Bühne kam und die verschiedensten Sexstellungen markierte, die Frau war nackt, der Mann im Lederdress mit Peitsche. Die beiden Jungs hatten aufgehört zu kichern und starrten verwirrt auf die Bühne. Kein Wunder. Derlei aufregende Dinge hatten sie sich wohl erhofft, aber diese gekünstelte Vorstellung war ungefähr so erotisch wie hell ausgeleuchtetes, abgepacktes Fleisch in der Supermarkttheke.

Die zwanzig Minuten mussten längst vorbei sein, aber dieser verdammte Nesti war noch immer nicht zurückgekehrt. Ein junger Mann mit einer orangefarbenen Baseballkappe war aufgestanden, um eine der Tänzerinnen zu küssen, die gerade vor dem Tisch des Maresciallo stand. »Komm, mach ein Foto von uns beiden mit deinem Handy, mach schon«, rief er seinem Freund zu.

Nun ja, wenigstens hatte sich dieser Bursche an diesem langweiligen Abend vor seinen Freunden produzieren können.

He, das war doch Cristina! Aber ja, natürlich, sie zog sich gerade am Rand der Bühne das Top über.

»Applaus für unsere drei hochtalentierten Tänzerinnen! Außerordentlich begabt und wunderschön! Applaus! Applaus!«

Die drei Mädchen kamen von der Bühne runter und

mischten sich unters Publikum, während Cristina wieder ihren Platz an der mittleren Stange einnahm. Bis dahin hatte der Maresciallo neun Tänzerinnen gezählt. Cristina und die beiden, die jetzt mit ihr dort oben standen, die drei, die gerade die Bühne verlassen hatten, und die anderen drei, die sich um das Publikum kümmerten, wie die, die gerade für das Foto posierte. Der Junge, der ganz offensichtlich zu viel getrunken hatte, versperrte dem Maresciallo mit seinen dummen Eskapaden die Sicht.

»Noch eins!« Er beugte das Mädchen nach hinten und küsste sie. »Noch eins!«

Ein letzter Blitz, und der Junge entließ das Mädchen aus der Pose.

Die drei Teenager erhoben sich. Das kleine, verschlafene Kerlchen hatte sich kaum hochgerappelt, da stürzte er mit schneeweißem Gesicht vornüber. Der Maresciallo schaffte es gerade noch, ihn aufzufangen... und ruinierte sich damit ein weiteres Paar Sommerhosen.

Genau in dem Augenblick kehrte Nesti zurück, hielt aber, um seine kostbaren Schuhe nicht aufs Spiel zu setzen, gehörigen Abstand zu der Schweinerei, die die Kellnerin sogleich aufwischte. »Da bin ich aber froh, dass Sie darauf bestanden haben, mit Ihrem eigenen Auto herzukommen.«

»Wo haben Sie die ganze Zeit gesteckt, verdammt noch mal? Sie waren viel länger als zwanzig Minuten verschwunden.«

»Was?«

Sie mussten sich gegenseitig ins Ohr schreien.

»Wo sind Sie gewesen?«

»Musste zum Rauchen nach draußen. Die achten hier verdammt genau auf die gesetzlichen Bestimmungen.«

»Können wir gehen?«

»Ist wohl besser. Sie können sich ja im Hotel sauber machen.«

»Hotel? Was für ein Hotel?«

»Unserer nächstes Ziel. Es sei denn, Sie wollen lieber ein zweites Mal herkommen, dann …«

»Nein! Aber …«

»Das hier ist unser Baby, wir sitzen im selben Boot. Sie sind mein Zeuge, damit es die Geschichte auf die erste Seite schafft, und ich bin Ihr Zeuge, damit Sie die Sache vor Gericht bringen können.«

»Ich untersuche einen Mord, Nesti, und habe keinerlei Interesse daran, Sie auf der Karriereleiter nach oben zu katapultieren.«

»Das ist alles ein Aufwasch. Kommen Sie, lassen Sie uns von hier verschwinden. Und achten Sie auf Kameras. Cristina hat gemeint, die machen hier gerne Aufnahmen von neuen Kunden, als Rückversicherung sozusagen. Wir haben wohl unerwünschte Aufmerksamkeit auf uns gelenkt, als wir zu zweit mit ihr nach oben wollten. War ein Fehler …«

Die beiden Rausschmeißer begleiteten die Stripperin aus dem Raum, räumten ihr den Weg frei und versperrten ihnen dabei kurz den Weg nach draußen. Die Frau war erstaunlich groß, wie eine riesige Puppe. Der Maresciallo sah sich um. Er konnte keine Kamera entdecken, aber vielleicht hatten sie die Dinger ja auch versteckt. Nicht dass ihn das wirklich kümmerte, schließlich war er rein dienstlich hier.

Erleichtert traten sie nach draußen in die Dunkelheit und

brachten so schnell wie möglich Abstand zwischen sich und die dröhnende Musik. Als sie schließlich die Autos erreicht hatten, konnten sie ihre Schritte auf dem Kies wieder hören und nahmen die Musik nur noch als dumpfes Hintergrundgeräusch wahr.

»Bevor wir in die Autos steigen, würden Sie mir bitte wohl erklären –«

»Hier nicht«, murmelte Nesti. »Es ist zu dunkel. Wer weiß, wer sich hier in der Nähe rumtreibt. Steigen Sie ein, und folgen Sie mir.«

Sie fuhren zurück ins Zentrum des Kurortes, in die Straße, in der sich auch das Restaurant befand, wo sie zu Abend gegessen hatten. Nesti machte ihm ein Zeichen und bog nach links in eine schmale Gasse, die zu einem Parkplatz führte, nichts weiter als ein kleines, holpriges, mit Schlaglöchern übersätes Grundstück, dennoch tauchte ein Parkplatzwächter mit einer Taschenlampe auf und knöpfte jedem zehn Euro ab.

»Wie lange können wir dafür hier parken?«, wollte der Maresciallo wissen.

Der Mann zuckte mit den Schultern und verschwand in der Dunkelheit.

Sie kehrten zur Straße zurück, die noch immer hell beleuchtet und genauso belebt war wie am frühen Abend, nur waren jetzt deutlich weniger Frauen unterwegs, abgesehen von den jungen Mädchen, die nach Freiern Ausschau hielten. »Warten Sie hier«, befahl Nesti. »Wir wollen nicht schon wieder auffallen …«, und verschwand in eine Bar.

Der Maresciallo blieb in einigem Abstand zur Bar stehen, gab vor, er interessierte sich für eine viertausend Euro teure

Handtasche in einem der Designerläden, und beobachtete dabei aus den Augenwinkeln, wie Nesti zu dem Mann an der Kasse ging und mit ihm sprach. Der holte daraufhin etwas unter der Theke hervor und reichte es dem Reporter. Dann kam Nesti wieder aus der Bar heraus, ging an Guarnaccia vorbei, ohne ihn anzusehen, und murmelte leise: »Folgen Sie mir, aber halten Sie Abstand.«

Der Maresciallo fand das Ganze ein wenig lächerlich, tat aber, wie ihm geheißen, denn trotz seiner Müdigkeit war seine Neugier geweckt. Nesti überquerte die Straße und bog um die Ecke. Die Häuser in der Hauptstraße waren alle noch relativ neueren Datums, die ältesten mussten so in den sechziger Jahren erbaut worden sein. Inzwischen befanden sie sich in einer ruhigeren Straße, wahrscheinlich ganz in der Nähe des Kurparks, denn die Nachtluft war erfüllt von dem Duft nach Blumen und Bäumen. Nesti blieb vor einer Villa im englischen Liberty-Stil stehen und wartete auf ihn.

»Das hier ist doch ein Privathaus!«, protestierte der Maresciallo leise.

»Eher ein sehr verschwiegenes Hotel.« Nesti öffnete die Eingangstür mit einem großen Schlüssel. Niemand hielt sich in der Eingangshalle auf, keine Rezeption, weit und breit keine Menschenseele. Gedämpftes Licht und riesige Blumen in Töpfen, moderner Fliesenboden, eine Treppe mit kunstvoll geschmiedetem Handlauf, die nach oben führte.

Beim Hochsteigen reichte Nesti Guarnaccia einen Schlüssel.

»Wir müssen in den ersten Stock. Cristina kommt zuerst zu mir, damit wir unsere kleine Unterhaltung fortsetzen können. Ich habe für zwei Zimmer gezahlt, Sie können die Gelegenheit also nutzen, wenn Sie wollen – bezahlt ist es.«

»Nein, danke. Ich hoffe bloß, dass es das hier wert ist.«

»Sie werden schon sehen. Kommen Sie rein. Das hier ist Ihr Zimmer, meines ist gegenüber. Ich setze Sie rasch ins Bild, Cristina wird sich erst in einer Stunde freimachen können. Nicht schlecht hier, was?«

In der Mitte des geräumigen Zimmers stand ein großes Himmelbett mit hauchdünnen Vorhängen, die von Bändern zur Seite gerafft wurden.

»Setzen Sie sich. Irgendwo gibt es auch einen Kühlschrank.« Es dauerte nicht lange, bis Nesti ihn in einem antiken Schränkchen entdeckt hatte. »Champagner … sehr schön – und schauen Sie sich das an! Sogar Milch fürs Frühstück! Paoletti versteht sein Geschäft, das muss man ihm lassen. Hier sind auch Gläser. Ich mag es, wenn alles so ist, wie es sich gehört. Hier, bitte.«

Der Maresciallo saß auf einem glänzend gestreiften Stuhl und nahm Nesti das Glas ab, obwohl er um diese Uhrzeit wahrlich keine Lust mehr auf ein eiskaltes Getränk hatte.

»Na, das nenn ich mal einen anständigen Champagner!« Nesti ließ sich auf das Himmelbett plumpsen und kramte eine Zigarette hervor. »Oberste Regel in diesem Hotel ist ›Nichts sehen und nicht gesehen werden‹. Tolle Sache für heikle Liebesaffären, und wem die passende Dame fehlt, dem besorgt Paoletti eine. Aber bloß keine falschen Hoffnungen! Hier werden wir nichts Kompromittierendes finden. Das Haus gehört ihm, das heißt, er lässt es auf den Namen seiner Frau laufen, aber was hier geschieht, das ist

Sache des jeweiligen Gastes, und es wird sehr schwierig sein, ihm deswegen was am Zeug flicken zu wollen.«

»Mag ja sein, aber jetzt zum Beispiel sind wir hier, ohne ein Anmeldeformular ausgefüllt zu haben.«

»Weil das hier kein normales Hotel ist. Es sieht auch nicht aus wie eines, draußen ist kein Schild, es gibt keine Rezeption, keinen Portier, niemanden, der kassiert.«

»Wie haben Sie dann gezahlt?«

»Im Club, aber dafür gibt es keine Quittung. Ich habe Cristinas Anweisungen befolgt, bin nach unten an die Kasse und habe für mein Geld eine Nummer bekommen, die ich vorhin in der Bar gegen die Schlüssel eingetauscht habe. Aber lassen Sie mich mit dem Anfang beginnen: Ich habe dafür bezahlt, mit Cristina nach oben ins Séparée zu gehen; der Raum oben ist ungefähr genauso groß wie der unten, aber in lauter kleine Nischen abgetrennt, in denen man nicht wirklich vor fremden Blicken geschützt ist, die eine Seite ist nur mit einer Art Perlenvorhang abgetrennt. Wer will, kann problemlos in die Nachbarnische linsen. Ich bin mir ziemlich sicher, dass der ganze Raum dort oben von Kameras überwacht wird.«

»Das heißt, für die sechzig Euro bekommt man nicht wirklich viel geboten, richtig?«

»Hundertzwanzig hab ich hingeblättert, nicht vergessen, für die Abrechnung später. Nein, dort oben gibt es so gut wie nichts fürs Geld. Ein bisschen Hinundhergerutsche auf dem Schoß, aber das ist auch schon alles. Mehr ist nicht erlaubt, der Tanga bleibt an. Kein Sex im Club, kein Geld, das den Besitzer wechselt. Cristina ist also brav auf meinem Schoß hin und her gerutscht, während wir uns unterhalten haben. Sie und fünf andere Mädchen dort könnte man als Sexsklavinnen bezeichnen. Sie sind aus dem Osten hierher gekommen und teilen sich ein Zimmer, daher kennt sie die anderen. Dann gibt es noch zwei Mädchen, von denen sie nichts Genaueres weiß. Alle sind über eine Stellenvermittlung ins Land geschleust worden, die ihnen Arbeit als Kellnerin oder Hausangestellte in Aussicht gestellt hatte – und offensichtlich arbeiten auch ein paar Mädchen in solchen Stellen, genug auf jeden Fall, dass Paoletti drüben einen guten Ruf hat. Wenn die Mädchen eintreffen, begutachtet Paoletti sie und entscheidet dann über ihr Schicksal. Wenn sie nicht gut genug aussehen, putzen sie Klos oder kümmern sich um verkalkte Omas, hoffnungslos unterbezahlt, jede Menge Überstunden, dennoch können die sich glücklich schätzen. Für die hübschen Mädchen läuft es nicht so gut. Die enden als Sexsklavinnen, wie Christina.«

»Was ist mit der Frau, die mit uns gegessen hat? Maddalena? Sie ist sehr hübsch, aber ganz offensichtlich kann sie tun und lassen, was sie will.«

»Ganz andere Baustelle. Sie ist Freischaffende und hat einen cleveren Agenten. Die hat ihren Job bei Paoletti gemacht, und das war's. Sie ist Tänzerin, und Paoletti hat sie engagiert, um ein gewisses Niveau im Club aufrechtzuerhalten. Das Gleiche gilt für die Stripperinnen – alles Profis, ein paar sind sogar richtige Pornostars, die gutes Geld verdienen, haben meist auch clevere Agenten. Die armen Mädels, die Paoletti ins Land holt, lernen ein paar obszöne Posen und winden sich um die Stangen – das ist auch schon alles, zumindest was das Tanzen angeht. Sie müssen sich im Wesentlichen um die Gäste mit den ausgefalleneren Wünschen kümmern. Maddalena ist mit den Mädchen ins Gespräch gekommen und hat ihrem Freund davon erzählt, der zufällig ein Kollege von mir ist.«

»Hat Cristina Ihnen die Namen der anderen Mädchen genannt?«

»Anna und Lara Lazurek, zwei Schwestern, Natalia, Danuta und Maria.«

»Ich habe ein Mädchen namens Danuta bei Paoletti getroffen. Sie arbeitet dort als Haushaltshilfe, hat mir sogar ihren Ausweis und ihre Arbeitserlaubnis gezeigt. Kann es sein, dass Sie von jemandem, der Paoletti was am Zeug flicken will, an der Nase herumgeführt werden?«

»Oder es gibt mehr als nur eine Danuta, und die, die Sie getroffen haben, gehört zu den Glückspilzen. Außerdem hab ich Ihnen doch gesagt, dass sie alle ordentliche Papiere haben, deswegen fühlen sie sich ja so sicher – nur die, die als Sexsklavinnen gehalten werden, von denen hält Paoletti die Papiere unter Verschluss.«

Das klang ziemlich logisch, überlegte Guarnaccia. Die Danuta, die er gesehen hatte, war nun wirklich alles andere als attraktiv. Paoletti war auf seinen Besuch vorbereitet gewesen, das war klar.

»Misshandelt er die Mädchen? Tut er ihnen Gewalt an?«

»Einmal – gleich wenn sie ankommen. In der ersten Nacht sperrt er sie alle zusammen in ein Zimmer und lässt seine Rausschmeißer auf sie los. Das ist eine Nacht, die die Mädchen nie vergessen. Aber was sollen sie machen? Wo sollen sie hin? Sie haben Angst vor den Bullen, und ohne Ausweis kommen sie nicht weit.«

»Es gibt Frauenhäuser.«

»Eines steht fest: Paoletti macht sich diese Mädchen in null Komma nichts gefügig. Wenn eine auch nur ein Fünkchen Temperament oder gar Widerspruchsgeist zeigt, kümmert er sich persönlich drum. Dann erscheint er selbst im Club, zum sogenannten Probetanzen.«

»Ja, der zuständige Maresciallo hat erzählt, dass Paoletti im Club ein Probetanzen laufen hatte, als er den Schlaganfall bekam.«

»Ich gehe jede Wette ein, dass der Mann über Paolettis Machenschaften genau Bescheid weiß und absichtlich Augen und Ohren verschließt.«

»Dafür hab ich keine Beweise.«

»Und die wollen Sie auch gar nicht, richtig?«

»Ich haben Ihnen schon hundertmal gesagt, dass ich einen Mord aufzuklären habe. Ich will wissen, ob Paoletti als unabhängiger Unternehmer in diesem Geschäft der italienischen oder der russischen Mafia auf die Füße getreten ist. Sie haben erwähnt, dass es da noch zwei Mädchen gibt, von denen Cristina nichts weiß. Was hat es denn mit denen auf sich?«

»Über diese beiden weiß ich auch noch nichts. Darum sind wir ja jetzt hier. Wir hatten keine Zeit mehr, und außerdem muss ich Cristina noch ein bisschen Mut zusprechen. Sie hat Angst, noch mehr zu erzählen, hat Angst, weil sie schon so viel gesagt hat. Hier, trinken Sie noch einen Schluck. Alles im Preis inbegriffen. Die Mädchen, die sie als Sexsklavinnen halten, müssen nicht nur gut aussehen, sie werden auch darin unterwiesen, den sagen wir einmal ›speziellen‹ Wünschen einiger reicher Kunden nachzukommen.«

»Kann ich mir lebhaft vorstellen.«

Nesti sah auf die Uhr. »Ich geh jetzt lieber rüber in mein Zimmer. Sie dürfen den Champagner allein weitertrinken – aber schlafen Sie bitte nicht ein. Wenn wir fertig sind, kommt sie ganz offiziell zu Ihnen rüber, damit Sie auch mit ihr sprechen können. Ich hab für uns beide bezahlt, und ich kann Ihnen sagen, das ist kein billiges Vergnügen. Die Zimmer hier kann man nicht stundenweise buchen, sondern nur für die ganze Nacht – aber der Champagner ist im Preis inbegriffen, also genießen Sie ihn.«

Der Maresciallo seufzte.

»Was beklagen Sie sich? Seien Sie froh, und machen Sie das Beste draus!« Damit verließ Nesti das Zimmer.

Als er allein war, blickte sich der Maresciallo in aller Ruhe um, nippte abwesend am Champagner und verzog das Gesicht zu einer Grimasse. Es war wirklich eine gute Marke, aber wer wollte schon mitten in der Nacht kaltes Blubberzeug trinken? Er stellte das Glas auf den Nachttisch und stand auf. Während er wartete, konnte er sich um die Flecken auf seiner Hose kümmern. Das Bad war von oben bis unten mit hübsch gemusterten Fliesen gekachelt. Die Art Fliesen, die Teresa so mochte und von denen sie einen schmalen Streifen im Bad daheim verlegt hatten. Majolika – allein dieser Streifen hatte ein Vermögen gekostet. Diese Art Fliesen wurden in Handarbeit hergestellt, von wegen billige Massenware aus der Fabrik! Guarnaccia wickelte ein wenig Toilettenpapier ab und fragte sich, was das alles wohl gekostet hatte und was für ein Einkommen beziehungsweise welche Positionen die Kunden hatten, die sich dies leisten konnten. Das Waschbecken war in einen marmornen

Waschtisch eingelassen, über dem ein großer Spiegel hing. Heißes Wasser oder lieber kaltes? Er war sich nicht sicher, entschied sich für lauwarmes und betrachtete sich im Spiegel. Obwohl vom Urlaub noch eine gewisse Restbräune übrig war, sah er blass aus. Die Müdigkeit wahrscheinlich. Ein großes Sepia-Foto an der Wand hinter ihm zeigte eine junge, nicht ganz schlanke Frau mit weichen, herunterfallenden Locken, die sich wusch. Guarnaccia fühlte sich nicht nur todmüde, sondern inmitten all dieser kostspieligen Eleganz auch völlig fehl am Platze. Ein Elefant im Porzellanladen. Er spritzte Wasser auf das Hosenbein, rieb mit dem unbenutzten, duftenden Stück Seife daran herum, spritzte noch ein wenig mehr Wasser darauf, rieb mit dem Toilettenpapier noch ein wenig weiter, hob schließlich den schwarzen Holzdeckel, um das Papier zu entsorgen, und zog an der altmodischen Kette mit dem Porzellangriff. Alle Handtücher hatten einen kostbaren, mit einem farbigen Band abgesetzten Spitzenbesatz, darum bediente er sich lieber noch einmal großzügig am Toilettenpapier, um den Fleck trockenzureiben. Dann kehrte er ins Schlafzimmer zurück und fragte sich, wo er sich niederlassen sollte. Mit diesem feuchten Fleck auf der Hose würde er sich ganz bestimmt nicht auf diesem Riesenhimmelbett mit all der Seidenwäsche, den kostbaren Spitzen und Bändern niederlassen. Also wanderte er ein wenig im Zimmer umher, betrachtete alles so eingehend, als befände er sich an einem Tatort, was dieses Zimmer letztlich ja auch war. Nicht, dass er erwartete, hier irgendwelche Beweismittel zu entdecken. In einer mit Vorhängen abgetrennten Ecke stand ein kleiner Marmortisch und alles, was man zum Frühstück brauchte, sogar eine moderne, blitzblanke Espressomaschine. Ihm fiel die Milch im Kühlschrank wieder ein. Demnach frühstückten die Gäste sogar hier, aber wohl nicht mit den Cristinas. Um solchen Luxus wirklich genießen zu können, musste man jung und naiv sein, aber leisten konnten ihn sich nur reiche, alte Männer. Nun ja, der Maresciallo hatte nie und würde auch nie zu einer der beiden Gruppen gehören. Am liebsten wäre er jetzt zu Hause, frisch geduscht, im Schlafanzug zwischen kühlen, frischen Laken. Die dufteten so angenehm. Hier im Zimmer stank es nach Rauch – das hatte er Nesti zu verdanken –, und dieser Grappa hatte einen faden Nachgeschmack hinterlassen. Statt die Verdauung des Nachtmahls zu unterstützen, lag ihm der Schnaps einfach nur schwer im Magen. Teresa hätte ihn ordentlich gescholten, weil er so spät noch so viel gegessen hatte: »Du weißt doch, dass du dann schlecht träumst.« Und dann würde sie ihm Kamillentee machen und so lange mit ihm reden, bis es ihm wieder besserging.

Guarnaccia wollte nur noch nach Hause, so sehr, dass es weh tat, doch schlagartig verschwand dieser Schmerz in seiner Brust wieder: Teresa war ja nicht da. Er seufzte tief und nahm seinen Gang durch das Zimmer wieder auf, viel zu unruhig, um sich irgendwo hinzusetzen. Er öffnete und schloss Schranktüren, die nichts weiter als leere Bügel verbargen, und mit marmoriertem Papier ausgelegte Schubladen. Als es endlich leise an die Tür klopfte, war er direkt erleichtert. Rasch ließ er Christina ins Zimmer. Sie sah jetzt ganz anders aus, trug mit Pailletten besetzte Bluejeans und eine kurze Jacke über einem einfachen T-Shirt. Kaum dem Mädchenalter entwachsen. Er setzte sich auf den gestreiften

Stuhl und wies Cristina, da kein zweiter greifbar war, das Bett zu. Sie zog die Jacke aus und öffnete mit unbewegter Miene den Reißverschluss ihrer Hose.

6

Nein, bitte nicht.«

Cristina hielt inne, wartete auf weitere Instruktionen.

»Nein, nein... Setzen Sie sich bitte. Ich möchte mich nur mit Ihnen unterhalten.«

»Wie Roberto?«

»Roberto? Ja, ähm, ja, natürlich, wie Roberto.« Der Maresciallo erinnerte sich nicht daran, dass ihm Nestis Vorname je zu Ohren gekommen war, aber eigentlich müsste er ihn in der Zeitung mal gelesen haben. Nesti mochte zahlreichen Schwächen frönen, in seinem Job war er durch und durch ein Profi, und darum überraschte es den Maresciallo nicht, dass der Journalist auch an diesem Abend Geschäft und Vergnügen sauber getrennt hielt.

Er deutete Cristina an, die Hose wieder zu schließen.

»Haben Sie Angst?«

Die junge Frau starrte ihn wortlos an.

»Sprechen Sie Italienisch?«

»Ja. Aber bitte sprechen Sie langsam.«

»Ich werde ganz langsam sprechen. Okay?«

»Roberto hat gesagt, ich soll von den Kindern erzählen.«

»Es sind Kinder hier? Wie viele? Zwei? Sind das die beiden Namen, die Sie nicht kennen?«

Sie schüttelte den Kopf. »Weiß nicht.«

»Haben Sie sie gesehen? Woher wissen Sie, dass sie hier sind? Wie alt sind sie? – Entschuldigen Sie, ich werde langsamer sprechen.«

Stück für Stück setzten sie die Geschichte wie ein Puzzle zusammen. Sie glaubte, dass sich in diesem Haus zwei Kinder aufhielten, eines so um die zwölf, dreizehn, das andere deutlich jünger. Sie lebten, wie alle anderen auch, im obersten Stock unter der Aufsicht einer Frau namens Maria Grazia.

»Diejenige, die Danuta heißt – arbeitet die nachmittags in Florenz bei Paoletti zu Hause?«

»Nein, das ist eine andere Danuta. Sie arbeitet nachmittags in der Villa, und abends kommt sie zum Gläserspülen und Putzen in den Club.«

»Wo schläft sie?«

»Frida und sie schlafen in einem Kellerraum drüben im Club.«

»Haben die beiden vielleicht auch in der Paoletti-Villa so ein Kellerzimmer?« Dann wüsste er, wer ihn an jenem Morgen beobachtet hatte.

»Nein, aber vielleicht hat Frida seit neuestem ein Zimmer dort. Sie kommt nicht mehr her zum Schlafen, seit … Danuta ist keine von uns, aber sie hat riesige Angst vor Paoletti, jetzt natürlich noch mehr.«

»Sie wissen Bescheid? Über den Mord, meine ich?«

Cristina nickte. »Danuta glaubt, dass er es war.«

»Paoletti?«

Das Mädchen nickte wieder. »Er hat Pistolen. Frida hat sie gesehen. Sie putzt und kocht zusammen mit Danuta, aber seit das passiert ist, muss sie in der Villa bleiben, hat er gesagt. Sie hat Angst. Sie verraten mich doch nicht … ich meine, das mit den Pistolen?«

»Nein, nein. Wir machen eine Hausdurchsuchung und finden die Pistolen. Wir verraten Sie nicht, Sie nicht und die beiden anderen auch nicht. Gibt es noch einen Grund, warum Danuta glaubt, er hätte sie umgebracht?«

»Sie hat Angst vor ihm. Wir alle haben Angst.«

»Verstehe. Und ist da noch was anderes?«

»Danuta sagt …«

Er wartete, legte ihr nichts in den Mund, stellte keine Fragen. Es dauerte ein Weilchen, bis sie weitersprach, aber er ließ ihr die Zeit, die sie brauchte.

»Danuta sagt, und Frida sagt, er lässt seine Töchter nie raus. Darum sind sie so komisch. Und dass seine Frau …«

»Ich kenne seine Frau. Aber Paoletti kann seine Tochter nicht umgebracht haben. Er lag im Krankenhaus.«

Das Mädchen zuckte die Achseln. Für sie war das kein stichhaltiges Gegenargument, in ihren Augen war Paoletti allmächtig. Er brauchte nicht persönlich anwesend zu sein. Wenn er entschied, dass jemand tot war, dann war diese Person tot. Guarnaccia fand, sie hatte seine Persönlichkeit ziemlich gut erfasst, zumindest was seine despotische Herrschaft über die Familie betraf. Aber ein Mord in seinem eigenen, auf Ehrbarkeit und Ansehen bedachten Haus? Niemals! Und doch, hatte er selbst nicht genau so etwas dem Capitano gesagt? Ein Profi, der das Opfer aus persönlichen Motiven gehasst hat … nur die Waffe passte nicht ins Bild. Cristina und die anderen Mädchen hatten nicht umsonst solche Angst vor Paoletti. Besser, er nahm sie ernst.

»Erzählen Sie mir, was hier vor sich geht. Was ist mit diesen Kindern?«

Die kleinen Mädchen wurden von den anderen getrennt gehalten, aber alle wussten, dass sie da waren. Sie hatten sie weinen hören.

»Haben Sie sie schon einmal gesehen?«

Sie hob einen Finger.

»Eines der beiden? Einmal? Wo?«

»Hier.« Sie zeigte auf das Bett. »Es hat geweint.«

Wenn sie das Mädchen wirklich gesehen hatte, dann nur für den Bruchteil einer Sekunde oder so. Sie wollte gerade zu einem Kunden ins Zimmer gegenüber, als sie diese Zimmertür aufgehen hörte. Getreu der Hausregel ›Nichts sehen und nicht gesehen werden‹ schloss sie die eigene Tür so rasch wie möglich hinter sich. Das wär's normalerweise gewesen, aber weil sie ein Weinen hörte, spähte sie noch mal hinaus auf den Flur. Es war ein großer Mann, um die sechzig, dick und glatzköpfig. Obwohl er die Tür bereits hinter sich zuzog, hatte sie einen Blick auf das Kind erhaschen können, da das Bett direkt gegenüber der Tür stand.

»Sind Sie sicher, dass es ein Kind war?«

»Ja. Ein kleines Mädchen.« Sie zeigte ihm mit der Hand die ungefähre Größe an. »Sieben oder acht Jahre.«

Cristina hatte ihre Tür wieder geschlossen, aber noch ein wenig durchs Schlüsselloch gespäht.

»Maria Grazia ist in das Zimmer gegangen, und das Kind hat aufgehört zu weinen. Das war alles.«

Der Maresciallo blieb schweigend sitzen, überlegte, wie weiter vorzugehen war. Er konnte nicht einfach aufgrund der Aussage der jungen Frau dort oben hineinplatzen. Er brauchte einen Durchsuchungsbefehl und musste mit Rücksicht auf die hochrangigen Kunden des Hauses äußerst vorsichtig agieren. Er befand sich mitten in einem Minenfeld. Am liebsten hätte er auf der Stelle Cristina mitgenommen und in Sicherheit gebracht, aber das würde Paoletti nur warnen. Die Kinder würden sich in Luft auflösen, und er würde keinerlei verwendbare Beweise finden; dass Paoletti sich mit so was auskannte, hatte er ihm ja bereits eindrucksvoll demonstriert. Bis jetzt hatte Nesti die Regeln des Clubs eingehalten, und so blieb ihnen um Cristinas willen nur zu hoffen, dass sie niemandes Misstrauen geweckt hatten.

»Wie lange bleiben Sie normalerweise bei einem Kunden?«

»Eine halbe Stunde.«

»Wie kommen Sie vom Club hierher?«

»Mauro fährt uns. Wenn wir wieder in den Club zurückmüssen, wartet er unten. Wenn nicht, ruft er oben an, damit sie weiß, wann wir oben sein sollten.«

»Fahren Sie oder eines der anderen Mädchen manchmal selbst?«

»Nein. Wir haben keine Papiere.«

»Was ist mit Danuta und Frida? Sie arbeiten jeden Tag in der Villa. Wie kommen sie nach Florenz?«

»Mauro fährt sie. Er lebt mit seiner Mutter in Florenz und nimmt sie mit zurück, wenn er abends zur Arbeit kommt. Aber jetzt bringt er nur noch Danuta mit.«

Seit dem Mord jedoch lief es anders. Bis jetzt hatte keiner seiner Männer diesen Mauro zu Gesicht bekommen, sie hatten am Samstagabend nur zwei Mädchen in einem Mini wegfahren sehen. Doch der Maresciallo hakte nicht weiter nach, wollte Cristina nicht aus dem Konzept bringen.

»Haben Sie schon mal daran gedacht wegzulaufen?«

»Ich habe kein Geld und keine Papiere. Wenn sie mich kriegen, bringen sie mich um.«

»Warum reden Sie dann mit mir? Haben Sie keine Angst?«

»Weil Maddalena versprochen hat, mir zu helfen. Sie hat versprochen, mir für den Anfang etwas Geld zu leihen, aber ich brauche meinen Pass. Sie hat gesagt, dass Roberto es so deichseln würde, dass er uns gehen lassen muss.«

»Paoletti?«

»Stimmt das etwa nicht?«

»Doch, doch, zumindest werden wir es versuchen.«

Was hätte er denn anderes sagen sollen? Dass er nur wegen Paolettis Tochter hier war und Nesti nur wegen der Titelseite? Die Sache mit den Kindern änderte alles. Cristinas Schicksal interessierte niemanden sonderlich, und wenn ihnen der kleinste Fehler unterlief, würde sie dafür büßen müssen. Sie war zu vertrauensselig, zu gehorsam. Paoletti hatte ein gutes Händchen für seine Mädchen.

»Hören Sie zu, Cristina, sprechen Sie mit niemandem über Nesti und mich, mit niemandem, auch nicht mit den anderen Mädchen. Sie müssen sehr, sehr vorsichtig sein, sonst werden Sie in arge Schwierigkeiten geraten, aber das wissen Sie ja. Machen Sie sich keine Gedanken um Geld und Pass. Ich weiß einen sicheren Platz für Sie, Don Antonio wird Ihnen helfen. Sie werden schon bald wieder nach Hause zurückkehren können.«

»Ich kann nicht nach Hause zurück! Mein Vater bringt mich um! Bitte, schicken Sie mich nicht nach Hause!«

»Schschsch, schon gut … ich weiß, ich weiß, das glauben Sie wirklich, jetzt zumindest, aber Sie können sich gar nicht vorstellen, welche Sorgen sich Ihre Familie um Sie macht, und wie froh sie alle sein werden, wenn Sie wieder da sind ...« Er hielt inne, hatte ihre Miene registriert. Sie schaute ihn an, als käme er von einem anderen Stern, wirkte schlagartig nicht mehr wie ein junges Mädchen, sondern wie eine alte Frau. Er hatte den Kontakt zu ihr verloren, ihre Miene verschloss sich, und schon sah er wieder diese ausdruckslose Maske, die sie beim Öffnen der Jeans aufgesetzt hatte.

»Er bringt mich um«, sagte sie mehr zu sich selbst.

»Nein. Wir werden Ihnen helfen. Verstehen Sie mich? Wir werden etwas arrangieren, insbesondere, wenn Sie uns helfen. Wir werden Sie nicht zwingen zurückzugehen, wenn Sie bleiben wollen. Sind Sie sicher, dass Sie bleiben wollen?«

»Da ist dieser Mann, Aldo ... er fragt immer nach mir. Er sagt, ich hab Talent und dass er mich ins Fernsehen bringen kann, weil ich die richtige Figur habe. Er sagt, die anderen Mädchen in den Shows sind nicht so hübsch wie ich und dass sie immer auf der Suche nach neuen Mädchen sind. Er ist ein ziemlich wichtiger Mann dort, und ein Mädchen von hier hat schon einen Job bei einer Fernsehshow bekommen. Das war, bevor ich gekommen bin. Anna hat mir das erzählt. Sie hat sich in Schale geworfen und ist zu Probeaufnahmen hin. Mauro hat sie gefahren, und er hat den anderen erzählt, dass sie den Job bekommen hat und nicht mehr zurückkommt. Und sie ist nicht zurückgekommen. Wenn ich also wirklich hier rauskomme und Roberto mich in die Zeitung bringt, wird mich Alberto holen kommen, oder? Finden Sie auch, dass ich die richtige Figur dafür habe, dass er nicht nur nett sein wollte?«

»Nein, nein, er hat gemeint, was er gesagt hat.«

Das war nicht einmal gelogen. Cristina hatte die richtige Figur für so einen Job. Und sie war ausgesprochen hübsch, aber …

Er schaute in das kleine, müde Gesicht mit der dicken Make-up-Schicht, auf die glanzlosen, dunklen Locken. Er hatte ihr Gesicht schon tausendmal in den Zeitungen gesehen, und jedes Mal war es das Foto des Opfers.

Er sah auf die Uhr. »Ich glaube, Sie gehen jetzt besser. Sollen wir dieses Bett rasch ein bisschen durcheinanderwühlen?«

»Das ist egal.«

»Diese Frau von oben, kontrolliert sie die Zimmer nicht?«

»Doch, natürlich, aber das Bett ist egal. Bei älteren Männern kommt das ziemlich oft vor. Wenn sie die beiden Gläser da sieht, ist alles okay …« Sie zögerte.

»Was ist?«

»Kann ich einen Schluck Champagner haben?«

»Natürlich. Aber nehmen Sie lieber eines der benutzten Gläser. Besser, wir lassen keine drei hier herumstehen.«

Er füllte sein Glas für sie, und sie trank es hastig aus.

»Danke. Ich mag dieses Stockwerk. Hier gibt es immer Champagner, und niemand tut einem weh.«

»Gibt es noch ein Stockwerk mit Zimmern? Ich dachte, Sie und die anderen Mädchen wohnen in der Etage über dieser?«

»Wir wohnen auf dem Dachboden. Direkt hier drüber ist

das Stockwerk für Freaks, komische Typen mit Sonderwünschen … Sie wissen schon … Ich muss hoch.«

Er wollte sie zur Tür bringen, aber sie hinderte ihn daran.

»Ich darf mit Ihnen nicht gesehen werden. Regel Nummer eins: Nichts sehen und nicht gesehen werden! – Komme ich wirklich in die Zeitung, wie Roberto gesagt hat?«

»Ganz bestimmt.«

»Sie kommen also zurück?«

»Ich komme zurück, Cristina, ganz bestimmt.«

Warum eigentlich sollte sie ihm glauben, einem Fremden, der wie Paoletti Italiener war, einem Mann? Es gab nichts, was er ihr noch hätte sagen können, und so ließ er sie gehen. Er wartete einen kurzen Augenblick, bevor er über den Flur ging und bei Nesti anklopfte. Der Journalist reagierte nicht, und so marschierte er kurzerhand ins Zimmer.

Die Schuhe standen neben dem Bett, und den teuren Anzug hatte er zweifelsohne in den Schrank gehängt. Von Nesti selbst war in dem Wirrwarr der Seidenlaken kaum noch was zu sehen, nur ein paar dunkle Locken auf dem Kopfkissen, ein behaarter, kräftiger Unterarm und mit einer Rolex. Nesti schnarchte selig.

»Nesti! Wachen Sie auf. Lassen Sie uns von hier verschwinden.«

Nesti murmelte verschlafen vor sich hin.

»Wachen Sie endlich auf!«

»Was ist los …?«

Der Maresciallo zog Nesti die Decke vom Gesicht, der ihn daraufhin verschlafen anblinzelte: »Ach, Sie sind's …«

»Wer sollte es wohl sonst sein?«

»Verdammt noch mal, Guarnaccia, gehen Sie schlafen. Ich

habe meine Story telefonisch durchgegeben ... die schafft's noch in die zweite Morgenausgabe ... Sie schulden mir tausendacht ...«

»Wie bitte?«

Doch Nesti hatte sich schon wieder auf die Seite gerollt und schnarchte weiter. Die Champagnerflasche auf dem mit Spitzendeckchen verzierten Nachttisch war leer, und neben den beiden entsprechenden Kelchen stand noch ein drittes, ein bauchiges Glas mit einem Rest Brandy. Der Maresciallo kehrte in sein Zimmer zurück.

Eigentlich war das gar nicht so unvernünftig. Sie hatten für die Zimmer bezahlt, es war schon fast halb fünf, und auch er hatte im Laufe der langen Nacht ein bis zwei Gläser getrunken. Also zog er sich aus und legte sich in das Himmelbett. Aber als er den Kopf in das große Federkissen kuschelte, stachen ihm all die Spitzenrüschen ins Auge, die seinen Kopf umrahmten. Er warf eines der Kissen ans Fußende, so dass er ein wenig flacher zu liegen kam, fühlte sich aber dennoch inmitten all dieser Rüschen und Spitzen ziemlich lächerlich. Im Zirkus steckten sie manchmal Elefanten in eine Art Ballettröckchen, die armen Viecher. Konnten sich Tiere peinlich berührt fühlen? Dieses Bett ...

Bei älteren Männern kommt das öfter vor, hatte Cristina gesagt. War das nur so eine beiläufige Bemerkung gewesen? Um zu erklären, warum er sich um den Zustand des Bettes keine Sorgen zu machen brauchte? Oder dachte sie wirklich, er hätte nichts von ihr gewollt, weil er zu alt war, um ...? Nein, nein. Sie hatte ›wie Roberto‹ gesagt. Nein. Obwohl, Nesti und er waren etwa im gleichen Alter, so alt wohl wie die meisten Männer, die hierherkamen. Sie hatte gesagt, es sei ein dicker Mann mit Glatze gewesen … und ein weinendes Kind.

Er glaubte nicht, dass er hier würde einschlafen können, schon gar nicht, wenn er an das Stockwerk obendrüber dachte. Ob sich dort wohl noch immer Perverse mit Sonderwünschen amüsierten? Immerhin drang kein Laut von dem, was dort oben vor sich ging, zu ihm herunter. Die Zimmerdecke war mit kleinen Wolken verziert, und rund um den Kronleuchter hielten rosafarbene Engel Blumen in der Hand und schwangen blaue und goldfarbene Bänder. Und über dem Stockwerk für die Kundschaft mit den Sonderwünschen hockten zwei Kinder in einer Dachkammer. Kannten sich die beiden? Trösteten sie einander? Bestimmt waren sie entführt worden.

Besser, er versuchte endlich einzuschlafen. Morgen stand ihm ein langer, schwieriger Tag bevor. Er schaltete die blumenförmige Nachttischlampe aus und rührte sich in der Dunkelheit nicht mehr.

Eine Stunde später lag er noch immer stocksteif da, redete sich tapfer ein, er sei im Begriff einzuschlafen. Wenn dieses Haus auch kein offizielles Hotel war, so registrierte er doch all die typischen Hotelgeräusche, ständig wurde irgendwas ein- beziehungsweise ausgeschaltet – und dann dieses anhaltende Gebrumme. Wahrscheinlich die Klimaanlage. Guarnaccia hasste Klimaanlagen. Die Nebenhöhlen verstopften, und wie oft fing man sich einen Zug im Nacken ein, der dann meist mit höllischen Schmerzen einherging. Eine Weile lauschte er der verdammten Anlage, die ihn mehr und mehr nervte. Schließlich machte er Licht und stand auf, um sie auszuschalten. In dem Zimmer war es inzwischen viel zu kalt geworden, das Brummen stammte definitiv von der Klimaanlage. Selbst der seidenweiche Teppich unter seinen Füßen fühlte sich eiskalt an. Guarnaccia suchte und suchte, konnte den Regler der Anlage aber nicht finden. Natürlich hatten sie das verdammte Ding irgendwo versteckt, wie den Kühlschrank auch, damit das Gesamtbild des Zimmers nicht unnötig gestört wurde, wahrscheinlich saß das Ding unter irgendwelchen Bändern oder Spitzen. Warum zum Teufel war es nicht ganz einfach da, wo es hingehörte, neben der Tür bei den anderen Schaltern?

»Nun ja, ich gehöre schließlich auch nicht hierher!«

Unter einem halbrunden Tisch mit geschweiften Beinen, Kugelfüßen und eingelegten Kupferarbeiten entdeckte Guarnaccia schließlich den Lüftungsschacht, durch den ein kalter Luftstrom ins Zimmer geblasen wurde. Doch was hatte er von seiner gloriosen Entdeckung? Nichts, rein gar nichts, denn es gab keine Möglichkeit, das Ding zu verschließen. Guarnaccia beschloss, als letzte Möglichkeit nun auch noch das Bad abzusuchen. Wieder nichts. Inzwischen war er zum Eisklumpen gefroren. Besser, er kehrte ins Bett zurück und deckte sich gut zu. Ein warmer Pullover wäre jetzt nicht schlecht. Er machte das Licht aus, schaltete es aber nach fünf Minuten zähneklappernd wieder an.

»Verdammt, jetzt reicht's«, entschied er und marschierte ins Bad.

»Nesti kann machen, was er will, ich verschwinde von hier, und zwar auf der Stelle.« Er machte sich ein wenig frisch, tupfte die Bartstoppeln mit dem kostbaren Spitzenhandtuch trocken, warf einen finsteren Blick in den Spiegel und kehrte zum Ankleiden ins Zimmer zurück. Zwanzig vor sechs.

Der Morgen graute bereits, und die feuchte Luft duftete nach Gras und Kiefern. Er fand den Parkplatz wieder, auf dem sie in der Nacht die Autos abgestellt hatten. Es standen noch zwei andere da, große, dunkle Limousinen. Die feine, morgendliche Tauschicht ließ sie geisterhaft finster erscheinen. Der Parkplatzwächter hatte sich in einen kleinen Holzverschlag zurückgezogen und trank etwas aus einem Plastikbecher, wahrscheinlich Kaffee aus einer Thermoskanne. Der Maresciallo hätte zu gerne ebenfalls einen guten Kaffee gehabt, aber noch dringender wollte er einfach nur weg von dort. Auch sein Auto glänzte feucht vom feinen Morgentau. Guarnaccia nickte dem Wächter zu, als er an dem Holzhäuschen vorbeifuhr, aber der Mann starrte nur grußlos zurück.

Auf der Autobahn nach Florenz fühlte sich der Maresciallo schon etwas wohler. Es wurde langsam immer heller, die Felder zu seiner Rechten und Linken schimmerten weiß. Die Augen brannten vor Müdigkeit. Gott sei Dank war nur sehr wenig Verkehr, selbst die Ringstraßen um Florenz waren noch ziemlich leer. Und statt stinkender Abgase hing ein frischer Duft nach Bäumen in der Luft. Er fuhr über die Porta Romana in die Stadt und kam endlich zu Hause an. Zuerst einen Kaffee, dann rasieren und duschen, und dann würde er den Bericht schreiben. Er musste sehr vorsichtig sein. Ein falsches Wort, und die beiden Kinder würden im Nu von der Bildfläche verschwinden. Er musste sich langsam vortasten, aufpassen, eines nach dem anderen angehen.

Guarnaccia hatte sich einen Bademantel übergezogen

und stand nun im Bad vor der Waschmaschine, auf der noch immer die beiden verschmutzten Sommerhosen lagen. Es war eine ziemlich neue Waschmaschine. Nachdenklich legte er beim Anblick der Schalter, Knöpfe und Lämpchen die Stirn in Falten. Früher hatte er die Wäsche einfach nur in die Maschine gestopft und eingeschaltet. Das Ding hier sah aus wie ein Flugzeugcockpit. Nachdem er eine Weile lang die verschiedenen Waschprogramme, Temperaturen, Energiespartasten, Schleuderzahlen, Spülstopps und Kurzwaschgänge studiert hatte, hielt er es für das Einfachste, die beiden Hosen in die Reinigung zu bringen. Aber nein, tagsüber würde er das kaum schaffen, und dann würden die Hosen höchstwahrscheinlich dort liegenbleiben, bis Teresa zurück war. Das wollte er ihr lieber nicht zumuten, und so stopfte er die Hosen zu der anderen Wäsche in die Trommel und schaltete beherzt die Maschine ein. Teresa hatte bestimmt einen passenden Waschgang voreingestellt. Er wartete, bis ein Licht aufleuchtete. Das Wasser schien einzulaufen. Dann entdeckte er auf der Maschine, dort, wo die Hosen zuvor gelegen hatten, diesen kleinen, runden, an einer Seite offenen, blauen Ball. Teresa hatte ihm das erklärt, aber wozu …? Waschmittel! Heutzutage füllte man das Ding mit dem Waschmittel und gab es direkt in die Trommel. Das hatte sich jetzt ja wohl erübrigt, denn die Trommel war bereits zur Hälfte mit Wasser gefüllt. Nun, dann würde alles einmal gut durchgespült werden, und wenn die Hosen am Ende nicht sauber waren, würde er die Maschine ein zweites Mal mit Waschpulver durchlaufen lassen. Die Trommel begann sich zu drehen. Schön. Eins nach dem anderen. Er musste vorsichtig agieren. Guarnaccia räumte die blaue Plastikkugel ordentlich ins Regal über der Waschmaschine, direkt neben das Waschpulver. Da hing ja ein Blatt Papier am Rand des Regals. Sie hatte es ihm gezeigt. Er sah sich das Blatt ein wenig genauer an. Eine Kopie, wahrscheinlich eine Seite aus der Gebrauchsanleitung mit den verschiedenen Waschgängen und so. Mit einem roten Filzstift hatte sie ein paar Ergänzungen hinzugefügt: ›blaue Uniformhemden, farbige Hemden, Socken‹, ›weiße Uniformhemden, Unterwäsche‹. Nun ja …

Er zog die Uniform an und ging in sein Büro.

Es war noch immer zu früh, um den Staatsanwalt anzurufen, und so ließ er sich hinter dem Schreibtisch nieder und machte sich ein paar Notizen für seinen Bericht. Er brauchte zwei Durchsuchungsbefehle, einen für Paolettis Villa hier in Florenz – es sei denn, er rückte die Pistolen freiwillig raus – und einen drüben für das ›Hotel‹. Aber würde der Staatsanwalt – trotz des freundlichen Lächelns und der aufmunternden Worte – die Begründung akzeptieren? Er hatte nur die Aussage einer Prostituierten. Er brauchte mehr Beweise, und die einzige Person, die diese möglicherweise liefern konnte …

›Ich gehe jede Wette ein, dass der Mann über die Machenschaften hier genau Bescheid weiß und absichtlich Augen und Ohren verschließt.‹

Wahrscheinlich hatte Nesti recht. Er war der Einzige. Möglich, dass er nichts von den Kindern wusste, aber über das ›Hotel‹ musste er Bescheid wissen. Er hatte behauptet, dass dort alles mit rechten Dingen zuginge, alles im Rahmen des Gesetzes, aber da war noch was anderes gewesen. Was hatte er gesagt? Irgendwas war ihm unangenehm aufgefallen, er hatte sich nicht grundlos so bereitwillig Nestis Auffassung angeschlossen. Aber weshalb? Das musste er unbedingt herausfinden. Er stand auf, kontrollierte, ob er den Schlüssel eingesteckt hatte, und verließ das Büro. Auf dem Weg die Treppe hinunter fiel es ihm wieder ein, eine Erinnerung, die er tief vergraben hatte: Der Mann war zu schnell gewesen, das war's! Der Maresciallo des Kurortes hatte ihn nur fünfzehn Minuten nach dem Telefonat mit dem Staatsanwalt angerufen und behauptet, er sei zum Emperor rausgefahren, um dort nach dem Rechten zu sehen, und habe mit dem Manager ein ausführliches Schwätzchen gehalten. Unmöglich in so kurzer Zeit! Der Mann hatte gelogen.

Die Autobahn war leer, und als die Sonnenstrahlen an Intensität gewannen und das Auto erwärmten, hatte er den Kurort bereits erreicht und folgte der Beschilderung zur Carabinieri-Wache.

Er traf Piazza, der bereits in Uniform war, mit einer Tasse Kaffee in seiner Wohnung an. Ein kleines Mädchen klammerte sich an seine Hosenbeine.

»Bitte, *Papà*! Bitte, bitte!«

»*Mamma* kann das doch auch. Ich muss jetzt zur Arbeit – und sieh doch, der Maresciallo ist extra hergekommen, um mit mir zu sprechen.«

»Er kann doch hier mit dir reden ... und ... ach *Papà, Mamma* kann sie einfach nicht so gut aufblasen wie du. Bei ihr sind sie immer ganz schlapp.«

»Schon gut, schon gut, ich mach's, heute Nachmittag, wenn wir an den Pool gehen. Du brauchst sie ja jetzt noch nicht.«

»Doch, ich brauche sie, jetzt sofort. Ich will sie jetzt anziehen! Ich will!«

»Tut mir leid, Guarnaccia ...«

»Schon gut.«

»Dann lauf und hol sie, aber schnell! – Ihre Schwimmflügel. Sie ist so begeistert von den Flügeln, dass sie sie den lieben langen Tag tragen will. Sie wird erst Ruhe geben, wenn die Dinger kaputt sind.«

Das kleine Mädchen kam mit rosa-grün gemusterten Schwimmflügeln zurück, und als sie endlich aufgeblasen an ihren Ärmchen saßen, umarmte sie ihren Vater zum Dank, schenkte Guarnaccia zum Abschied ein Lächeln und sprang dann fröhlich juchzend aus dem Raum.

»Ihre Einzige?«

»Ja. Und Sie? Haben Sie auch Kinder?«

»Zwei Jungs.«

»Gehen wir in mein Büro. Möchten Sie eine Tasse Kaffee?«

»Nein, danke.«

Als sie sich schließlich Auge in Auge am Schreibtisch gegenübersaßen, unterzogen sie sich gegenseitig einer kritischen Musterung. Piazza war deutlich jünger als Guarnaccia, wahrscheinlich war dies sein erster Posten als Dienststellenleiter. Sein offenes, lebhaft wirkendes Gesicht schien jederzeit zu einem herzhaften Lachen bereit. Ganz offensichtlich verwirrte ihn der Besuch seines Kollegen, und ob er nun wegen der Überprüfung des Clubs gelogen hatte oder nicht, die Erwägung, dass der Mann auf Paolettis Gehaltsliste stehen könnte, hatte Guarnaccia bereits verworfen, noch bevor sie sich richtig gesetzt hatten.

»Geht es um den Mord? Paolettis Tochter?«

»Ja. Ich bin gestern im Club gewesen ... ich hätte Sie informieren müssen, ich weiß, aber das war ein höchst inoffizieller Besuch, und ich dachte, ich ziehe Sie da lieber nicht mit hinein, schließlich kennt man Sie dort ...«

Piazza wartete geduldig, guckte noch immer leicht verwirrt. Wenn Paoletti ihn nicht gekauft hatte, was war es dann? Wie konnte der Mann so gelassen und heiter vor ihm sitzen? Hatte er sich geirrt? Hatte er mit seiner Lüge überhaupt keine dunklen Machenschaften verbergen wollen? Vielleicht hatte er einfach nur zu viel zu tun und geglaubt, behaupten zu müssen, er sei dort gewesen und habe die Lokalität überprüft ... schließlich kam der Anruf vom Staatsanwalt höchstpersönlich. Oder vielleicht war er auch einfach nur faul, aber das hielt Guarnaccia für eher unwahrscheinlich ... der Mann wirkte so lebhaft, so voller Tatkraft, helle, strahlende Augen unter buschigen Brauen. Teresa hätte ihn attraktiv gefunden. Hmmpf. Auf jeden Fall hatte Piazza gelogen, das stand fest. Ein Missverständnis? Sollte er ihn einfach geradeheraus danach fragen? Lorenzini hätte das gemacht, hätte dem Mann in die Augen geschaut und ihm die Pistole auf die Brust gesetzt: ›Verdammt noch mal, was haben Sie mir denn da für ein Märchen aufgetischt?‹ Florentiner halt, ein ganz eigenes Völkchen, ohne Frage.

»Mich wo mit hineinziehen? Ist alles in Ordnung mit Ihnen? Sie sehen erschöpft aus ... möchten Sie wirklich keinen Kaffee?«

»Nein, nein ...«

»Also? In was wollten Sie mich nicht hineinziehen?«

»Ach, es war nur … Ich wollte mich bloß mal umsehen, im Emperor. Ganz inoffiziell, nicht in Uniform.«

»Sie sind dort als Gast rein, als verdeckter Ermittler, sozusagen? Um Gottes willen! Ich will Ihnen ja nicht zu nahe treten, aber wie einer der üblichen Kunden dort sehen Sie nun nicht gerade aus. Was halten Sie von dem Club? Stimmt doch, was ich gesagt habe, oder?«

»So ziemlich, ja.«

»Verdienen sich eine goldene Nase da drinnen.«

»Möglicherweise hinter den Kulissen, aber ganz bestimmt nicht mit den fünfzehn Euro, die sie als Eintritt inklusive Drink verlangen.«

»Nein, es werden wohl eher die privaten Feiern sein, Junggesellenpartys und so. Oben haben sie eine Menge Séparées, ein bisschen knutschen, ein bisschen grapschen, mehr ist nicht erlaubt.«

»Sechzig Euro für zehn Minuten.«

»Sind Sie tatsächlich …? Na, hoffentlich haben Sie Ihren Spaß gehabt. Vielleicht sollte ich es selbst mal ausprobieren.«

Bis jetzt hatte Piazza Guarnaccias Bericht offenbar höchst amüsant gefunden. Er würde ihm nach und nach auch den Rest erzählen und dabei genau auf sein Gesicht achten. Bei solchen Geschichten gab es mehr als nur finanzielle Möglichkeiten, sich die Leute dienstbar zu machen. Jemand, der seine Hände nicht mit Geld schmutzig machen wollte, akzeptierte möglicherweise stattdessen das eine oder andere Geschenk.

»Dann ist da noch dieses Hotel … das eigentlich gar kein Hotel ist, wenn Sie mir folgen können. Da machen die wohl das eigentliche Geld.«

»Dort sind Sie auch gewesen? Na, da haben Sie die Puppen aber mal so richtig tanzen lassen. Kein Wunder, dass Sie so müde aussehen.«

Piazza schien noch immer ziemlich belustigt, keineswegs beunruhigt. Trotzdem …

»Ja, ich weiß. Mag ja sein, dass die Geschichten im Emperor in rechtlicher Hinsicht nicht anzufechten sind, aber was dort im Hotel läuft, ist ganz gewiss nicht im Rahmen der Legalität.«

»Da stimme ich Ihnen voll und ganz zu … aber haben Sie begriffen, wie die das Ganze aufgezogen haben? Wenn wir dort eine Razzia machen, würden wir nichts finden. Wir befänden uns in einem Privathaus, das Paolettis Frau gehört, und würden dort höchstens den einen oder anderen illustren Gast antreffen.«

»Und die Mädchen auf dem Dachboden?«

»Personal. Bedienstete. Die haben alle erforderlichen Papiere.«

»Ja, hmm … Sie wissen also, dass das Haus seiner Frau gehört.«

»Natürlich. Ich hab Ihnen doch gesagt, dass ich den Club überprüft habe, nicht so genau wie Sie, tut mir leid, da kann ich nicht mithalten. Ich bin zutiefst beeindruckt. Meine Nachforschungen waren übrigens ergebnislos, offenbar hat Paoletti mit niemandem in der Szene einen solchen Ärger, der zu dem Mord an seiner Tochter geführt haben könnte. Er beschränkt sich auf sein Geschäft, sonst wäre mir was zu Ohren gekommen. Für andere Clubs schafft er keine Mädchen ran, da bin ich mir sicher.«

»Und sind Sie sich auch sicher, dass er seine Mädchen

nicht als Sexsklaven gefangen hält? Dass er ihre Papiere nicht weggeschlossen hat?«

Da! Schlagartig war das Lächeln in seinem Gesicht wie weggewischt.

»Sind Sie sich sicher, dass nicht das die Erklärung dafür ist, wie der Mann an das viele Geld kommt?«

»Ich hab keine Beweise... Die Papiere hab ich überprüft. Alle haben die Erlaubnis, hier als Hausangestellte zu arbeiten... Ich behaupte ja nicht, dass Sie falsch liegen mit Ihren Vermutungen...«

»Aber Sie behaupten, dass seine Geschäfte legal sind, dass hier alles mit rechten Dingen zugeht.«

»Passen Sie auf, Guarnaccia...«

»Nein. Nein, nein. Ich habe gehört, was sie mit den Mädchen machen, wenn sie hier ankommen.«

»Guarnaccia, hören Sie auf mich, bitte! Lassen Sie die Sache fallen, sofort. Sie haben einen Mord aufzuklären. Was hier passiert, hat nichts mit dem Mord zu tun, gar nichts...«

»Woher wollen Sie das wissen? Vielleicht hat Paoletti ja keinen Ärger mit seinen italienischen oder russischen Konkurrenten, aber es könnte was Privates sein. Dieser Mord scheint eine sehr persönliche Angelegenheit zu sein. Der zuständige Staatsanwalt ist zwar nicht unbedingt mein bester Freund, aber das hat selbst er inzwischen eingesehen.«

»Dann überprüfen Sie das Privatleben des Mädchens.«

»Und Paoletti und seine Geschäfte soll ich in Ruhe lassen?«

Piazza erhob sich, doch Guarnaccia blieb stoisch sitzen, wo er war, bewegte seine große, schwere Gestalt nicht vom Fleck. Piazza sah zu ihm hinunter.

»Ich bitte Sie noch einmal, dringend! Lassen Sie die Finger davon! Wir bekommen Ärger, Riesenärger, wir beide. Wenn Sie zur Jagd blasen, ruinieren Sie uns beide, aber Paolettis Geschäfte laufen weiter wie bisher. Wir werden nichts erreichen, das wissen Sie doch auch. Die sexuellen Vorlieben der Leute, wie seltsam sie auch sein mögen, sind schließlich ihre Privatsache.«

»Mag sein …« Und die Kinder? Wusste er von den Kindern? Guarnaccia hoffte sehr, dass er nicht über die Kinder Bescheid wusste, und beschloss, ihm nichts davon zu erzählen. Wenn der Mann so eine Information nicht ordnungsgemäß berichtete, könnte das tatsächlich das Ende seiner Karriere bedeuten. Schließlich gab es noch ein Kind in dieser Geschichte, ein kleines Mädchen, das fröhlich mit Schwimmflügeln herumhüpfte …

»Ich habe meine Gründe, warum ich die Angelegenheit weiterverfolgen muss … Wo wollen Sie hin? Wir müssen miteinander reden.«

»Nein, müssen wir nicht. Je weniger wir reden, umso besser. Ich geh nirgends hin, ich will Ihnen nur etwas zeigen.« Piazza nahm seinen Schlüsselbund, öffnete die Türen eines Aktenschranks und holte einen großen gelben Umschlag heraus, auf dem mit einem dicken schwarzen Filzstift das Wort EILSACHE geschrieben stand. Dann setzte er sich mit dem Umschlag in der Hand wieder hinter den Schreibtisch. Seine Miene wirkte nun überhaupt nicht mehr offen und glücklich. Er zog ein Blatt Papier aus dem Umschlag, zögerte, schob es dann seufzend zu Guarnaccia hinüber, als wolle er damit sagen, er habe alles getan, was er konnte, und wasche seine Hände in Unschuld.

Auf dem Blatt waren Namen gelistet, nichts weiter, keine Adressen, keine Telefonnummern, nur Namen. Aber vor jedem Namen stand ein eindrucksvoller Titel. Das war zu erwarten gewesen. Der Maresciallo erkannte die Namen zweier einflussreicher, florentinischer Familien und auch die einiger berühmter Anwälte. Zwei Richter, ein Arzt, ein Polizeichef, Lokalpolitiker, ein paar relativ unbekannte Schauspieler, und sogar ein Bischof waren darunter. Als er die Hälfte der Namen durchgesehen hatte, schob er die Liste wieder zurück. Piazza schüttelte den Kopf.

»Sie müssen sie bis zu Ende lesen. Ich sehe Ihnen an, dass Sie noch nicht durch sind.«

»Nein, nein, warum denn? Das war doch zu erwarten, ich muss trotzdem...«

»Guarnaccia, lesen Sie den dritten Namen von unten. Oder soll ich Ihnen den vorlesen? Es ist der Name eines Staatsanwalts, um genau zu sein, der Name des Staatsanwalts, der auf diesen Fall angesetzt ist. So. Sind Sie jetzt endlich bereit, auf mich zu hören und die Sache hier auf sich beruhen zu lassen?«

7

Der Maresciallo schwieg, zum einen, weil er nicht wusste, was er sagen oder wo er anfangen sollte, zum anderen, weil sich ihm alles, was bislang geschehen war, nun in einem völlig anderen Licht präsentierte. Er wollte sich die Fakten noch einmal ganz in Ruhe ansehen, denn im Augenblick wirbelten alle möglichen Bilder in seinem Kopf wild durcheinander. Er starrte seinem Kollegen geradewegs ins Gesicht, registrierte die Dringlichkeit und Besorgnis in seiner Stimme, war aber mit den Gedanken ganz woanders. Er sah sich bei sengender Hitze im Garten stehen und zwei Stunden lang auf das Eintreffen des Staatsanwaltes warten, obwohl die Straßen im August frei waren. Wo war der Mann vorher gewesen? Er sah sich draußen im Turm vor der Tür des Mädchens stehen, sah, wie der Staatsanwalt ihm anerkennend auf die Schulter klopfte, während die Tote mit den kräftigen Beinen und dem blonden Haar in den Metallsarg verfrachtet wurde. Nun kapierte Guarnaccia, warum De Vita ihm diesen Aufsehen erregenden Fall nicht entzogen und ihn nicht durch einen erfahrenen Kriminalinspektor ersetzt hatte.

Nichts als Schmu, die ganze Schmeichelei von wegen ›Sie sind doch ein erfahrener Mann‹ und all die bereitwillige Unterstützung… ›Schließlich müssen Sie sich ja auch noch um Ihre Wache kümmern, ich fahre ins Krankenhaus, ich rede mit der Mutter …«

»Guarnaccia?«

»Entschuldigung …« Sein Blick war abgedriftet, fixierte die Kalender hinter dem Kopf seines Kollegen.

»Sie haben verstanden, dass ich …«

»Ja, ja, ich hab's begriffen … Ich will Ihnen keinen Ärger machen, kann Ihre Lage nur allzu gut verstehen.«

»Was hätte ich tun sollen? Ich habe Familie!«

»Ja.«

»Und? Was werden Sie jetzt machen?«

»Ich muss die Ergebnisse meiner Untersuchungen ordnungsgemäß melden. Das hier …«, er zeigte auf die Liste, »das hier ist nur eine Liste mit irgendwelchen Namen. Jeder kann so eine Liste zusammenstellen. Wo kommt die eigentlich her?«

»Paoletti, nehme ich an. Einer seiner Angestellten hat sie ›versehentlich liegenlassen‹, damit ich sie finde.«

»Aha. Der Mann ist clever, weiß genau, was er tut. Denn auch so ist das immer noch nichts weiter als eine beliebige Liste mit Namen. Wann war das? Wie sind Sie mit ihm in Kontakt gekommen?«

»Vor etwa zwei Monaten ist er mich besuchen gekommen, als ich die Wache hier übernommen habe. Ich habe mir damals nichts dabei gedacht, obwohl ich es schon ein bisschen ungewöhnlich fand. Hat seine Stippvisite einleuchtend begründet: In seiner Position lege er ganz besonderen Wert darauf, zu Gesetzesvertretern und Behörden guten Kontakt zu pflegen, denn im Milieu passierten manchmal höchst unerfreuliche Dinge, obwohl er sich alle Mühe gebe, seinen Club so sauber wie möglich zu halten, und so weiter und so fort.«

»Und Sie haben ihm das abgenommen?«

»Es ist mir wirklich peinlich, aber damals tat ich das tatsächlich.«

»Sie müssen sich deswegen nicht schämen. Er hat es vor langer Zeit sogar geschafft, einen Priester dazu zu bewegen, als Leumund für ihn auszusagen, nachdem er eine junge Frau fast zu Tode geprügelt hatte, und seitdem hatte er reichlich Gelegenheit sich darin zu üben.«

»Aber ich bin kein Priester, ich bin Carabiniere. Ich fand es ja schon etwas seltsam, aber als er hier vor mir stand, die Freundlichkeit in Person, höflich und so durch und durch ehrenwert ... Natürlich hat er so ganz nebenbei auch von seinen großzügigen Spenden für die verschiedenen kirchlichen Wohltätigkeitsorganisationen erzählt.«

»Und bei dieser Gelegenheit hatte er bereits die Liste mitgebracht?«

»Nein, das war später. Mir waren da ein paar Gerüchte zu Ohren gekommen. Übers Jahr kommen zwar mehrere tausend Besucher zur Kur her, die Zahl der hiesigen Einwohner aber ist nicht sehr hoch. Früher oder später musste ich das eine oder andere hören. Ich nehme mal an, dass er mich aus diesem Grund so frühzeitig besuchen kam; er wollte, dass ich zuerst seine Version zu hören bekomme.«

»Wie haben Sie von seinen Machenschaften erfahren? Von einem Kunden?«

»Ja, aber das war kein Hotelkunde. Diese Leute bleiben unsichtbar, wie Sie sich denken können. Die gehen mit blutjungen Freundinnen oder den Frauen anderer Männer dorthin, oder sie frönen eigenartigen Vorlieben. Die werden kaum hier vor meinem Schreibtisch erscheinen. Nein, das war ein Mann aus dem Ort, ein Witwer. Ein Freund hatte ihn mit in den Club genommen, um ihn aus einem Stimmungstief herauszuholen – harmloser Ringelpiez mit ein bisschen Anfassen. Er hat dann für eines der Mädchen sein Herz entdeckt und ging noch ein paarmal hin. Er glaubte, dass sie ihn ebenfalls mochte.«

»Vielleicht war es ja tatsächlich so, wenn er nett zu ihr war und sich wirklich für sie interessierte«, stimmte Guarnaccia zu und dachte dabei an die arme Cristina.

»Oh, er hat mehr als nur ein bisschen Interesse für sie entwickelt. Er hat es nicht direkt gesagt, aber ich hatte das Gefühl, dass er die Sache sehr ernst genommen hat, dass er sie vielleicht sogar … Nun ja, er machte sich selbst nichts vor, erwartete nicht wirklich, dass sie bei ihm bleiben würde … Auf jeden Fall hat sie ihm erzählt, dass sie nicht so einfach von dort wegkönne, dass Paoletti ihren Ausweis habe. Sie hat ihm von dem Hotel erzählt, und dann ist er zu mir gekommen.«

»Was haben Sie ihm gesagt?«

»Was konnte ich ihm schon sagen? Dass ich mich darum kümmern werde.«

»Und? Haben Sie sich darum gekümmert?«

»Ja, ich bin mit zwei Männern hin. Wir haben uns dort umgesehen, ohne Durchsuchungsbefehl oder so, reiner Routinebesuch.«

»Und natürlich haben Sie nichts gefunden.«

»Haben Sie was anderes erwartet? Eine Villa, die Paolettis Frau gehört, eine Haushälterin namens Maria Grazia, ein paar Mädchen aus dem Osten, die dort putzen, alle hatten ordentliche Papiere.«

»Ich gehe mal davon aus, dass sie Ihnen nicht die Räumlichkeiten im zweiten Stock gezeigt hat, oder?«

»Aber doch, natürlich. Ganz offensichtlich hatte sie Order bekommen, das zu tun. Wir haben zwei der Räume gesehen. Aber was sollte ich damit anfangen? In einem Raum sah es aus wie in einer Kirche, Kerzen, Blumen, ein Beichtstuhl, der andere war ganz schwarz, schwarzes Bettzeug, Handschellen und so Zeugs. Die Frau hat uns die Türen aufgemacht, damit wir hineinsehen konnten, und hat dann mit einem Schulterzucken gemeint: ›Nun ja, Signor Paoletti ...‹, als entsprächen die Zimmer seinen persönlichen Vorlieben. Sie war total ruhig und gefasst, und wir haben natürlich nichts zu sehen bekommen, was wir in irgendeiner Form gegen Paoletti hätten verwenden können. Am nächsten Morgen hat einer meiner Männer das hier in einem Umschlag vor der Tür gefunden.«

»Und der Witwer? Ist er noch mal bei Ihnen vorstellig geworden?«

»Mehr als einmal. Aber was konnte ich ihm schon groß sagen? Ich hab ihm versprochen, den Club im Auge zu behalten, aber dass es sehr schwer werden würde, gegen Paoletti vorzugehen oder gar einen Durchsuchungsbefehl auf das Wort einer Prostituierten hin zu erwirken.«

»Und? Hat er sich damit zufriedengegeben?«

»Nein, nein, leider nicht. Er begann, im Club Fragen zu stellen. Ich habe ihn gebeten, das seinzulassen, hab ihm erklärt, dass er das Mädchen in Gefahr bringt.«

»Was ist mit ihr passiert?«

»Sie ist verschwunden.«

Hat wahrscheinlich geglaubt, sie ginge zu Probeaufnahmen fürs Fernsehen, und die Leiche ist nie aufgetaucht.

»Wie hieß das Mädchen?«

»Keine Ahnung.«

»Aber Sie wissen, wie der Mann heißt. Er kommt nicht aus dem Milieu, er ist ein Zeuge. Und noch was, diese Liste ist nichts weiter als eine Liste. Ich gehe davon aus, dass Paolettis Kunden bei ihren Besuchen nichts unterschreiben. Wie wollen Sie wissen oder gar beweisen, dass die Namen irgendeine Bedeutung haben? Dass Sie nicht nur auf einen von Paolettis Tricks hereingefallen sind?«

Piazza starrte auf den großen, gelben Umschlag.

»Was ist noch da drinnen?«

»Fotos. Nicht von allen, aber von den meisten. Ausgesprochen vulgär und sehr, sehr kompromittierend.«

»Die Männer darauf sind zu erkennen?«

»Eindeutig.«

»Sie überwachen die Schlafzimmer?«

»So was in der Art.«

»Und all das, nur um sich das Gesetz vom Leib zu halten? Oder glauben Sie, dass er die Männer auch erpresst?«

»Könnte man vermuten.«

»Hmm, so wie ich Paoletti kenne, hat er ein paar von denen die Daumenschrauben angelegt. Er kann andere ziemlich gut einschätzen.«

»Guarnaccia, bitte, lassen Sie die Sache fallen. Bohren Sie nicht weiter. Sie ruinieren Ihr Leben und meines dazu, und wahrscheinlich auch noch das seiner Opfer. Wir alle haben Familie! – Um Himmels willen, wo wollen Sie hin?«

Der Maresciallo hatte sich erhoben.

»Ich muss los.«

An der Tür schüttelten sie sich die Hände.

»Ich werde mein Bestes tun…« Er musste nicht aussprechen, was er damit sagen wollte, sie wussten beide, dass es nicht hieß ›mein Bestes, um den Fall zu lösen‹, sondern ›mein Bestes, um Piazza mit heiler Haut davonkommen zu lassen‹.

Und was war mit seiner eigenen Haut?

»Ihre Frau hat zweimal angerufen«, verkündete Lorenzini, als er wieder auf der Wache eintraf. »Ist alles in Ordnung mit Ihnen? Was ist passiert?«

»Das wollen Sie nicht wirklich wissen. Verdammt, hat sie irgendwas wegen des Appartements gesagt.«

»Das Sie kaufen wollen? Nein, sie wollte nur wissen, wo Sie stecken.«

»Hmm. Wer ist die Frau im Warteraum?«

»Signora Nuti.«

»Ach ja, hab mir schon gedacht, dass sie es ist. Jetzt sagen Sie mir bloß nicht, dass dieser Gulli in ihrer Straße noch immer nicht gereinigt worden ist?«

»Da ist noch immer nichts passiert, rein gar nichts, obwohl ihr Anwalt einen Brief geschrieben hat… die Vorhersage kündigt ein paar kräftige Gewitter an. Sie wissen ja, wie ihr Keller beim letzten Mal aussah, und sie lebt ganz allein, die arme Frau. Ich kümmere mich um sie, sobald ich…«

»Nein, nein, schicken Sie sie nur zu mir rein.«

Signora Nuti war genau das, was er jetzt brauchte, um ein Weilchen in seine Welt zurückzukehren, zu seinen Leuten und deren kleinen Problemen. Bei dem Gedanken an das, was ihm bevorstand, fing sein Herz zu rasen an, und die Nerven begannen zu flattern.

»Hallo Maresciallo, es tut mir wirklich leid, dass ich Sie belästigen muss, aber ...«

»Aber nein, Signora, bitte setzen Sie sich doch.«

»Ich weiß mir einfach nicht mehr zu helfen... es ist jetzt sechs Monate her ...«

»Das ist wirklich unglaublich. Sie haben zu lange Geduld mit denen gehabt.« Er hatte gut reden. Teresa hatte zweimal angerufen, und was hatte er wegen dieses Appartements unternommen? Nichts. Er hatte zu viel mit dem Fall zu tun, der sie zu allem Überfluss auch noch an den Bettelstab bringen konnte. Statt sich Gedanken um Immobilieninvestitionen zu machen, würden sie sich möglicherweise schon bald mit dem Gedanken anfreunden müssen, in die allerhinterste Provinz versetzt zu werden. Was sollte dann aus Teresa werden? Was war mit den Schulen für die Kinder? Giovanni hatte gerade erst gewechselt...

»Das letzte Mal hat mir mein Neffe geholfen ... Ich bin zu alt, um mit meiner Arthritis noch Wassereimer zu schleppen, aber ich kann auch nicht immer andere um Hilfe bitten ...«

»Nein, wirklich nicht, so weit dürfte es erst gar nicht kommen.«

Wen konnte er um Rat fragen, ohne diese Person dabei gleich mit ins Unglück zu ziehen? Niemanden! Wer auch immer von der Sache erfuhr, geriet in das gleiche Dilemma und konnte nur verlieren, ob diese Person nun beschloss, etwas zu unternehmen oder schweigend die Hände in den Schoß zu legen.

›Sie ruinieren uns beide, aber Paolettis Geschäfte laufen weiter wie bisher.‹ Piazza hatte recht.

Aber was sollte aus den Kindern werden, dem kleinen Mädchen, das auf dem Bett geweint hatte?

Nein, nein, nein …

»Mein Neffe meint, ich sollte endlich Klage einreichen. Die bekommen so viele Beschwerden auf den Tisch, dass sie sich erst kümmern, wenn man vor Gericht geht. Aber was das kostet …«

»Die werden die Kosten tragen müssen, lassen Sie sich deswegen von einer Klage nicht abhalten. Aber es wird eine Ewigkeit dauern, bis es zur Verhandlung kommt, und bis dahin ändert sich nichts an Ihrem Schlamassel.«

Seinen eigenen Schlamassel musste er auf jeden Fall beseitigt haben, bevor Teresa zurückkam. Sie hatte sich so gut in Florenz eingelebt, und auch die Kinder hatten ihre Freunde hier, hatten Pläne … Die Zeitung! Die zweite Morgenausgabe *La Nazione* war mit Sicherheit schon draußen!

»Tut mir leid, entschuldigen Sie bitte, nur eine Minute, Signora.«

»Wenn ich ein anderes Mal wiederkommen soll …«

»Nein, nein, ich bin gleich wieder da …«

Im Augenblick war sie seine einzige Verbindung zur Realität, seiner gewohnten Realität, mit der er umgehen konnte, hinter der sich urplötzlich eine bedrohliche, lautlose Dunkelheit aufbaute. Doch die Lautlosigkeit würde bald ein Ende haben. Er streckte rasch den Kopf zur Tür des Dienstraums hinein.

»Ich brauche die zweite Morgenausgabe *La Nazione.*«

Ein junger Carabiniere war bereits aufgesprungen. »Ich muss sowieso die Post abholen, da kann ich die Zeitung auf dem Rückweg –«

»Nein. Gehen Sie jetzt, und bringen Sie sie mir sofort rein.«

Der Maresciallo kehrte zu Signora Nuti zurück. Er ließ sie reden und reden, denn er wollte die Stille in seinem Kopf nicht hören. Schließlich war es Signora Nuti, die das Gespräch beendete, weil sie noch Einkäufe zu erledigen hatte.

»Ich werde Ihren Rat befolgen ... wie war noch mal die Nummer?«

»Sieben-null-null, aber die brauchen Sie sich nicht zu merken, Ihr Anwalt kennt diese Notfallnummer ... es macht also nichts, wenn Sie die vergessen. Aber warten Sie, ich schreibe sie Ihnen rasch auf ... hier, bitte. Und sagen Sie Ihrem Anwalt, dass er mich jederzeit anrufen kann, wenn er Unterstützung braucht. Wir sind bei Ihnen gewesen und haben die Bescherung gesehen. Vielleicht hilft ihm ja ein Bericht von uns.«

Er führte die alte Dame zurück durchs Wartezimmer an die Tür, um den Augenblick rauszuzögern, da er wieder allein sein würde mit seinen Ängsten, dem heftigen Herzklopfen. Was immer er auch tat, er würde es nie so wegschieben können wie Piazza, egal, wie viel Mühe er sich gab. Ob es nun an den Kindern lag, den anderen Mädchen oder ... Das alles lag nun außerhalb seiner Kontrolle und entwickelte eine Eigendynamik, die nicht mehr aufzuhalten war. Wie sollte irgendjemand diese Angelegenheit sauber aus der Welt schaffen können? Wäre er doch nie zu den Carabinieri gegangen! Wäre er doch nur nicht mit Nesti losgezogen! Wäre doch bloß Teresa wieder zu Hause …

Er unterbrach seinen Gedankengang und marschierte in den Dienstraum.

»Stellen Sie bis auf weiteres keine Anrufe zu mir durch.«

»Ihre Frau auch nicht?«

»Niemanden.« Sie würde sofort merken, dass etwas nicht stimmte, und was sollte er ihr dann sagen?

»Maresciallo? Die Zeitung.« Der Carabiniere war von seinem Botengang zurückgekehrt.

»Ist das hier auch bestimmt die zweite Morgenausgabe?«

»Ja, ich habe extra gefragt. Gibt es sonst noch was, oder kann ich jetzt zur Post?«

»Nein, danke, gehen Sie ruhig zur Post.«

Guarnaccia verschanzte sich in seinem Büro und begann zu lesen. Auf der ersten Seite hatten sie eine kurze Einführung und ein Bild vom Emperor gebracht. Wann hatte Nesti denn das gemacht? Wahrscheinlich, als er wegen der Trinkkur rausgefahren war … wann war das noch mal gewesen? An dem Tag, an dem sie bei Paszkowski gegessen hatten, aber welcher Wochentag war das gewesen? Er hatte überhaupt kein Zeitgefühl mehr. Ohne die tägliche Routine, den Rhythmus von Teresa und den Jungs, verschmolz ein Tag mit dem nächsten zu einem formlosen, grauen Brei …

Fortsetzung auf Seite 5 …

Eine Vergrößerung des Fotos auf der ersten Seite ganz oben und darunter ein Artikel über Paolettis Festnahme mit einem Foto aus der Polizeikartei. Alles kam auf die Liste an, Cristina hatte bestimmt nichts davon gewusst. Sie hatte sie vor den Kameras gewarnt, trotzdem …

Er musste die Ruhe bewahren, sich konzentrieren, den Artikel genau studieren und rausfinden, was Nesti wusste … oder sich zusammengereimt hatte. Aber die Druckerschwärze verschwamm vor seinen Augen, und er las ein und denselben Absatz wieder und wieder, ohne auch nur ein einziges Wort zu verstehen.

›Erpressung‹ … das Wort sprang ihm förmlich ins Gesicht. Vermutungen, nichts als Vermutungen und Spekulationen. Gut möglich, dass nichts Handfestes dahintersteckte, aber wenn Nesti Erpressung vermutete, dann hatte er auch einen bestimmten Opferkreis im Sinn. Er musste überprüfen, ob Nesti seinen Namen irgendwo erwähnt und damit möglicherweise den Staatsanwalt oder Paoletti in Alarm versetzt hatte. Also, zuerst der Artikel, der sich mit Erpressung befasste. Aber er konnte sich noch immer nicht richtig konzentrieren. Kurz entschlossen schob er die Zeitung zur Seite und griff zum Telefon. Nesti anrufen und einfach fragen …? Den Staatsanwalt anrufen und herausfinden, wie die Dinge standen, es hinter sich bringen …? Welche Absicht er auch immer hegte, die Nummer, die er gedankenverloren wählte, war die Nummer seiner Schwester. Er musste Teresas Stimme hören. Nur sie konnte ihn jetzt beruhigen. Er durfte ihr nichts erzählen, und dennoch würde sie natürlich sofort merken, dass etwas nicht stimmte, aber er würde einfach sagen, er sei übermüdet, dass er ohne sie nicht richtig schlafen könne. Sie sollte nur mit ihm reden, damit er sein Herz nicht mehr so laut klopfen hörte. Er ließ es klingeln und klingeln. Er würde sich dafür entschuldigen, dass er noch immer nichts unternommen hatte wegen der Wohnung, und würde ihr versprechen, sich gleich darum zu kümmern, und das würde er dann auch tun, sich einreden, dass er die Sache ja vielleicht doch noch zu einem guten Ende bringen könnte. Aber würde er das schaffen? Bei der Bank anrufen, einen Termin mit dem Geschäftsführer ausmachen, mit dem Capitano reden, den Immobilienmakler wegen der Wohnungsbesichtigung anrufen... Er brachte es ja noch nicht einmal fertig, den ersten Schritt zu tun. Guarnaccia ließ es klingeln und klingeln. Mit den Menschen, die hier zur Wache kamen und seine Hilfe suchten, kam er spielend zurecht, das war kein Problem für ihn. Sie kamen her und erzählten, was sie auf dem Herzen hatten. Meist reichte es schon, wenn er einfach nur zuhörte. Und außerdem waren da ja noch Lorenzini und die anderen Carabinieri, die den Betrieb am Laufen hielten, er musste hin und wieder nur ein wenig Präsenz zeigen. Selbst wenn er gar nichts täte, würde alles weiterlaufen wie bisher. Die Welt würde nicht aufhören, sich zu drehen, aber zu Hause...

Sie war nicht da. Bestimmt war sie mit den Jungen am Strand. Er legte erst auf, als die Verbindung abbrach.

Der Maresciallo griff wieder zur Zeitung, versuchte festzustellen, ob Nesti seinen Namen irgendwo genannt hatte. Er nahm die Schultern zurück, damit der schmerzhafte Druck in seiner Brust ein wenig nachließ, und sah auf die Uhr. Ob der Staatsanwalt die Zeitung schon gelesen hatte? Nein, sonst hätte er bestimmt angerufen. Wahrscheinlich bekam er die erste Morgenausgabe sämtlicher Tageszeitungen auf den Schreibtisch, die zweite Ausgabe hatte er mit Sicherheit noch nicht gesehen. Das verschaffte ihm eine kurze Galgenfrist. Er nahm den Hörer in die Hand und rief in der Redaktion an. Nesti war natürlich nicht da.

»Probieren Sie es doch heute Nachmittag noch mal, zwischen drei und halb vier.«

»Danke.«

Stille.

Dann hörte er draußen im Warteraum eine bekannte Stimme und öffnete rasch die Tür, um den jungen, unerfahrenen Carabiniere davor zu bewahren, Signor Palestri die Hand zu drücken.

»Ich möchte den Maresciallo sprechen.«

»Können Sie nicht mit mir vorliebnehmen? Der Maresciallo ist im Moment leider sehr beschäftigt.«

»Nein, ich will den Maresciallo. Jemand muss etwas unternehmen, Sie müssen kommen.«

»Schon gut, ich kümmere mich darum.« Der Maresciallo legte seinen Arm um den schmächtigen alten Mann und führte ihn zu einem Stuhl im Warteraum.

»Setzen Sie sich erst einmal einen Augenblick. Die Treppe nach hier oben ist ganz schön steil und hat Sie ordentlich außer Puste gebracht.«

»Nun ja, ich bin dreiundneunzig, was erwarten Sie da?«

»Sie sind noch ganz gut beieinander für Ihr Alter, schließlich schaffen Sie es noch immer, uns hier oben einen Besuch abzustatten.«

»Um mit Ihnen zu sprechen, Maresciallo, ich bin gekommen, um mit Ihnen zu sprechen, das ist kein Freundschaftsbesuch. Es muss endlich was geschehen. Sie müssen jemanden vorbeischicken. Ich habe schreckliche Angst, verstehen Sie?«

»Ja. Ja, das verstehe ich. Die Welt da draußen kann einem schon ganz schön Angst einjagen.«

»Früher war alles anders ... Wenn sie kommen, kann ich mich nicht einmal wehren. Das ist es, verstehen Sie, ich kann mich nicht einmal wehren.«

»Natürlich nicht. Aber dafür sind wir ja da.«

»Ich bin dreiundneunzig, wissen Sie.«

Er lebte allein in einer Wohnung ganz in der Nähe und hatte Angst vor einer Welt, die er nicht mehr verstand und zu der er keinen Bezug mehr hatte. Obwohl er sich an kaum mehr etwas erinnerte, war der Maresciallo ihm im Gedächtnis haftengeblieben. Sie trafen die gewohnte Vereinbarung: Der Maresciallo versprach, sofort einen Streifenwagen vorbeizuschicken.

»Meine Männer werden gleich dort sein, also gehen Sie jetzt besser wieder nach Hause. Wenn Sie dort sind, können sie außer Hausflur und Straße auch gleich noch Ihre Wohnung überprüfen.«

»Ich beeile mich, aber ich kann nicht fliegen, ich bin dreiundneunzig.«

»Gehen Sie ganz normal. Wenn meine Männer Sie nicht antreffen, werden sie draußen alles überprüfen und kommen dann bei der nächsten Runde noch mal vorbei. Wissen Sie noch? Das hat beim letzten Mal, als Sie sich Sorgen gemacht haben, auch geklappt.«

Da der alte Mann ganz in der Nähe der Pitti-Wache wohnte, fuhren die Dienstwagen oft an seinem Fenster vorbei und vermittelten ihm das Gefühl, unter dem besonderen Schutz der Carabinieri zu stehen. Hin und wieder vergaß er das und kam auf die Wache, um sich vom Maresciallo beruhigen zu lassen. Wo sonst sollte er auch hin mit seinen Ängsten?

Der Morgen ging vorbei, Besucher kamen und gingen, und langweiliger Papierkram gaukelte ihm ein Gefühl der Normalität vor, das von Zeit zu Zeit von einer Welle der Angst überflutet wurde, die ihm fast die Luft zum Atmen nahm. Der Maresciallo öffnete die entsprechende Vorlage im Computer und wollte einen ausführlichen Bericht verfassen. Aber an wen sollte er den weiterleiten? In der Theorie sollte er sich bei einem Interessenskonflikt an die Staatsanwaltschaft in Genua wenden, der Florenz in solchen Fällen unterstand. Dies war dem Maresciallo wohl bekannt, allein sein Vertrauen in das System war zutiefst erschüttert, und mit theoretischem Wissen allein kam er hier bestimmt nicht weiter. Das waren alles Richter und Staatsanwälte, er war nur ein kleiner Offizier, der wie schon so viele andere vor ihm höchstwahrscheinlich seinen Hut würde nehmen müssen. Er würde einfach von der Bildfläche verschwinden, und wenn dieser Bericht in die falschen Hände kam, erging es den beiden Kindern ebenso.

›Ihr Gefühl hat Sie noch nie getäuscht‹, sagte der Capitano immer. ›Sie brauchen mich nicht.‹ Und wohin hatte ihn sein Gefühl nun gebracht?

Guarnaccia dachte an seinen Vorgesetzten, Capitano Maestrangelo, intelligent, ruhig, kompetent … vielleicht …

Sofort verwarf er den Gedanken wieder. Die Crux war die Sache mit den Kindern. Wenn er dem Capitano von den beiden erzählte, zog er ihn unweigerlich mit in den Schlamassel hinein, er wäre gezwungen einzuschreiten und würde sich und seine Karriere ruinieren. Wem war damit geholfen?

Nein. Das würde er dem Capitano nicht antun. Es gab

mehr als genug Männer, denen es wichtiger war, den Leuten auf der Liste schönzutun, als möglichen Kindesmissbrauch zu unterbinden, egal ob es sich dabei um ein, zwei oder zehn Kinder handelte. Maestrangelo war ein guter Mann, ein ehrlicher Mann, eine Spezies, die man nicht mehr allzu oft traf... und wenn die Armee Männer wie ihn wegen einer solchen Liste verlor, wo sollte das alles hinführen? Gut, seine eigene Karriere war gelaufen, aber was bedeutete das schon, aus höherer Warte betrachtet? Ihm selbst war die eigene Karriere nur wegen seiner Frau und der Kinder wichtig. Er musste nicht sieben Tage in der Woche in diesem doofen, kleinen Büro zubringen. Was für ein Leben war das schon? Er konnte etwas Besseres finden. Hatte Totò nicht mal vor Jahren wütend verlangt, er solle sich wie die Väter seiner Freunde endlich einen vernünftigen Job suchen?

Zurzeit blies der Wind aus der falschen Richtung. Vielleicht war es ja ganz gut, dass alles so gekommen war. Manche Leute fanden, er schlafe im Gehen... Nun ja, die Sache hier hatte ihn wachgerüttelt. Wachgerüttelt und ihm gezeigt, wie machtlos er im Grunde doch war, wie bedeutungslos. Da brauchte doch nur eines dieser hohen Tiere mit dem Finger zu schnippen, und schon würde man ihn elegant aus dem Weg räumen. Das hatte er natürlich schon immer gewusst, aber es zu wissen und es passieren zu sehen waren zwei gänzlich verschiedene Dinge. Einen anständigen Job...

Ehemalige Carabinieri wurden gerne für bestimmte Aufgabengebiete herangezogen, vielleicht konnte er sogar mehr verdienen... wahrscheinlich war das nicht... und natürlich würden sie auf der Stelle ausziehen müssen. Wie viel Geld war eigentlich auf dem Sparkonto? Teresa wüsste das auf den Cent genau ... Sie hatte gesagt, dass sie gar nicht so viel Geld würden aufnehmen müssen. Aber woher wollte sie das wissen, wenn sie die Wohnung nicht gesehen hatte und gar nicht wusste, was sie kostete? Oder wusste sie das? Wenn er nicht sofort einen anderen Job bekam, konnten sie auf jeden Fall nichts kaufen, sondern sich nur irgendwo was zur Miete suchen. Er sollte zur Bank gehen, aber er war nun wirklich nicht in der Verfassung, einen Kredit auszuhandeln. Er fühlte sich so schrecklich müde, abgesehen von der lähmenden Angst, die ihn gefangen hielt, während er darauf wartete, dass der Sturm endlich losbrach. Den Artikel sorgfältig studieren, sehen, ob sein Name irgendwo auftauchte ... Nesti würde so etwas nicht tun. Bestimmt nicht. Deshalb hatte er ja auch seine Kreditkarte zum Zahlen genommen. Aber dieser erste Artikel, der über Paolettis Vergangenheit, sie hatten sich doch geeinigt, dass der als Erstes erscheinen sollte? Was war mit dem passiert? Die Redaktion hatte ihn wegen der Sache mit den Zigeunern nicht gebracht ... wieder ging es um zwei Kinder. Ganz unten auf der Seite ... Paolettis Werdegang, der Mord an seiner Tochter, mögliche Verbindungen zu ...

›Sie bekommen von mir ein paar Zuckerstückchen über Paoletti, und dafür verraten Sie mir ein bisschen was von der Geschichte hier, und alle sind glücklich und zufrieden.‹

Sein Name tauchte nicht auf. ›Von amtlicher Seite bestätigt‹, mehr nicht. Gott sei Dank.

Der Staatsanwalt würde natürlich wissen, dass er seine Finger im Spiel hatte, schließlich hatte er dafür gesorgt, dass Nesti ihm die Artikel in die Kanzlei brachte.

Vor lauter Anspannung konnte der Maresciallo nicht mehr stillsitzen. Er stand auf und informierte die Carabinieri im Dienstraum, dass er fortmüsse.

»Wo steckt denn Lorenzini?«

»Drüben in Borgo Ognissanti, Sie wissen schon, er –«

»Ja, ja, schon gut, ich bin in einer halben Stunde zurück.«

Draußen, in der Bruthitze des Vorplatzes, setzte der Maresciallo erst einmal die Sonnenbrille auf, obwohl die Allergie im Augenblick die geringste seiner Sorgen war. Das Licht war zwar relativ grell, aber der Himmel hing grau und schwer über ihm. In einigen Teilen der Stadt regnete es bestimmt schon, das konnte er deutlich riechen. Es sollte stürmisches Wetter geben, hatte jemand gesagt... War das Signora Nuti gewesen? Vielleicht. Die arme Frau fürchtete bei jedem Schauer, dass sie trotz der schlimmen Arthritis in den Händen schwere Wassereimer die steile Kellertreppe raufschleppen musste. Warum nur war das Leben so oft so traurig und kompliziert? Und so beängstigend... der arme, alte Palestri. Guarnaccia konnte in der selbst fabrizierten Dunkelheit kaum noch etwas erkennen, dennoch ließ er die Brille auf, verschanzte sich hinter dem vertrauten Schutz der dunklen Gläser.

Ein paar Touristen, die aus dem Pitti-Palast kamen, kämpften mit diesen dünnen, durchsichtigen Regenmänteln, die es an jeder Straßenecke zu kaufen gab. Vereinzelte Windböen zerrten an den Stadtplänen, sodass sie sie weder lesen noch zusammenfalten konnten. Sie sollten machen, dass sie ins Hotel kamen... was wollten die überhaupt hier? Zu Hause, wo sie es warm und sicher hatten, wären sie viel besser aufgehoben; stattdessen zogen sie in die Weltgeschichte hinaus, verausgabten sich bis zur Erschöpfung, kämpften mit Örtlichkeiten, Menschen und einer Sprache, die sie nicht verstanden, und wurden dann auch noch bis auf die Haut nass.

An dem Kiosk am Fuße des ansteigenden Vorplatzes kaufte er noch ein paar Tageszeitungen und eine Ausgabe von *La Pulce*, einer Zeitschrift für alle, die ein Haus, ein Auto oder Secondhandmöbel kaufen oder verkaufen wollten. Er wollte sich einen Überblick über die Wohnungspreise verschaffen, einen Stellenmarkt gab es auch darin. In den Tageszeitungen auch. Guarnaccia schaute rüber zur Bank, nein, im Augenblick hatte er wirklich keine Zeit dafür. Ein Carabiniere im Ruhestand stand draußen Wache, trat müde von einem Bein aufs andere und blickte höchst gelangweilt drein. Bei dem Anblick wurde dem Maresciallo ganz anders ums Herz. Er ging über die Straße, in die Café-Bar und bestellte ein Sandwich und einen Kaffee. Er hatte keine Ahnung, ob das nun sein zweites Frühstück oder bereits sein Mittagessen war, denn er hatte jegliches Zeitgefühl verloren. Das war nicht weiter wichtig. Er konnte ja nicht einmal sagen, ob der Grund für diesen nagenden Schmerz in seinem Bauch Hunger oder Angst war. Die Bar war total überfüllt, fast nur Ausländer, die sich lautstark unterhielten, als wären sie das Wichtigste auf dieser Welt. Trotz des Lärms hörte Guarnaccia noch immer sein Herz laut klopfen. Es war viel zu heiß hier drinnen, die vielen Menschen, die zischende Espressomaschine... er wollte nur noch raus, ließ das halbe Sandwich liegen, zog den Geldbeutel aus der Tasche, um dann entgeistert festzustellen, dass da überhaupt kein Geld mehr drin war. Nesti und Lorenzini hatten ihn ganz offensichtlich ausgezogen bis aufs letzte Hemd. Hilflos starrte er in das leere Portemonnaie. Der Mann hinter der Bar hatte begriffen und winkte ihm lässig zu, dass er ein anderes Mal zahlen könne. Trotzdem würde er jetzt nicht in die Bank gehen. Er fischte die Kreditkarte aus der Tasche und marschierte über die Straße zum Automaten. Als er die Nummer eintippte, fiel ihm wieder ein, dass er Nesti eine geradezu unglaubliche Summe schuldete. Nun, der würde sich mit einem Scheck zufriedengeben müssen. Er konnte jetzt nicht in die Bank hinein.

»Das Gewitter wird bald hier sein«, stellte der Wachmann fest, der sich bereits im Vorraum der Bank in Sicherheit gebracht hatte. Ganz offensichtlich hätte er sich gerne ein wenig unterhalten, und obwohl sich ihre Beziehung bislang auf ein grüßendes Nicken beschränkt hatte, fühlte sich Guarnaccia schlecht, als er mit kaum mehr als einem Grunzen das Geld in die Brieftasche stopfte und sich abwandte. Sollte der Wachmann ruhig glauben, dass er wegen des Gewitters so gereizt war. Große Tropfen spritzten auf seine Sonnenbrille, als er den Vorplatz zur Wache hochmarschierte.

Das Gewitter ging genau in dem Moment los, als er die Stufen erreicht hatte. Der Kopf drohte ihm zu platzen vor Schmerz.

Guarnaccia schloss sich in sein Büro ein, hängte die Kappe auf, nahm die Sonnenbrille ab und trocknete sie mit einem seiner großen, weißen Taschentücher sorgfältig, bevor er sie zurück in die Hemdtasche steckte. Er setzte sich mit den Zeitungen hinter den Schreibtisch und schlug als Erstes *La Pulce* auf. Verkäufer, Putzfrauen, Nachhilfeunterricht, Kindermädchen, Altenpfleger, Vertreter mit angenehmem Äußeren.

Das Telefon klingelte. Teresa? Bitte, lass es Teresa sein.

Es war der Staatsanwalt.

Er hielt sich erst gar nicht mit irgendwelchen Höflichkeiten auf. Die Maske war gefallen. Das war der Mann, den der Maresciallo kannte.

»Das waren doch Sie, oder?«

»Ich –«

»Das ist doch der Reporter, dessen Artikel Sie mir haben schicken lassen. Sie sind seine Quelle!«

»Nur –«

»Soweit ich weiß, untersteht dieser Fall mir! Sie maßen sich da etwas an, Guarnaccia, was Ihnen ganz und gar nicht zusteht, aber das bin ich ja gewohnt von Ihnen, Sie und Ihr Dickkopf! Wir untersuchen hier einen Mordfall und haben nicht die Aufgabe, einem armseligen Schreiberling in den Sattel zu helfen.«

Was sollte er darauf antworten? Er hatte schließlich ähnliche Gedanken gehabt!

Es ging noch eine ganze Weile so weiter. Gott sei Dank gab De Vita dem Maresciallo keine Möglichkeit, sich zu verteidigen, denn der hatte auch nichts zu seiner Verteidigung vorzubringen. Und außerdem hörte er viel lieber den Staatsanwalt reden als sich selbst. Da Guarnaccia die ganze Zeit schwieg und De Vita keine weitere Munition lieferte, begann der Staatsanwalt recht bald, sich zu wiederholen. Als er schließlich halbwegs beruhigt und gefasst war, suchte er nur noch nach einem passenden Abgang. Er fand einen. Und was für einen!

»Wenn ich mich recht erinnere, hatte ich schon vor Jahren solchen Ärger mit Ihnen. Nur weil Sie pünktlich den Urlaub antreten wollten, haben Sie mich doch tatsächlich davon zu überzeugen versucht, dass es sich bei dem Fall damals um Selbstmord handelte, obwohl es keinen Zweifel daran gab, dass die Frau ermordet worden war. Schon damals hatte ich recht und Sie unrecht. Vergessen Sie das bitte nicht!«

Ein ohrenbetäubender Donnerschlag begleitete das Krachen des auf die Gabel gepfefferten Hörers, und gleich darauf strömte der ersehnte Regen wie ein Wasserfall draußen am Fenster herunter. Der Maresciallo atmete langsam und bedächtig aus. Sein Ohr schmerzte, in seinem Kopf drehte sich alles, und trotzdem fühlte er sich ein wenig besser. Die meisten Vorwürfe und Beschimpfungen des Staatsanwalts hatte er gar nicht richtig mitbekommen, dafür hatte er aber sehr wohl registriert, dass De Vitas Wut auf Furcht begründet war. Selbstverständlich war die Angst des Mannes bei weitem nicht mit seiner zu vergleichen. Vielleicht beschrieb ›Besorgnis‹ seinen Gefühlszustand ein wenig besser. Wenn De Vita nicht zum Kreise der Erpressten gehörte, konnte er gar nicht wissen, in welcher Gefahr er schwebte. Mit Sicherheit hatte er keine Ahnung von dem gelben Umschlag in Piazzas Aktenschrank. Wie für die meisten anderen, deren Name auf dieser Liste stand, wäre es natürlich auch für den Staatsanwalt ein Kinderspiel, die beiden lästigen Marescialli auf die Straße setzen zu lassen, aber das änderte nichts an der Tatsache, dass auch der Staatsanwalt in ein tiefes Loch fallen würde, wenn Nesti die Geschichte weiterverfolgte und in diesem Zusammenhang der Name De Vita fiele, Beweise hin oder her, das machte keinen Unterschied. Guarnaccia kannte Nesti, früher oder später würde der Reporter diese Liste in die Finger bekommen. Vor Jahren war er sogar an die Mitgliederliste der Geheimloge *Propaganda Due* gekommen und hatte ewig lang die Chefredakteure aller möglichen Zeitungen bearbeitet, konnte aber niemanden finden, der genug Mut aufbrachte, diese Liste zu veröffentlichen. Auch wenn Lucio Gelli jahrelang das Kunststück fertiggebracht hatte, durch sämtliche Finger zu schlüpfen, die seiner habhaft werden wollten, zu guter Letzt hatte auch seine Herrschaft ein Ende gefunden. Vom Typ her war Paoletti diesem Gelli recht ähnlich. Was solchen Menschen das Leben so leichtmachte, war nicht nur die Tatsache, dass sie sich mit Geld in den unteren Rängen problemlos tatkräftige Helfershelfer und in den höheren Rängen einflussreiche Komplizenschaften kaufen konnten, viel wichtiger war die Tatsache, dass einfach niemand, aber auch wirklich niemand wollte, dass sie vor Gericht eine Aussage machten. Natürlich war Paoletti nur eine Miniaturausgabe von Gelli, es brauchte schon einen Krieg, um Macht und Einfluss im Gelli-Format zu gewinnen.

Höchste Alarmstufe also. Aber er durfte nicht zu viel sagen, durfte Piazza nichts verraten, was dieser nicht schon wusste. Das waren mächtige und einflussreiche Leute auf dieser Liste. Wenn die plötzlich Gefahr liefen, alles zu verlieren – Jobs, Ansehen, Familie, einfach alles, was ihr Leben ausmachte –, machte sie das zu einer unberechenbaren und sehr realen Gefahr. Natürlich hatte er versucht herauszuhören, was der Staatsanwalt glaubte, dass er und Nesti bereits wüssten. Er musste endlich Seite fünf richtig lesen.

Doch bevor er sich erneut in die Zeitung vertiefte, wählte er noch einmal die Nummer seiner Schwester. Keine Antwort. Der Maresciallo schaute auf die Uhr. Wahrscheinlich hatten sie am Strand gepicknickt, statt zum Mittagessen nach Hause zu gehen. Er würde es am Abend noch einmal probieren. Dann konnte er bestimmt mit ihr sprechen.

Er machte es sich mit der Zeitung bequem. Paolettis Vergangenheit, den Artikel hatte er bereits überprüft ... der Club, der bei solchen Preisen kaum Gewinn machen konnte, das System mit den Telefonnummern an der Kasse. Das lief auf Zuhälterei hinaus. In Anbetracht von Paolettis Vergangenheit und mit Hilfe der Zeugenaussage dieses Witwers würde diese Anklage wohl durchgehen. Aber dieses andere Mädchen war einfach von der Bildfläche verschwunden. Was war mit Cristina?

Er legte die Zeitung beiseite und beschloss, Don Antonio, den Leiter des Frauenhauses, anzurufen, um mit ihm die Sache so weit wie möglich zu besprechen. Don Antonio war ein vernünftiger, erfahrener Mann. Er konnte vielleicht helfen. Und es würde ihm guttun, mit jemandem zu reden.

»Wissen die, dass das Mädchen sie verpfiffen hat?«

»Ich bin mir nicht sicher, aber wenn Nesti in den letzten paar Tagen der einzige neue Besucher dort war, zählen die ganz schnell eins und eins zusammen. Wenn sie erst einmal so weit sind, können sie auf der Internetseite der Zeitung ganz einfach nachsehen, wie er aussieht. Außerdem hat er mit Kreditkarte bezahlt.«

»Dann müssen wir sie so schnell wie möglich dort herausholen. Was Sie mir da allerdings über deren Überwachungssystem erzählt haben … Hmmm, vielleicht können wir einen unserer Helfer dort einschleusen, aber auf sich allein gestellt wird er sie dort nicht herausholen können. Da müssen Ihre Leute schon parat stehen, um einzugreifen. Oder noch besser, schicken Sie doch einen Ihrer Leute als Strohmann dort hinein. Können Sie das arrangieren? Maresciallo? Gibt es ein Problem?«

»Ja, ja, da gibt es noch ein Problem.« Aber sollte er am Telefon darüber sprechen? Zwei zu Tode verängstigte Kinder, die eingesperrt waren und bei Bedarf missbraucht wurden? Arme, unwichtige Kinder. Ihm fielen die beiden anderen armen Kinder wieder ein, die erst dann wichtig geworden waren, als ihre kleinen, verkohlten Leichname im Leichenschauhaus lagen und zum Politikum gemacht wurden. Er dachte an seine beiden Jungs, gesund, glücklich, zufrieden … bis jetzt, und er stand im Begriff, alles kaputtzumachen …

»Hallo? Maresciallo? Sind Sie noch da?«

»Ja, ich bin noch da …«

»Die Verbindung war wohl für einen Augenblick unterbrochen, ist bestimmt das Gewitter. Sie haben gesagt, dass es da noch ein Problem gibt?«

»Ja.«

»Glauben Sie, dass wir keinen Durchsuchungsbefehl bekommen? Oder glauben Sie, dass der Zeitungsbericht eine Ente ist? Aber Sie haben mich doch angerufen. Was ist los, Maresciallo? In so einer Situation ist keine Zeit zu verlieren, aber das wissen Sie ja wohl selbst am besten.«

»Ja, ja natürlich haben Sie recht. Es gibt da noch ein anderes Problem, ein größeres … Da sind noch andere … Ich habe keine Beweise, es sei denn, ich bekomme gleich beim ersten Mal einen Durchsuchungsbefehl; wenn wir erst das eine Mädchen rausholen...«

»...sind die anderen nicht mehr da, wenn wir wiederkommen?«

»Ja.«

»Aber Sie werden doch problemlos einen Durchsuchungsbefehl bekommen, oder? Das haben Sie doch schon öfter gemacht. Ist doch wohl klar, dass da noch mehr Mädchen sind, die Aussage des Journalisten sollte für den Durchsuchungsbefehl reichen.«

»Ja.«

»Maresciallo?«

Was sollte er sagen? Am Telefon? Litt er schon unter Verfolgungswahn?

»Maresciallo? Wir werden ständig unterbrochen. Und bei diesem Donnern kann ich Sie sowieso kaum verstehen. Vielleicht will der liebe Gott ja, dass wir dieses Gespräch nicht weiterführen. Wahrscheinlich ist er ganz Ihrer Meinung. Manchmal ist es besser, nichts zu tun, als die Dinge zu überstürzen. Denken Sie noch mal in Ruhe über alles nach. Wir reden dann ein anderes Mal, ohne diese Geräuschkulisse im Hintergrund. Ah, da fällt mir ein, ich wollte Sie ja sowieso anrufen wegen dieses albanischen Mädchens. Ich weiß nicht, ob ich unseren Termin morgen einhalten kann. Ich komme hier einfach nicht weg, tut mir leid. Wäre übermorgen auch okay? Irgendwann am Nachmittag? Vier oder fünf? Ganz wie es Ihnen passt.«

»Vier ist okay.«

»Dann also um vier Uhr. Meine Güte, ich kann mich ja

selbst kaum noch verstehen. Ist es bei Ihnen dort drüben auch so schlimm?«

»Ja, ja, hier ist es ganz genauso.«

»Nun ja, es ist ja auch viel zu heiß gewesen. Zumindest reinigt das Gewitter die Luft.«

Don Antonio hatte aufgelegt.

Also litt er doch nicht unter Verfolgungswahn. Er wusste nichts von einem albanischen Mädchen oder einer Verabredung für morgen. Don Antonio war misstrauisch geworden. Nichts in dieser Welt, aus der er Frauen rettete, war ihm fremd.

Blitze zuckten, und noch mehr Donnergetöse brachte die Fensterscheiben zum Klirren. Es würde die Luft reinigen, da hatte Don Antonio wohl recht. Vielleicht brachte es ja auch Ordnung im Kopf des Maresciallo.

»Aber diesen Schlamassel hier bringt es nicht in Ordnung«, murmelte er vor sich hin und starrte dabei wieder auf die Zeitung. Nun, was erledigt war, war erledigt. Er faltete die Zeitung zusammen und räumte sie weg.

Dann verbrachte er eine ganze Weile damit, den ersten Absatz seines Berichts zu verfassen. Alles war so kompliziert, und er war nicht gerade gut im Erklären. Nach zwanzig Minuten des Schreibens, Korrigierens und Neuschreibens – er fand einfach nicht den richtigen Anfang –, löschte er alles wieder und starrte lange auf den leeren Bildschirm.

Dann griff er nach dem Telefon. So gegen halb vier hatten sie in der Zentrale gesagt. Aber Nesti war noch immer nicht am Platz. Er schlug die Immobilienseite von *La Pulce* auf. Sofort erfasste ihn wieder diese Panikwelle, die Nerven lagen blank. Sollte er mit dem Geschäftsführer der Bank sprechen? Keine echte Alternative. Mit dem Capitano? Kam nicht in Frage, daran war nicht zu rütteln. Das Appartement ... Wenn er heute Abend mit Teresa sprach, dann wollte er ihr wenigstens ... Unmöglich. An das Appartement kam er nur über den Capitano.

Der Stellenmarkt. Da musste es doch auch noch was anderes geben als nur Jobs für Babysitter und Putzfrauen.

Gab's aber nicht, abgesehen von Stellen für freundliche, junge Leute zwischen achtzehn und fünfundzwanzig mit sicherem Auftreten, die Klinken putzen und Zeitungen oder sonst was an der Haustür verkaufen sollten. Reihenweise Aushilfsjobs, die auf illegale Einwanderer zielten, die bereit waren, das zu tun, was niemand anders tun wollte, zu Löhnen, für die sonst niemand arbeiten würde. Er blätterte um. Gott sei Dank, da sah es schon besser aus:

Expandierendes Unternehmen in Florenz sucht qualifizierte Mitarbeiter.

Auslieferer, Lagerarbeiter, Büroangestellte, gerne auch in Teilzeit...

Sofort anfangen! Schreiben Sie sich in unseren Kurs ein. Nur noch wenige freie Plätze... Büroarbeit... Computer-Basiswissen... Englisch, Spanisch, Italienisch...

»Italienisch, aaah ...«

Wenn Sie ein arbeitsloser Einwanderer aus einem nichteuropäischen Land sind und eine gültige Arbeitserlaubnis ...

»Hmm.«

Pizzaservice – eigenes Moped Voraussetzung...

Barmann mit Hotelerfahrung...

Gut eingeführte Detektei! Mindestalter 30 Jahre, für Er-

mittlungsarbeit, Telefonbefragungen im In- und Ausland; langjährige Branchenerfahrung, ausgezeichnete Computerkenntnisse, fließend Englisch, dynamische Persönlichkeit...

Was konnte er eigentlich? Was hatte er zu bieten? Mit Ach und Krach kam er mit einem Computerprogramm zurecht. Was noch? Ihm fiel nichts mehr ein.

Er würde nicht einmal einen der Jobs bekommen, die sonst nur Einwanderern vorbehalten blieben.

Er musste an Teresa denken, die sich all die Jahre um seine Mutter gekümmert hatte. Heutzutage machte das niemand mehr, solche Arbeiten erledigte jetzt eine Frau von den Philippinen.

Bis zu 800 Euro monatlich in Teilzeit bei freier Zeiteinteilung!

18–25 Jahre, sympathisches Auftreten... Verkaufserfahrung!

Achtzehn- bis Fünfundzwanzigjährige schienen heiß begehrt zu sein, die achthundert Euro gab es offensichtlich nur auf Kommission, ohne Festgehalt. Wie sollten sie von achthundert Euro im Monat leben? Das zahlten die meisten ja allein schon für die Miete. Besser, er schaute sich nach einer Mietwohnung um, statt hier weiter seine Zeit zu verschwenden...

Das Donnergrollen hatte nachgelassen, aber der Regen prasselte nach wie vor kräftig gegen die Fenster, und es wurde immer dunkler. Es war noch immer heiß und stickig in dem Büro, aber den Maresciallo schauderte es, wenn er an all die traurigen Menschen dachte, die in der feuchten Wärme da draußen Arbeit suchten, auch wenn die Bezahlung noch so schlecht war, nach einer Aufenthaltserlaubnis, nach einem Platz zum Leben, nach einer Möglichkeit, Fuß zu fassen…

…während er alles besaß, was sein armer Vater sich für ihn erträumt hatte, ein schönes, gemütliches Zuhause, ein gutes, regelmäßiges Einkommen, eine Frau und eine Familie, Sicherheit und Ansehen … einfach alles eben. Und er war dabei, das alles aufs Spiel zu setzen.

8

Guarnaccia hatte bereits anderthalb Seiten geschrieben, als er entnervt alles wieder löschte. Er hatte sich nicht klar genug ausgedrückt. Berichteschreiben war ohnehin nicht sein Ding, und heute kam noch diese schreckliche Müdigkeit hinzu …

Müdigkeit hin oder her, er durfte keine Zeit mehr verlieren. Alles, was er tat, und alles, was er nicht tat, alles, was er schrieb, und alles, was er nicht schrieb, konnte verheerende Auswirkungen für die Kinder haben, und dieses Wissen jagte ihm lähmende Angst ein. Er würde es tun, er musste es tun. Wenn er an die reichen Männer mit ihren Sonderwünschen dachte … das gehörte nun wirklich nicht zu seinen Aufgaben … eine Siebenjährige …

›Sie und Ihr Dickkopf.‹

Beruhte der etwa auf Überheblichkeit? War es Arroganz, die ihn glauben ließ, er wisse, wann er eingreifen musste, was er tolerieren konnte und was nicht? Er war sich dieser Überheblichkeit nicht bewusst, aber das hatte nichts zu sagen. Wer war er denn, dass er sich anmaßte, darüber zu entscheiden, was andere zu tun oder zu lassen hatten?

›Tyrann von Syrakus.‹

Die eigene Schwester hatte ihn so genannt, sie hatte dabei gelacht, hatte nur einen Scherz machen wollen …

›Du hast geglaubt, mich herumkommandieren zu müssen‹, das war eine Feststellung und kein Scherz gewesen. Und hatte er nicht wieder einmal gemeint, das Heft in die Hand nehmen und ihr befehlen zu müssen, die Therapie in Florenz zu machen? Er hatte bereits alle entsprechenden Hebel in Bewegung gesetzt, ohne sie auch nur ein Mal nach ihrer Meinung zu fragen.

›Sie und Ihr Dickkopf.‹

Er hatte das doch nur aus Sorge getan. Er wollte ihr nichts Böses. Teresa zumindest hatte das begriffen, oder?

›Und wenn sie nicht will?‹

Nicht einmal Teresa hatte er um Rat gefragt. Wer hätte sich denn um Nunziata kümmern, wer hätte sie pflegen müssen, wenn sie herkam? Der gleiche Mensch, der schon jahrelang aufopfernd seine Mutter gepflegt hatte. Wie hatte er es überhaupt wagen können, diesen Vorschlag laut auszusprechen? Woher nahm er das Recht, eine solche Entscheidung zu treffen? Weil er der Mann im Hause war? Bürdete gedankenlos die Konsequenzen seiner Entscheidungen den Frauen der Familie auf. Wie hatte er es wagen können …?

Dabei war es nicht das erste Mal, dass sie ihn darauf hingewiesen hatte.

›Den lieben langen Tag kommandierst du diese armen Kerle herum, und dann kommst du nach Hause und machst genauso weiter …‹

Worum war es damals eigentlich gegangen? Er erinnerte sich nicht einmal mehr, aber die Worte hatten sich in sein Hirn gebrannt, und er hörte sie so deutlich, als befände sie sich im selben Raum.

Aber es war doch sein Job, den Männern Befehle zu erteilen. Das war doch nur zu ihrem Besten! Nun ja, auch bei Nunziata hatte er geglaubt, es sei zu ihrem Besten...

Zutiefst aufgewühlt stand er auf, die Stirn in tiefe Falten gelegt, und marschierte rüber ins Dienstzimmer. Zwei Augenpaare blickten auf, erwarteten seinen Befehl.

Doch er starrte die beiden nur düster an. Sie wechselten rasch einen kurzen Blick und standen dann stramm.

»Zu Befehl«, meldete der Dienstälteste.

Sie warteten.

»Nein, nein... weitermachen, ich wollte nur...«

Ja, was hatte er denn gewollt? Sie fragen, ob sie ihn für einen Tyrannen hielten?

»Ist Lorenzini denn noch immer nicht zurück?«

»Nein, leider nicht.«

»Weitermachen.«

Als er die Tür hinter sich schloss, hörte er sie leise murmeln.

»Was ist denn mit dem los?«

»Schlechte Laune, seine Frau ist nicht da... Also komm, erzähl schon. Was hat sie dann gesagt?«

»Warte mal, da kommt eine Meldung rein, eins eins sieben, bitte kommen, eins eins sieben...«

Guarnaccia kehrte in sein Büro zurück. Er fühlte sich so erbärmlich, dass er Zuflucht am Computer suchte, in der Hoffnung, das ›Ding‹ würde ihn beim Verfassen der Tagesbefehle so aufbringen, dass der Zorn auf den Computer dieses überwältigende Gefühl der Scham verdrängen würde.

Irgendwie musste er den Rest des Tages überstehen, später konnte er Teresa dann von zu Hause anrufen. Er würde sie um Entschuldigung bitten, er würde ihr die Entscheidung überlassen, was sie wegen Nunziata unternehmen sollten.

Doch sie gab ihm keine Gelegenheit dazu. Um halb acht, als er die Uniform ausgezogen und geduscht hatte, war sie noch immer nicht zurück. Bei abgeschaltetem Ton hatte er sich mit dem schnurlosen Telefon vor den Fernseher gehockt und ließ es klingeln und klingeln, und jedes Mal, wenn er aufgelegt hatte, stellte er sich vor, wie sie gerade zur Tür hereinspazierte und den Anruf um Haaresbreite verpasst hatte. Dann versuchte er es gleich noch einmal.

Er ließ es klingeln und klingeln, doch auf der anderen Seite hob niemand ab, einsam läutete das Telefon auf dem niedrigen Schränkchen in dem dunklen Flur vor sich hin. Wo steckten die bloß alle?

Erst ein Picknick am Strand und dann auch noch auswärts zu Abend essen? Die machten sich ein schönes Leben, während er sich in Florenz abstrampelte. Vielleicht besuchten sie ja auch nur Nunziatas Freunde gegenüber. Teresa hatte mal so was erwähnt. ... Di Luciano ... die Kinder spielten gern zusammen, und darum ... Nun ja, er hoffte inständig, dass sie dort waren und nicht in irgendeiner Pizzeria das Geld zum Fenster rauswarfen, er hatte im Moment mehr als genug Sorgen. Unversehens meldete sich dieser nagende Schmerz in seinem Bauch zurück.

Das Telefon!

Das war sie, bestimmt war sie das! Höchste Zeit aber auch!

»Hallo«, bellte er aufgebracht ins Telefon; dass er sie eigentlich um Verzeihung bitten wollte, hatte er ganz vergessen.

»Guarnaccia? Nesti hier.«

»Oh...«

»Was ist denn mit Ihnen los?«

»Nichts.«

»Übernächtigt, nehme ich an ... Hab doch gesagt, dass Sie sich schlafen legen sollen. Warum hatten Sie es denn so eilig, in eine leere Wohnung zurückzukehren? Ich habe schön ausgeschlafen, und dann habe ich Ihrem Kollegen da draußen einen kurzen Besuch abgestattet. Piazza, er ...«

»Was hat er gesagt?«

»Zu mir? Nichts, das können Sie sich doch denken. Aber es hat mich gewundert, dass Sie noch nicht dort waren. Ihnen hätte er bestimmt mehr verraten. Sah aus, als hätte ich ihn zu Tode erschreckt, also wird er eine ganze Menge wissen. Hab's ja gesagt.«

»Lassen Sie ihn in Ruhe, Nesti, bitte.«

»Das ist eine heiße Sache, eine ganz heiße Sache. Und er weiß alles, da bin ich mir sicher. Wenn Sie heute Morgen sein Gesicht gesehen hätten...«

»Nesti...«

»Ist er ein Freund? Ist es das? Oder schulden Sie ihm was?«

»Nein.«

»Sie stellen sich also nur vor ihn, weil er Carabiniere ist, weil er zur Truppe gehört? Hat Cristina Ihnen denn nichts von den kleinen Mädchen –«

»Lassen Sie ihn in Ruhe... zumindest für den Augenblick noch, bitte.«

»Nur für den Augenblick? Dann haben Sie jetzt was in der Hand? In Ordnung, aber nur unter einer Bedingung:

Ich lasse den Mann bis auf weiteres zufrieden, dafür halten Sie mich auf dem Laufenden ... das heißt, wenn die Bombe platzt, will ich der einzige Journalist vor Ort sein.«

»Wann sind Sie denn schon einmal nicht als Erster auf der Bildfläche erschienen?«

»Nicht nur der Erste – ich will der Einzige sein, der darüber Bericht erstattet. Das wird nicht ganz einfach werden, jetzt, wo meine Artikel raus sind. Ich habe mich an unsere Abmachung gehalten, Ihr Name taucht nirgendwo auf, nicht einmal in dem Artikel über Paolettis Vergangenheit, den ich auf Ihren Wunsch hin geschrieben habe.«

»Hmmpf.«

»Was soll das denn heißen?«

»Aus amtlicher Quelle haben Sie geschrieben ... genauso gut hätten Sie mich direkt zitieren können, wer soll Ihnen denn sonst die Informationen gegeben haben? Schließlich weiß jeder, dass ich den Fall bearbeite.«

»Was ist denn nun schon wieder mit Ihnen los? Ich hab gedacht, Sie wären mir dankbar. Wenn ich Ihnen nicht die Info über Paoletti verschafft hätte, wo wären Sie dann jetzt mit Ihrem Fall?«

»Nirgendwo.« Wo er zu gerne hin verschwunden wäre. Er war unfair. Nesti wusste nichts von dieser Liste in Piazzas Aktenschrank, obwohl er eigentlich clever genug sein müsste, von selbst darauf zu kommen, dass so etwas existierte. Dann müsste er vorsichtiger agieren, Rücksicht auf andere nehmen und dürfte nicht immer nur auf den eigenen Vorteil bedacht sein ...

Er tat es schon wieder! Befand darüber, wie Nesti seine Arbeit zu tun, welche Prioritäten er zu setzen hatte. Wie kam er dazu, Nesti zu kritisieren? Der Mann war ein erfahrener Journalist … und hatte – ganz im Gegensatz zu ihm – seine Karriere noch vor sich. Er behielt seinen Vorteil im Auge, während …

»Guarnaccia?«

»Wie bitte?«

»Ich dachte schon, wir wären unterbrochen worden.«

»Nein.«

»Aber wenn ich richtig verstehe, sind Sie über das Interview nicht gerade begeistert, auch wenn ich Ihren Namen mit keiner Silbe erwähnt habe … Ich hoffe, Ihnen hat zumindest meine Krawatte gefallen. Seide, Handarbeit. Habe sie mir extra für eine besondere Gelegenheit aufgehoben.«

»Krawatte?« In der Zeitung hatte er nichts von einem Interview gelesen. *»Krawatte?«*

»Sie haben es nicht gesehen, oder? Ich wollte ja Bescheid sagen, aber ich bin einfach nicht dazu gekommen.«

»Sie haben ein Interview gegeben? Im Fernsehen? Über diesen Fall?«

»In den Regionalnachrichten um halb acht im Dritten. Aber achten Sie drauf, morgen werden sie es auch in den Hauptnachrichten bringen.«

»Nesti!« Wieso sich jetzt noch aufregen? Die Sache würde so oder so ihren Lauf nehmen. Von Anfang an hatte er gewusst, dass er die Fäden nicht in der Hand behalten konnte. Er beendete das Gespräch, ließ sich in die kühlen Polster des Ledersofas sinken und starrte mit leerem Blick auf die lautlos flackernden Bilder auf dem Fernsehschirm. Den Hörer hielt er noch immer in der Hand. Er zwang sich, die Bilder auf dem Schirm wahrzunehmen, sie zu verstehen, spornte sich an, den Film oder was immer sie gerade zeigten, bis zur nächsten Werbepause zu verfolgen. Dann würde er noch einmal versuchen, Teresa zu erreichen. Irgendwann musste sie ja heimkommen. Die Jungs sollten nicht so lange aufbleiben, auch wenn sie Ferien hatten. Sie befanden sich noch immer in der Wachstumsphase und brauchten ihren Schlaf. Sie sollte wirklich nicht ... NEIN! Er tat es schon wieder! Er sollte sich besser an die eigene Nase fassen, mit seinem Bericht war er noch keine einzige Zeile weitergekommen und hatte es vor lauter Müdigkeit drangegeben. Sich einfach nur auf einen Film zu konzentrieren gehörte ebenfalls zu den Dingen, zu denen er laut Teresa nicht fähig war. War das der Mann aus dem Antiquitätengeschäft? Ja, natürlich. Der andere hatte Angst vor ihm. Es war ihm anzusehen, wie die Angst ihn innerlich zerfraß, so dass er kaum noch zu atmen wagte. Vor lauter Mitgefühl holte der Maresciallo tief Luft für den Mann, aber alles Mitgefühl der Welt würde ihm nicht helfen, der Geschichte seine ungeteilte Aufmerksamkeit zu widmen. Das war nicht seine Schuld, er konnte doch nichts dafür, dass er durch das Telefonat mit Nesti den Faden verloren hatte. Die beiden stritten sich jetzt, der verängstigte Mann und seine Frau, sie schrien sich an, das konnte er an ihren Gesichtern und der Körpersprache erkennen. Aber wie sollte er der Geschichte folgen, wenn er nicht hörte, was sie sagten ...

»Verflixt noch mal!« Er schaltete den Ton ein und sogleich wieder aus, während er wieder einmal Teresas Nummer wählte. Es klingelte ... und klingelte ... und klingelte. Verdammt!

Kaum hatte er den Hörer wutentbrannt aufs Sofa geschmissen, da klingelte das Telefon. Sie war genau in dem Augenblick ins Haus gekommen, als er aufgegeben hatte, nun bewahrheitete sich die Fantasie, die er die ganze Zeit schon im Kopf gehabt hatte.

»Guarnaccia?«

»Herr Staatsanwalt. Guten Abend.«

Das Telefonat war nur kurz, und abgesehen von einigen wenigen Anmerkungen, die sich auf ein obligatorisch zustimmendes ›Ja, Herr Staatsanwalt‹ beschränkten, trug Guarnaccia nichts zu dem Gespräch bei.

Als es vorbei war, blieb er noch lange im Halbdunkel sitzen, dachte an nichts, den Verstand im Leerlauf. Willkürliche Erinnerungen, unwichtige, zusammenhanglose Bilder drängten sich ihm auf und verschwanden wieder, als wäre er kurz vor dem Einschlafen. Er hatte nicht nach der Waschmaschine geschaut. Es musste schön sein, eine kleine Tochter zu haben, die fest daran glaubte, man wäre der einzige Mensch auf der Welt, der die Schwimmflügel richtig aufblasen konnte. Diese Frau war gar nicht verheiratet mit dem verängstigten Mann. Vielleicht die Angestellte in dem Antiquitätengeschäft ... blond. Der Kredit für das Haus ... es musste schon später sein, als er gedacht hatte. Hatte er überhaupt etwas gegessen... ja, ein Sandwich in der Café-Bar... oder war das ...

Er blieb unbeweglich sitzen, denn wenn er sich bewegte, würde er in die Realität zurückkehren, und mit der wurde er im Moment einfach nicht fertig.

Doch selbst während er ganz still sitzen blieb, fraß sich das Gift, das in sein Ohr gedrungen war, durch seinen Körper. Er fror.

De Vitas Stimme hatte ganz anders geklungen ... letztes Mal hatte er in einer vor Ärger und Sorge ziemlich hohen Tonlage laut in sein Ohr geplärrt, jetzt hatte er ganz ernst, leise und sehr bedrohlich geklungen.

›Manche Menschen haben viel Macht und keinerlei Skrupel.‹

›Sie wissen genau, auf welches Risiko Sie sich da einlassen.‹

›Zum guten Schluss werden auch Sie einsehen, dass das alles nur heiße Luft war, dass Sie einem Gespenst nachjagen. Für einen Journalisten mag das ja in Ordnung sein, aber in Ihrem eigenen Interesse sollten Sie ...‹

›Menschen mit viel Macht und ohne Skrupel werden Sie zerquetschen wie eine lästige Fliege.‹

›Selbstverständlich werde ich alles in meiner Macht Stehende tun, um Sie zu schützen.‹

›Von einem Tag auf den nächsten wird man Sie in ein trostloses Dorf irgendwo am Ende der Welt versetzen.‹

›Das haben Sie nicht verdient, Sie nicht und Ihre Familie auch nicht.‹

›Kommen Sie doch morgen in mein Büro, dann sehe ich mal, was ich für Sie tun kann.‹

Tropfen für Tropfen sickerte das Gift tiefer, doch Guarnaccia konnte an nichts anderes denken als daran, dass er sehr, sehr müde war. Er erhob sich, ging durch alle Zimmer, verschloss die Tür, schloss die Läden, ließ aber die Fenster weit offen stehen, damit die Nachtluft hereinkam. Es hatte noch immer nicht genug geregnet. Die Luft schien nur feuchter und die Zahl der Stechmücken nur größer geworden zu sein. Er ging zu Bett, und kaum dass sein Kopf das

Kissen berührt hatte, war er auch schon eingeschlafen. Aber es war der angespannte, leichte Schlaf eines Wachhundes. Das Rascheln eines Blattes hätte ihn aufgeweckt.

Als er die Augen wieder öffnete, war es noch dunkel. Er konnte sich nicht daran erinnern, was er geträumt hatte, und war sofort voll da, musste nicht darauf warten, dass er in die Realität zurückfand, dass ihm wieder einfiel, warum es ihm die Brust so zuschnürte. Er hatte das Gefühl, als hätte ein Teil von ihm überhaupt nicht geschlafen, sondern nur darauf gewartet, dass der Rest von ihm erwachte, um dort weiterzumachen, wo er aufgehört hatte. Es war halb vier in der Früh. Er stand auf, machte das Bett, wusch und rasierte sich und stieg in die Uniform. Vor dem Spiegel im Schlafzimmer betrachtete er sich wie einen Fremden. Und wenn er diese Uniform nie wieder tragen würde? Wer wäre diese Person in dem Spiegel dann? Zahllose Menschen kannten ihn als den Maresciallo, aber wer kannte ihn schon als Salvatore? Der ›Maresciallo‹ aber würde zukünftig sein Nachfolger sein. Die Leute gewöhnten sich schnell an neue Gesichter und würden ihn schon bald vergessen haben. Jetzt würde nur das geschehen, was bei seiner Pensionierung sowieso ablaufen würde, was also machte das schon?

Er würde eine Versetzung in die Pampa nicht akzeptieren. Er würde schon einen Weg finden, mit seiner Familie hier zu bleiben, in Florenz, wo sie glücklich waren, wo Teresa sich wohl fühlte und die Jungs sich eine Schule aussuchen konnten.

Auf dem Weg in die Küche, wo er sich einen Kaffee kochen wollte, schaute er in jedes Zimmer, als sähe er die Wohnung zum ersten Mal. Sie war wirklich sehr schön, komfortabel und großzügig geschnitten, aber sie gehörte nicht ihnen. Teresa hatte recht. Sie mussten die Planung ihrer Zukunft in Angriff nehmen.

Er setzte den Kaffee auf und wartete. Erst fraß ihn die Armee mit Haut und Haaren, dann ließ sie ihn fallen.

Er trank den Kaffee im Stehen, die Läden und Fenster weit geöffnet. Vom Boboli-Park drang schwüle Luft herein, aber auch reichlich Sauerstoff; das Zirpen der Grillen in den Sommernächten, das ihn sonst immer nur an seine Einsamkeit erinnert hatte, gehörte nun zu einem Teil seines Lebens, das sich immer weiter von ihm zu entfernen schien.

Nun ja, das war traurig, aber es gab Schlimmeres. Frauen, die geschlagen, und Kinder, die missbraucht wurden zum Beispiel. Und außerdem gehörte der Boboli-Park da draußen nicht der Armee. Es gab Hunderte Wohnungen mit Blick auf den Park. Krachend schloss er die Läden, spülte die Tasse aus und ging nach oben ins Büro.

Um diese Uhrzeit war es in dem kleinen Raum angenehm kühl. Der Computer tat ausnahmsweise einmal das, was er sollte, und Guarnaccia arbeitete eine volle Stunde konzentriert an seinem Bericht. Er versuchte erst gar nicht, ein Kunstwerk daraus zu machen, Gedanken und Fakten logisch zu verknüpfen. Er begann einfach am neunzehnten August und arbeitete sich bis zum heutigen Tage vor. Was für einen Unterschied machte es schon, wenn er daraus einen überzeugenden, logischen Fall konstruierte? Wenn es da draußen jemanden gab, der hören wollte, was er zu sagen hatte, würde er die Botschaft hören und etwas unternehmen. Aber wenn niemand es hören wollte …

Oben hatte er ein paar Zeilen freigelassen, wusste nicht, welchen Namen er dort einsetzen sollte. Den des Oberstaatsanwalts von Genua? Am ehesten. Aber vielleicht gab es ja jemanden, der sich speziell um solche Interessenkonflikte kümmerte. Doch selbst wenn dem so war, dann wüsste er nicht das Geringste über diesen Mann, welche sexuellen Vorlieben er hatte, zum Beispiel, ob er mit einem oder mit beiden Richtern auf der Liste befreundet war oder sogar vielleicht mit De Vita. Letzten Endes versuchte doch jeder nur, seine Leute in Schutz zu nehmen. Tat er nicht das Gleiche für Piazza?

Der Bericht war fertig, aber der Adressblock war noch immer leer. Ihm blieb nichts anderes übrig, als den Capitano zu fragen. Wenn auch er die Antwort auf diese Frage nicht wusste, so würde es für ihn zumindest ein Leichtes sein, sie herauszufinden. Er würde seinem Boss nichts erzählen, ihn nicht um Rat fragen. Er druckte den Bericht aus, steckte ihn in einen Umschlag, den er noch nicht verschloss, und befestigte mit einer Büroklammer das Formblatt für einen Einschreibebrief daran.

Dann öffnete er ein neues Dokument und schrieb einen Brief an das Oberkommando der Carabinieri:

Hiermit beantrage ich, Salvatore Guarnaccia, Noto, Syrakus, geboren am 16. …

Er hielt kurz inne: Würde er überhaupt Anspruch auf eine Pension haben? Das würde der Capitano ihm sagen können…

Maresciallo, der Dienststelle Toskana unterstellt, frühzeitig zum 26. Oktober diesen Jahres aus dem Dienst entlassen zu werden. Meine zukünftige Anschrift…

Und jetzt? Er musste seine neue Adresse angeben, aber er hatte keine.

Meine neue Adresse…

Er durfte damit nicht länger warten, musste ihnen zuvorkommen, aus dem Dienst ausscheiden, bevor sie ihn versetzen konnten, und die Erfahrung zeigte, dass so eine Versetzung manchmal nur ein paar Tage brauchte. Ein Haus zu finden konnte lange dauern, länger als die dreimonatige Frist, die er einhalten musste.

Meine neue Adresse lautet Noto, Syrakus…

Er gab die Adresse seiner Schwester an. Er würde nach Hause zurückkehren.

Florenz, 26. August…

Er druckte den Antrag aus, unterschrieb ihn und steckte ihn ebenfalls in einen Umschlag. Den musste er persönlich seinem vorgesetzten Offizier übergeben, und darum würde er jetzt einen kleinen Spaziergang zum Hauptquartier machen. Er schaute zum Fenster hinaus. Draußen war es bereits hell geworden. Er schaltete die Schreibtischlampe aus und stand auf. Der Spaziergang würde ihm guttun, und er würde rechtzeitig zurück sein, um die Dienststelle zu öffnen.

Der vom Regen noch feuchte Vorplatz war in blasses, rosa schimmerndes Morgenlicht getaucht. Weit und breit keine Menschenseele, nicht einmal ein Hund. Er ging den Anstieg hinunter und überquerte die leere Straße. Alle Scherengitter waren geschlossen. Die Sdrucciolo de' Pitti war so eng und die Häuser so hoch, dass dort fast noch völlige Dunkelheit herrschte. Auf dem holprigen Pflaster hallten seine Schritte wider. Eine kleine schwarze Katze tauchte aus dem tiefen Schatten einer Tür auf, begleitete ihn ein

Stückchen, glitt dann lautlos hinter ein anderes Gitter und verschwand. Er wandte sich nach rechts zum Arno und über den Ponte Santa Trinita. Da die Abgase des Verkehrs noch nicht die Luft verpesteten, konnte er den Fluss deutlich riechen. Doch heute schaute der Maresciallo nicht zum Wasserstandsanzeiger hinunter, sondern marschierte im gleichen Rhythmus weiter, bis er die Kaserne in der Via Borgo Ognissanti erreicht hatte.

»Guten Morgen, Maresciallo.«

Auch wenn die jungen diensthabenden Carabinieri ziemlich erstaunt sein mussten, ihn um diese Uhrzeit zu sehen, so verkniffen sie sich jede Bemerkung. Er reichte den Brief für den Capitano durch das kleine Fenster, nickte und trat den Rückweg an.

Das war geschafft! Guarnaccia ging jetzt langsamer, das Atmen fiel ihm leichter. Es war noch immer sehr früh, als er am Arno entlangspazierte und den Ponte Vecchio ansteuerte. Die Sonne war aufgegangen, der graue und rosafarbene Morgenhimmel hatte einem strahlenden Blau Platz gemacht, das das Wasser des Flusses dunkelgrün schimmern ließ. Er hatte es immer sehr genossen, am Arno entlangzuspazieren. Vor Jahren hatte er mit Teresa nach dem Abendbrot hier einen kurzen Spaziergang gemacht, meist hatten sie auf der Bank auf der linken Seite eine Pause eingelegt, sich hingesetzt, geredet und die beleuchteten Prachtbauten und Türme gegenüber bewundert. Wie lange war der letzte Spaziergang wohl schon her? Irgendwann hatte es keinen Spaß mehr gemacht ... zu viel Verkehr, zu viele Abgase. Neuerdings galt in den Sommernächten ein generelles Fahrverbot, aber die schöne Gewohnheit des Spazierengehens hatten sie schon lange davor aufgegeben... Wie die Zeit verging...

Auf dem Ponte Santa Trinità hielt er kurz inne, rief sich die vielen Jahre in Erinnerung, die er nun schon in dieser Stadt lebte, während er den Arno hinauf zur ältesten Brücke mit dem Gewirr der kleinen Fensterchen schaute. Die Florentiner ... ein komisches Völkchen, aber eines musste er ihnen lassen, an diesem ruhigen Morgen war es einfach wunderschön hier.

Ein Junge kam auf einem Moped über die Brücke gefahren, zerschnitt mit lärmendem Getöse die Stille und unterbrach seinen Gedankengang. Der junge Mann genoss es offensichtlich, die Stadt ganz für sich zu haben, und ließ den Motor ein paarmal laut aufheulen. Erst als er den Maresciallo erblickte, ließ er schuldbewusst den Vorderreifen wieder auf die Straße sinken. Nun ja, er hätte es in dem Alter bestimmt auch so gemacht, wenn er ein Moped gehabt hätte. Der Lärm erstarb in der Ferne. Wie oft hatte er sich in all den Jahren über diesen Lärm beschwert, über das schreckliche Klima, über die stinkenden Abwasserkanäle aus dem Mittelalter, über die Touristen, die sämtliche Straßen verstopften, über diesen seltsamen Menschenschlag hier ... Und jetzt... Nun ja, er hatte sich wohl irgendwie daran gewöhnt, daran musste es wohl liegen. Wie auch immer, er musste hier eine Arbeit finden... der Capitano würde ihm behilflich sein. Er kannte die richtigen Leute, hatte Beziehungen.

Gut eingeführte Detektei ... ausgezeichnete Computerkenntnisse, dynamische Persönlichkeit... Wohinein hatte er sich da verstiegen?

Er wandte sich um, wollte weitergehen, da sah er den ersten Japaner an diesem Morgen, der ihn mit der weltbekannten Brücke im Hintergrund fotografierte. Jeder nach seinem Geschmack.

Er erreichte den Palazzo Pitti und schwenkte nach links zur Arkade mit der großen eisernen Laterne, hinter der der Aufgang zur Wache lag. Wie oft war er schon ... O mein Gott! Was sollte das? Das hier war gleichzeitig der Eingang zum Boboli-Park, und er konnte jederzeit herkommen, sooft er wollte.

Um diese Uhrzeit allerdings musste er mit dem elektronischen Schlüssel das Tor öffnen, das den Bogengang und damit den Zutritt zum Park bis zur regulären Öffnungszeit verschloss. Als er den Fuß der Treppe erreichte, sah er einen der Parkwächter in seinem Glashäuschen aufgeregt winken.

»Das hier muss wohl für Sie sein.«

»Für mich? Aber da steht doch gar kein Name drauf...«

»Nein, aber ›Eilsache‹. Wir haben den Umschlag gefunden, als wir gekommen sind, vor zehn Minuten ungefähr. Er stand ans Tor gelehnt, der ist bestimmt nicht für uns...« Er blickte zu seiner Kollegin, einer jungen Frau, die errötete und wegschaute.

Der Maresciallo spürte plötzlich das Herz im Halse schlagen. Ihm war ganz heiß, als er den Umschlag entgegennahm.

»Danke...«

Als er die Treppe hochging, geriet er völlig außer Atem, aber nicht wegen des Aufstiegs. Auf dem großen Umschlag stand nichts weiter als ›Eilsache‹, in großen, mit schwarzem

Filzstift geschriebenen Druckbuchstaben, es war ein großer Umschlag, ein großer, gelber Umschlag.

Kaum dass er zur Tür hereinkam, stürzte Lorenzini auf ihn zu.

»Ihre Frau hat angerufen und gesagt...«

»Später. Ich möchte jetzt nicht gestört werden.« Er schloss sich in sein Büro ein. Schön, dass Teresa sich wieder an seine Existenz erinnerte. Er würde sie anrufen, wenn er Zeit hatte. Er hatte lange genug gewartet und dem Klingeln des Telefons gelauscht...

Der große gelbe Umschlag lag vor ihm auf dem Schreibtisch. Er drehte ihn um, er war unverschlossen. ›Das hier muss wohl für Sie sein...‹

Die peinlich berührte Miene der jungen Frau.

Eine anonyme Drohung wahrscheinlich. Selbst wenn, was konnte die ihm jetzt noch anhaben? Er hatte gekündigt, es war vorbei.

Er öffnete den Umschlag.

Ein Foto im DIN-A4-Format. Guarnaccia zog scharf die Luft ein, sein Herz setzte aus.

›Das muss wohl für Sie sein.‹ Natürlich hatten die beiden Parkwächter hineingeschaut und ihn erkannt, mit ausdruckslosem Gesicht, roten Augen vom Blitz und hinter ihm...

...hinter ihm die splitterfasernackte Stripperin, die sich mit dem Rücken zur Kamera zu ihm gebeugt hatte, die Beine weit geöffnet, sein Kopf zwischen ihren Schenkeln.

Das Foto war natürlich getürkt, es sah aus, als säße er am Rande der Bühne, direkt vor den Füßen der Frau, aber dort war er nie gewesen. Er hatte sich nie von seinem Platz wegbewegt, außer zum Hinausgehen. Aber natürlich, die Spiegel! Die Stripperin war natürlich auch im Spiegel hinter ihm zu sehen gewesen. Links unten auf dem Bild konnte er eine ausgestreckte Hand erkennen, etwas verschwommen, als bewege sie sich, auf jeden Fall eine Frauenhand mit rotem Nagellack. Rechts unten war ein leuchtend orangefarbener Halbkreis, Teil des Schirms einer Baseballmütze.

›Komm, mach ein Foto mit deinem Handy, mach schon, komm, noch eins …‹

»Hmmmpf.« Er würde erst gar nicht versuchen, den Parkwächtern irgendetwas zu erklären. Sollten sie ihn doch ruhig komisch angucken, bis die ganze Geschichte herauskam – was aber erst dann passieren durfte, wenn die jungen Frauen und die beiden Kinder in Sicherheit waren. Am liebsten hätte er das Foto in winzige Stücke gerissen und weggeworfen, aber das war Beweismaterial. Er nahm einen Hefter aus seinem Schreibtisch und schob das Foto hinein.

Aus einem ersten Impuls heraus wollte er Nesti anrufen, beschloss dann aber, es nicht zu tun.

Die Informationsquelle unglaubwürdig aussehen zu lassen war *die* klassische Methode, einer Anklage den Boden zu entziehen. Das Foto war nur der Anfang. Leider würde sein Entlassungsgesuch so wirken, als hätte er sich tatsächlich etwas zuschulden kommen lassen, aber daran war jetzt nichts mehr zu ändern. Vielleicht sollte er sich besser einen Anwalt suchen. Er erwog all die Anwälte, die er in seiner langen Laufbahn kennengelernt hatte, aber keiner davon hatte ihn wirklich begeistert. Er hatte ja noch Zeit, denn er würde niemandem von der Sache erzählen, bevor nicht sein

Entlassungsgesuch genehmigt worden war und der Oberstaatsanwalt in Genua seinen Bericht bekommen hatte. Wenn er erst einmal mit dem Capitano geredet und sich vergewissert hatte, dass alles seinen Gang ging, konnte er das Foto per E-Mail oder als Einschreiben verschicken. Er hatte keine Zeit mehr zu verlieren, Don Antonio hatte recht. Nesti, er konnte sich auf das Wort des Reporters verlassen... Piazza, der zwischen allen Stühlen saß, würde sich bedeckt halten, und Maddalena, die Cleverste von allen, würde jetzt ebenfalls schweigen und später eine beeindruckende Zeugin abgeben. Cristina war die einzige Schwachstelle, aber eine Schwachstelle genügte, wenn –

Es klopfte an der Tür. Der jüngste seiner Männer, derjenige, den er vor Signor Palestri gerettet hatte, streckte seinen Kopf herein.

»Was ist?« Beim Anblick des jungen, unschuldigen Gesichts verdeckte der Maresciallo rasch mit seiner großen Hand den Schnellhefter und das Foto.

»Entschuldigen Sie bitte, ich weiß, dass ich keine Anrufe durchstellen soll, aber da ist jemand, der behauptet, sie hätten gesagt, er solle die Sieben-Null-Null anrufen. Es tut mir leid, aber ich dachte, ich überlasse besser Ihnen die Entscheidung, ob es wirklich so dringend ist, weil ich nicht verstehe, warum –«

»Ist das Signora Nutis Anwalt?«

»Hmm, ja, es ist ein Anwalt.«

»In Ordnung, stellen Sie ihn durch.« Die arme Signora. Nach dem Gewitter...

Auf jeden Fall schien der Mann zu wissen, was er tat.

»Sie wissen doch, wie's läuft, Maresciallo. Der Richter

wird den Fall niederschlagen und Schadenersatz anordnen, aber damit ist der Frau nicht geholfen, solange die Ursache nicht behoben wird. Schadenersatz können wir einklagen, sobald der Grund des Übels beseitigt ist, aber zunächst brauche ich schlagkräftige Argumente, um einen Noteinsatz zu begründen. Die Signora sagt, Ihre Männer seien dort gewesen und könnten bestätigen, dass die verstopften Kanäle in der Straße die Ursache für das Wasser in ihrem Keller sind.«

»Ich werde dafür sorgen, dass Ihnen umgehend ein Bericht darüber zugeht.«

Der Mann schien Signora Nuti wirklich helfen zu wollen.

»Die Frau leidet unter fortgeschrittener Arthritis, und wenn sie auf der feuchten Kellertreppe ausrutscht ...«

»Ich hoffe doch sehr, dass Sie sie davon überzeugen konnten, nicht in die Nähe dieser Treppe zu gehen. Ich habe es versucht, aber sie hat Angst, dass die Fundamente ihres Hauses Schaden nehmen könnten.«

»Natürlich macht sie sich deswegen Sorgen ... und ehrlich gesagt, wir haben gut reden, wenn wir ihr sagen, sie solle keine Wassereimer schleppen. Solange niemand da ist, der das für sie tut ...«

Wie gesagt, ein guter Mann. Vielleicht sollte er ihn um einen Termin bitten. Er könnte ihm seine allgemeine Lage erklären, ohne in Details zu gehen. Die Leute auf dieser Liste würden rücksichtslos alle Mittel und Wege nutzen, die ihnen zur Verfügung standen, um ihn weiter zu diskreditieren. Das Foto war nur ein harmloser erster Schuss vor den Bug. Vielleicht gab es noch eines von ihm, das ihn nackt im Hotelzimmer zeigte. Bestimmt half es, wenn er mit jemandem darüber redete, wenn er jemanden um Rat fragen konnte. Sollte er wirklich …?

»Sie waren mir eine große Hilfe, Maresciallo, vielen Dank.«

»Nicht der Rede wert. Aber ich würde gerne …«

»Oh, tut mir leid. Ich will Sie wirklich nicht länger aufhalten, ich weiß ja, dass Sie Wichtigeres zu tun haben.«

»Nein, nein, ich wollte nur …«

»Tut mir wirklich leid, aber um bei der Wahrheit zu bleiben, auch wenn ich nicht noch mehr Ihrer kostbaren Zeit beanspruchen möchte … ich hätte Sie gerne noch in einer anderen Sache um Rat gefragt.«

»Aha.«

»Ich übernehme nur Zivilklagen, aber mein Neffe ist Strafverteidiger, und nach der neuesten Verordnung braucht er jemanden, der für ihn Ermittlungen übernimmt, Alibis und Aussagen überprüft und so … Ich hatte gedacht, dass Sie vielleicht jemanden kennen … Sie sollen sich deswegen nicht extra Mühe machen, ich würde nicht wagen … aber vielleicht gibt es ja einen pensionierten Kollegen, den Sie empfehlen können.«

»Ich … ja … vielleicht kenne ich tatsächlich jemanden. Geben Sie mir doch bitte Ihre Telefonnummer.«

Er schrieb sich den Namen und die Nummer des Anwalts in sein Notizbuch.

Wenn der Mann sich ausschließlich mit Zivilklagen befasste, machte es keinen Sinn, ihm seinen Fall darzulegen. Wer weiß, wer alles darein verwickelt war. Und der Neffe? Warum sollte er nicht mit ihm reden? Unter dem Vorwand, dass er noch ein paar Informationen über den Job brauchte.

Das allein war ein mehr als ausreichender Grund, den Anwalt zu kontaktieren, und gleichzeitig hätte er die Möglichkeit, den Mann kennenzulernen und abzuschätzen, ob er der Richtige war, den er im Falle eines Falles mit seiner Verteidigung betrauen wollte.

Er schob den Gedanken beiseite und konzentrierte sich auf die Aufgabe, den Leuten zu helfen, die nun nach und nach auf der Wache eintrafen. Als sie gingen, hatte er sie zufriedengestellt oder zumindest beruhigt. Doch die ganze Zeit über hatte er an den Anwalt denken müssen. Er würde sich um diesen Job bewerben und ihn bekommen, bevor er Teresa erklären musste, dass er um seine Entlassung nachgesucht hatte. Alles würde gut werden. Sogar besser als bisher. Ihnen würde es bestimmt bessergehen.

Er zog das Notizbuch aus der Tasche und wählte die Nummer. Der Mann war ganz offensichtlich überrascht, gleichzeitig aber auch hocherfreut.

»Ich kann Ihnen ja gar nicht sagen, wie froh ich bin. Ich rufe meinen Neffen sofort an und sage ihm, dass Sie vorbeikommen. Unsere Kanzlei ist in der Via Por Santa Maria, direkt gegenüber vom Porcellino-Brunnen. Francesco hat seine Kanzlei im zweiten Stock, direkt unter mir. Sein Name steht an der Tür. Ich freue mich wirklich sehr …«

Nach dem herrlich langgezogenen, kühlen Start in den Tag traf ihn die Hitze draußen wie eine Keule. Zum Schutz gegen das gleißend helle Sonnenlicht setzte er rasch die Sonnenbrille auf und bahnte sich einen Weg durch die zahllosen Touristen auf dem Ponte Vecchio. Zum ersten Mal fragte er sich nicht, warum sie alle herkamen, sondern überlegte, ob es nicht nett wäre, einer von ihnen zu sein und all die Attraktionen, die Florenz zu bieten hatte, zu genießen, die Gemälde, die Bauten, die Goldschmiedearbeiten in den winzigen Geschäften, die Speisen... und dann einfach in ein Flugzeug zu steigen und wegzufliegen, der Stadt den Rücken zu kehren.

All die Jahre, die er nun schon in Florenz lebte, hatte er nicht ein einziges Mal eines der Schmuckgeschäfte auf der Brücke betreten, wahrscheinlich hatte er nicht einmal die Hälfte aller Museen besucht, und nur selten gingen sie auswärts essen. Nun ja, bald würde alles anders sein. Er würde einen richtigen Job finden, den auch Totò akzeptabel fand, mit geregelten Arbeitszeiten, Wochenenden, ein ganz normales Leben eben.

Ein leichter Wind fuhr ihm durchs heiße Gesicht. Hoch oben über dem Fluss segelte eine Wolke dahin, ein Sahnetupfer-Wölkchen, wie Teresa sie nannte.

Es war viel los auf dem Straßenmarkt, und um den Porcellino-Brunnen nebendran standen zahlreiche Leute, die die glänzende Nase des Bären rieben und Münzen für die Waisenkinder ins Wasser warfen. Was würde mit den beiden Kindern geschehen? Er wusste genau, wer ihnen helfen konnte. Wie hieß der Mann noch mal? Dieser Richter, der das kleine albanische Mädchen irgendwo auf dem Lande untergebracht hatte, nachdem ihr Zuhälter sie aus dem fahrenden Auto auf die Autobahn geworfen hatte ... ein Jugendrichter. Wenn er auf diesen Fall angesetzt werden würde, sähe die Sache gleich viel besser aus.

Er klingelte an der Tür der Kanzlei und trat ins Haus. Zweiter Stock...

Der Aufzug war irgendwo oben. Er drückte auf den

Knopf und wartete. Als die Türen sich öffneten, begrüßte ihn ein Schwall Eau de Cologne, und mit ihm traten zwei Männer heraus – hemdsärmelig und mit Aktenkoffer –, ganz in ihr Gespräch vertieft. Der eine hielt dem Maresciallo die Tür auf.

»Vielen Dank.«

Er trat in den Aufzug und schloss die Tür. Es war eine sehr kleine Kabine, in der es intensiv roch, nach den beiden Männern, nach altem, gewachstem Holz und nach diesem Linoleumboden. Er wollte den Knopf mit der Zwei drücken, als ihm schlagartig das Herz in die Hose rutschte, ein Gefühl, als schösse der Aufzug mit Raketengeschwindigkeit nach oben. Was tat er bloß hier? Das hier passierte doch gar nicht, konnte doch gar nicht real sein. Es war ihm unmöglich, den Knopf zu drücken. Schweißperlen traten ihm auf die Stirn. Er zog die Innentür des Aufzugs auf und dann die Außentür. Er würde anrufen, den Termin absagen, er musste nach Hause, sofort. Guarnaccia marschierte zur Brücke. Er wollte duschen, in einer vertrauten Umgebung sein, das kühle Ledersofa berühren, sich in der abgedunkelten Stille des Wohnzimmers ausruhen. Trotz der Hitze ging er schneller, versuchte es zumindest. Die bummelnden Touristen auf der Brücke rempelten ihn an, versperrten ihm den Weg mit den breiten Tragetüten aus den Modegeschäften, den großen Rucksäcken und den Kameras. Auf der anderen Flussseite weckten warme Düfte nach gebackener Pizza, Paprikaschoten und frischen Kräutern seinen Hunger und das vertraute Gefühl der Einsamkeit. Hier und da grüßte einer der Ladenbesitzer.

»Morgen, Maresciallo.«

Er hatte es fast geschafft, war fast zu Hause. Als er den Anstieg zum Palazzo Pitti erklommen hatte, machte er sich schnurstracks auf den Weg in seine Wohnung, wappnete sich innerlich, stellte sich auf die Stille in der sauberen, einsamen Küche ein und öffnete die Tür.

»Na endlich! Wo um Himmels willen treibst du dich denn herum?«

»Teresa...?!«

9

Ich geb dir gleich Teresa! Erzähl mir bloß nicht, Lorenzini hätte dir nicht ausgerichtet, dass du mich am Flughafen abholen sollst. Ich habe fast eine ganze Stunde auf dich gewartet… Aber nein, du brauchst mir nicht zu erzählen, was hier los ist! Warum auch? Ich habe ja nichts Besseres zu tun, als in der Weltgeschichte herumzufliegen und hinter dir herzurennen, statt mich um die Menschen zu kümmern, die wirklich meine Hilfe brauchen… Steh doch da nicht so herum, und hör auf, mich so anzustarren… Was ist denn los mit dir?«

Er folgte ihr, als sie wie ein Tornado in die Küche einfiel. Sie hatte wegen der geschlossenen Läden das Licht angemacht, überall stand oder lag etwas herum, die Schranktüren standen offen, ein Korb mit Wäsche auf dem Boden. Ihre Stimme klang wütend, aber es war ihre Stimme. Sie war nach Hause gekommen.

»In der Weltgeschichte herumfliegen…? Fliegst du etwa wieder zurück?«

»Natürlich fliege ich wieder zurück!«

»Und was kostet das alles? Wir müssen sparen, jetzt, wo… Das können wir uns nicht leisten! Und wo hast du gestern Abend gesteckt? Diese ständige Auswärtsesserei können wir uns auch nicht mehr leisten.«

»Auswärts essen? Das ist es also... und ich habe mir Sorgen gemacht!« Der Kühlschrank stand weit offen, sie hatte ihn ausgeräumt und fuchtelte ihm mit einer kleinen Pfanne unter der Nase herum. Hilflos starrte er auf die rotbraune Kruste darin, ohne irgendetwas zu begreifen. »Gut, zu wissen, dass du dich in den besten Restaurants von Florenz gütlich tust, während ich –«

»Restaurants? Ich habe Tag und Nacht geschuftet, hab nicht schlafen können...«

»Ach ja, klar, das sehe ich, vor allen Dingen an den Restaurantrechnungen auf der Kommode im Schlafzimmer und an den beiden Hosen mit den Rotweinflecken.« Sie schmiss die Pfanne auf die Ablage und hielt ihm die beiden Hosen unter die Nase. Die Weinflecken waren noch immer da, hatten eine rosa Färbung angenommen, die Hosen sahen irgendwie kleiner aus und hatten überall blaue Streifen.

»Was hast du denn mit denen angestellt?«

»Was *ich* mit denen angestellt habe? Um Himmels willen, Salva!« Sie rollte sie zusammen und stopfte sie in den Müll. »Nagelneu – herrliche Sommerqualität! Was hast du dir dabei gedacht? Hör auf, mich so anzustarren, als hättest du mich noch nie gesehen. Weißt du überhaupt, was für ein Tag heute ist?«

»Natürlich weiß ich, welcher Tag heute ist. Glaubst du etwa, ich kann diese Wache hier leiten, ohne zu wissen, welchen Tag wir haben? Rede nicht so mit mir.«

»Ach, bist du jetzt etwa wütend auf mich? Wag es nicht!«

»Auf dich bin ich nicht wütend.«

»Nun gut, außer mir ist hier nur noch eine Person im Raum.«

»Ich bin –«

»Salva, weißt du nun, welcher Tag heute ist, oder nicht?«

Warum nur fragte sie ihn das immer wieder? Was für ein Tag war denn heute bloß? Er durchforstete sein Hirn nach irgendwelchen wichtigen Jahrestagen oder Geburtstagen, aber das half ihm auch nicht weiter. »Dienstag …«, murmelte er darum hilflos. Das hatte heute Morgen auf den Tagesbefehlen gestanden, daran erinnerte er sich genau.

»Und …? Das ist ja wohl nicht zu fassen! Du hast tatsächlich vergessen, dass Nunziata gestern operiert worden ist! Kein Wort von dir, kein Anruf, um dich nach ihr zu erkundigen! Denkst du eigentlich jemals auch an andere statt immer nur an dich selbst?«

»Ich habe angerufen. Gestern. Unzählige Male.«

»Salva, ich habe dir gesagt, dass ich den ganzen Tag im Krankenhaus bleibe und wahrscheinlich sogar die Nacht dort verbringen werde, wenn sie mich lassen.«

»Aber … niemand war zu Hause, nicht einmal die Jungs …«

»Die haben bei den Di Lucianos übernachtet. Auch das habe ich dir gesagt, und ich habe dir gesagt, dass ich dich anrufe, sobald ich wieder zurück bin, damit du zurückrufen kannst. Du weißt, dass ich im Krankenhaus das Handy nicht eingeschaltet lassen darf, aber du hörst mir ja nie zu. Ich weiß wirklich nicht mehr, was ich mit dir noch …«

Sie beruhigte sich langsam wieder, aber das fand er höchst bedauerlich. Ein sinnloser Streit war immer noch besser als ein ernstes Gespräch, besser als die Wahrheit. Er konnte es ihr nicht sagen. Er würde ihr von den Restaurants erzählen und wie das mit den Hosen passiert war, aber er konnte ihr nicht sagen, dass er sein Entlassungsgesuch eingereicht hatte.

Sie wandte ihm den Rücken zu und begann die kleine Pfanne zu scheuern, spülte sie aus und scheuerte sie, spülte sie aus und scheuerte sie, wieder und wieder, packte all ihre Wut und ihren Zorn in diese Arbeit.

Ihm fiel die Tomatensauce wieder ein, die mit den Basilikumblättern, und auch, dass da noch andere Mahlzeiten waren, seine Lieblingsspeisen, die sie extra für ihn gekocht und tiefgefroren hatte.

›Du musst nur daran denken, dir am Abend zuvor eine davon herauszunehmen.‹

Sie waren alle noch da, unberührt.

Er stellte sich hinter Teresa, legte die Arme um sie. Sie scheuerte weiter an der Pfanne herum, spülte sie aus, scheuerte sie, hielt den Körper ganz steif, reagierte nicht auf ihn. Er beugte den Kopf zu ihr hinunter, atmete den Duft ihrer Haare.

»Geht es ihr gut?«

»Sie wird wieder gesund. Sie wird regelmäßig zur Nachsorge müssen, aber sie braucht keine Chemo. Sie haben ihn früh genug entfernen können. Lorenzini hat gesagt …«

»Was?« Er legte sein Kinn auf ihren Kopf. Sie gab nach, lehnte sich an ihn. »Was hat Lorenzini gesagt?«

»Er hat gesagt, dass mit dir was nicht in Ordnung ist. Er hatte Angst, dass du vielleicht krank bist. Er hat gesagt, dass er kein Wort aus dir herausbekommt und dass du schlecht aussiehst. Und dann hat er noch gesagt …«

»Da hast du aber ziemlich lange mit Lorenzini geredet.«

»Weil ich dich nicht an den Apparat bekommen habe. Er macht sich Sorgen um dich. Du bist wirklich nicht krank?«

»Nein.«

»Was ist es dann?«

»Ich … Dieser Fall macht mir zu schaffen, wirklich schwer zu schaffen. Ich hab immer wieder versucht, dich anzurufen, aber …«

»Ein Fall? Die ganze Aufregung wegen eines blöden Falls? Salva, ich weiß, wie wichtig dir deine Arbeit ist und was dir die Armee bedeutet, auch wenn du vor dich hin grummelst und so tust, als wär es gar nicht so, aber …«

Ihre Worte schnitten ihm ins Herz. Sie drehte sich zu ihm um und sah zu ihm auf.

»Kannst du deinen Job nicht einfach nur so gut machen, wie du kannst, und dich damit zufriedengeben, so wie alle anderen auch?«

»Ich mache ihn ja, so gut ich kann.«

»Aber du steigerst dich immer so hinein. Du kannst nicht alle Menschen dieser Welt retten. Und schau dir doch an, was das Resultat ist, wenn du es versuchst. Alle machen sich Sorgen um dich, sogar Lorenzini, dabei kümmert es ihn nicht im Geringsten, wenn du deine Zustände hast.«

»Was für Zustände?«

»Du hast mich fürchterlich erschreckt, und ich bin hergeeilt, obwohl ich mich eigentlich um Nunziata kümmern müsste … sie weiß nicht, dass du dich mit keinem Wort nach ihr erkundigt hast. Ich habe so getan, als ob ich mit dir gesprochen hätte, ihr alles Liebe von dir ausgerichtet und dass du an sie denkst und so weiter.«

»Ich habe an sie gedacht. Aber ich dachte, sie dachte,

ich … Ich dachte, sie sei böse auf mich, weil ich mich in ihre Angelegenheiten gemischt habe … und ich dachte, du wärest auch böse auf mich.«

»Wegen … Das meinst du doch jetzt wohl nicht ernst, oder? Das war doch nur ein Witz, Salva.«

»Nein, nein. Sie hat ja recht. Ich habe kein Recht, mich in alles einzumischen, über das Leben anderer zu bestimmen. Es sind die Frauen, die anschließend die Arbeit machen müssen, die Männer stehen nur im Weg herum.«

»Was sind denn das für Töne?« Sie lehnte sich in seinen Armen zurück und starrte ihn besorgt an. »Bist du sicher, dass mit dir alles in Ordnung ist?«

»Nein, mit mir ist nichts in Ordnung. Und es stimmt auch nicht, dass ich immer nur meine Arbeit im Kopf habe. Und die Armee ist mir schnurzegal. Da hast du ausnahmsweise einmal unrecht. Ich bin es leid, so leid, einfach alles. Totò hat recht.«

»Totò? Was hat denn Totò damit zu tun?«

»Er hat gesagt, dass ich mir einen anständigen Job suchen soll.«

»Wann?«

»Ach, vor ein paar Jahren oder so …«

»Vor ein paar Jahren …? Du musst wirklich schlimme Probleme mit diesem Fall haben. Um was geht es denn? Komm, wir setzen uns, dann kannst du mir alles erzählen. Es ist noch früh, das Kochen kann warten.«

»Nein, ich will nicht darüber reden. Ich kann nicht darüber reden, und ich habe dir gesagt, dass ich es satt habe, alles. Wenn ich eine vernünftige Arbeit hätte …«

»Du? Aus der Armee ausscheiden? Du?« Sie lachte laut

und umarmte ihn. »Schon gut, ich setz die Pasta auf. Du musst schrecklich hungrig sein, wenn es so schlimm steht. Geh schon mal unter die Dusche.«

Er hielt sie fest umarmt.

»Nun geh schon. Ich kann nicht kochen, wenn du mir dabei im Weg bist.«

Da ging er ins Bad.

Am Nachmittag regnete es, ganz ohne Sturm und Blitz, nur in der Ferne ein leises Donnern, ein sanfter, stetiger Regen, ein leises, beruhigendes Trommeln. Guarnaccia lehnte sich vor dem Fernseher in das kühle, weiche Leder zurück und schloss für gut zwanzig Minuten die Augen. Er hörte die vertraute Stimme des Nachrichtensprechers und Teresa, die in der Wohnung rumorte, die Läden aufklappte und die Fenster aufstellte.

Als er eine frische Uniform angezogen hatte und ins Büro zurückwollte, da stand Teresa auf einer Leiter im Flur vor geöffneten Schränken und holte die Schachteln mit den Winterpullovern herunter.

»Muss die Zeit nutzen, wo mir die Jungs nicht im Weg stehen... Würdest du bitte das Licht anmachen, ja? Ich sehe ja schon gar nicht mehr, was ich hier mache.«

Es roch nach Mottenkugeln in der dunklen Wohnung.

Er machte das Licht an und ging.

Er hatte nichts gesagt.

Aber dem Staatsanwalt würde er es sagen müssen. Er hatte keine Ahnung, ob De Vita erleichtert oder besorgt reagieren würde. Oder brauchte er es ihm vielleicht doch nicht zu sagen? Guarnaccia dachte darüber nach, während er an seinem Schreibtisch saß und dem Regen zusah. Er hatte drei Monate bis zu seiner Entlassung, drei Monate, in denen er weiterarbeiten konnte wie bisher. Würde er es schaffen … Was denn schaffen? Abgesehen davon, dass er ohne einen vom Staatsanwalt unterschriebenen Durchsuchungsbefehl keinen Schritt weiterkam, was konnte er tun? In erster Linie machte er sich Sorgen um diese Mädchen, vor allem natürlich um die beiden Kinder, wollte sie Paolettis Klauen entreißen. Und was war mit dem Mord an dessen Tochter? Vielleicht gelang es ja Nesti, den Mörder zu finden, wenn er Paoletti hochgehen ließ und ihn und seine krummen Geschäfte Stück für Stück auseinandernahm. Dann bliebe dem Staatsanwalt keine andere Wahl, als die erforderlichen Haft- und Durchsuchungsbefehle auszustellen. Die Presse besaß deutlich mehr Macht als so ein Feld-Wald-und-Wiesen-Maresciallo. Was glaubte er denn, wer er war? Ein Privatdetektiv mit ausgezeichneten Computerkenntnissen und dynamischer Persönlichkeit? Die Anzeige sagte doch alles.

Was also würde er dem Staatsanwalt sagen? Wahrscheinlich nichts. Oder besser gesagt, er würde sich auf das absolute Minimum beschränken: ›Ja, Herr Staatsanwalt‹, und: ›Nein, Herr Staatsanwalt‹, das hatte ja schon beim heutigen Telefonat hervorragend geklappt. Wenn er doch einfach nur in seinem Büro bleiben könnte, sich um die Leute kümmern, die auf die Wache kamen, einfach da sein, wo er hingehörte. Die Ruhe, die er in der Sicherheit seiner Wohnung verspürt hatte, in der Teresa leise irgendwelche Sachen herumräumte, diese Ruhe verließ ihn nun, wieder machte sich der kalte, schreckliche Angstkloß in seinem Innern breit.

Er stand auf und sah im Warteraum nach. Leer. Ein paar feuchte Fußspuren auf dem Boden, ein vergessener Regenschirm. Die Männer arbeiteten konzentriert und hatten ihn nicht einmal bemerkt. Er konnte es nicht länger hinausschieben. Eigentlich wäre er viel lieber allein geblieben, aber bei dem Regen konnte er nicht zu Fuß zur Kanzlei des Staatsanwalts hinüberlaufen. Er schloss das Fenster und befahl dem jüngsten Carabiniere, ihn als Fahrer zu begleiten. Sie kamen nur bis zur Treppe. Sein junger Begleiter nahm Haltung an und legte grüßend die Hand an die Mütze. Der Maresciallo drehte sich wortlos um, schloss die Tür wieder auf und ließ seinem Besucher den Vortritt.

»Capitano ...«

Capitano Maestrangelo war die Treppe heraufgekommen und trat mit finsterer Miene grußlos ein.

Sie gingen in das Büro des Maresciallo und setzten sich. Die üblichen Höflichkeitsfloskeln ersparten sie sich, keiner der beiden war darin sonderlich geübt. Jetzt, da er ihn richtig sehen konnte, erkannte der Maresciallo, dass das Gesicht des Capitano nicht vor Zorn finster war, was durchaus manchmal vorkam, sondern dass er wohl Schmerzen haben musste. Tiefe, dunkle Schatten umrandeten seine Augen. Statt ihm die erwarteten Vorhaltungen zu machen, bat er nur um ein Glas Wasser.

Der Maresciallo stand auf, um es persönlich zu holen.

Der Capitano nahm ein paar Tabletten und trank einen kleinen Schluck Wasser hinterher.

»Kopfschmerzen«, murmelte er. »So hochpolitische Fälle machen einem nur Kopfschmerzen, im direkten wie auch übertragenen Sinn ...«

»Die Zigeunergeschichte ... natürlich. Verstehe. Tut mir leid. Ich meine, tut mir leid, dass ich ausgerechnet jetzt ...«

»Nein.« Der Capitano holte das Entlassungsgesuch aus der Jackentasche und legte es auf den Schreibtisch. »Nein, das kann ich auf keinen Fall akzeptieren. Was immer schiefgelaufen ist, werden wir richtigstellen, aber Sie werden nicht aus dem Dienst ausscheiden.«

Da er nicht wusste, was er darauf erwidern sollte, zog der Maresciallo es vor, einfach zu schweigen. Der Capitano erhob nie seine Stimme, aber heute sprach er so leise, als verursache ihm das Geräusch seiner Stimme Schmerzen.

»Ich weiß, dass Ihre Schwester krank ist. Wenn das Ihr Problem ist, fahren Sie, fahren Sie noch heute nach Syrakus. Erledigen Sie, was zu erledigen ist, und wenn Sie eine Zeitlang zwischen hier und dort pendeln müssen, dann tun Sie das. Sehen Sie zu, dass Sie genug Tagesbefehle unterschreiben, damit ich gedeckt bin. Und wenn die Flugkosten das Problem sind, dann werde ich auch dafür eine Lösung finden.«

Der Maresciallo sagte noch immer nichts. Er staunte nicht schlecht über das, was er gehört hatte, und war zutiefst gerührt, aber das änderte nichts an der Ausgangssituation.

»Das ist also offenbar nicht das Problem.«

»Nein. Nein, ich ...«

»Es tut mir leid, ich hatte keine Zeit, mich mit Ihrem Fall zu befassen. Aber heute Morgen habe ich ein paar Zeitungsausschnitte gesehen, der Vater des Opfers scheint in einen Skandal verwickelt zu sein.«

»Ja.«

»Dann hat Ihr Problem wohl etwas mit dem Fall zu tun?«

Der Maresciallo legte seine großen Hände auf die Knie und starrte angelegentlich auf sie hinab.

»Ich bin Ihr vorgesetzter Offizier.«

»Ja, Capitano.«

»Aber ich kann Ihnen nicht befehlen, mir Bericht zu erstatten, wenn Sie aus ermittlungstechnischen Gründen Stillschweigen bewahren müssen.«

»Nein, Capitano.«

»Guarnaccia ...«

Der Maresciallo starrte weiter auf seine Hände, horchte auf den Regen.

»Kann ich Ihnen denn überhaupt nicht helfen?«

»Doch, Capitano. Ich habe einen Bericht für die Staatsanwaltschaft in Genua. Können Sie mir wohl sagen, an wen genau ich den adressieren muss? An den Oberstaatsanwalt? Ich habe so etwas noch nie gemacht, und wir dürfen keine Zeit verlieren. Es ist wirklich dringend.«

Er blickte zum Capitano hoch, wollte ihm die Dringlichkeit klarmachen, ohne weitere Erklärungen abgeben zu müssen. Die beiden Männer schauten sich lange in die Augen. ›Das ist der einzige Mann auf der Welt, dem ich wirklich vertraue‹, stellte Guarnaccia fest und wäre beinahe schwach geworden. Die Versuchung, seine Last bei diesem Mann abzuladen, war fast zu groß für ihn, aber nur fast. Er würde Maestrangelo nicht gefährden. Also schaute er wieder auf seine Hände hinunter und wartete.

Der Capitano holte einen Stift heraus und schrieb etwas auf das Blatt Papier, das der Maresciallo ihm herüberreichte.

»In Anbetracht der Dringlichkeit sollten Sie den Bericht

per E-Mail schicken. Ich muss kurz mal telefonieren, bitte entschuldigen Sie.« Er rief sein Büro an, erkundigte sich nach der E-Mail-Adresse und schrieb sie unter den Namen. Der Maresciallo nahm das Blatt entgegen.

»Danke.« Er hatte es geschafft.

Der Capitano trank noch einen Schluck Wasser. Doch statt sich zum Gehen zu erheben, legte er die Stirn in Falten. Vor lauter Schmerzen schien er kaum noch aus den Augen schauen zu können.

Das Entlassungsgesuch des Maresciallo lag noch immer auf dem Schreibtisch.

»Es tut mir leid, Guarnaccia. Wirklich. Wir beide haben von Anfang an gewusst, dass dieser Staatsanwalt... Ich hatte gedacht, dass Sie mit ihm zurechtkommen würden; seit ich diesen Brief erhalten habe, zermartere ich mir das Hirn, aber ich hatte wirklich gedacht, dass Sie mit ihm klarkommen. Sie haben schon früher mit ihm zusammengearbeitet...«

»Ja.«

»Bei Ihrem ersten gemeinsamen Fall war ich nicht da, oder?«

»Sie waren in Urlaub.«

»Ja. Und wie es aussieht, habe ich Sie auch dieses Mal im Stich gelassen.«

»Nein, nein...«

»Ich war schon immer der Ansicht, dass Sie viel besser mit Menschen umgehen können als ich, aber das soll keine Entschuldigung sein. Ich habe mich nicht um Sie gekümmert. Ich habe Sie im Stich gelassen. Und dafür gibt es keine Entschuldigung. Ich bin zuallererst meinen Leuten gegenüber verpflichtet, nicht dem Bürgermeister. Dass Sie eine solche Entscheidung treffen, ohne dass ich die geringste Ahnung habe, in welchen Schwierigkeiten Sie stecken … Also ehrlich, Guarnaccia, die Vorstellung, Sie zu verlieren, trifft mich zutiefst, aber noch mehr trifft mich der Gedanke, Ihr Vertrauen verloren zu haben. Aber das ist wahrscheinlich nackte Eitelkeit.«

»Nein. Nein, so ist es doch gar nicht. Das alles hat doch nichts mit Ihnen zu tun … ich muss es einfach machen. Es ist besser, wenn ich die Verantwortung dafür alleine übernehme, das müssen Sie mir glauben.«

»Ich bin Ihr vorgesetzter Offizier.«

»Ja, Capitano.«

»Ich bin dafür da, Verantwortung zu übernehmen. Folglich muss ich doch wohl davon ausgehen, dass Sie diesen Bericht nur unter Verschluss halten, weil ich bei einer Offenlegung Ihre weiteren Ermittlungen gefährden könnte, richtig?«

Warum konnte er die Sache nicht einfach auf sich beruhen lassen? Er sollte zurück in sein Büro gehen, sein Leben weiterleben, seine Arbeit machen. Er konnte einfach zu gut mit Worten umgehen.

»Würde ich Ihre Ermittlungen gefährden?«

»Nein.« Aber es würde Sie gefährden, Ihre ganze Existenz. Hören Sie auf nachzubohren … Aber war das nicht genau das, was Piazza ihm gesagt hatte, er solle aufhören, weiterzubohren? Und hatte er nicht trotzdem weitergemacht, weil er nicht anders konnte? ›Sie und Ihr Dickkopf‹, darüber hatte sich schon der Staatsanwalt beschwert.

»Und Sie wollen trotzdem die Verantwortung ganz allein tragen? Das müssen Sie nicht. So funktioniert die Armee nicht. Vielleicht funktioniert das so in Ihrem Kopf, aber haben Sie schon einmal daran gedacht, was passiert, wenn die Sache nicht so läuft, wie Sie es sich vorgestellt haben? Sind Sie sich wirklich sicher, dass Sie mit der Geschichte allein fertig werden? Es ist offensichtlich eine sehr ernste Angelegenheit, sonst säßen wir heute nicht hier. Ich will keinesfalls Ihre Fähigkeiten in Frage stellen, Guarnaccia, aber das wissen Sie ja wohl. Ich möchte Sie nur darum bitten, über die Konsequenzen nachzudenken. Sie wissen, wie die aussehen werden, ich nicht ... Was ist, wenn dieser Bericht nicht absolut klar ist, wenn er die Dringlichkeit und den Ernst der Lage nicht eindeutig rüberbringt? An beidem zweifle ich nicht, denn schließlich kenne ich Sie gut genug. Denken Sie bitte daran, dass Sie diesen Bericht jemanden schicken, der Sie nicht kennt, dass ich Sie nicht unterstützen kann.«

Hatte der Staatsanwalt nicht auch so etwas in der Richtung gesagt? ›Sie maßen sich da etwas an, was Ihnen einfach nicht zusteht.‹ Damals hatte er nicht geglaubt, dass dem so war. Er hatte sein Bestes gegeben, aber vielleicht war sein Bestes ja nicht gut genug. Wenn sein Bestes ein schlecht geschriebener Bericht war – und er war nun wirklich weder gut im Berichteschreiben noch in mündlicher Berichterstattung –, der zur Konsequenz hatte, dass es zu Verzögerungen kam oder dass man ihn nicht ernst nahm? Ein dicker, glatzköpfiger Mann, der aus dem Schlafzimmer trat, ein kleines Mädchen, das weinte ... Und alle Reichen und Mächtigen dieser Stadt würden sich gegen ihn wenden.

Der Capitano hatte das Entlassungsgesuch vom Schreibtisch aufgenommen und hielt es Guarnaccia hin. Guarnaccia nahm es schweigend an und reichte ihm den Bericht. Es regnete heftiger.

»Der Herr gebe ihr die ewige Ruhe, und das ewige Licht leuchte ihr …«

Die Kirche war zwar ziemlich klein, dennoch wunderte es den Maresciallo, dass sie so gut besucht war. Sein Plan, sich in der hintersten Bank zu platzieren und so jedermann beim Hinausgehen beobachten zu können, war gescheitert, denn auch diese Bänke waren voll besetzt. Deshalb blieb er hinten in der Kirche stehen. Schon bald stellte er fest, dass der größte Teil der Gottesdienstbesucher nicht zu den Trauergästen gehörte, sondern einfach nur ganz normale Kirchgänger waren.

»Wir kennen hier weiter niemanden …«, hatte ihm Silvana bei ihrem Spaziergang im Garten anvertraut. Ein paar der schwarzgekleideten Gäste in den vorderen Reihen schienen ein wenig unsicher, wann sie aufzustehen, zu knien oder zu sitzen hatten, Angestellte aus dem Club, denen befohlen worden war, sich angemessen zu kleiden und hier zu erscheinen. Bestimmt wussten die schon gar nicht mehr, wann sie das letzte Mal eine Kirche von innen gesehen hatten.

»Ich bekenne Gott dem Allmächtigen, der seligen Jungfrau Maria, dem heiligen Erzengel Michael …«

Nun, wo er so darüber nachdachte, konnte Guarnaccia selbst nicht mehr so recht sagen, wann er das letzte Mal eine Messe besucht hatte. Wollte er da wirklich mit Steinen werfen?

»Durch meine Schuld, durch meine Schuld, durch meine übergroße Schuld ...«

Er musste verrückt gewesen sein, als er geglaubt hatte, er könne mit allem allein fertig werden ... jetzt tat er nichts weiter, als buchstabengetreu die Instruktionen des Capitano zu befolgen.

»Was immer der Staatsanwalt zu sagen hat, hören Sie einfach nur zu, und nicken Sie folgsam.«

Das hatte Guarnaccia getan, schweigend, mit dem gebührenden Respekt und, vor allem, ohne eine Miene zu verziehen.

»Wenn er Ihnen eine bestimmte Vorgehensweise für Ihre Ermittlungen anempfiehlt, was er wahrscheinlich von Anfang an getan hat –«

»O ja, ich sollte mich um das Privatleben der Tochter kümmern, einen ehemaligen Gärtner suchen, der früher im Gefängnis saß, solche Sachen ...« Er hatte diese Anweisungen befolgt. Und da Paoletti wie erwartet noch einmal ins Krankenhaus musste, um ein paar weitere Untersuchungen machen zu lassen, würde er weiterhin gehorsam den Anordnungen des Staatsanwaltes Folge leisten und in der Nähe der Familie bleiben. Schließlich galt es zu vermeiden, dass der anderen Tochter während der Abwesenheit des Familienoberhauptes auch noch ein Unglück zustieß.

»Er wird in ein bis zwei Tagen wieder zu Hause sein.«

»Und? Werden Sie diesen Gärtner ausfindig machen können?«

»Ich werde ihn finden, und dafür genauso lange brauchen, wie es der Staatsanwalt erwartet. Um unseren Aktionen einen überzeugenderen Anstrich zu geben, habe ich beantragt, die DNA des Kindes analysieren zu lassen. Um ehrlich zu sein, ich dachte ... Ich hatte gehofft, dass er versuchen würde, das zu verhindern.«

»Sie haben doch nicht geglaubt, De Vita sei ...«

»Nein, das nicht ... obwohl, vielleicht hätte ich ... wo er und Paoletti schon so lange miteinander im Geschäft sind ... Der Mord ist schließlich passiert, als er Rufbereitschaft hatte. Das wird ja wohl kaum Zufall sein, oder? Sie haben recht, ich hätte auch das in Betracht ziehen sollen. Nein, ich habe an Paoletti gedacht.«

»Inzest?«

»Nun ja, streng genommen ist das kein Vergehen, oder? Höchstens ein hübscher kleiner Skandal, es sei denn, das Mädchen war damals noch minderjährig. Paoletti legt großen Wert auf Ehrbarkeit, stellt seine Religiosität und seine großzügigen Spenden gerne öffentlich zur Schau. Ich drücke mich nicht sehr gut aus, will sagen, der Mann hat einfach alles unter Kontrolle ... Er selbst hätte sie nicht umbringen können, das steht fest, und er würde sie von niemand anderem umbringen lassen wollen. Selbst wenn sie aus dem Familienverband ausbrechen wollte, in einem ehrbaren Haushalt kommt ein Mord nicht vor.«

»Das stimmt. Was Sie von ihm berichtet haben, passt so weit ins Bild. Dass der Mord ausgerechnet geschah, als De Vita Rufbereitschaft hatte, sollten wir im Hinterkopf behalten. Wenn Sie mit Ihren Vermutungen bezüglich der Vaterschaft recht hätten, würde er Ihrem Antrag auf einen Test nicht so ohne weiteres stattgeben. Aber vielleicht weiß er ja gar nicht, wer der Vater ist.«

»Vielleicht irre ich mich ja auch.«

»Vielleicht. Auf jeden Fall wird dieser Test zeigen, ob die Eltern des Kindes blutsverwandt sind; aber vergessen Sie nicht, dass das, was der Staatsanwalt vor Ihnen verbergen will, mit dem Mord vielleicht überhaupt nichts zu tun hat. Wahrscheinlich will er nur seine eigene Haut retten.«

»Ja.«

»Das klingt nicht gerade überzeugt.«

Er war auch nicht überzeugt. Aber wie sollte er dem Capitano erklären, dass er ebenso wie diese Mädchen empfand, dass es keinen Unterschied machte, ob Paoletti während der Tat im Krankenhaus lag oder nicht, er hatte seine Finger überall im Spiel. Was immer in Paolettis Umfeld geschah, er trug die Verantwortung, er hielt sämtliche Fäden in der Hand. Cristina hatte ihre Furcht vor diesem Mann geradewegs auf ihn übertragen, und es fiel ihm schwer, sie wieder abzuschütteln. Glaubte sie tatsächlich, dass sie ins Fernsehen kam? Wenn es nur nicht schon zu spät war! Don Antonio würde heute Nachmittag kommen und seine Instruktionen empfangen.

Den Staatsanwalt würde man bis auf weiteres suspendieren, aber sobald er davon Kenntnis erhielt, würde Paoletti gewarnt werden und die Kinder verschwinden lassen. Alles musste so aufeinander abgestimmt werden, dass Paoletti keine Zeit zum Reagieren blieb.

Doch selbst wenn alles wie am Schnürchen lief, würden sie wirklich eine Verurteilung erreichen? Der Priester auf der Kanzel sprach weniger über die Tote als vielmehr über die außergewöhnliche Großzügigkeit ihres Vaters, der nicht nur im letzten Herbst die neue Heizung für die Kirche bezahlt hatte...

Die hatten sie aber auch bitter nötig, wenn es hier drinnen im August schon so bitterkalt war.

... sondern beabsichtigt nun auch noch im Namen seiner geliebten Tochter, die auf so traurige Weise von uns scheiden musste, die Restauration der Fresken hinter dem Altar zu veranlassen, die ...

Rosafarbene Engel umschwirrten eine blauweiße Marienfigur, die mit einer Hand auf dem Herzen, die Augen nach oben gerichtet, auf einer kleinen weißen Wolke mit goldenem Strahlenkranz in den Himmel auffuhr.

Rosa und blau, das erinnerte den Maresciallo an die Zimmerdecke im Clubhotel. Zweifelsohne hatte Paoletti auch die restaurieren lassen. Und die Kälte, die Kälte weckte ebenfalls Erinnerungen an die lange, traurige Nacht, die er dort verbracht hatte.

»Herr, erbarme dich.«

»Christus, erbarme dich.«

»Christus, erbarme dich.«

»Christus, erbarme dich.«

»Herr, erbarme dich ...«

Bei den Summen, die Paoletti für die Kirche hatte springen lassen, wunderte es Guarnaccia nun nicht mehr, dass die Gemeindemitglieder an diesem Morgen so zahlreich erschienen waren. Bestimmt war es ihnen am Sonntag zuvor von der Kanzel wärmstens ans Herz gelegt worden.

Wie hatten sie es nur geschafft, die Mutter um diese Zeit wach zu bekommen und für die Kirche fertigzumachen? Natürlich liefen die Dinge anders, wenn Paoletti zu Hause war. Der konnte so krank sein, wie er wollte, alle gehorchten ihm aufs Wort. Manche Käfigvögel flogen einfach nicht davon, selbst dann nicht, wenn das Türchen offen stand. Paoletti wusste seine Vögelchen sehr gut zu wählen. Kleine hilflos flatternde Gefangene.

»Der Herr gebe ihr die ewige Ruhe...«

Ein Kind weinte. Wahrscheinlich Piero. Er wurde zum Schweigen gebracht.

»Und das ewige Licht leuchte ihr...«

Der Maresciallo konnte das Gefühl einfach nicht loswerden, dass Paoletti ihnen durch die Finger schlüpfen würde, selbst wenn die geplante Aktion absolut glatt verlief, trotz der Zeugen, die sie hatten. Schließlich war er vor all den Jahren in einer viel brenzligeren Lage gewesen. Man hatte ihn verhaftet, es hatte Zeugen gegeben, ein Opfer, und er hatte bei weitem noch nicht die Erfahrung gehabt, über die er heute verfügte... und auch keinen Priester, den er bereits für sich eingenommen hatte. Wie hatte er das bloß geschafft? Wenn er an Piazza dachte und die Strategie, die Paoletti bei ihm angewendet hatte – wahrscheinlich hatte er damals einfach mit einer Beichte begonnen und den Priester anschließend um den Finger gewickelt. Wir alle gefallen uns in der Vorstellung, jemanden gerettet zu haben. Guarnaccia hatte sich selbst dabei ertappt. Paoletti manipulierte sein gesamtes Umfeld auf höchst geschickte Art und Weise, der Mann besaß eine ausgesprochen feine Antenne für die Schwächen und Eitelkeiten anderer. Außerdem besaß er genug Geld, um sich jeden Rechtsanwalt leisten zu können, den er haben wollte, wahrscheinlich würde er nicht einmal zahlen müssen, denn jeder Anwalt auf der Liste würde alles tun, um sich selbst vor Entdeckung zu schützen. Ganz schön gerissen... der ging nie ins Gefängnis, und falls doch, dann nur, um gleich wieder durch die Hintertür in die Freiheit entlassen zu werden, so wie beim letzten Mal auch. Dieser Mann jagte ihm eine gehörige Portion Angst ein. Die Kinder …

»Sehet das Lamm Gottes, das hinwegnimmt die Sünden der Welt …«

Die Kommunion wurde an einer Seite des Altars ausgeteilt, da Danielas Sarg im Mittelschiff den Platz blockierte. Paoletti, seine Frau und seine Tochter gingen als Erste zur Kommunion, danach erst folgte die übrige Gemeinde.

Kurz bevor die Messe endete, zog sich der Maresciallo leise nach draußen zurück. Das helle Licht der heißen Sonne ließ ihn automatisch nach der Sonnenbrille tasten.

»Hab ich mir doch gedacht, dass ich Sie hier finde.«

»Nesti! Sie sollten sich nun wirklich nicht hier blicken lassen, und schon gar nicht mit mir …«

»Dann beeilen Sie sich ein bisschen, steigen Sie in meinen Wagen, ich habe eine Überraschung für Sie … Und sparen Sie sich Ihre Beschimpfungen! Ich habe schließlich Wort gehalten, oder etwa nicht?«

»Ja, aber … wer ist das denn?«

»Ein wichtiger Zeuge, der interessante Informationen über unseren Freund Paoletti hat. Nun steigen Sie schon ein, da kommen sie schon.«

»Ich bin mit meinem eigenen Wagen samt Fahrer hier und muss zum Friedhof. Um was geht es denn überhaupt?«

»Folgen Sie uns einfach. Wir fahren raus zum Trespiano-Friedhof und parken die Autos hinter den Toren außerhalb der Sichtweite des Trauerkonvois, so dass Sie sich denen später einfach wieder anschließen können.«

Wer immer in Nestis Auto saß, der Maresciallo konnte den Mann nicht erkennen, folgte ihnen aber durch die Stadt die Via Bolognese hinauf. Zahllose Blütenblätter und purpurfarbene Bänder säumten die steile, enge Gasse, offenbar Schmuck von Leichenwagen, den sie auf dem Weg nach oben verloren hatten.

Als sie den Friedhof erreicht hatten, stellte sich der Maresicallo mit dem Fremden in den Schatten einer Zypressenreihe, während Nesti rauchend auf und ab lief, um nach dem Trauerzug Ausschau zu halten.

Der Fremde stellte sich selbst vor, ein Exkollege, der früher einmal ebenfalls den Dienstgrad eines Maresciallo innegehabt hatte.

»Ich habe den Artikel in der Zeitung gelesen und deshalb angerufen. Nesti meinte, ich solle mit Ihnen reden.«

»Sie kennen den Mörder?«

»Den Mörder? Nein. Aber ich weiß etwas über Paoletti. Bis vor ein paar Jahren war ich der diensthabende Maresciallo da draußen, ich bin Piazzas Vorgänger.«

»Sie... Sie sehen aber viel zu jung aus, um schon in Pension zu sein...«

»In Pension? Nun ja, wahrscheinlich kann man das so nennen. Ich habe mich mit Paoletti angelegt und verloren... nicht freiwillig, natürlich, ich bin kein Held. Ich hatte ein paar Gerüchte über das Hotel gehört und mich deswegen nachts dort einmal ein wenig umgeschaut. Hab Leute dort gesehen, die ich wohl besser nicht gesehen hätte. Wie auch immer, bevor ich mich's recht versehen hatte, bin ich versetzt worden.«

»Wohin?«

»Nach Basilicata. Nichts gegen den Süden, aber meine Frau ist aus Bologna … Sie wissen ja, wie das ist. Nun ja, lange Rede, kurzer Sinn, sie sind nicht mitgekommen, sondern zu ihrer Mutter gezogen. Nur fürs Erste, hat meine Frau gesagt, aber dann … Nach einer Weile wurde mir klar, dass sie nie nachkommen würden. Die Kinder, die Schulen, sie hatten sich eingelebt … also habe ich um vorzeitige Entlassung gebeten.«

»Konnten Sie sich das denn leisten? Ich meine …«

»Natürlich konnte ich mir das nicht leisten, oder könnten Sie das?«

»Nein. Nein, ich …«

»Dann seien Sie hübsch vorsichtig. Der Mann ist verdammt gefährlich und hat erstklassige Verbindungen.«

»Ich weiß. Gott sei Dank hat mein vorgesetzter Offizier –«

»Ihr Capitano? Machen Sie sich nichts vor. Paoletti steckt Sie beide mit dem kleinen Finger in den Sack. Legen Sie sich lieber nicht mit ihm an, Sie haben keine Chance, da stecken jede Menge hohe Tiere mit drin.«

»War das alles, was Sie mir sagen wollten?«

»Nein, das war noch nicht alles, aber ich wollte Sie warnen. Wenn Sie Familie haben, dann …«

»Was … was haben Sie gemacht, seit Sie aus der Armee ausgetreten sind?«

»Bin auch zu ihrer Mutter gezogen. Was blieb mir anderes übrig?«

»Und …?« Er wollte fragen, ob alles gut ausgegangen war, aber es war offensichtlich, dass dem nicht so war. Alles an dem Mann deutete darauf hin, dass er keine Frau mehr hatte. Es war natürlich sehr heiß, aber das Hemd trug er bestimmt schon den zweiten Tag, es sonderte einen strengen Schweißgeruch ab, und die Haare waren etwas zu lang und rochen nach … Haar. Der Maresciallo änderte seine Frage. »Und haben Sie eine andere Arbeit gefunden?«

»Es hat lange gedauert. Bei einer Sicherheitsfirma. Langweiliger Job. – Bin mit meiner Schwiegermutter nicht sonderlich gut klargekommen, Sie können sich vorstellen, wie das läuft.«

»Sie haben gesagt, dass Sie Informationen für mich haben.«

»Jede Menge, aber sind Sie sicher, dass Sie an Paoletti dranbleiben wollen?«

»Ich bin sicher.«

»Gut, aber warten Sie, da sind sie schon.«

Nesti winkte zu ihnen rüber, signalisierte ihnen die Ankunft der Trauerprozession. Es blieb ihnen nichts anderes übrig, als die Unterhaltung auf einen späteren Zeitpunkt zu vertagen. Für die Anwesenheit des Maresciallo gab es einen offiziellen Grund, er sollte Ausschau nach dem unbekannten Vater des kleinen Piero halten. Die beiden anderen Männer aber durften sich hier nicht blicken lassen, und so vereinbarten sie, sich nach der Beerdigung an derselben Stelle wiederzutreffen.

Der Maresciallo stieg in den Wagen. Außer seinem eigenen folgten nur drei weitere Autos dem Leichenwagen, in dem einen saß die Familie, in den anderen beiden die Angestellten. Am Grab erkannte der Maresciallo nur Frida und Danuta. Bei den anderen war er sich nicht sicher, aber nach Größe und Figur zu urteilen, waren zwei der Männer Rausschmeißer. Dann war da noch ein schmaler, junger Mann, wahrscheinlich der Typ mit der orangefarbenen Baseballkappe. War das vielleicht Mauro, der die beiden Haushaltshilfen zwischen Club und Villa und Cristina und die übrigen Mädchen zwischen Club und Hotel hin- und herkutschierte? Das war reine Spekulation, aber der Maresciallo, der auf seinen Hinterkopf starrte, heute ganz ohne Kappe, war sich ziemlich sicher, dass er auch als eine Art Nachrichtenübermittler fungierte. Irgendetwas war ihm aufgestoßen, passte nicht zusammen … hatte was damit zu tun, dass er die Mädchen fuhr …

Er konnte den kleinen Priester nicht sehen, die breiten Rücken der Rausschmeißer versperrten ihm die Sicht, aber er hörte das leise Klicken des Weihwassersprengers, als er den Sarg segnete.

»Mögen ihre Seele und die Seele aller verstorbenen Gläubigen durch Gottes Gnade in Frieden ruhen.«

»Amen.«

Die dunklen Silhouetten der vom Regen frischen Zypressen reckten sich dem blauen Himmel entgegen. Teresa würde jetzt schon angekommen sein. Er hatte für sie den Flug um sieben Uhr zwanzig nach Catania gebucht.

»Ich nehme ein Taxi und fahre direkt ins Krankenhaus.«

»Es tut mir leid, ich meine …«

»Schon gut. Ich verstehe ja, wie du dich fühlst, die beiden Kinder … aber du darfst das alles nicht so persönlich nehmen. Es ist immer noch nur ein Fall.«

»Ja …« Er brachte es nicht über sich, ihr die Wahrheit zu sagen.

Was war es bloß, das ihm nicht einfallen wollte, wenn er

an den Fahrer dachte? Er würde schon noch darauf kommen. Der kurze Austausch mit seinem Exkollegen hatte ihn ziemlich aus der Fassung gebracht. Es war schwierig, sich an etwas zu erinnern, wenn im Kopf alles durcheinanderging. Und dann konnte man auch nicht gut beobachten. Von der Gruppe am Grab hätte er am liebsten die Mutter beobachtet, aber er konnte ihr Gesicht nicht sehen. Einen kurzen Moment lang, als die Trauergäste zur Seite traten, um für den Sarg Platz zu machen, hatte er einen guten Blick auf Paoletti erhaschen können. Er wirkte ehrlich bekümmert, das Gesicht blass und eingefallen. Kein Wunder, schließlich war er in diesem Moment nichts weiter als ein Mann, der sein erstgeborenes Kind beerdigte. Frida und Danuta standen ein wenig abseits und waren gut zu sehen. Sie hatten den kleinen Piero in die Mitte genommen, hielten ihn fest bei der Hand, während er zu schaukeln versuchte. Die Mädchen waren ganz in Schwarz, aber die kurzen Kleider, die hohen Absätze und auch das Make-up passten besser in den Club als auf den Friedhof. Die schwarzgeschminkten Augen ließen die jungen Dinger im hellen Sonnenlicht richtig abgehärmt aussehen.

Als Guarnaccia sich schließlich so positioniert hatte, dass er die Mutter sehen konnte, war er ziemlich überrascht. Er hatte fest damit gerechnet, dass sie an so einem Tag mit einem unglaublichen Kater zu kämpfen haben würde, aber sie war völlig nüchtern, perfekt gekleidet und absolut gefasst, ihr Gesicht ließ keinerlei Regung erkennen. Er wanderte ein wenig weiter, sah Silvana im Profil, die sich weinend an ihren Vater presste. Er legte einen Arm um sie; als das Weinen lauter wurde, murmelte er ihr leise etwas zu.

Daraufhin setzte Silvana eine dunkle Sonnenbrille auf und stellte sich aufrecht hin. Ein braves, gehorsames Mädchen, tat tapfer, was der Vater sie hieß. Auch das hatte er ja bereits festgestellt. Aber selbst die Autorität eines Paoletti konnte eine Alkoholikerin wohl kaum über Nacht kurieren...

»Sie trinkt nicht!«, hatte Silvana an jenem ersten Morgen behauptet, als er vorgeschlagen hatte, der Mutter einen Drink zur Stärkung zu verabreichen. Dabei hätte der ihr geholfen. Sie hatte den Tod ihrer Tochter überhaupt nicht richtig registriert, was entweder dem Kater oder dem Restalkohol zuzuschreiben war. Vielleicht hatte sie die Abwesenheit ihres Mannes ausgenutzt, um sich die Welt einmal so richtig schönzutrinken, aber der Dienstplan der beiden Haushaltshilfen, die erst gegen Mittag kamen und ihr beim Aufstehen behilflich waren...

»Halten Sie sich nicht am Tisch fest, stützen Sie sich auf mich.« Sie waren es gewohnt, ihr in diesem Zustand zur Hand zu gehen.

»Meiner Mutter geht es nicht gut...«

All das passte ganz und gar nicht zu dieser selbstbeherrschten Erscheinung an diesem Morgen. Dennoch, er hatte sie schließlich mit eigenen Augen schon in einer ganz anderen Verfassung gesehen.

Woran versuchte er sich noch wegen dieses Fahrers, dieses Mauro, zu erinnern? Die Trauergemeinde am Grab zerstreute sich. Die Totengräber kamen mit den Schaufeln, die niedrigstehende Sonne brannte heiß herunter, und die roten Lichter auf den Marmorplatten reflektierten ihre Strahlen. In den kleinen Blumensträußen, echten wie künstlichen, glitzerten noch immer einige Regentropfen. Zu gerne hätte

Guarnaccia die Gelegenheit genutzt, mit der Mutter zu sprechen, jetzt, wo sie nüchtern war und einen klaren Kopf hatte. Aber Nesti und der Ex-Maresciallo warteten auf ihn. Ihm blieb keine Wahl, als zuzusehen, wie die Wagen davonfuhren, und sich anschließend am Tor des Friedhofs mit den beiden zu treffen. Daniela war tot, begraben, er musste sich jetzt auf die konzentrieren, die noch immer in Gefahr waren. Er würde vorsichtig sein, durfte dem Mann nichts verraten, was er nicht ohnehin wusste. Die erste Frage zeigte ihm, dass er über den Mord an Daniela nicht informiert war.

»Wen haben sie denn da beerdigt?«

»Daniela, Paolettis Tochter.«

»Seine Tochter? Sie haben vorhin schon was von einem Mord gesagt, aber Sie wollen damit doch nicht sagen, dass sie …«

»Doch. Haben Sie denn nichts darüber in der Zeitung gelesen?«

»Nein, ich lese selten Zeitung. Bin nur zufällig über Paolettis Namen gestolpert und hab gedacht, dass jetzt meine Zeit gekommen ist. Ich bin nicht mehr in der Armee und kann sagen, was ich will, Sie wissen schon, was ich meine. Wahrscheinlich ist er jemandem auf den Fuß getreten, und da haben sie sich seine Tochter geschnappt, um es ihm heimzuzahlen. Dabei kann ich Ihnen leider nicht weiterhelfen. Ich weiß nur über Paoletti Bescheid, Paoletti und De Vita.«

»De Vita? Fulvio De Vita?«

»Der Staatsanwalt, ja.«

»Sie haben Paolettis Liste gesehen?«

»Ich kenne Paolettis Liste nicht, nein. Aber klar, dass er eine hat. Eine Liste mit Leuten, die er erpressen kann, oder?«

Der Maresciallo blickte sich vorsichtshalber um. Nesti hielt angemessenen Abstand. Der Reporter wusste, wie er an Informationen kam, aber er wusste auch, wann er diskret abwarten musste.

»Ja, genau. De Vita steht auf dieser Liste, und deswegen –«

»De Vita steht auch drauf? Paoletti, dieser Scheißkerl, ist immer einen Schritt voraus. Klar ist der auch auf der Liste, und Fotos gibt es bestimmt auch. Ich selbst habe nie welche gesehen, aber ich weiß, dass sie Fotos machen. De Vita steht also auf der Liste, Paoletti wollte was in der Hand haben, falls der Staatsanwalt den Wunsch verspüren sollte, auszusteigen.«

»Aussteigen …?«

»Sie haben es noch nicht kapiert, was? Aus welchen Gründen auch immer Paoletti den Staatsanwalt auf diese ominöse Liste gesetzt hat, Tatsache ist, dass die beiden unter einer Decke stecken, schon seit Jahren dieses Geschäft gemeinsam betreiben. Ich bin nur per Zufall darauf gestoßen, und das hat mich meinen Job gekostet.«

10

Jawohl, Herr Oberstaatsanwalt, genau. Nein, das bleibt alles, wie es ist; aber ich muss mit diesem ehemaligen Maresciallo sprechen, und falls ich es für erforderlich erachte, schicke ich ihn anschließend auch bei Ihnen vorbei. Je mehr wir in Erfahrung bringen, umso geringer ist das Risiko … morgen ist es besser als heute. Guarnaccia hat uns informiert, dass Paoletti die nächsten vierundzwanzig Stunden im Krankenhaus bleibt, Blutuntersuchungen und so … Es ist von höchster Wichtigkeit, dass wir überall zum gleichen Zeitpunkt zuschlagen … Ja. Ja. Ich glaube nicht, dass er uns dieses Mal entwischen wird … Nein, Herr Oberstaatsanwalt … Ah, ja, sehr schön, das sind gute Neuigkeiten. Das wird uns weiterhelfen. Ich sage es ihm sofort … Ja, um drei Uhr hier. Auf Wiederhören, Herr Oberstaatsanwalt.«

Der Maresciallo wappnete sich. Das Telefonat hatte sich recht vielversprechend angehört; geduldig wartete er darauf, dass der Capitano ihm endlich verriet, was der Oberstaatsanwalt gesagt hatte.

Der spannte ihn nicht unnötig auf die Folter.

»Ich weiß, was Sie als Erstes hören wollen: Der neue Staatsanwalt ist der, auf den Sie gehofft hatten.«

»Schön. Sehr schön. Der Mann war früher Jugendrichter, und bestimmt wird er sich auch nach der Verhandlung für die beiden Mädchen einsetzen. Er hat noch immer die entsprechenden Kontakte, und außerdem ist er ein guter Mann. Die Kinder sind ihm wichtiger als Fernsehkameras.«

»Und Sie können bei den Ermittlungen nach dem Mörder weiter Wasser treten, ohne Verdacht zu wecken?«

»Ja, kein Problem. Offiziell suche ich nach dem ehemaligen Gärtner, Antonino Melis. Es kann mich schon noch ein bis zwei Tage kosten, bis ich sämtliche Unterlagen zusammenhabe, die das beweisen, was ich bereits nach ein paar simplen Telefonaten in Erfahrung gebracht habe.«

»Und das wäre?«

»Dass er seit fünfzehn Monaten in Haft ist.«

»Aber der Staatsanwalt wird doch gleich wissen, dass Sie das in null Komma nichts hätten herausfinden müssen.«

»Nein, keine Sorge. Paoletti hat mir nur den Namen gegeben, keinen Aufenthaltsort, kein Geburtsdatum, nichts weiter.«

»Wie haben Sie ihn dann so schnell in der Datenbank ausfindig machen können? Ich würde doch annehmen, dass das einer der häu-figsten Namen in Sardinien ist.«

»Ja, schon. Aber Paoletti hat nur einmal gesessen. Und genau da haben die beiden sich getroffen. Auf der Wache, wo Paoletti festgenommen worden ist, gab es noch Unterlagen, er saß in Sollicciano in U-Haft. Und zu dieser Zeit gab es nur einen einzigen Antonino Melis dort. Ich bin den indirekten Weg gegangen und musste ein paar Verbindungen spielen lassen, aber ... Na ja, und außerdem ...«

»Was?«

»Ich habe schon einmal mit De Vita zusammengearbeitet, er weiß, dass ich nicht gerade der Schnellste bin.«

Capitano Maestrangelo lächelte, ein flüchtiges Lächeln zwar, aber ein Lächeln.

»Dieser Melis bringt Sie in Ihren Ermittlungen also kein Stückchen weiter? Sie benutzen ihn nur, um den Staatsanwalt hinzuhalten?«

»Ich glaube schon. Zum einen ist er so alt wie Paoletti. Ich hatte mir einen schmucken, jungen Mann vorgestellt. Das wäre ein explosiver Mix, wenn man bedenkt, dass er seine Töchter praktisch unter Verschluss hält... Aber nein. Nein, nein. Eines allerdings interessiert mich schon, und sobald ich ein bisschen Zeit habe, werde ich ihn danach fragen.«

»Und das wäre?«

»Er ist Paoletti wieder losgeworden, er hat das geschafft, was nicht einmal unser Staatsanwalt fertigbringt.«

»So sind sie halt, die Sarden: Man kann sie brechen, aber nicht beugen.«

»Wie wahr, wie wahr.«

Der Maresciallo wartete. Sie hatten mit Don Antonio gesprochen, er war auf die Ankunft der Frauen vorbereitet. Die Organisation der Razzien in Paolettis Villa, dem Club und dem Hotel morgen, die alle zum selben Zeitpunkt gestartet werden würden, lag in der Hand eines anderen, und so brauchte er nicht weiter darüber nachzudenken. Nur das Bewusstsein der geschäftigen Vorbereitungen um ihn herum ermöglichte ihm, ruhig und still im Zentrum auszuharren, zu beobachten und zuzuhören, in seinem Büro beim Telefonieren, im Dienstwagen in der Einfahrt der Villa, in der beklemmenden Umgebung der Küche, wo Danuta und Frida mit Gummihandschuhen, Eimer und Schrubber die

Treppe hinauf- und hinunterwieselten. Je stiller und ruhiger er wurde, umso mehr Dinge offenbarten sich ihm, wichtige und unwichtige, Eindrücke, Details, Bilder. Er versuchte erst gar nicht, sie zu ordnen, sondern speicherte sie einfach nur in seinem Kopf ab.

Zum Beispiel hatte er bemerkt, dass Danuta, die er zunächst kaum von Frida unterscheiden konnte, weil sie beide jung, schlank und völlig unauffällig waren, auf einem Auge leicht schielte, ein kleiner Schönheitsfehler, der sie bestimmt vor dem zweiten Stock des Hotels bewahrt hatte. Von da an beobachtete er Frida genauer. Auch sie musste irgendeinen Schönheitsfehler haben. Es dauerte nicht lange, bis er herausfand, was es war: Unter dem dünnen, billigen T-Shirt zeichneten sich nur winzige Brüste ab. Das stellte er am Abend des Tages fest, an dem sie Daniela zu Grabe getragen hatten. Er war den ganzen Nachmittag dort gewesen, war über das Anwesen spaziert, hatte aus der Entfernung beobachtet, wie Silvana und Frida mit dem kleinen Jungen im Swimmingpool tobten, hatte sich ein wenig ins Auto gesetzt und ein paar Worte mit seinem Fahrer gewechselt, war an den Tatort im Turm zurückgekehrt, war wieder ein wenig über das Anwesen spaziert, hatte seine Kreise immer enger gezogen, und als es dunkel wurde, war er ihnen ins Haus gefolgt. Er stellte keine Fragen, niemandem, gab sich damit zufrieden, einfach nur dort zu sein. Signora Paoletti ließ sich nicht blicken. Wahrscheinlich wusste sie, dass er da war, und hatte sich in ihr Schlafzimmer im ersten Stock zurückgezogen. Silvana befand sich ebenfalls irgendwo dort oben. Er hatte gehört, wie sie früher am Abend ein wenig Klavier gespielt hatte. Hin und wieder sang sie ein paar

Takte, leise, zögernd, brach immer wieder ab. Welch ein Kontrast zu der Trauermusik, die sie am Nachmittag bei der Beerdigung gespielt hatten! Er hatte ihr vorgeschlagen, sich ein wenig ans Klavier zu setzen, um sich abzulenken. Jedes Mittel war ihm recht, damit sie nicht zu weinen begann. Nach dem Geschirr auf dem Tisch zu urteilen, hatten sie zu Abend gegessen. Frida brachte wohl schon den kleinen Jungen zu Bett. Die beiden bewohnten im Erdgeschoss der Villa ein eilig hergerichtetes Zimmer, und der Maresciallo hatte dem kleinen Jungen höchstpersönlich das langnasige Kuscheltier aus dem Turm herübergebracht.

Es war fast neun. Die beiden Mädchen in der Küche räumten auf. »Normalerweise essen wir um diese Zeit. Ich muss noch weg …«, wagte sich Danuta vor, als sie mit der Arbeit fertig waren, wahrscheinlich weil ihr Italienisch besser war als das von Frida.

»Das ist schon in Ordnung, lassen Sie sich nicht stören, essen Sie ruhig.«

Die beiden Mädchen aßen an der Marmorplatte am Kühlschrank, saßen schweigend auf hohen Hockern. Offensichtlich empfanden sie seine Anwesenheit als störend, also stand Guarnaccia auf und ging die Treppe hoch, hinaus zu seinen Männern, die draußen Wache hielten.

Es war dunkel.

Guarnaccia setzte sich in seinen Wagen, den sein Fahrer einige Stunden zuvor im Schatten geparkt hatte. Der Beifahrersitz war angenehm kühl, doch der junge Carabinieri nebendran brannte vor Tatendrang. Der Maresciallo freute sich über dessen Begeisterung und Engagement und hätte nur zu gerne die Neugier des jungen Mannes befriedigt.

Aber was sollte er ihm schon groß erzählen? Dass ihn sein Erinnerungsvermögen im Stich ließ? Dass er sich auf Teufel komm raus nicht daran zu erinnern vermochte, was mit der Geschichte der beiden Mädchen nicht stimmte, außer dass es irgendwie mit dieser Uhrzeit zusammenhing? Das Kind lag im Bett. Frida musste dort bleiben, weil sie die ganze Arbeit mit dem Kind nicht Silvana allein aufbürden wollten – nicht ganz unverständlich, schließlich war es nicht ihr eigenes, und dann gab es da ja auch noch eine trinkende Mutter in der Familie, so dass …

Mauro, der als Fahrer, Nachrichtenbote und Regisseur für kompromittierende Fotos fungierte … hatte es etwas mit ihm zu tun?

»Maresciallo …?«

»Dauert nur eine Minute.« Er stieg aus und ging hinüber zu dem anderen Wagen. Die beiden Carabinieri sprachen leise ins Funkgerät. Das Fenster war herunterkurbelt, und als der Fahrer ihn kommen sah, ließ er sogleich den Wagen an.

»Nein, nein, noch nicht. Ich wollte Sie nur etwas fragen. Hat einer von Ihnen beiden auch am Samstagabend hier Wache geschoben?«

»Ich nicht«, sagte der Fahrer. »Ich bin erst am Sonntag aus dem Urlaub zurückgekommen … aber du warst hier, oder?«

»Der Abend, an dem Sie nachts noch vorbeigekommen sind und gefragt haben, wie's so läuft? Da haben Sie mit meinem Partner gesprochen.«

»Der gesagt hat, dass die beiden jungen Frauen in dem schwarzen Mini fortgefahren sind.«

»Ja. War's das, was Sie –«

»Und er hat gesagt, dass die beiden Frauen sich richtig herausgeputzt hatten, mit Titten wie … keine Ahnung. Ist das richtig?«

»Ach, Sie wissen doch, wie das ist, wenn man hier stundenlang rumsitzt. Er hat's nicht so gemeint…«

»Schon gut.«

»Warum fragen Sie danach, was ist mit ihm…?«

Der Maresciallo hatte die Frage zwar gehört, machte sich aber nicht die Mühe, sich umzudrehen und weitere Erklärungen abzugeben. Er kehrte zurück zu seinem Auto.

»Geht's los?« Der junge Carabiniere griff nach dem Zündschlüssel.

»Nein, nein. Nicht starten.«

Der Maresciallo setzte sich ins Auto und blieb einen Augenblick einfach nur still sitzen, versuchte zu entscheiden, wie am besten weiter vorzugehen war. Mauro hatte sich hier nicht blicken lassen, und keines der beiden Mädchen besaß einen Führerschein. Was also sollte er tun? Der Fahrer neben ihm war jung und unerfahren. Es wäre zwar besser, die beiden anderen zu schicken, aber was, wenn es hier zu einem Zwischenfall kam? Er selbst musste ins Haus zurück, und dann säße dieser Junge ganz allein hier draußen. Unmöglich…

Sollte er um Unterstützung bitten? Wie sollte er die begründen? Dass einer seiner Männer eine anzügliche Bemerkung hatte fallenlassen? Nein, er musste sich entscheiden.

›Sie maßen sich da ganz schön was an…‹

›Sie und Ihr Dickkopf…‹

Er murmelte diese Bemerkungen ein paarmal vor sich

hin, aber es half alles nichts, ebenso gut hätte er Wasser in den Arno tragen können; innerlich aber war er ganz ruhig.

»Ich habe einen Auftrag für Sie ... Nein, lassen Sie den Motor noch aus. Gleich werden zwei junge Frauen aus dem Haus kommen und in dem Mini fortfahren ...«

»Soll ich ihnen folgen?«

»Ja ... und nein. Ich kann hier nicht weg, aber ich muss wissen, welche von den beiden fährt, sonst nichts weiter.«

»Sie wollen nicht wissen, wo sie hinfahren?«

»Ich weiß nicht ... Wahrscheinlich nehmen sie die Autobahn und fahren raus in den Club. Wenn sie das tun, kommen Sie einfach zurück.«

»Oh ... in Ordnung.« Er klang ausgesprochen enttäuscht. »Hier im Wagen ist kein Funkgerät ...«

»Halten Sie Abstand zu dem Mini, kehren Sie um, sobald sie auf die Autobahn fahren. Schließen Sie nicht zu eng auf. Es ist kaum Verkehr, und ich möchte nicht, dass die beiden Sie bemerken, wenn sich das irgendwie vermeiden lässt. Rufen Sie mich vom Handy aus an, wenn es irgendetwas gibt. Das ist alles.«

Er ging zurück in die Küche, die nun leer war, wartete, horchte. Es dauerte nicht sehr lange, da hörte er oben Schritte, die Haustür, die Autotüren, den Motor. Dann war es wieder still.

Er hatte sich an den Tisch gesetzt, auf genau denselben Platz, auf dem er auch an jenem ersten Morgen gesessen hatte, ließ die Bilder jenes Tages in seinem Kopf Revue passieren. Das stille Wasser im Pool, das Sonnenlicht auf dem ungemachten Bett, die Blutspritzer, das zersplitterte Glas ...

Er spulte den ganzen Vormittag noch einmal in seinem Kopf ab, nun aber mit dem Wissen um die Rolle des Staatsanwalts. Doch was wusste er schon über ihn? Dass es passiert war, als er Rufbereitschaft hatte – welch ein netter Zufall!

In seiner neuen Rolle als gehorsamer, unterwürfiger Beamter hatte sich der Maresciallo gestern demonstrativ ausschließlich auf Dinge konzentriert, die in keinerlei Zusammenhang mit dem Emperor standen. Er hatte mit De Vita über den ehemaligen Gärtner gesprochen und versucht, ihm zusätzlich zur DNA-Analyse des Kindes zwei weitere staatsanwaltliche Anordnungen abzuringen, zunächst einen Durchsuchungsbefehl für die Villa, um nachzusehen, ob es vielleicht Paolettis Aufmerksamkeit entgangen war, dass irgendwo eine Waffe fehlte. Dieser Durchsuchungsbefehl wurde ihm erwartungsgemäß verweigert.

»Ich sehe dafür absolut keine Notwendigkeit. Wie kommen Sie überhaupt auf die Idee, dass Paoletti Waffen besitzt?«

»Einfach nur aufgrund der Tatsache, dass bei dem Mord von einer Schusswaffe Gebrauch gemacht worden ist … und es ist nicht die Waffe eines Profis, wie wir festgestellt haben. Bis auf Paolettis Frau war damals niemand im Haus. Sie hat tief und fest geschlafen und benutzt diese Ohrstöpsel. Jeder hätte dort eindringen können.«

»Ich glaube, es reicht vollkommen, wenn ich Paoletti nach der Beerdigung einfach frage. Ich sehe keinen Grund, die Familie in ihrer Trauer zu stören.«

Waffen. Er hatte Waffen gesagt, nicht Waffe! Nun ja, den Durchsuchungsbefehl hatte er nicht bekommen.

Dann beantragte er noch die Genehmigung, sämtliche Telefonverbindungen des Haushalts zu überprüfen. Unnötig, zu erwähnen, dass auch dieses Ansinnen abschlägig beschieden wurde; er durfte nur die Verbindungen des Opfers einsehen.

»Die haben wir bereits. Ich möchte, dass Sie in der Nähe der Familie bleiben, bis Paoletti diese Untersuchungen hinter sich gebracht hat und wieder nach Hause zurückkehren kann. Soweit ich weiß, muss sein Blutdruck vierundzwanzig Stunden lang kontrolliert und noch ein paar Blutuntersuchungen durchgeführt werden. Wir wollen doch nicht, dass in seiner Abwesenheit ein weiteres Unglück passiert. Wie würden wir dann dastehen?«

Natürlich war das alles ausgemachter Blödsinn … aber wie er sich ausgedrückt hatte … ein weiteres Unglück … wie wir dann dastehen …

»Hmmpf.« Guarnaccia erhob sich. Er hatte den klaren Auftrag, sich in der Nähe der Familie aufzuhalten. Aber wo steckte die? Bislang war ihm der Zutritt zu allen anderen Räumen bis auf die Küche und das Vestibül versagt geblieben. Ab sofort würde er die Nähe zur Familie suchen, so wie es ihm anbefohlen war. Als er die Treppe hochging, hatte er ein Gefühl im Bauch, das ihm aus seiner Kindheit vertraut war: eine aufgeregte Anspannung, weil er ausnahmsweise einmal das ganze Haus für sich allein hatte. Warum so ein Haus ganz anders aussieht, wenn man es als Kind ganz für sich hat, bleibt wohl ein Geheimnis. Jedes Zimmer nimmt eine Art Persönlichkeit an, verkörpert etwas Verbotenes, Geheimnisvolles, verströmt einen ureigenen Duft, und eine geöffnete Schublade provoziert prickelnde Gänsehaut und zugleich heftige Schuldgefühle. Er erinnerte sich gut daran, wie er einmal mit seiner Mutter die langweilige, staubige Dorfstraße hinunter zum Dorfladen marschiert war und sie ihn zurückgeschickt hatte, weil sie die Einkaufsliste vergessen hatte. Warum waren sie eigentlich zu Fuß gegangen? Er wusste genau, dass sie damals bereits ein Auto besaßen. Vielleicht hatte ihr Vater ja im Dorf zu tun gehabt und wollte sie auf dem Rückweg mitnehmen. Es war ein weiter Weg.

Er hatte die Liste sofort gefunden, sie lag auf dem Küchentisch. Aber er schlenderte noch ein wenig umher. Es war Sommer, noch früh am Morgen, und seine Mutter hatte bereits einen Biskuitboden gebacken und ein paar grüne Bohnen gekocht. Beides stand zum Abkühlen auf dem Küchentisch. Später würde es zu warm zum Kochen sein, und sie würde nur rasch ein paar Nudeln und eine dünne Scheibe Fleisch zubereiten. Die Bohnen interessierten ihn nicht weiter, aber natürlich lockte ihn der Kuchen. Es gelang ihm, einen Finger tief unter den Boden zu schieben und einen relativ großen Brocken herauszupolken. Der Kuchen war noch ganz warm und schmeckte viel besser als das Stückchen Kuchen, das er später auf einem Teller serviert bekommen würde. Natürlich beichtete er es am darauffolgenden Samstag. Lässliche Sünden in einem stillen Haus.

Oben im Erdgeschoss blieb er erst einmal stehen und lauschte. Die Tür der Bibliothek zu seiner Rechten war geschlossen. Er klopfte an, wartete einen Augenblick, öffnete die Tür und machte das Licht an. Damals, als er nur einen kurzen Blick in das Zimmer hatte erhaschen können, da hatte der hohe Raum geradezu majestätisch auf ihn gewirkt, aber jetzt, wo er mitten im Zimmer stand, hatte er das Gefühl, mitten in einer Bühnendekoration gelandet zu sein. Diese deckenhohen Regale an der Wand gegenüber der Tür waren gefüllt mit Werken von Boccaccio, Tasso, Ariosto und Dante, alle einheitlich in Leder gebunden. Sie waren noch ganz neu, ein wenig verstaubt, und wahrscheinlich hatte niemand je einen Blick hineingeworfen ... Paolettis großer, mit Schnitzereien verzierter Schreibtisch hingegen, hinter dem er damals gesessen hatte, schien eifrig genutzt zu werden, jede Menge Haushaltsrechnungen, Kontoauszüge und ein großes Foto im Silberrahmen. Er nahm das Foto auf: Paoletti mit einem mageren, dunkelhaarigen Kind. Das musste Silvana sein, im Alter von sechs oder sieben Jahren. Er hatte sich zu ihr hinabgebeugt, als wolle er ihr ein Geheimnis anvertrauen. Sie blickte zu ihm auf, den Kopf ein wenig zur Seite geneigt, ein gewinnendes Lächeln auf den Lippen, ein Finger spielte mit einer langen Haarsträhne. Die beiden schienen gänzlich ineinander vertieft. Guarnaccia stellte das Foto zurück an seinen Platz. Die Läden der drei hohen französischen Fenster waren geschlossen. Große, kostbar aussehende Teppiche bedeckten den Boden. Als er sich zum Gehen wandte, sah er, dass die Regale neben der Tür leer waren, weil einige Kisten mit noch weiteren in Folie verpackten Büchern dort standen. Auf dem weißen Resopaltisch in der Ecke stand jede Menge elektronisches Zeugs, und ein Wirrwarr weißer und schwarzer Kabel hing davon herunter. In dem Zimmer befanden sich noch mehr Kisten. Große Kisten, die mit glänzendem Paketband zugeklebt waren und auf denen der Inhalt mit einem schwarzen Filzstift vermerkt worden war: ›Büromaterial‹, ›Ersatzlampen‹, ›Sommerschuhe‹. Das ließ vermuten, dass diese Kisten seit dem Einzug der Familie hier herumstanden, was wahrscheinlich auf den angegriffenen Gesundheitszustand von Signora Paoletti zurückzuführen war.

Guarnaccia machte das Licht aus, durchquerte das Vestibül und steuerte die nächste Tür an. Wieder klopfte er, wartete einen Augenblick und betrat dann den Raum. Ein großer Saal, doppelt so groß wie die Bibliothek, ein kombiniertes Wohn- und Esszimmer, nur von einem Gewölbebogen getrennt. Sechs hohe Fenster, deren Läden geschlossen waren, noch mehr kostbare Teppiche, eine riesige Vase mit künstlichen Blumen. Aber auch hier standen drei große Kisten.

Ein in die Jahre gekommener Mann, der sich für den Ruhestand ein reputierliches Ansehen aufbaute, Lichtjahre entfernt von dem Luden, der unten im Park seine Pferdchen laufen hatte.

Wie immer war die Person, mit der er unbedingt sprechen wollte, tot. Daniela Paoletti schien sich von dieser Scheinwelt distanziert zu haben. Ihre Zimmer waren einfach möbliert, ohne jeden Schnickschnack, die Bücher in ihren Regalen hatte sie gelesen. Hätte sie das Haus nach dem Studium verlassen? ›Unsere Untermieterin‹, so hatte die Mutter sie genannt.

Er verließ das Zimmer und ging zurück, vorbei an dem eisernen Geländer der Treppe nach unten in die Küche. Weiter hinten führte eine weitere Treppe nach oben ins nächste Stockwerk, dahinter befanden sich noch ein Bad und das provisorische Kinderzimmer. In der Grabesstille machten seine Schritte auf dem Steinboden einen Heidenlärm. Wasser rauschte, und die Tür zum Bad ging auf. Frida kam heraus, barfüßig, nur mit einem langen T-Shirt bekleidet.

»Alles in Ordnung?«

Sie nickte.

»Schläft der Kleine?«

Sie nickte wieder. Er war sich nicht sicher, ob sie ihn überhaupt verstand.

»Frida!« Piero kam im Unterhemd aus seinem Zimmer gestürzt, das Kuscheltier an der Nase hinter sich herziehend. Als er den Maresciallo erblickte, blieb er wie angewurzelt stehen.

»Solltest du nicht längst im Bett sein? Es ist schon sehr spät.«

»Ich muss auf Frida warten. Gucken Sie mal«. Er zeigte Guarnaccia sein Kuscheltier. »Wissen Sie noch, wie es heißt?«

»Ach du meine Güte, das habe ich vollkommen vergessen.«

»Das ist Nasi.«

»Nasi, richtig, jetzt weiß ich es wieder.«

»Aber nicht wieder vergessen!«

»Nein, nein, ich merk's mir. Aber nun sei schön brav, Frida zuliebe.«

»Frida ist jetzt meine Mami.«

»Gute Nacht.«

Er wartete, bis die beiden ins Zimmer verschwunden waren und die Tür hinter sich geschlossen hatten. Das Handy klingelte.

»Maresciallo?«

»Wo stecken Sie?«

»Piazzale Michelangelo.«

»Wie bitte?«

»Ich bin dem Mini gefolgt ... ich glaube nicht, dass sie mich gesehen hat. Zuerst sind sie zum Bahnhof gefahren. Das blonde Mädchen ist ausgestiegen und reingegangen. Ich nehme also an, dass sie mit dem Zug weitergefahren ist. Ich habe dann den Wagen weiterverfolgt. Hätte ich lieber die Blonde verfolgen sollen? Sie haben gesagt ...«

»Nein, nein, Sie haben alles richtig gemacht. Sie ist tatsächlich dort hinaufgefahren? Was will sie da?«

»Keine Ahnung. Sie hat das Auto geparkt und ist zuerst in diese kleine Bar. Dann ist sie zur Balustrade gegangen und hat wie alle anderen den Ausblick auf die Stadt bewundert. Hier wimmelt es von Touristen, deswegen habe ich das Auto so geparkt, dass ich ihren Wagen im Auge hab. Ich hatte Angst, dass ich sie in der Menge verliere, wenn ich aussteige ... Warten Sie einen Augenblick. Jetzt kann ich sie wieder sehen. Sie steht immer noch an der Balustrade, redet mit ein paar amerikanischen Studenten. Sie wollen sie wohl überreden, aus einer Weinflasche zu trinken. Sieht ganz danach aus, als lachten sie sie aus. Was soll ich tun?«

»Nichts. Sagen Sie, was hat sie an?«

»Es ist ziemlich dunkel. Diese großen, weißen Kugeln geben kaum Licht.«

»Aber Sie haben sie doch beim Einsteigen gesehen. Ich weiß, da war es auch schon dunkel, aber versuchen Sie es bitte. War der Rock kurz oder lang?«

»Na, das kann ich Ihnen genau sagen. Der war kurz, ultrakurz. Ich meine, es ist gar nicht so einfach, in einen

Mini zu steigen … und ein tief ausgeschnittenes Oberteil, das war nicht zu übersehen. Was soll ich jetzt machen?«

»Warten Sie, und folgen Sie ihr, wenn sie nach Hause fährt.«

»Und wenn sie mit jemandem mitgeht? Sieht ganz so aus, als ob sie es darauf angelegt hat.«

»Wenn sie das tut, rufen Sie mich an. Aber ich glaube, dass sie zurückkommt.«

Auch wenn der Käfig offensteht …

Er ging zurück in die Küche und schenkte sich ein Glas Wasser ein. An jenem ersten Morgen, als er dort gesessen hatte, wo er jetzt saß, hatte er sie weinen sehen und bemerkt, dass die Papiertücher, mit denen sie die Tränen trocknete, Make-up-Spuren aufwiesen. Sie war etwas über zwanzig Jahre alt, und ihre ganze Rebellion bestand darin, die Rolle des lieben, kleinen *Papà*-Mädchens abzuwerfen und herausgeputzt mit kurzem Rock und Make-up auf der Piazzale herumzuflirten. Sie wollte bestimmt nicht mehr als nur ein bisschen flirten, sonst wäre sie schon längst von dort verschwunden. Danuta wurde nur deshalb zum Zug gebracht, weil nach dem Mord niemand aus dem Club in der Nähe der Villa gesehen werden sollte. Der Maresciallo zweifelte nicht daran, dass Mauro Danuta am Zielbahnhof in Empfang nehmen würde. Ein kleines Rätsel gelöst, aber brachte ihn das weiter? Er wartete, horchte auf Motorgeräusche. Was das wohl für ein Gefühl war, sich um seine Tochter zu sorgen? Ein paar seiner Kollegen haben ihren Töchtern nachspioniert, sie richtiggehend verfolgt. Er fand so was keineswegs in Ordnung, aber in Anbetracht der Dinge, die sie in ihrem Berufsalltag zu sehen bekamen, konnte er ihnen nicht wirklich einen Vorwurf machen. Was Paoletti betraf, der betrachtete Frauen als sein Eigentum, über das er nach Belieben verfügen konnte: kaufen, verkaufen, für sich arbeiten lassen, alle unterstanden seinem Befehl. Logisch, dass er eine Prostituierte geheiratet hatte, das hatte er nicht nur deshalb getan, damit sie nicht gegen ihn aussagen konnte. Und die eigene Tochter? Auch sie betrachtete er als sein Eigentum, und offensichtlich war sie noch viel abhängiger von ihm als die Mädchen, die für ihn arbeiteten. Trotzdem…

Da, das Auto. Ein Vater würde jetzt in der Tür stehen: »Weißt du eigentlich, wie spät es ist?« Aber es war nicht einmal elf, und sie war eine erwachsene Frau! Er hörte die Tür klappen, Schritte auf der Treppe nach oben. Eine hilflose, mitleiderregende Rebellion gegen den Familientyrannen. Daniela war da möglicherweise ein anderes Kaliber gewesen, das Mädchen, das ihm Tochter und gleichzeitig Frau gewesen war. Dessen war sich der Maresciallo ziemlich sicher. Er konnte nicht zulassen, dass sie sich von ihm befreite. Der Staatsanwalt stand zu seiner Verfügung, und er hatte ein perfektes Alibi. Den Schlaganfall allerdings hatte selbst er nicht vorhersagen können. Was immer falsch gelaufen war, da muss es seinen Anfang genommen haben.

Das Telefon klingelte.

»Sind Sie das? Ja, sie ist nach Hause gekommen. Das haben Sie gut gemacht.«

»Bleiben wir die ganze Nacht?«

»Keine Ahnung. Sind Sie müde?«

»Nein.«

Der Mann war alles andere als müde, schien absolut begeistert. Dennoch, der Wind blies aus der falschen Richtung …

Ein weiteres kleines Geheimnis, an dessen Lösung er sich nun begeben konnte, waren jene Räume, die er gedanklich als Dienstbotenquartiere abgehakt hatte. Was gab es da noch außer den Besenschränken und dieser Art Abstellkammer, in der die Putzfrauen ihre Utensilien aufbewahrten? Jemand hatte ihn an jenem Morgen von diesem Fenster aus beobachtet, da konnte ihm Silvana zehnmal erzählen, dass die Mädchen erst gegen zwölf in die Villa kamen. Er hatte keinen Durchsuchungsbefehl, aber … er konnte es nicht riskieren, in die Schlafzimmer im ersten Stock einzudringen und die Familie zu stören, damit würde er höchstens einen Anruf beim Staatsanwalt provozieren, aber hier hinein konnte er einen Blick wagen, zumindest, wenn nicht abgesperrt war.

Er stand auf und marschierte zu der geschlossenen Tür gegenüber. Wie bei den anderen Zimmern klopfte er auch hier zunächst vorsichtshalber an.

»Was wollen Sie?«

Er war zu erschrocken, um zu antworten, obwohl er die Stimme sofort erkannt hatte.

»Sie können ruhig reinkommen.«

Er öffnete die Tür. ›Tut mir leid, dass ich störe‹, kam ihm in den Sinn oder ›Ich wollte nur nachsehen, ob alles in Ordnung ist‹, aber dann blieb er sprachlos im Türrahmen stehen, nahm das Bild auf, das sich ihm bot. Hohe, vergitterte Fenster wie in der Küche, ein großes Zimmer mit einem weißen Bett. Die Frau saß in einem Sessel daneben, allein in dem stillen Raum.

»Es ist nicht so, wie Sie denken.«

»Signora...«

»Kommen Sie rein.«

Er ging durch den Vorraum mit den Besenschränken aus Metall und betrat ihr Zimmer. Sie war im Nachthemd, schwitzte. Er konnte es riechen, den Schweiß und den Alkohol. Sie war aber noch nicht sehr betrunken, denn in ihrem Schoß lag ein Buch.

»Nein, Maresciallo, das hier ist kein Gefängnis. Das haben Sie doch gerade gedacht, auch wenn Sie es nicht gesagt haben. Dieses ganze Haus ist...« Sie sah nach oben zu den hohen, schmalen Fenstern mit den dicken Gittern. »Es sieht vielleicht wie ein Gefängnis aus, aber dieses Haus wurde gebaut, um Eindringlinge abzuwehren, nicht um seine Bewohner einzusperren. Das gilt auch für mein Zimmer. Es ist wegen der Treppe, ich komme nicht mehr rauf, wenn ich getrunken habe. Also bleibe ich unten. Setzen Sie sich doch.«

Er sah sich um, zögerte.

»Sie werden schon mit dem Bett vorliebnehmen müssen. Das hier ist der einzige Sessel. Ich bekomme normalerweise keinen Besuch. Zumindest kann ich Ihnen einen Drink anbieten. Whisky?«

»Nein, nein, danke.« Er setzte sich ganz an den Rand des Bettes, am Fußende, wo der große Fernseher stand. Er lief, ohne Ton.

Sie sah seinen Blick zum Fernseher wandern, bevor er sich ihr zuwandte. »Da kommt nie was wirklich Sehenswertes. Ich mag das Flimmern der Farben, das Gefühl, das sich was bewegt. Der Kasten leistet mir Gesellschaft, ähnlich wie ein Kaminfeuer. Hört sich lächerlich an, oder?«

»Nein, ich kenne das … ich mache das auch.«

»Sie?«

»Ich bin in letzter Zeit viel allein.«

Sie hob die Flasche hoch. »Wollen Sie wirklich nicht?«

»Nein, danke.«

»Trinken Sie nicht? Nun ja, wenn Sie es nicht brauchen.« Sie stellte die Flasche auf den Nachttisch zwischen Bett und Sessel und streichelte sie liebevoll. »Mein bester Freund und Ratgeber. Sie glauben, ich bin Alkoholikerin?«

»Nein.«

»Natürlich nicht. Sie waren auf der Beerdigung.«

»Ja.«

»Manchen Leuten gelingt es, der ganzen Welt was vorzugaukeln.«

Der Maresciallo sagte kein Wort.

»Aber Sie sehen nicht so aus, als ob man Ihnen was vormachen könnte.«

»Nein.«

Sie trank. Das Wasserglas war gut über die Hälfte gefüllt. Sie stellte es zurück und schloss das Buch in ihrem Schoß.

»Ich glaube, bei Ihnen gelingt das nicht einmal meinem Mann, obwohl der nun wirklich eine wundervolle Show hinlegt. Ich trinke zu viel. Selbst wenn ich es nicht will, trinke ich zu viel. Es betäubt mich und hilft mir, den Abend durchzustehen, anschließend trägt es mich in die Bewusstlosigkeit, und ich kann herrlich lang schlafen.«

»Und wenn Sie aufwachen?«

»Habe ich einen Kater, klar. Das ist das Wichtigste überhaupt, den Kater richtig hinzubekommen. Die Frage ist nicht, wie viel ich vertrage, ohne mich der Lächerlichkeit preiszugeben, ich trinke hier ganz allein vor mich hin, und irgendwann lasse ich mich einfach ins Bett fallen. Der Kater ist das Wichtigste, er hilft mir, den Nachmittag in einer Art Nebel zu überstehen, vom Restalkohol noch leicht berauscht und mit genau dem richtigen Maß an Kopfschmerzen. Diese Kombination wirkt wie eine Trennscheibe aus Glas, hält die Stimmen draußen. Wenn ich zu viel getrunken habe, ist mir übel, und ich muss mich übergeben, und wenn die Kopfschmerzen zu heftig sind, dringen die Stimmen zu mir durch.«

»Und die Ohrstöpsel halten die Stimmen ebenfalls draußen, richtig?«

»Nach dem Abendessen, ja. Ich muss am Abendessen teilnehmen, darauf besteht er, anschließend flüchte ich mich hierher. Die Ohrstöpsel verhindern, dass ich seine Stimme höre. Er schreit.«

Sein Gefühl sagte ihm, dass er dieser Frau vertrauen konnte, dennoch musste er Vorsicht walten lassen. Sie trank, die Frage, ob sie Alkoholikerin war oder nicht, war dabei völlig unerheblich. Außerdem hatte sie Angst vor ihrem Mann. Sie sprach nie seinen Namen aus. Neben ihrem Bett stand ein Telefon. Ein einziger Anruf aus dem Krankenhaus konnte genügen. Sie hatte ihm bestimmt viel zu erzählen, aber so kurz vor ihrem Einsatz würde er nicht noch das Leben der Kinder aufs Spiel setzen. Er durfte nur das sagen, was er auch dann sagen würde, wenn der Staatsanwalt im Raum wäre.

»Wenn ich mich nicht irre, dann hat das an jenem Morgen, als ich Sie das erste Mal traf, mit der richtigen Dosierung der Kopfschmerzen nicht hingehauen, oder?«

»Sie meinen an dem Tag … an dem Tag, an dem sie mich geweckt haben? Geweckt zu werden ist das Schlimmste überhaupt.«

»Ja, das verstehe ich … Ich wollte Sie wirklich nicht stören. Ich habe nur das Haus überprüft. Reine Vorsichtsmaßnahme. Ihre Tochter ist inzwischen auch wieder zu Hause und zu Bett gegangen.«

»Wo ist Piero?«

»Im Bett. Frida ist bei ihm. Draußen sind zwei Wagen postiert, und drei meiner Männer halten Wache.«

»Dann kann ja nichts passieren.« Der spöttische Unterton sprach Bände. »Er wird nicht sonderlich begeistert darüber sein, dass Sie mich hier aufgespürt haben.«

»Tut mir leid. Ich habe wirklich nur das Haus überprüfen wollen. Ich hatte ja keine Ahnung, sonst …«

Er sah sich um. Er saß auf einem großen Bett mit schneeweißer Tagesdecke. Der Raum erinnerte ihn an Danielas Zimmer drüben im Turm. Alles hier drinnen war einfach, sauber und ordentlich. Die Tür am anderen Ende des Raumes führte wohl zu einem Bad, und auch das würde bestimmt Ähnlichkeit mit Danielas Bad haben. Dunkelblau und weiß. Einfach, ordentlich und sauber, auch wenn die Sauberkeit hier mit Sicherheit Frida und Danuta zu verdanken war. Mutter und Tochter sahen sich sehr ähnlich. Blond, kräftig gebaut, gesunde Gesichtsfarbe. Paoletti hatte seine Frau kurzerhand durch eine jüngere, frischere Ausgabe ersetzt. Blieb ja in der Familie und damit unter seiner Kontrolle. Und wenn sie damals noch zu jung gewesen war, heute würde ihm das niemand mehr nachweisen können. Dazu war er viel zu clever. Er achtete penibel darauf, die gesetzlichen Bestimmungen so weit einzuhalten, dass ihm niemand an den Karren fahren konnte, hielt sämtliche Fäden in der Hand. Und doch war etwas außer Kontrolle geraten … ein schrecklicher Mord in seinem ehrbaren Haus. Das hätte er niemals gewollt. Während er im Krankenhaus lag, war hier etwas außer Kontrolle geraten, und was immer es war … damals hatte es seinen Anfang genommen.

Sie würden ihn nie hinter Gitter bringen. Jemand anders würde die Schuld für Danielas Tod und auch für alles andere in die Schuhe geschoben bekommen. Auf dem Papier würde alles hübsch sauber und ordentlich aussehen, Paoletti hatte sich immer woanders aufgehalten, und der Priester der Gemeinde würde ihm ein Eins-a-Leumundszeugnis geben.

»Werden Sie meinen Mann festnehmen?« Sie blickte ihn neugierig an, konnte offensichtlich seine Gedanken lesen.

»Ich … Es ist nicht an mir, zu entscheiden, ob …«

»Natürlich nicht. Das muss Fulvio wohl tun. Fulvio war einer meiner regelmäßigen … Kunden. Er hat seltsame Vorlieben, blieb gerne passiv und schaute einfach nur zu. Er ist das Schoßhündchen meines Mannes, aber das haben Sie ja sicher schon bemerkt. Ich glaube, er hat Angst vor ihm.«

Er musste das Thema wechseln, sie bewegten sich auf dünnem Eis, er musste sie ablenken.

»Sie kommen aus dem Norden, soweit ich weiß. Lebt Ihre Familie noch dort?«

»Familie? Keine Ahnung. Familien …« Sie rümpfte angewidert die Nase. »Ich habe für eine Familie gearbeitet, bevor ich davongelaufen bin. Mein Vater hat mich mit sechzehn rausgeschmissen, weil seine neue Frau mich nicht leiden konnte. Ich habe als Kindermädchen gearbeitet, ungelernt, für einen Hungerlohn ... Eine ehrbare Familie. Der Mann hat mich gebumst, und die Frau hat mich rausgeschmissen. Wie es halt so geht.«

»Wie kommt es, dass Sie ausgerechnet in Florenz gelandet sind?«

»Florenz ...?«

Wusste sie es oder interessierte es sie überhaupt noch, dass die Stadt, in der sie lebte, Florenz war, wo sich ihr Leben mehr oder weniger auf diesen einen Raum beschränkte?

»Ich bin nach Mailand gegangen. Bin mit einem Jungen zusammen getürmt. Als wir kein Geld mehr hatten, hat er gesagt, dass er hier Leute kennen würde und ich später nachkommen solle. Als ich nichts mehr von ihm gehört habe, bin ich eben hergetrampt ...«

»Haben Sie ihn gefunden?«

»Natürlich nicht. Ich glaube, er ist nie aus Mailand fort. Er wollte mich loswerden, das war alles. Ich habe ihn wirklich gemocht. Manchmal denke ich noch an ihn. Es war nicht seine Schuld. Wir waren so jung. An seiner Stelle hätte ich das Gleiche gemacht. – Wollen Sie wirklich nicht?«

»Nein, danke.«

»Sie sind im Dienst. Aber ich darf.« Sie füllte sich das Glas erneut. »Machen Sie sich keine Sorge. Ich werde schon nicht rührselig. Ich frage mich nur manchmal, was er jetzt wohl macht. Das ist alles. Daniele, so hieß er ... hoffentlich ist es ihm besser ergangen als mir. Sehen Sie sich an, was aus mir geworden ist.«

»Gehen Sie nie aus? Nicht einmal in den Garten?«

»Garten? Früher, als die Kinder klein waren. Jetzt nicht mehr, nicht in diesem Haus.«

»Aber hin und wieder verlassen Sie das Haus. Ihre Nachbarin, Signora Donati hat gesagt, dass sie sonntags morgens zusammen in die Kirche gehen.«

»Wegen ihm, nur wegen ihm ... Ich kenne keine Signora Donati.«

»Das stimmt. Sie hat auch nie behauptet, dass Sie sie kennen würden. Von ihrem Garten aus blickt man direkt auf die Einfahrt hier ... Ich kenne sie selbst auch nicht sehr gut, ihr Sohn hat seinen Militärdienst bei uns abgeleistet, und so sind wir ins Gespräch gekommen ...« Er fing ihren spöttischen Blick auf und korrigiert sich. »Entschuldigung, tut mir leid. Ich musste sie im Zusammenhang mit dem Mord vernehmen. Hätte ja sein können, dass sie gesehen hat, wie jemand das Grundstück verließ.«

»Und? Hat sie?«

»Nein.«

»Ich nehme an, dass ich auch jetzt nicht gegen ihn aussagen kann, richtig?«

»Ja.«

»Das habe ich mir gedacht. Aber es gibt mehr als nur einen Weg, um ... Ich glaube, ich bin ein wenig zu betrunken, um dieses Gespräch fortzusetzen, aber eines müssen Sie mir glauben: Alles, was in diesem Haus passiert, geht auf seine Kappe, und wenn meine Tochter tot ist, dann ist das ganz allein seine Schuld, ob er nun im Krankenhaus lag oder nicht. Ich kann vielleicht nicht gegen ihn aussagen, aber ich kann Ihnen helfen. Er hat mir meine Tochter genommen ...« Sie nahm das Foto auf, das in einem Silberrahmen hinter der Whiskyflasche stand. »Wie schmal sie war, das arme Ding! Es ist kaum zu glauben, aber in jenem Jahr war ich glücklich – oder zumindest war es die glücklichste Zeit meines Lebens, für ein paar Monate.«

»Das Jahr, in dem sie ihre erste Kommunion feierte. Für sie war das wohl auch eine glückliche Zeit. Sie hatte das gleiche Foto neben ihrem Bett stehen.« Durchlöchert von einer Kugel, die sie in ihrem Nachtschränkchen wiedergefunden hatten. »Sie ist wirklich sehr dünn. Wie alt ist sie da?«

»Zehn. Ich hatte gedacht, wir könnten wenigstens so tun, als wären wir eine glückliche Familie. Aber er wollte einfach nur über noch mehr Menschen befehlen können – Sie müssen ihn festnehmen. Es ist alles seine Schuld! Ich weiß, ich bin betrunken, aber ich sage die Wahrheit. Alles, was passiert ist, ist seine Schuld.«

Am liebsten hätte er gesagt, dass er ihr ohne weiteres glaubte. Doch er schwieg.

»Ich muss ins Bett.«

Er stand auf, wollte ihr behilflich sein.

»Nein, danke, Sie müssen nicht …« Sie ließ sich seitlich schwer aufs Bett sinken.

»Ich werde morgen nach Ihnen sehen.«

»Er kommt morgen nach Haus. Kommen Sie am Nachmittag. Da ist er weg. Ich habe gehört, wie er am Telefon …«

»Dann bis morgen Nachmittag. Könnte sein, dass …« Durfte er es riskieren? Er besann sich auf seine Rolle: »Könnte sein, dass Sie oder Ihr Mann gefragt werden, ob Sie Waffen im Haus haben. Der Staatsanwalt wollte Sie in Ihrer Trauer nicht stören …«

»Fulvio? Ob wir Waffen im Haus haben? Als ob er das nicht wüsste! Wir haben eine ganze Sammlung. Deswegen kommt er jeden zweiten Tag her. Mein Mann hat uns früher immer mit auf den Schießstand geschleppt, wollte angeben, was für ein toller Schütze er ist. Und Fulvio war oft genug dabei. Wenn in diesem Haus irgendwelche Schusswaffen sind …«

Sie griff nach den Ohrstöpseln an ihrem Bett. Er hoffte sehr darauf, dass sie recht behalten würde, dass Trunkenheit, Müdigkeit, Kater und die Ohrstöpsel sie bis morgen beschützen würden, sie und die anderen Gefangenen von Paoletti. Er ließ sie allein.

Ein Gefühl sagte ihm, dass er besser nicht nach Hause gehen sollte. Er musste das Spiel, das er mit dem Staatsanwalt spielte, noch ein Weilchen aufrechterhalten. In dieser Küche jedoch würde er es keine Minute länger aushalten. Er hatte es wirklich versucht, war in dem großen Raum herumgewandert, hatte sich alles genauestens angesehen. Hier sah es aus wie in der Küche eines Restaurants, jede Menge Profigeräte. Wofür brauchten sie eine derart große elektrische Wurstschneidemaschine? Was wohl der von zahllosen Neonröhren hell erleuchtete Marmor gekostet hatte? War das hier die gleiche Geschichte wie oben mit den Büchern? Hatte Paoletti die Küche seinerzeit kurzerhand im Großhandel bestellt, weil er wusste, dass sie nicht wirklich genutzt werden würde, so wie die Bücher oben in den Regalen nie gelesen werden würden? Er ging im Kreis, wieder und wieder, aber es half alles nichts. Guarnaccia gab seine Bemühungen auf, marschierte die Treppe hoch durch das Vestibül und zur Haustür hinaus zu den Dienstwagen. Er konnte einen Funkspruch hören, dann war es wieder still.

»Alles in Ordnung?«

»Hier ist es ruhig wie im Grab. Da sind sie ja. Gott sei Dank, ich bin am Verhungern.«

Ein Auto fuhr auf das Grundstück. Die Ablösung.

Der Fahrer des Maresciallo stieg aus dem Wagen und ging ein wenig auf und ab.

»Nur mal kurz die Beine vertreten.« Er setzte sich wieder ins Auto, und der Maresciallo schlüpfte auf den Beifahrersitz.

»Fahren wir?«

»Nein. Ich wollte Ihnen nur ein wenig Gesellschaft leisten. Im Haus schlafen alle.«

»Was passiert jetzt?«

»Nichts.«

Das sagte er mehr zur eigenen Beruhigung als aus Überzeugung. Er hatte eine der Lampen an der Haustür angelassen. Am liebsten hätte er sie alle brennen lassen, aber die anderen schalteten sich nach einer gewissen Zeit automatisch wieder aus. Die Schlüssel hatte er in der Tasche. Beide Dienstwagen waren so geparkt, dass sie die großen Kassettentüren im Blick behalten konnten. Die Hintertür, die auf der anderen Seite des Vestibüls zum Garten hinausführte, war verschlossen und von innen mit großen, eisernen Riegeln gesichert. Die beiden Familienautos waren unter den Bäumen rechts vom Maresciallo geparkt.

Nicht um seine Bewohner einzusperren, sondern um Eindringlinge abzuwehren, hatte sie gesagt. Neugierige, Menschen wie er, die Familiengeheimnisse aufspüren wollten. Ihm war bereits der Gedanke gekommen, dass Paoletti sich vielleicht nur genug Geld verschaffen wollte, um anschließend den Club, das Hotel und alles zu verkaufen und so die wahre Quelle seines Wohlstands zu verschleiern. Vielleicht hatte er ja genau deshalb dieses Haus gekauft und in kleine Wohneinheiten zerlegt. Um sich seiner Vergangenheit zu entledigen, brauchte er Geld, viel Geld. Er war dabei, sich ein neues Leben aufzubauen, bereitete sich auf seine Rolle als Stütze der Gemeinde vor, als großzügiger Spender für Kirchensanierungen, als ehrbarer Bürger. Die ungelesenen Bücher auf der einen Regalseite in der Bibliothek... aber die anderen befanden sich noch immer in Kisten. Er war unterbrochen worden, hatte die Kontrolle verloren, der Schlaganfall...

Der Maresciallo öffnete die Autotür.

»Was ist?«

»Nichts. Ich mache nur eine kleine Runde. Sie bleiben hier.«

Er wollte an den Anfang zurückkehren, obwohl es dunkel war, wollte am Rand des Swimmingpools stehen, wie an jenem Morgen. Vielleicht half es ihm, die Zusammenhänge im neuen Licht von De Vitas Rolle richtig zu deuten. Er bog um die Ecke des Turms und ging zur anderen Seite des Swimmingpools. Unter ihm die Stadt mit ihren beleuchteten Prachtbauten, ein langgezogenes, glitzerndes Band verriet ihm, wo der Arno sich zwischen den Häusern hindurchschlängelte. Der Mond schien hell, und der Regen hatte die Luft gereinigt. Das Gras unter seinen Füßen war feucht und voller Kraft. Er trat einen Schritt nach vorn auf den gekachelten Rand, damit seine Schuhe nicht unnötig nass wurden, und studierte den Umriss des im Mondlicht aufragenden Turms. Hatte man die ›Untermieterin‹ dort eingesperrt, oder hatte sie versucht, die Familie auszusperren? Lief das am Ende nicht auf dasselbe hinaus? Die Familie, die dieses Anwesen errichtet hatte, um die Plage oder Kriegswirren außen vor zu halten, war letzten Endes hier eingesperrt gewesen, oder?

Nun ja, außerdem konnte man vielleicht die Plage aussperren, aber Krebs zum Beispiel ... oder einen Schlaganfall? Immer wieder kam er auf diesen Punkt zurück. Genau da musste alles seinen Anfang genommen haben.

Was würde als Nächstes passieren? Nichts, oder ...

Wie die Mutter in ihrer trunkenen Benommenheit war auch er sich sicher, dass Paoletti an allem die Schuld trug, und doch war es in seiner Abwesenheit passiert.

Plage, Krebs, Schlaganfall, Menschen, die eingesperrt und Menschen, die ausgesperrt waren ...

Es hatte keinen Zweck, sich weiter darüber den Kopf zu zerbrechen. Wenn erst einmal die Razzien vorbei und die Festnahmen gemacht waren, würde die Mutter reden. Was auch immer sie behauptet hatte, sie war eine ausgesprochen wachsame Frau. Und sie war intelligent, so intelligent wie ihre tote Tochter.

›Er hat uns früher immer mit auf den Schießstand geschleppt, um anzugeben ... und Fulvio ...«

Hatte Silvana tatsächlich, wie im Garten angedeutet, einen Mann gesehen? Hatte sie nur Angst, seinen Namen zu nennen? Dieses ›Geständnis‹, sie habe Schuhe gekauft, statt hier bei ihrer Schwester zu sein ... war es für diese Art Läden nicht ein wenig zu früh am Morgen gewesen? Nun, das konnte er leicht nachprüfen. Wenn sie Paoletti erst einmal hinter Schloss und Riegel hatten, würden sich vielleicht auch die anderen ein Herz fassen und die Wahrheit sagen.

›Kommen Sie am Nachmittag. Dann ist er weg. Ich hab ihn telefonieren hören.‹

Sie konnte ihm bestimmt eine Menge erzählen.

›Es ist alles seine Schuld.‹ Ja, aber er war nicht am Tatort gewesen.

›Wo ist Piero?‹

Jedes Mal, wenn er mit ihr gesprochen hatte, hatte sie nach dem Kind gefragt.

›Wo ist Piero?‹

Der Turm, bar seiner Gefangenen, ragte hoch in den dunklen Nachthimmel auf. Der Maresciallo hatte diesen Ort schon bei seinem ersten Besuch nicht sonderlich gemocht, und er mochte ihn noch immer nicht.

Was hier passiert war, war am helllichten Tag passiert. Er würde nach Hause gehen, etwas schlafen und hierher zurückkehren, bevor die anderen aufwachten.

Aber wie so oft kam es anders als geplant, und er sollte nicht bei Tagesanbruch zurück sein.

11

Tut mir wirklich leid, dass es so kommen musste, Guarnaccia. Ich weiß, wie viel Sie sich davon versprochen hatten.« Die Stimme des Capitano am anderen Ende der Leitung klang aufrichtig bedauernd.

»Ja, nun ... letzten Endes macht das keinen Unterschied. Seine Frau weiß, wo er heute Nachmittag hingeht. Sie hat das Telefonat belauscht, das wir abgehört haben.«

Der neu ernannte Staatsanwalt hatte die Genehmigung zum Abhören aller Telefonleitungen der Paoletti-Villa erteilt. Paoletti würde später in den Club fahren, um die frisch angekommene Fuhre Mädchen beim ›Probetanzen‹ zu begutachten. Höchstwahrscheinlich würden sie weder im Club noch in den Büroräumen der Stellenvermittlung belastendes Beweismaterial finden, aber Hausangestellte in spe mehr oder minder unbekleidet auf der Bühne eines Nachtclubs zum Probetanzen antreten zu lassen ... es dürfte nicht ganz einfach sein, dafür eine plausible Erklärung zu finden. Das Gleiche galt für das Hotel. Für die beiden Kinder würde es keine plausible Erklärung geben, das brachte nicht einmal ein Paoletti zustande.

»Sie sollten mitkommen. Wenn Sie nicht gewesen wären ...«

»Nein, nein ... Sie brauchen mich nicht. Ich fahre lieber hoch zur Villa. Für alle Fälle.«

»Für alle Fälle?«

»Es ist besser, wenn ich dort bin. Sobald die Tänzerinnen und die beiden Kinder in Sicherheit sind ... eine Frau wird mir alle Fragen beantworten. Glauben Sie, dass Sie gegen De Vita genügend Beweismaterial zusammenbekommen?«

»Das reicht, hundertprozentig. Der pensionierte Maresciallo hat sich als wahre Goldgrube erwiesen.«

»Den haben wir Nesti zu verdanken.«

»Vor Jahren hat es da wohl eine Beschwerde gegeben, dass zahlreiche Gäste eines bestimmten Hotels einer Erpressungsserie zum Opfer gefallen sind. Ein Mann fängt eine Affäre mit der Frau eines gutsituierten Bürgers dieser Stadt an, nimmt sie mit in ein Hotel, und anschließend bekommt sie Fotos mit der Drohung zugeschickt, dass diese an ihren Mann weitergeleitet werden. Natürlich hat der ›Freund‹ ebenfalls behauptet, erpresst zu werden. Wir nehmen an, dass sich aus diesen Anfängen das jetzige Erpressungsgeschäft entwickelt hat; De Vita empfiehlt das Hotel in seinen Kreisen und sorgt so für zahlungskräftigen Nachschub. Falls der geringste Verdacht auf ihn fallen sollte, so kann er immer behaupten, selbst Opfer der Erpresser gewesen zu sein.«

»Und das wäre er mit Sicherheit geworden, wenn es erforderlich gewesen wäre.«

»Diese Frau, die sich an die Behörden gewandt hat, hat ausgesagt, dass es noch zwei weitere Frauen gebe, die von dem gleichen Mann hereingelegt worden seien, sich aber nicht trauten, dies anzuzeigen. Das hatte sie auf eigene Faust herausgefunden. Es ist jetzt zwar schon ein paar Jahre her, aber zweifelsohne wird sie De Vita identifizieren können.«

»De Vita vielleicht, aber nicht Paoletti. Der hält sich wie immer als unsichtbarer Drahtzieher im Hintergrund.«

»Den machen wir schon noch dingfest.«

Der Maresciallo blickte nachdenklich auf den Bericht, der vor ihm auf dem Tisch lag. »Da bin ich mir nicht mehr ganz so sicher...«

»Guarnaccia, ich verstehe durchaus, dass Sie glauben, er sei Ihnen durch die Lappen gegangen, aber Sie wissen doch genau, dass Paoletti seine Tochter gar nicht getötet haben kann: Der Mann lag zur Tatzeit im Krankenhaus! Sie werden schon herausfinden, was wirklich passiert ist. Außerdem werden wir die Ermittlungen bestimmt besser vorantreiben können, wenn die ganze Bagage erst einmal in U-Haft sitzt. Vielleicht ist der Mord ja doch keine reine ›Familienangelegenheit‹.«

»Ja, schon möglich. Aber dieser Bericht beweist, dass ich mit meinen Annahmen ganz falsch liege, dass ich mich total geirrt habe, was ihn betrifft.«

»Tja, das Untersuchungsergebnis ist eindeutig, Guarnaccia, oder wollen Sie etwa die moderne Wissenschaft in Frage stellen?«

»Nein, natürlich nicht.«

Als er aufgelegt hatte, las der Maresciallo den Bericht ein zweites Mal.

Die DNA-Analyse bewies zweifelsfrei, dass Piero Paoletti der Sohn von Daniela Paoletti und einem Unbekannten war, der in keinerlei verwandtschaftlichem Verhältnis zu ihr stand.

»Trotzdem...«

Nachdenklich trommelte er mit seinen großen Fingern

auf das Papier. Er hatte eigentlich frühmorgens wieder in der Paoletti-Villa sein wollen, aber der neue Staatsanwalt hatte ihn gebeten, erst bei ihm hereinzuschauen, und wieder einmal musste Guarnaccia sich ins Gedächtnis rufen, dass Daniela tot war. Paolettis andere Opfer, die, die noch lebten, hatten jetzt Vorrang. Als er in sein Büro zurückkam, fand er diesen Bericht auf seinem Schreibtisch vor.

Piero ...

Hatte sich die geballte Sorge um das Kind, die Signora Paoletti trotz des anhaltenden Alkoholnebels ständig zu beherrschen schien, geradewegs auf ihn übertragen?

›Wo ist Piero?‹

Es war schon fast halb zwölf. Paoletti wurde gegen Mittag zu Hause erwartet. Zu gern wäre der Maresciallo höchstpersönlich ins Krankenhaus gefahren, aber bislang hatte De Vita das geschickt zu verhindern gewusst. Er wollte Genaueres über Paolettis Gesundheitszustand wissen, wollte die Krankenakte einsehen. Immerhin hatte er sich damals kurzerhand auf eigene Verantwortung entlassen und war mit einem Taxi nach Hause gefahren. So schrecklich krank war er also wohl doch nicht ...

Zum jetzigen Zeitpunkt allerdings konnte er einen solchen Besuch nicht riskieren, noch nicht, erst mussten sie sie alle verhaftet haben ...

Die Riesenoperation war in vollem Gange. Sie würden sich gleichzeitig zum Club, zum Hotel und zu den Räumen der Stellenvermittlung Zutritt verschaffen. Sie hatten Zeugen: ihm selbst, Nesti, Piazza, Piazzas Vorgänger, den Witwer, die erpresste Ehefrau. Es konnte nicht schiefgehen. Oder doch?

Sosehr er sich auch dagegen wehrte, Guarnaccia kam einfach nicht gegen diese tiefsitzende Überzeugung an, dass Paoletti ihnen im letzten Augenblick noch entwischen würde. Aber was noch schlimmer war: Er konnte und wollte nicht glauben, dass Paoletti nicht der Vater des Kindes war; da konnte in diesem verflixten Bericht stehen, was wollte.

Er spielte mit dem Gedanken, Nesti ins Krankenhaus zu schicken, aber einmal abgesehen von der Tatsache, dass der Reporter bestimmt noch nicht in der Redaktion war, konnte er ihn wirklich nicht darum bitten, ihm Paolettis Krankenakte zu besorgen. Natürlich würde es Nesti gelingen, an die Unterlagen zu kommen, er würde eine Krankenschwester ausfindig machen, die er um den Finger wickeln konnte, aber was nützte ihnen das?

Außerdem hatte Nesti heute bestimmt nichts anderes als seine Titelseite im Kopf, die ihm die Ereignisse im Laufe des Tages bescheren sollten, und diesen heißersehnten Triumph hatte er sich nun wirklich verdient.

Da er sonst nichts Wichtiges mehr zu erledigen hatte, rief der Maresciallo seinen Fahrer und machte sich zum Gehen bereit. Es lag keineswegs in seiner Absicht, sich dadurch zu profilieren, dass er sich in die Höhle des Löwen wagte. Er hatte keine Wahl, er musste zur Villa zurück.

Der Löwe war vor ihm zurückgekehrt.

Die beiden diensthabenden Carabinieri setzten ihn davon in Kenntnis: »Er ist vor gut zwanzig Minuten angekommen.«

»Mit einem Taxi, und er hat uns beim Reinkommen zugenickt, als wären wir Angestellte auf seiner Gehaltsliste.«

»Kümmern Sie sich nicht weiter drum, spielen Sie einfach mit. Unsere Aufgabe ist es, die Familie zu beschützen.«

»Ach, da war noch was, Maresciallo, zwei Bauarbeiter haben nach Ihnen gefragt.«

»Irgendwas Besonderes?«

»Haben sie nicht gesagt, nur, dass sie mit Ihnen sprechen wollen.«

»Danke.« Er überließ es seinem Fahrer, ein schattiges Plätzchen für das Auto zu suchen, und marschierte rechts um das Haus herum. Es war kein Baulärm zu hören, also machten sie wohl noch Pause. Guarnaccia entdeckte die Arbeiter in den ehemaligen Stallungen. Sie hatten sich in einer der Boxen eine Art Pausenraum und Werkstatt eingerichtet. Die Kellen hingen sorgfältig aufgereiht an einem Seil hinten an der Wand, ein steinerner Trog diente als Ablage für ihre Taschen und andere Habseligkeiten, und auf einem alten Holztisch, den sie bei irgendeiner Räumungsaktion ergattert haben mussten, standen die Reste einer Mahlzeit. Die Männer saßen auf umgedrehten Eimern, nur Cristiano nicht. Der hatte sich aus zwei Holzbrettern und vier Eimern eine Art Bett gebaut, das allerdings deutlich schmaler war als sein breites Kreuz. Rücklings hatte er es sich, so gut es ging, darauf bequem gemacht und schnarchte vernehmlich. Die Männer wollten von den Eimern aufstehen, aber der Maresciallo bedeutete ihnen, sitzen zu bleiben.

»Wer von Ihnen wollte mich sprechen?«

Alle blickten zu dem schlafenden Cristiano; der schmale, junge Mann, der sich so aufgeregt hatte, weil er den ihm versprochenen Lohn nicht bekommen hatte, erhob sich.

»Cristiano …« Er machte keinerlei Anstalten, den Vorarbeiter aufzuwecken. Ganz offensichtlich war Cristianos Nachmittagsschläfchen heilig. Niemand würde es wagen, ihn zu wecken. Der junge Bauarbeiter zog ein Stück Papier aus der Tasche und reichte es dem Maresciallo.

»Was ist das?« Ein staubiges Stück Papier, sorgfältig gefaltet, zwei Banknoten lagen darin.

»Aha. Sie haben Ihr Geld also bekommen. Danke schön.«

»Danke.« Der junge Mann versuchte seine Dankbarkeit zum Ausdruck zu bringen, indem er eifrig nickend auf das Geld zeigte.

»Danke.« Sein Blick wanderte vom schlafenden Cristiano zurück zum Maresciallo, er krauste die Stirn.

»Nein, nein, lassen Sie ihn ruhig weiterschlafen. Alles Gute.« Er verließ die Stallungen und marschierte durch den Bogengang zurück zum Hintereingang der Villa. Wieder einmal passierte er jene Fenster, von denen er damals beobachtet worden war. Innerhalb weniger Stunden hatte er auf diesem Anwesen zwei verborgene, vollkommen unterschiedliche Welten entdeckt. Nun ja, hätte der Staatsanwalt die Ermittlungsarbeit nicht so rüde an sich gerissen, hätte er sie gleich am ersten Tag entdeckt, und noch viele andere Dinge mehr. Doch daran ließ sich nichts mehr ändern. Er konnte jetzt nur noch versuchen, die verlorene Zeit gutzumachen. Der Maresciallo ging weiter bis zum Swimmingpool und beschloss, an den Tatort zurückzukehren. Punkt für Punkt wollte er sich noch einmal alles in Erinnerung rufen, was er gesehen und gehört hatte. Er marschierte die steile Treppe hoch, eine Hand auf dem kühlen, glatten Stein des mächtigen Geländers. Guarnaccia glaubte ziemlich genau zu wissen, wo De Vita am Tag des Mordes hingefahren war, bevor er sich auf den Weg zur Villa gemacht hatte. Ins Krankenhaus, zweifelsohne, um sich mit Paoletti zu beraten oder um sich Instruktionen abzuholen oder …?

Als er den ersten Stock erreicht hatte, legte der Maresciallo eine kurze Verschnaufpause ein und ging dann weiter hinauf in den zweiten Stock, zu dem Treppenabsatz, auf dem er an jenem Morgen mit dem Staatsanwalt gestanden und zugesehen hatte, wie der Carabiniere mit der Videokamera sorgfältig die einzelnen Patronenhülsen in den Kreidemarkierungen filmte, die Blutspur vom Wohnzimmer ins Schlafzimmer, die Leiche, die Tagesdecke mit den Blutspritzern, die Scherben. Er spulte die Erinnerungen vor und zurück, stoppte hier und da, um das eine oder andere einer genaueren Betrachtung zu unterziehen. Wie anders alles nun auf einmal aussah! Und doch konnte er einige Teile des Puzzles nicht ins Bild setzen, und genau diese Teile tauchten immer wieder vor seinem geistigen Auge auf, wahrscheinlich gerade weil er sie nicht einzuordnen vermochte. Die Scherben auf dem Teppich neben der Leiche zum Beispiel. Sie waren wichtig, weil diese sie zu der Kugel geführt und damit die überzählige Hülse erklärt hatten, deren Verbleib sie sich bis zu diesem Augenblick nicht hatten erklären können. Aber das war es nicht, was ihm andauernd im Kopf herumging; seine Gedanken kreisten ständig um dieses Bild, das er zwar nicht mit eigenen Augen gesehen, sondern selbst zusammengesetzt hatte, aber er war sich sicher, dass es die Realität wiedergab. Es zeigte den Leichnam, im weißen Bademantel, Blutspuren auf dem weißen Teppich, und die zehnjährige Daniela mit einer Einschussstelle im weißen Kommunionkleidchen.

›Ich hatte gedacht, wir könnten wenigstens so tun, als wären wir eine glückliche Familie.‹

Hatte es schon angefangen, als das kleine Mädchen zehn Jahre alt war? Er musste an das Foto denken, ein viel zu dünnes Kind mit tiefen Rändern unter den Augen.

Paoletti im Krankenhaus, auch ein Bild, das er selbst gemalt, aber nie mit eigenen Augen gesehen hatte. Ein weißes Bild mit einem weißen Krankenhausbett, verlogen und scheinheilig wie Paolettis Frömmelei.

Und der Staatsanwalt? De Vita? Trotz der üblichen Arroganz war er an jenem Tag nicht ganz so selbstsicher aufgetreten wie sonst. Auch wenn er zuerst im Krankenhaus gewesen war, so sah er sich dennoch mit einigen Dingen konfrontiert, mit denen er nicht gerechnet hatte, nicht hatte rechnen können, wie Signora Donati zum Beispiel, der Nachbarin von gegenüber, oder dass er statt dem üblichen Noteinsatz-Team plötzlich Guarnaccia gegenüberstand.

›Was sagt die Familie?‹

Auch das musste für De Vita eine absolut unberechenbare Größe sein. Was alles hatte diese hysterisch heulende Silvana wohl schon alles ausgeplaudert?

›Meinen Sie, dass sie die Wahrheit sagt?‹ Rückblickend hätte er mit einem klaren ›Nein‹ darauf geantwortet.

›Und die Mutter?‹

Guarnaccia glaubte der Frau, wie auch nicht? Genau aus diesem Grund hatte man ihn nicht zu ihr vorgelassen.

Die ersten Untersuchungsergebnisse des Pathologen am Tatort hatten De Vita damals nicht im Geringsten interessiert, der hatte ganz andere Dinge im Kopf, brachte lieber den Gedanken ins Spiel, es könne sich um einen Raubüberfall handeln. Vielleicht war er ja doch nicht ganz der üble Verbrecher, für den Guarnaccia ihn inzwischen hielt. Hatte viel zu verbergen, ja, aber ansonsten schien auch er ziemlich im Trüben zu fischen. Der Capitano, den der Maresciallo unter anderem wegen seiner hohen Intelligenz schätzte, hatte ihn schließlich auch davor gewarnt, einfach davon auszugehen, De Vita sei in den Mord verwickelt; möglicherweise versuche dieser nur, von seinen kriminellen Vergehen abzulenken.

»Hmmpf.« Der Maresciallo öffnete Fenster samt Laden hinter dem Sofa. »Ein bisschen mehr Licht«, murmelte er vor sich hin, »... und außerdem, soll ich etwa wirklich glauben, dass dieser Mord rein zufällig während De Vitas Rufbereitschaft passiert ist? Nein, nein ...«

Er konnte sich gut an jenen Moment erinnern, als De Vita beschloss, nachdem er den Kriminaltechnikern eine ganze Weile gedankenverloren bei der Arbeit zugesehen hatte, dass ihm dieser dämliche und obendrein lahmarschige Maresciallo ganz hervorragend in den Kram passte ... wie er ihm auf die Schulter geklopft und ihn breit angegrinst hatte ...

›Was für eine Null, dieser Kerl, begreift aber auch rein gar nichts!‹

›Tja, das Untersuchungsergebnis ist eindeutig, Guarnaccia, oder wollen Sie die moderne Wissenschaft in Frage stellen?‹

Wissenschaft hin oder her, das Untersuchungsergebnis konnte seine Überzeugung nicht ins Wanken bringen. Piero war Paolettis Kind, und auf die eine oder andere Weise trug Paoletti die Schuld am Tod seiner Tochter.

Nachmittags beobachteten der Maresciallo und sein Fahrer, wie Silvana in dem Mini fortfuhr, um Piero aus dem Ferienhort abzuholen. Nach ungefähr vierzig Minuten kehrte sie mit dem Kind zurück, und kurz darauf ertönte fröhliches Planschen vom Swimmingpool. Guarnaccia stieg aus dem Wagen, ging um das Haus herum und betrachtete die Szene aus der Ferne. Paoletti saß in Badehosen in einem Liegestuhl. Die Zeitung, die er las, kaschierte seinen Bauch. Eine Manschette am Arm sollte seinen Blutdruck über einen Zeitraum von vierundzwanzig Stunden messen. Der kleine Piero strampelte fröhlich mit den Beinen, während Silvana ihn an den Armen durchs Schwimmbecken zog. Frida servierte Erfrischungsgetränke in hohen Gläsern. Auch sie trug einen Badeanzug, also war es ihr wohl gestattet, ebenfalls schwimmen zu gehen, was den Maresciallo ziemlich verwunderte. Oder war das genau Paolettis Masche, hier und da kleine Vergünstigungen zu gewähren und auf diese Weise seine Opfer in physischer wie psychischer Abhängigkeit zu halten?

Guarnaccia stand ganz in der Nähe der Kellerfenster. Dieses Mal konnte er sie deutlich sehen, und sie wusste das. Sie beobachtete dieselbe Szene wie er. Von dort unten hatte sie zwar keinen guten Überblick, aber zweifellos versuchte sie auch mitzubekommen, was am Pool gesprochen wurde. Als sie sich wieder zurückzog, tat er es ihr gleich. »Was ist da los?«, wollte der junge Carabiniere wissen, kaum dass der Maresciallo zum Auto zurückgekehrt war. Das erinnerte ihn an seine Jungs, als sie noch klein waren und sich bei langen Autofahrten langweilten. ›*Papà,* wann sind wir denn da?‹

Die Carabinieri im Einsatzwagen waren wenigstens zu zweit und konnten sich miteinander unterhalten, um sich die Zeit zu vertreiben.

Er machte sich die Mühe und erzählte dem Jungen von seinem Besuch im Emperor.

»Wie viel???«

»Sechzig Euro.«

»Für zehn Minuten?«

»Für zehn Minuten, und glauben Sie bloß nicht, dass Sie dafür etwas Reelles bekommen, abgesehen von einem Kurzzeitmesser, der klingelt, wenn die Zeit um ist.«

»Ich war noch nie in einem Nachtclub.«

»Da haben Sie nichts verpasst.«

»Ist er gefährlich, dieser Paoletti?«

»Ja.«

»Hat er seine Tochter umgebracht?«

»Keine Ahnung.«

»Aber Sie glauben nicht, dass jetzt was passiert, oder? Hier in der Villa, meine ich.«

»Vor sieben, bis wir die Razzien starten, wird gar nichts passieren.«

»Aha... Aber Sie bleiben auf jeden Fall hier, richtig?«

»Richtig.«

Was für ein Spiel hatte er immer mit seinen Jungs gespielt? Wer als Erster das Meer sieht...

Für den Sieger hatte er sich einen kleinen Preis ausgedacht... nein, nicht er selbst, das hatte er wohl eher Teresa überlassen.

»Gehen Sie mal rüber zum Einsatzwagen, und fragen Sie, ob Neuigkeiten über Funk reingekommen sind.«

Der Carabiniere ging zu dem Einsatzwagen und beugte sich zum Fenster des Beifahrers hinunter. Er sprach ein Weilchen mit den Kollegen, richtete sich wieder auf, um sich ein wenig zu strecken, da hielt er abrupt in der Bewegung inne, drehte sich auf dem Absatz um und rannte wie ein geölter Blitz in Richtung Turm. Die beiden anderen sprangen aus dem Wagen und rannten hinterher, der Maresciallo bildete den Schluss. Er hörte ein Platschen und eine Frau, die kreischte und kreischte.

Als sie die Ecke des Turms erreichten, sahen sie Frida mit dem leblosen Piero auf den Armen aus dem Becken steigen. Silvana stand im Pool und schrie wie am Spieß. Von weitem sah der Maresciallo den jungen, dürren Bauarbeiter mit Cristiano im Schlepptau auf den Pool zustürmen, doch als die beiden all die Uniformierten auftauchen sahen, blieben sie stehen. Beim Anblick des leeren Liegestuhls sank dem Maresciallo der Mut. Paoletti war gegangen.

Einer der Carabinieri nahm Frida das Kind ab, legte es aufs Gras und begann mit Wiederbelebungsversuchen. Nach einer Ewigkeit, zumindest schien es ihnen so, begann der Kleine zu würgen und fing an zu weinen, aber sein Weinen wurde von Silvanas Schreien übertönt. Der Maresciallo ging an den Pool und half ihr heraus. Ihr Schreien schien noch lauter zu werden.

»Hören Sie sofort auf damit! Schluss jetzt! Es geht ihm gut. Ziehen Sie sich was über.« Offensichtlich war es ihr nicht bewusst, welchen Anblick sie all diesen fremden Männern bot, halb nackt, das lange, braune Haar bedeckte ihre aufreizenden Brüste nur notdürftig, und dann dieses anhaltende Kreischen, das konnte ein böses Ende nehmen. Silvana gehorchte. Frida in dem viel zu großen Badeanzug, die weiße Haut so rot verbrannt, dass sie sich an den Schultern bereits zu schälen begann, Frida schwieg. Sie war total verschreckt und wagte es nicht, den Maresciallo anzusehen. Er sah, wie sie sich umdrehte, zu den beiden Bauarbeitern hinüberschaute, die sich ein wenig zurückgezogen hatten, das Geschehen am Pool aber weiter beobachteten.

Paoletti tauchte auf, kam eilig aus der Villa rübergelaufen, angekleidet, zumindest fast vollständig angekleidet. Während er noch den Hemdsärmel über die Manschette des Blutdruckmessers rollte, fing er bereits mit knallrotem Gesicht an zu schreien, beschimpfte die Carabinieri, Silvana, die in einen Bademantel gehüllt gerade aus dem Turm kam, und natürlich Frida, Frida ganz besonders.

Der Maresciallo entfernte sich. Er sah die Hintertüren der Villa weit offen stehen und in deren Schatten Signora Paoletti, vollständig bekleidet.

Er blieb kurz bei ihr stehen.

»Ist alles in Ordnung mit ihm?«

»Ja, es geht ihm gut.«

»Sie gehen nicht weg, oder?«

»Nein.«

Er ging weiter zu den beiden Bauarbeitern, die auf ihn warteten.

»Sie wollten mir noch etwas sagen, oder? Sie hatten mich nicht nur gesucht, um das Geld zurückzugeben, stimmt's?«

Der junge Mann schaute erst Guarnaccia an, dann Cristiano, der schließlich das Wort ergriff.

»Ich hab ihm gesagt, dass er mich hätte wecken sollen. Ist der Kleine okay?«

»Im Augenblick ja. Was wollten Sie mir sagen?«

»Er hat's gesehen, ich nicht, als er auf dem Stalldach gearbeitet hat.«

»Was hat er gesehen?«

»Das Gleiche wie heute. Lautes Schreien und den Jungen, der im Pool ertrinkt.«

»Das dunkle Mädchen hat geschrien... sie ist seine Tochter, sie schreit immer. Sie war im Wasser, aber sie hat ihm nicht geholfen, nur geschrien. Die Blonde hat den Kleinen aus dem Wasser gezogen, genauso wie heute.«

»War Paoletti auch da? Haben Sie ihn gesehen?«

Cristiano sprach mit dem Bauarbeiter, doch der schüttelte den Kopf.

»Nein, er sagt, dass sonst niemand da war.«

»Hat er gesehen, wie das passiert ist, wie der Kleine ins Wasser gefallen ist? Was sagt er?«

»Er sagt, dass er sonst nicht viel gesehen hat. Seit dem Mord sind wir alle ein bisschen nervös. Er sagt, dass das schon zweimal passiert ist, seit er auf dem Dach arbeitet.«

»Zweimal ohne heute? Also insgesamt schon dreimal?«

Der junge Mann mit den ernsten blauen Augen nickte. Er hätte ihnen viel zu erzählen gehabt, wenn er gekonnt hätte.

»Hoffentlich war's richtig, Ihnen das alles zu erzählen.«

»Ja, ja natürlich, machen Sie sich keine Sorgen. Ich hoffe, dass morgen alles vorbei ist. Hat Ihr Boss die Löhne ausbezahlt?«

»Ja, hat er, das haben wir Ihnen zu verdanken. Sie müssen ihm einen ganz schönen Schrecken eingejagt haben.«

»Hmmpf. Könnte sein, dass der Auftrag hier ein relativ plötzliches Ende nimmt.«

Als er zum Dienstwagen zurückkehrte, sah Guarnaccia, dass der Mercedes verschwunden war. Sein Fahrer blickte ihn freudestrahlend an, wirkte geradezu glücklich, dass endlich etwas passiert war. Sollte er ihm deshalb einen Vorwurf machen? Der Mann war jung und strotzte vor Energie, der wollte einfach nur das Gefühl haben, dabei zu sein, etwas tun zu können.

»Was halten Sie davon, Maresciallo?«

»Wovon?«

»Haben Sie nicht gehört, wie Paoletti das blonde Mädchen angeschrien hat? Wie er sie beschuldigt hat? Sie hatte schreckliche Angst und hat zum Schluss nur noch geweint. Sie hat gesagt, dass sie doch nur kurz in den Turm gegangen sei, um sich einzucremen, weil sie sich die Schultern so verbrannt hatte. Krebsrot waren die. Das arme Mädchen, vor lauter Schreck ist sie weiß geworden wie ein Laken. Sie ist Ausländerin, haben Sie sie reden hören?«

»Sie ist Polin.« Der Maresciallo stieg nicht wieder ins Auto. Er erinnerte sich an den Spott in Signora Paolettis Augen, als er ihr gesagt hatte, dass seine Männer hier draußen Wache hielten. Und doch hatte ihre Miene gerade …

›Sie gehen doch nicht weg?‹

Am liebsten hätte er den kleinen Jungen in seine Obhut genommen, aber solch ein Risiko durfte er jetzt nicht eingehen, erst mussten sie Paoletti hinter Schloss und Riegel haben. Schlimmer aber war, dass er keine Ahnung hatte, aus welcher Richtung die Gefahr eigentlich kam, klar war nur, dass es sie gab und dass Paoletti sie durch seinen Weggang provoziert hatte. Ihm fiel wieder ein, was Signora Paoletti gesagt hatte über das Einsperren und Aussperren von Menschen in diesem Haus. Was von beiden traf auf die vier da draußen zu? Guarnaccia konnte es nicht genau sagen, aber er würde nicht weggehen. Der Telefonanruf von De Vita half auch nicht weiter.

»Verlassen Sie auf keinen Fall das Grundstück, auch nicht, wenn Paoletti fortmuss.«

Folglich hatte ihm Paoletti gesagt, dass er in den Club musste und nicht verfolgt werden wollte.

»Wir werden hierbleiben.«

Der Maresciallo stieg immer noch nicht ins Auto, sondern kehrte zur Villa zurück, ging hinunter in die Küche. Der kleine Junge saß an dem großen Tisch. Frida gab ihm etwas zu essen. Danuta putzte Salat.

»Wo ist Silvana?«, erkundigte er sich bei Danuta.

»Sie zieht sich an, wir müssen heute Abend früher los.«

Der Maresciallo ging an den Tisch und strich Piero über die blonden Locken.

»Du musst schwimmen lernen.«

»Klar. Mit den Beinen kann ich es schon, und jetzt lerne ich es auch noch mit den Armen.«

»Hast du denn keine Angst bekommen?«

»Nein!«

Er war wohl die einzige Person in diesem Haus, die keine Angst hatte, von Paoletti einmal abgesehen. Na klar, der Junge war schließlich der zukünftige Mann im Haus.

Der Maresciallo ging hinüber zur Tür der Mutter und klopfte. Das schockierte Schweigen in seinem Rücken konnte er deutlich spüren. Er wartete erst gar nicht auf das Herein, sondern betrat sogleich das Zimmer. Sie war aufgestanden, hatte ihn erwartet.

»Sie wissen, was da draußen passiert ist?«

Signora Paoletti zögerte, wandte sich von ihm ab. »Er hat mir eines meiner Kinder genommen.«

»Dann lassen Sie nicht zu, dass er Ihnen noch ein zweites nimmt.« Er sah auf die Uhr. »Signora, wenn Sie Angst haben, mir bestimmte Dinge zu erzählen, dann behalten Sie diese für sich.«

»Aber Sie gehen nicht weg?«

»Nein, ich bleibe hier, ich muss die Anweisungen des Staatsanwaltes befolgen...« Sie wusste, dass er log, das war deutlich zu sehen, aber er durfte ihr nach wie vor nichts verraten. Wenn De Vita oder Paoletti anriefen und sie vor lauter Angst etwas Falsches sagte...

»Sie werden niemandem sagen, dass Sie hier bei mir waren?«

»Nein, bestimmt nicht, aber würden Sie mir wohl auch einen Gefallen tun. Sie sind angezogen und...«

»Sie können es ruhig sagen, ich bin nüchtern, ja. Scheint allerdings, dass ich das Abendessen heute ausfallen lassen kann – er ist fortgefahren, nicht wahr?«

»Ja, aber kommen Sie trotzdem zum Abendessen in die Küche. Bleiben Sie bei dem Jungen, nur für ein paar Stunden. Bitte.«

»Wo ist Silvana?«

»Frida sagt, sie mache sich zum Ausgehen fertig. Gehen Sie einfach wie an einem ganz normalen Abend in die Küche. Bleiben Sie zusammen.«

Der Maresciallo kehrte zu seinem Wagen zurück und wartete, bis er Silvana und Danuta aus der Villa kommen und in den Mini einsteigen sah. Heute Abend mussten sie offenbar früher los als sonst, hatte vielleicht was mit dem ›Probetanzen‹ zu tun. Doch da war noch etwas anders als sonst. Silvana war ganz normal angezogen, Jeansrock, bedruckte Baumwollbluse, braune Ledersandalen. Allerdings schleppte sie eine ziemlich große Reisetasche mit. Was hatte das zu bedeuten? Wollten sie zum Bahnhof? Wollte sie ausreißen? Offensichtlich schien ausgerechnet jetzt, eine Stunde bevor es losgehen sollte, etwas zu passieren, womit niemand gerechnet hatte.

»Lassen Sie den Motor an.«

Als sie wendeten und den Wagen der beiden anderen Carabinieri passierten, lehnte der Maresciallo sich kurz zum Fenster raus.

»Gehen Sie regelmäßig ins Haus, und überprüfen Sie, ob alles in Ordnung ist. Sagen Sie der Signora, dass ich zurückkomme.«

»Wann?«

»Keine Ahnung.«

Der Verkehr hatte zugenommen, die Straßen waren nicht mehr leer, aber es dauerte nicht lange, da entdeckten sie den schwarzen Mini auf dem Weg den Berg hinunter in die Stadt.

»Sie fährt auf die Ringstraße, Maresciallo. Sie will gar nicht zum Bahnhof.«

»Folgen Sie ihr.«

Fünf Minuten später wussten sie, wohin der Mini fuhr. Der Maresciallo rief den Capitano an.

»Ich hab gedacht, sie wolle vielleicht ausreißen, aber sie fährt ihrem Vater hinterher.«

»Haben Sie eine Ahnung, weshalb?«

»Nein. Das ist im Moment wohl auch egal. Aber wenn sie uns die gesamte Operation über den Haufen wirft?«

»Das bezweifle ich. Geben Sie mir ihr Kennzeichen durch.«

Er gab dem Capitano die Daten und legte dann auf. Die ganze Zeit hatte er befürchtet, dass Paoletti ihnen entwischen könnte. Es konnte schiefgehen. Eine aus welchen Gründen auch immer hysterisch heulende Silvana konnte ihnen all die schönen Pläne durchkreuzen. Der Himmel wusste, was dieses Mädchen vorhatte.

»Sie wird die nächste Ausfahrt rausfahren. Halten Sie Abstand. Ich sage Ihnen schon den Weg zum Club. Sie darf uns auf keinen Fall entdecken.«

»Jetzt sind wir doch dabei!«

»Nicht, wenn sie uns einen Strich durch die Rechnung macht. Fahren Sie die zweite links. Parken Sie hier.«

Er rief den Capitano an, der mit seinen Männern zum Hotel aufgebrochen war.

»Was ist, wenn sie was ahnt und ihn warnt?«

»Sie kann nichts wissen. In zwanzig Minuten ist alles vorbei. Sagen Sie mir, wo Sie geparkt haben.«

Ihnen blieb nichts anderes übrig, als auf die anderen zu warten und zusammen mit ihnen reinzugehen. Wenigstens waren die Kinder im Hotel und nicht im Club, so dass sie, selbst wenn Paoletti flüchten sollte …

Beim Anblick der zahlreichen Uniformen begann selbst der Maresciallo zu glauben, dass es für Paoletti kein Entkommen gab. Um diese Uhrzeit war der Parkplatzwächter noch nicht im Dienst, das Clubfoyer war leer, die Kasse dunkel. Laut hämmernde Musik drang durch den Vorhang.

Der Maresciallo warf einen Blick in den großen Raum, die Beleuchtung beschränkte sich auf ein paar rote Scheinwerfer, keine Lichteffekte, keine Stroboskope.

Paoletti saß in einem großen Ledersessel vor der Bühne. Die Musik spielte pausenlos, hin und wieder wies er mit dem Finger auf eines der halbnackten Mädchen. »Du! Nein, du! Komm runter da. Sag der da, dass sie das Top ausziehen soll.«

Der Mann, den der Maresciallo für Mauro hielt, saß am Rand der Bühne. Er trug wieder diese orangefarbene Baseballkappe, machte Notizen auf einem Klemmbrett und gab den Mädchen Anweisungen.

Ein anderer Mann schoss Fotos, zwei weitere waren in eine Unterhaltung vertieft, beachteten die Bühne mit keinem Blick.

»Sag dem Mädchen da, dass sie diese beschissene blonde Perücke abnehmen und beim Runtergehen die Beine weiter auseinandermachen soll. Sie hat zwar eine gute Figur, aber sie kann sich überhaupt nicht bewegen. Nein, o nein! Um Himmels willen!«

Ein paar Männer, die direkt hinter dem Vorhang standen, fingen an zu kichern, als das Mädchen mit den ungeschickten Bewegungen das paillettenbesetzte Höschen auszog.

»Als ob sie sich zum Pinkeln hinsetzen würde.«

»Ich hab gesagt, dass sie endlich diese verdammte Perücke abnehmen soll.«

Jemand berührte den Maresciallo an der Schulter, er trat zur Seite. Leise und rasch stürmten die uniformierten Männer den Saal. Niemand machte Ärger. Nur die Mädchen auf der Bühne bewegten sich, suchten etwas zum Anziehen. »Schaltet die Musik aus!«, befahl jemand laut rufend.

Der Maresciallo ging nun ebenfalls in den Saal, vorbei an den Kollegen, den verschreckten Mädchen und den Männern in Handschellen. Paoletti saß noch immer in dem Sessel, allerdings hatte er sich seitlich vorgeneigt und atmete schwer.

»Ich glaube, es geht ihm nicht gut«, sagte jemand.

»Wahrscheinlich der Schock, als er uns gesehen hat.«

Die beiden Carabinieri zogen Paoletti in den Sessel zurück, so dass der Kopf auf die Rückenlehne zu liegen kam. Aus dem offen stehenden Mund tröpfelte ein feiner Speichelfaden auf die Brust.

Der Maresciallo starrte auf Paoletti, sah den Schleier, der sich über seine Augen legte ... er hatte es geschafft. Paoletti war ihnen in letzter Sekunde entwischt.

Hinter der Bühne schrie jemand. Der Maresciallo drehte sich um, sah die blonde Perücke auf den Boden fliegen. Die anderen Mädchen hatten sich eng aneinandergedrängt, zogen sich die wenigen Kleidungsstücke an, die ihnen zur Verfügung standen. Nur ein Mädchen war mitten auf der Bühne stehengeblieben, nackt. Sie schrie und schrie, völlig verzweifelt.

»Du siehst mich nicht an! Du siehst mich immer noch nicht an!«

Der Maresciallo kletterte auf die Bühne, doch sie nahm ihn überhaupt nicht wahr, als wäre er Luft. Sie schrie Paoletti an, doch dessen Augen konnten nichts mehr sehen. Es war nicht der Anblick der Carabinieri, der ihn getötet hatte.

»*Papà! Papà!* Sieh mich an!«

»Ziehen Sie ihr was über«, befahl der Maresciallo.

Sie wehrte sich, schrie, schluchzte, aber sie schafften es, sie von der Bühne zu bugsieren. Allerdings fanden sie nicht viel, was sie ihr zum Überziehen geben konnten. Der Maresciallo verfrachtete sie in eine Nische und machte sich auf die Suche nach Danuta. Sie hatten sie ins Foyer gebracht, wo sie sich in Jeans, T-Shirt und Gummihandschuhen recht seltsam neben den halbnackten Mädchen ausnahm. Ein oder zwei der Mädchen wimmerten leise, aber die meisten waren viel zu verschreckt, um überhaupt irgendeinen Laut von sich zu geben.

»Wissen Sie vielleicht, wo Silvana ihre Sachen hat?«

»In der Garderobe.«

»Bringen Sie ihre Sachen raus zu mir in den Saal.«

12

Jemand musste Nesti reingelassen haben. Ziellos wanderte er in dem langgestreckten Raum auf und ab, die übliche Zigarette im Mundwinkel, die Augen halb zugekniffen. Er schien hochzufrieden. Keiner der Anwesenden hatte den Club verlassen dürfen, Namen und Adressen wurden aufgenommen. Wahrscheinlich lag es an der leeren Bühne und dem kalten, weißen Licht, das sie statt der roten Scheinwerfer eingeschaltet hatten, dass der Raum auf einmal die gleiche Ausstrahlung wie ein Kino nach der Vorstellung bekam, wenn die riesenhaft großen, magischen Bilder sich auflösten und die Wirklichkeit wieder Einzug hält – selbst die kalte Nachtluft, die durch die geöffneten Türen strömte, passte ins Bild.

Der Maresciallo hatte Silvana etwas überziehen lassen und ein wenig beruhigen können. Sie saßen noch immer in der Nische. Er fand es ziemlich erschreckend, wie sie die sturzbachartigen Tränenströme von einer Sekunde auf die andere abstellen und eine völlig neue Persönlichkeit annehmen konnte. Wenn sie noch immer hier inmitten des Tohuwabohus saßen, statt sich irgendwohin zurückzuziehen, wo sie sich in Ruhe unterhalten konnten, so lag das nur daran, dass der Maresciallo nicht mit ihr allein sein wollte, auf keinen Fall.

»Warum lassen sie *Papà* so allein da sitzen? Warum rufen sie keinen Krankenwagen?«, erkundigte sie sich mit trauriger Kleinmädchenstimme.

»Es wird schon einer kommen, er darf nicht angefasst werden, bevor ein Arzt ihn nicht untersucht und den Tod festgestellt hat. Es wird wohl noch ein Weilchen dauern, tut mir leid. Ein Krankenwagen kann ihm jetzt auch nicht mehr helfen. Drehen Sie sich einfach um. Reden Sie mit mir.«

»Mit Ihnen reden? Über was?«

»Ich würde gern mehr über Sie erfahren. Sie hatten es nicht ganz einfach im Leben, wenn ich das mal so sagen darf.«

»Es war ganz in Ordnung, bis sie gekommen ist.«

»Sie…?« Er dachte sofort an Daniela, aber die war zwei Jahre älter gewesen als Silvana. »Bis wer gekommen ist?«

»Daniela. Warum hat er das getan? Warum? Und warum hat *Mamma* nie was gesagt? Sie hat immer nur getrunken und getrunken und nie ein Wort gesagt!«

»Entschuldigen Sie, Maresciallo, aber eines der Mädchen…«

»Jetzt nicht.«

Er hob abwehrend die Hand, um jede weitere Unterbrechung zu unterbinden, ließ Silvana keine Sekunde aus den Augen.

»Ich bin seine richtige Tochter.«

»Ja, natürlich.«

»Sie wissen es? Hat *Mamma* Ihnen alles erzählt?«

»Nein, nein… leider nicht. Hat sie mit Ihnen darüber gesprochen?«

»Sie mussten es mir ja wohl sagen, als sie Daniela nach

Hause geholt haben. Keine Ahnung, wer ihr Vater ist. Wahrscheinlich ein Mann, mit dem meine Mutter zusammen war, bevor sie *Papà* kennengelernt hat. Sie ist nicht seine Tochter.«

»Nein, natürlich nicht. Wie alt waren Sie, als sie Daniela heimgeholt haben? Wenn sie Ihnen alles erklärt haben, dann mussten sie alt genug sein, um es zu verstehen.«

»Ich war acht.«

»Dann war Daniela also zehn. Wissen Sie, wo sie vorher gewesen ist?«

Silvana zuckte mit den Achseln. »Irgendein Waisenhaus. Sie war so mager und so hässlich und hat kein Wort geredet. *Mamma* hat sie total verzogen, ein wahnsinniges Aufheben um sie gemacht, sie mit Geschenken überhäuft, als sei sie ihre kleine Prinzessin, eine hässliche allerdings.«

»Das muss ziemlich schwer für Sie gewesen sein, nachdem Sie so lange das einzige Kind im Hause waren. Außerdem war Daniela ziemlich intelligent, nicht wahr? Sie haben mir selbst erzählt, wie hart sie für das Studium arbeitete und dass sie nicht mit Ihnen sprach, dass das schon immer so gewesen ist, seit sie zehn Jahre alt war.«

»Sie musste immer die Klassenbeste sein. Sooo schlau war sie gar nicht, hat sich doch bloß hinter Büchern versteckt, weil sie so hässlich war.«

»Aber Sie waren hübsch, hübsch und talentiert, nicht wahr? Wenn Sie nicht krank geworden wären … waren Sie wirklich krank, oder haben Sie es geschmissen? Sie haben von einem langen Krankenhausaufenthalt erzählt.«

»Ich war in einer Klinik. Sie haben mich fortgeschickt. Sie haben mich in eine Klinik in der Schweiz gesteckt, haben behauptet, ich sei verrückt. Ich bin nicht verrückt. Die haben mich nur mit Tabletten vollgestopft, irgendwelchen Pillen, die mich müde gemacht haben. *Das* hat mich verrückt gemacht. Sie haben mir das angetan! Und sie durfte zu Hause bleiben. Die hässliche Prinzessin ist bei *Papà* und *Mamma* geblieben. Mich wollte niemand mehr haben, so war das!«

Jemand, der wahrscheinlich nur das Mischpult ausschalten wollte, stellte versehentlich diese dröhnende Musik wieder an. Beinahe wäre der Maresciallo aus der Haut gefahren, aber es gelang ihnen fast sofort, den Lärm wieder abzustellen.

»Warum kommt der Krankenwagen denn nicht? *Papà!* Er ist überhaupt nicht tot, Sie haben mich belogen... *Papà!* Er atmet! Hören Sie doch.«

»Schon gut, beruhigen Sie sich. Das ist nur die Manschette an seinem Arm. Sie schaltet sich von selbst ein und aus.« Es hörte sich tatsächlich so an, als atmete Paoletti ächzend ein und pfeifend wieder aus, ein und aus. Das Gerät suchte vergebens nach dem Blutdruck.

»Schalten Sie es ab!«

»Das darf ich nicht. Ich darf nichts anfassen, bevor nicht der Arzt da war. Sehen Sie einfach nicht hin. Sehen Sie mich an, erzählen Sie mir mehr über sich, nicht über Daniela. Glauben die anderen Ihnen denn jetzt, dass Sie nicht verrückt sind? Oder werden Sie noch immer gezwungen, Tabletten einzunehmen, die Sie überhaupt nicht brauchen?«

»Sie können mich nicht zwingen. Ich spüle sie einfach ins Klo. Dann bleibe ich wach und fühl mich gut.«

»Das kann ich verstehen. Aber... selbst als... Was da mit

Daniela passiert ist... der kleine Piero... das muss Sie doch schrecklich aufgeregt haben, ganz unabhängig von den Medikamenten.«

»Er hat ihr dieses wunderhübsche Goldkettchen geschenkt. Ich habe nur eine ganz normale, langweilige Kette mit einem Kreuz dran bekommen und eine Uhr. Sie durfte die ganze Klasse zu einer Party einladen und hat ein weißes Samtkleid bekommen mit langen, engen Ärmeln, die unten spitz zulaufen und in einem Perlenring enden, den man über den Mittelfinger zieht. *Mamma* hat die Perlen aufgenäht und ihr einen Maiglöckchen-Kranz gebastelt, aus grünem und weißem Samt.«

Große Tränen kullerten ihr die Wangen hinunter, aber sie schien keineswegs hysterisch zu werden. Er unterbrach sie nicht, reichte ihr schweigend sein Taschentuch.

»Maresciallo? Wir wären dann so weit...«

»Sagen Sie dem befehlshabenden Offizier, dass er mir zwei Männer abstellen soll. Ich brauche hier noch ein bisschen. Und würden Sie bitte meinem Fahrer Bescheid geben?«

»Ja, natürlich. Der Chef hatte sowieso vor, bis zum Eintreffen des Arztes zwei Männer hier zu postieren. Sie stehen dahinten am Vorhang... Ach ja, da war noch dieses andere Mädchen... keine Tänzerin, die...«

»Ach ja.« Guarnaccia stand auf, um kurz nach dem Mädchen zu sehen. »Können Sie einen Augenblick hierbleiben, bitte?«

»Wo gehen Sie hin? Lassen Sie mich nicht allein! Sie dürfen mich nicht allein lassen.«

»Ich lasse Sie ja nicht allein. Ich will nur all diese Leute wegschicken, damit wir uns in Ruhe unterhalten können.«

Er ging nach draußen zu Danuta, die in einem Hinterzimmer wartete. Mit bleichem, verängstigtem Gesicht starrte sie ihn an.

»Schon gut, ich kümmere mich um Sie.«

»Sie hat gesagt, dass er gesagt hat, dass sie mich hierher bringen soll, dass ich nicht mit dem Zug fahren soll. Ich kann nichts dafür.«

»Das interessiert jetzt niemanden mehr, Danuta. Es ist vorbei. Er ist tot.«

Verängstigt blickte sie zu dem großen Ledersessel mit dem Leichnam.

»Sehen Sie mich an, Danuta. Sie brauchen keine Angst mehr zu haben. Hat sie so etwas früher schon einmal gemacht?«

»Sie ist schon die letzten beiden Male mitgekommen. Beim ersten Mal hat er sie nicht erkannt.«

»Aber beim zweiten Mal schon, nicht wahr?«

»Damals hatte sie auch eine Perücke auf, aber er hat sie erkannt... Was passiert denn jetzt?«

Der Leichnam war plötzlich in bunte Farben getaucht. Stimmen riefen Befehle. Es wurde dunkel. Dann wurde der Raum langsam wieder von kaltem, weißem Licht erhellt.

»Er hat sich bewegt, er ist nicht tot. Ich hab gesehen, dass er sich bewegt hat.«

»Nein, nein. Das waren nur die tanzenden Lichter. Sie wollen einen stärkeren Scheinwerfer auf ihn richten, damit der Arzt genug Licht hat.«

»Er hat den Arm bewegt.«

»Nein, nein...« Er wandte sich an die Carabinieri. »Bleiben Sie bei ihr. Ich nehme sie später mit nach Florenz.«

Er kehrte zu Silvana zurück.

»Lassen Sie mich nicht allein«, wiederholte das Mädchen mit tonloser Stimme.

»Keine Sorge, ich gehe nicht.«

Es war jetzt ganz still in dem großen Raum. In der Mitte vor der Bühne leuchtete ein Scheinwerfer Paolettis zusammengesunkenen Leichnam hell aus.

»Papà…«

»Sehen Sie nicht hin. Sehen Sie mich an. Erzählen Sie mir, wie Sie von diesem Club hier erfahren haben.«

»Von einem Mädchen, das als Reinigungskraft eingesetzt wurde. Sie ist zu mir zurück ins Büro gekommen und hat mich gebeten, ihr einen anderen Job zu besorgen, denn sie konnte diesen inkontinenten alten Mann einfach nicht länger ertragen. Sie hat mir erzählt, dass *Papà* sie als Tänzerin abgelehnt hatte, weil ihre Brüste zu klein waren. Da habe ich begriffen, was aus all den hübschen Mädchen wird, die ich auf die Liste gesetzt hatte. Keine Empfangsdamen und auch keine Models, sie sind alle hierhergekommen. Da habe ich einfach den Namen eines hässlichen Mädchens auf die Liste gesetzt und ihren Platz eingenommen.«

»Sie waren es also, die die Liste zusammengestellt hat. Aber hat Mauro Sie denn nicht erkannt? Er hat Sie doch hergefahren, oder?«

»Schon, aber ich hab eine Perücke aufgesetzt und nichts gesagt. Wenn sie hier ankommen, können sie kein Italienisch. Er hat uns einfach hinten in den kleinen Bus geschoben, uns keines Blickes gewürdigt.«

»Verstehe. Aber Ihr Vater hat Sie doch bestimmt erkannt.«

»Natürlich! Beim ersten Mal musste er plötzlich weg, und der Manager hat seinen Platz eingenommen. Ich wollte singen, aber sie wollten nur Tänzerinnen. Das nächste Mal habe ich für *Papà* gesungen.«

»War das, als er plötzlich krank geworden ist?«

»Ja. Ich hatte rotes Haar und falsche Wimpern. Es sollte eine Überraschung für ihn sein, er würde mich schon erkennen, wenn er mich erst einmal singen hörte.«

»Die Überraschung ist Ihnen gelungen.«

»Aber er hat einfach nur dagesessen!«

»Weil er krank war.«

»Kann schon sein. Er war stinkwütend auf mich, dabei war es wirklich nicht meine Schuld. Meine Stimme ist für klassische Musik ausgebildet. Sie haben mich ausgelacht. Und dieses Mal haben sie mich auch ausgelacht, aber nur wegen der doofen Perücke.«

»Ja, das glaube ich auch.«

»Ich habe wunderschöne Brüste. Nicht wie Daniela. Die war viel zu fett, und als sie zehn war, da war sie viel zu dürr, dürr und hässlich.«

»Haben Sie oft mit Daniela gestritten?«

»Wie denn? Sie war größer als ich.«

»Natürlich. Zwei Jahre machen einen Riesenunterschied. Aber ich möchte wetten, dass Sie ihr gelegentlich heimlich eins ausgewischt haben, oder?«

Sie trocknete das feuchte Gesicht mit dem Taschentuch ab, aber die Tränen liefen unaufhörlich weiter.

»Nur ein einziges Mal.«

»Was haben Sie gemacht?«

»Sie hatte so eine armselige Stoffpuppe, die sie aus dem

Waisenhaus mitgebracht hatte, hat sie nie aus der Hand gelassen, aber ich habe sie mir geholt, als sie geschlafen hat.«

»Was haben Sie mit ihr gemacht?«

»Ich habe sie ertränkt. Es war so ein blödes, billiges Ding, dass die Farben ausgelaufen sind, und als *Mamma* sie rausgeholt hat, hatte sie kein Gesicht mehr. Nicht hier in dem großen Pool. Der in dem anderen Haus war kleiner. *Papà* hat mir dort das Schwimmen beigebracht.«

»Ja, ich erinnere mich, dass Sie das erzählt haben. Sind Sie bestraft worden für das, was Sie getan haben?«

»Er hat mich geschlagen.«

»Gestern, als Sie Piero fast ertränkt haben, hat er Sie aber nicht geschlagen.«

»Weil so viele Leute da waren. Sonst hätte er Frida geschlagen.«

»Frida? Warum?«

»Weil sie aufpassen soll, wenn *Papà* nicht da ist. Nur weil ich Piero hin und wieder mal ein bisschen hänsle. Ich zieh ihn durch das Wasser und zieh und zieh, und dann, wenn wir auf der tiefen Seite angekommen sind, lass ich los und warte, warte bis zum letzten Moment, bevor ich ihn wieder rausziehe. Das ist nur Spaß, so lernt er schwimmen.«

»Haben Sie das Schwimmen auch so gelernt?«

»Nein. *Papà* macht nie Spaß. Er wird schrecklich wütend, wenn man etwas nicht richtig macht.«

»Was hat er Ihnen außerdem noch beigebracht?«

»Das Schießen im Schießstand. Daniela kann nicht schießen, darum nimmt er immer nur mich mit.«

»Das ist also etwas, was nur Sie beide zusammen machen. Wie schön.«

»Manchmal kommt Fulvio mit. Ich will, dass *Papà* mich anschließend wieder in ein Restaurant ausführt, nur wir beide. Früher, als ich klein war, hat er das öfter gemacht, aber das war, bevor sie gekommen ist. Jetzt will er immer gleich zurück, will mittagessen mit Daniela und Piero.«

»Aber das Abendessen nehmen Sie alle zusammen ein, nicht wahr? Ist Fulvio auch manchmal dabei? Ich nehme an, Sie wissen, wann er Rufbereitschaft hat, nicht wahr?«

Statt ihm zu antworten, putzte sie sich angelegentlich die Nase. Die Tränen liefen ihr noch immer die Wangen hinunter, tropften ihr vom Kinn hinunter auf die Brust. Das T-Shirt war schon ganz nass. Sie war verrückt, aber nicht so verrückt, die sorgfältige Planung ihres Verbrechens zuzugeben. Der Apfel fällt nicht weit vom Stamm. Dieser Fall würde wohl niemals vor ein Gericht kommen, insofern würde er seine Theorie nie unter Beweis stellen müssen. Er ging davon aus, dass sie das Kind ins Auto gesetzt hatte und dann wieder hochgegangen war, um ihre Schwester zu erschießen. Anschließend hat sie Piero in den Ferienhort gebracht. Fulvio hatte Rufbereitschaft, der lärmende Bagger hatte die Schüsse übertönt, und der Mann im Garten gegenüber würde ihre Panik und Verzweiflung bezeugen, wenn sie die Tote später entdeckte – aber ausgerechnet an jenem Morgen war seine Frau im Garten und machte ihr einen Strich durch die sorgfältige Planung. Doch das änderte nichts an den Tatsachen, weder an ihrem Geisteszustand noch an den tragischen Familienverhältnissen.

»Wie alt war Daniela, als sie in den Turm gezogen ist, wissen Sie das noch?«

»Achtzehn.«

Natürlich, das war nicht anders zu erwarten gewesen, alles ganz legal, alles im Rahmen des Gesetzes.

»Sie waren da erst sechzehn. Das muss schlimm für Sie gewesen sein?«

»Als wir klein waren, ist er immer in unser Zimmer gekommen und hat mit uns gespielt. Dann hat er gesagt, wir seien groß genug, um jeder ein eigenes Zimmer zu haben. Warum hat er das getan? Warum hat er mir mein Leben ruiniert? Warum?«

»Schschsch ... beruhigen Sie sich, schschschsch.« Ihr Gesicht war rot angelaufen, ein klares Warnsignal. »Jetzt ist alles vorbei. Sie sind beide nicht mehr da. Sie haben Ihre Schwester erschossen, saubere Arbeit, sie hatte keine Chance.«

»Ich bin eine gute Schützin, nicht wahr? *Papà* hat das auch gesagt. Daniela war eine Niete.«

»Ganz bestimmt sind Sie eine gute Schützin. An der Tür war es einfach, nicht wahr, aber Sie haben auch dafür gesorgt, dass sie das Telefon nicht mehr erreichen konnte, und nicht ein einziges Mal haben Sie danebengeschossen. Die anderen haben das zwar gedacht, und selbst Fulvio hat das geglaubt, weil die eine Kugel das Foto von der Kommunion getroffen hat, aber das war kein Fehlschuss, nicht wahr?«

Sie weinte und lächelte gleichzeitig.

»Das ist jetzt alles nicht mehr wichtig. Ihr Vater und Ihre Schwester sind tot. Es ist vorbei.«

»Nein, nein, das ist es nicht. Es wird nie vorbei sein, niemals, wegen des Testaments.«

Nach dem ersten Schlaganfall, es muss nach dem ersten Schlaganfall passiert sein. Er hatte es die ganze Zeit gewusst, hatte aber nicht ans Testament gedacht. Wie blöd von ihm!

»Erzählen Sie mir von dem Testament.«

»Er hat's im Krankenhaus gemacht, hat uns gesagt, er verteile das Erbe der Kinder gleichmäßig auf uns drei, auf mich, Daniela und Piero! Dabei hätte ich es sein sollen, ich hätte den Löwenanteil bekommen müssen, ich bin seine leibliche Tochter, Daniela hätte deutlich weniger bekommen müssen! Und Piero, Piero hat nur Anspruch auf das Erbe seiner Mutter.«

»Seine Mutter ist jetzt tot.«

»Und darum wird er zwei Drittel bekommen! Das ist ungerecht! Ich hätte mehr als die Hälfte bekommen müssen. *Papà* hatte kein Recht dazu. Ich war seine leibliche Tochter, sein einziges leibliches Kind! Was ist mit mir? Was ist mit mir?«

»Ich bin mir sicher, dass für Sie gesorgt ist...«

»Das ist nicht der Punkt!«

»Nein. Ich verstehe, dass Sie verletzt sind. Ich verstehe auch, dass Sie unter der Situation in Ihrer Familie sehr gelitten haben. Die Heimlichtuerei, die Schande ... es muss sehr schwer gewesen sein, so zu leben, mit...«

»Aber warum? Ich war seine richtige Tochter. Ich war hübsch, ich hätte ihm ein Kind schenken können. Warum hat er nicht mich gewollt? Warum nicht? Warum hat er sie nach Hause geholt?«

Der Maresciallo hörte den Krankenwagen, an der Tür entstand leichte Unruhe.

Sie wehrte sich nicht, als man sie wegbrachte, hatte nicht

einmal mehr einen letzten Blick für den einsamen Toten in seinem Sessel übrig. Sie schien ganz zufrieden, im Mittelpunkt der Aufmerksamkeit zu stehen. Der Maresciallo folgte ihr, beobachtete sie, als sie ihr ins Auto halfen. Sie schaute hoch zu ihm, mit trockenen Augen.

»Fast könnte es mir leidtun … wegen Piero meine ich. Er war immer nett zu mir.«

»Das ist das erste Mal, dass ich zuerst den Fall lösen und anschließend die entsprechenden Ermittlungen durchführen musste.«

»Hoffen wir, dass dies auch das letzte Mal ist.«

Es war ein heiterer Septembermorgen, im Kreuzgang war es angenehm kühl. Die beiden Männer traten beiseite, um dem Wagen des Colonello Platz zu machen.

»Kommen Sie, lassen Sie uns drüben einen Kaffee trinken.«

Sie gingen kurz zur Café-Bar hinüber.

»Zwei Kaffee, bitte … Ihrer mit Schuss?«

»Nein, nein, danke.«

»Zwei Kaffee, bitte sehr! Capitano, Maresciallo, eine Kleinigkeit zu essen vielleicht? Brioches, Toast?«

»Für mich nicht, danke, aber bestellen Sie sich ruhig was, Guarnaccia.«

»Nein, ich darf nicht, leider. Meine Frau …«

»Totschlag also, das war zu erwarten, wenn die allerdings in die Berufung gehen … die haben erstklassige Rechtsanwälte und werden mit der üblichen Masche kommen: ›Gute Familie, intelligente Jungs, ruinierte Zukunft, Dummejungenstreich, keine böse Absicht …‹ Sie werden die Strafe herabsetzen. Würde mich wundern, wenn sie länger als achtzehn Monate sitzen müssen.«

»Und wenn es ›normale‹ Kinder gewesen wären, keine Zigeuner?«

»Wenn es keine Zigeunerkinder gewesen wären, wäre das Ganze erst gar nicht passiert.« Der Capitano zahlte, und sie kehrten in den Kreuzgang zurück. »Ich schätze mal, dass Ihr Fall eher nicht vor Gericht kommt.«

»Nein. Nein, das wird außerhalb der Gerichte geregelt. Die Diagnose wurde schon vor Jahren gestellt, da gibt es keinerlei Zweifel. Die Beretta gehört übrigens ihr, habe ich das schon erzählt? Ein Geschenk von ihrem Vater. Sie haben sie in ihrem Zimmer gefunden, in einem Chaos von Perücken, erotischer Wäsche und zahllosen Fotos, die alle nur Silvana mit ihrem Vater zeigen. Ein Tagebuch haben sie auch gefunden. Das Mädchen hat ihrem Vater nachgestellt, ist ihm auf Schritt und Tritt gefolgt. Sie ist jetzt in einer Klinik irgendwo oben im Norden, aber die Probleme werden wieder anfangen, sobald sie rauskommt und die Tabletten absetzt.«

»Ja, aber vielleicht bessert sich ihr Zustand ja auch, jetzt, wo Vater und Schwester nicht mehr sind.«

»Die Ärzte glauben das nicht. Sie sagen, dass die Tabletten ihre einzige Chance sind.«

»Was die Menschen ihren Kindern alles antun.«

»Ich weiß nicht…«

»Aber Sie haben doch selbst gesagt, dass ihr Vater eine Art Ungeheuer war.«

»Ja, natürlich, das war er. Er hat mir Angst eingejagt, das gebe ich gerne zu, aber ich habe schon vor langer Zeit damit aufgehört, Schuldzuweisungen zu machen. Die Tochter schlägt ganz nach dem Vater. Welch wohlklingenden Namen sie dieser Krankheit auch gegeben haben, sie ist verrückt, und sie ist ebenso gefährlich wie ihr Vater. Sie hat nur nicht seine Klasse. Ich mach mir Sorgen um die Mutter, sie ist das geborene Opfer, wie Daniela, ihre Tochter. Nun ja, die Hauptsache ist erst einmal, dass wir De Vita losgeworden sind.«

»Aber Paoletti hätten Sie lieber im Gefängnis gesehen.«

»Nein, eigentlich nicht, so ist es besser, sicherer für alle.«

»Wo ist Ihr Fahrer …?«

»Ich habe ihn zurückgeschickt. Ich laufe zurück. Muss unterwegs noch kurz bei ein oder zwei Leuten reinschauen, und in der Stadt ist nirgendwo Platz zum Parken. Sie haben gar nicht erzählt, was für Neuigkeiten es über die beiden Kinder aus dem Hotel gibt.«

»Das Ganze artet in einen unglaublichen bürokratischen Alptraum aus. Es gibt nichts Neues, wahrscheinlich zieht sich das noch über Jahre hin. Der Staatsanwalt hat sie irgendwo draußen auf dem Land untergebracht. Sie sind dort glücklich und in Sicherheit. Aber sie brauchen Papiere, damit sie bleiben können. Auch wenn die beiden Schwestern Waisen sind, so haben sie doch lebende Verwandte in Russland.«

»Verwandte, die sie verkauft haben.«

»Ja. Die Ältere der beiden könnte eine entsprechende Ausssage vor Gericht machen. Wichtig ist erst einmal, dass das Ganze nicht zu einem diplomatischen Zwischenfall eskaliert, das wäre das Schlimmste, was passieren könnte, denn dann wird uns nichts anderes übrigbleiben, als sie zurückzuschicken. Besser, wir tasten uns sachte vor, machen möglichst wenig Aufhebens.«

»Das heißt, wir müssen Nesti ausbremsen. Wenn er nicht gewesen wäre ... Na gut, ich werde es versuchen.«

Die Wache salutierte, und der Capitano kehrte in sein Büro zurück.

Der Maresciallo wanderte am Arno entlang. Die Suche nach Cristina hatte er inzwischen aufgegeben. Sie war nicht da gewesen, als die Männer des Capitano die Razzia im Hotel durchgeführt hatten. Die anderen Tänzerinnen hatten sie schon seit Tagen nicht mehr gesehen. Sie hatte auch keinen Kontakt zu Maddalena aufgenommen. Nicht völlig ausgeschlossen, dass sie spärlich bekleidet unter einem anderen Namen in irgendeiner Fernsehshow mit dem Hinterteil wackelte. Der Maresciallo war sich keineswegs sicher, ob er sie erkennen würde, wenn er sie sähe. Die Mädchen waren alle so hübsch, dass man sie nur schwerlich auseinanderhalten konnte.

Als er zurückkam, sah er eine Frau im Warteraum sitzen. Mit einem kurzen Nicken wollte er an ihr vorbei in sein Büro.

»Maresciallo?«

Er blieb stehen. »Oh, Signora! Und Piero! Kommen Sie, kommen Sie rein.«

»Ich wollte nicht stören ...«

»Nein, nein, Sie stören nicht. Setzen Sie sich doch.« Er hängte seine Schirmmütze an einen Haken und steckte die Sonnenbrille in die Hemdtasche.

»Hallo Piero! Na, kleiner Mann, wo kommt ihr denn her?«

»Ich habe neue Sportschuhe bekommen. Hier!« Er rannte durch das Büro, damit der Maresciallo die kleinen bunten Lichter an den Fersen blinken sah.

»Ach du meine Güte! Wo gibt es die denn zu kaufen? Solche hätte ich auch gerne.«

»Kein Problem. Sie haben noch ganz viele. Sie müssen nur bei der Ampel über die Straße gehen, da ist ein riesiges Geschäft. Die Verkäuferin hat ein großes Pflaster am Arm, hier, direkt am Ellbogen. Ich habe auch ein Pflaster, aber das ist an meinem Fuß, darum können Sie es nicht sehen.«

»Aha. Und wie gefällt es dir in dem neuen Haus?«

»Gar nicht, es hat keinen Swimmingpool.«

»Verstehe. Aber du kannst doch trotzdem schwimmen gehen. Hier in Florenz gibt es viele Freibäder.«

»Ich weiß, aber Nana kommt nicht mit. – Ist das Ihre Mütze da?«

»Ja natürlich, und das weißt du genau, du hast doch gesehen, wie ich sie da hingehängt habe. Möchtest du sie einmal aufprobieren? Gut, dann setz dich.«

Piero blieb ganz still sitzen, balancierte die Kappe vorsichtig auf seinem Kopf.

»Ich wollte Sie nur wissen lassen, dass ich die Villa verkauft habe und dass ich Ihnen sehr dankbar für Ihren Rat bin, gleich dort auszuziehen und nicht zu warten. Ich fühle mich so viel besser.«

»Sie sehen wunderbar aus.«

»Es ist nur … Maresciallo, da ist unglaublich viel Geld. Die Anwälte haben gesagt, dass es keinen Prozess gibt und dass mit dem Tod das Verbrechen gebüßt ist. Da ist er in letzter Minute noch einmal davongekommen, nicht wahr?«

»Ja.«

»Aber das viele Geld ...«

»Ich verstehe, was Sie meinen. Aber Sie müssen an Piero denken, und es werden noch andere beträchtliche Kosten auf Sie zukommen ...«

Obwohl sie beide an Silvana dachten, sprachen sie ihren Namen nicht aus.

»Ich werde Piero nie wieder dieser Gefahr aussetzen. Ich weiß, ich hätte schon viel früher ... Maresciallo, ich habe eine Tochter verloren, verstehen Sie?«

»Ja.«

Silvana würde mindestens zwei Jahre in der Klinik bleiben müssen, aber danach würde sie mit Sicherheit auf ihrer Entlassung bestehen, und dann würde sie wieder die Medikamente absetzen ... Probleme ... und kein Ende abzusehen.

»Sie werden Geld brauchen, Geld und jemanden, der Ihnen hilft.«

»Ja. Ja, ich weiß, Sie haben recht. Frida bleibt bei mir. Danuta hat jemanden kennengelernt, und so ... Aber da ist so viel Geld, und es ist so viel Schreckliches geschehen.«

»Ihnen ist auch Schreckliches widerfahren, Signora.«

»O ja ... meine arme Daniela.«

»Warum hat er das getan? Nein, ich meine nicht ... Warum hat er Ihnen erlaubt, sie nach Hause zu holen?«

»Er hat es mir nicht ›erlaubt‹, das ist anders gewesen. Er hat darauf bestanden. Wegen Silvana. Erst hat er mich zur Abtreibung gezwungen, mehrmals, und dann hat er plötzlich beschlossen, dass ein Mann Kinder haben sollte, eine richtige Familie. Natürlich hätte er am liebsten einen Sohn gehabt, aber als Silvana auf die Welt kam und den Boden anbetete, auf dem er ging, genoss er das in vollen Zügen. Sie gehörte ihm, und sie bewunderte ihn. Sogar die Kleider hat er für sie ausgesucht. Und weil ich keine Kinder mehr bekommen konnte, hat er beschlossen, Daniela nach Hause zu holen.«

»Er wusste, wo sie war?«

»Aber ja, natürlich. Er hatte dem Priester, der uns vermählt hat, versprochen, dass er sie adoptieren würde. Aber das hat er natürlich nicht getan, zumindest nicht, bis sie zehn Jahre alt war. Wissen Sie, trotz allem hatte er so eine überzeugende Art ... er war so stark, und wenn er einem dann plötzlich seine Zuneigung und Aufmerksamkeit schenkte, das war ein wunderbares Gefühl, vor allem, wenn man vorher schreckliche Angst hatte.

Jede Nacht weine ich um sie, nicht, weil sie hat sterben müssen, sondern, weil sie solch ein Leben hat führen müssen, wegen all der Jahre, die sie so allein war. Ich hätte einen Weg finden müssen, hätte einen Weg finden können, aber ich hatte Angst, ich wollte frei sein, und schauen Sie, was aus mir geworden ist. Ich wäre ihm erst gar nicht in die Hände gefallen, wenn ich versucht hätte, das Baby zu behalten, und außerdem ...«

»Sie haben ihn geliebt, Daniele, den Vater, ich weiß. Aber nein, Signora, hören Sie auf, sich deswegen zu quälen. Sie waren sehr jung damals und ganz allein.«

»Sie sind so freundlich. Mein ganzes Leben war ich ein Feigling, und auf einmal bin ich reich. Das ergibt doch überhaupt keinen Sinn.«

»Nun ja ...«

»Was ist mit all den Mädchen passiert, die ...«

»Einige sind noch bei Don Antonio. Es wird einen allgemeinen Straferlass geben. Don Antonio hilft ihnen, sich Papiere und eine Arbeit zu beschaffen. Wenn Sie im Gedenken an Daniela etwas Sinnvolleres tun wollen, als sich weiter selbst zu quälen, dann spenden Sie Don Antonio etwas Geld. Er kann es wirklich brauchen.«

Ihr Gesicht leuchtete auf. Er konnte es noch immer nicht glauben, dass es Signora Paoletti war, die da vor ihm saß, sie war viel schmaler geworden, sah um einiges jünger aus und war ausgesprochen geschmackvoll gekleidet.

»Ich hab doch gewusst, dass Sie mir weiterhelfen würden.«

»Es wird alles gut werden. Sie haben jetzt ein neues Leben, können von vorn anfangen, und Sie haben diesen kleinen Jungen, dem Sie Ihre Liebe schenken können.«

»Sie sind ein guter Mann. Wenn ich jemals irgendetwas für Sie tun kann ... ein Wort genügt.«

»Nun ja«, sagte Guarnaccia und sah zu, wie Piero mit blitzenden Lichtern an den Fersen zur Tür stapfte, »fürs Erste könnten Sie mir meine Mütze retten.«

»Und? Wie gefällt sie dir?«

»Besser als die letzte, viel heller.«

»Ja, schon, Salva, aber sie war auch ganz oben, kein Wunder, dass sie heller ist. Außerdem ist es ein wunderschöner Herbsttag. Denk doch mal an all die Treppen ... für einen Aufzug gibt es keinen Platz. Es ist doch immer das Gleiche mit diesen alten florentinischen Häusern. Der Flur ist so eng und so schmal ... außer in den großen Herrenhäusern natürlich. Stell dir vor, wie wir all unsere Einkäufe da hinaufschleppen müssen, all die Kisten Wasser.«

»Aber du sagst doch immer, dass es nur eine Investition sein soll, dass wir selbst nicht einziehen werden, sondern nur schon mal Eigentum erwerben, um uns für später eine gute Ausgangsbasis zu schaffen. Das hast du gesagt.«

»Ja schon, aber hundertzehn Stufen bleiben hundertzehn Stufen...«

»Okay.«

»Vielleicht sollten wir uns lieber nach etwas Neuerem umschauen, etwas außerhalb des Zentrums.«

»Okay.«

»Salva! Hör auf, immer nur ›okay‹ zu sagen. Es hilft uns nicht weiter, wenn du nicht ehrlich deine Meinung sagst. Du bist doch wohl nicht noch immer eingeschnappt, wegen dieser ›Tyrann von Syrakus‹-Bemerkung, oder?«

»Nein.«

»Was ist es dann?«

»Ich würde gern die Nachrichten sehen. Ich hab da was von einer Meldung gehört.«

Sie brachten es in den Lokalnachrichten, zwischen einem Bericht über die Demonstration gegen die neue Straßenbahnlinie und einem über den Transfer eines florentinischen Fußballspielers.

Zwei Pilzsammler hatten die Leiche entdeckt beziehungsweise das, was von ihr übrig war. Sie war vollständig bekleidet. In einem Bach in der Nähe hatte man eine Handtasche gefunden. Sie enthielt keinerlei Dokumente, die zur Identifizierung der Frau beitragen konnten, die zwischen achtzehn und zwanzig Jahre alt war. Allerdings hatte man in der Tasche ein paar Probeaufnahmen gefunden von ihr als Model. Eines zeigten sie auf dem Fernsehschirm, dunkle Locken, ein lächelnder, roter Mund, dunkel geschminkte Augen. Cristina. Sie hatte es geschafft. Sie war im Fernsehen.

Das Diogenes Hörbuch zum Buch

Magdalen Nabb
Vita Nuova
Guarnaccias vierzehnter Fall

Ungekürzt gelesen von Frank Engelhardt

7 CD, Spieldauer ca. 546 Min.

Magdalen Nabb im Diogenes Verlag

Terror

mit Paolo Vagheggi

Roman. Aus dem Englischen von Bernd Samland

Italien 1988 – zehn Jahre sind vergangen, seit die Entführung und Ermordung des christdemokratischen Politikers Carlo Rota die Weltöffentlichkeit erschütterte. Die Hintergründe des Verbrechens sind ungeklärt geblieben, und viele in Italien zögen es vor, die Ereignisse in Vergessenheit geraten zu lassen. Doch der Kampf gegen den Terrorismus geht weiter – Lapo Bardi, stellvertretender Staatsanwalt in Florenz, führt ihn unerbittlich.
Der Fall Aldo Moro, mit großer Kennerschaft in einen glänzenden politischen Krimi umgesetzt – ein Buch von großer Aktualität.

»Fesselnd ist nicht allein die feingesponnene Kriminalhandlung, sondern auch das sie umgebende Geflecht menschlicher Beziehungen. Der Leser wird mit jeder Seite aufs neue gepackt.« *The Guardian, London*

Tod eines Engländers

Guarnaccias erster Fall

Roman. Deutsch von Matthias Fienbork

Florenz, kurz vor Weihnachten: Wachtmeister Guarnaccia brennt darauf, nach Sizilien zu seiner Familie zu kommen, doch da wird er krank, und es geschieht ein Mord. Carabiniere Bacci wittert seine Chance: Was ihm an Erfahrung fehlt, macht er durch Strebsamkeit wett! Betrug und gestohlene Kunstschätze kommen ans Licht, aber sie sind nur der Hintergrund zu einer privaten Tragödie. Zuletzt ist es doch der Wachtmeister, der (wenn auch eher unwillig) dem Mörder auf die Spur kommt – und an Heiligabend gerade noch den letzten Zug nach Syrakus erwischt.

»Unheimlich spannend und gleichzeitig von goldener, etwas morbider Florentiner Atmosphäre.«
The Financial Times, London

Tod eines Holländers

Guarnaccias zweiter Fall

Roman. Deutsch von Matthias Fienbork

Es gab genug Ärger, um die Polizei monatelang in Atem zu halten. Überall in Florenz wurden Touristen beraubt, Autos gestohlen, und irgendwo in der Innenstadt gingen Terroristen klammheimlich ans Werk. Dagegen sah der Selbstmord eines holländischen Juweliers wie ein harmlos klarer Fall aus. Es gab zwar ein paar Unstimmigkeiten. Aber die einzigen Zeugen waren ein Blinder und eine alte Frau, die bösartigen Klatsch verbreitete. Trotzdem war dem Kommissar nicht wohl in seiner Haut – es war alles ein bißchen zu einfach.

»Wie man Italophilie, Krimi und psychologisches Einfühlungsvermögen zwischen zwei Buchdeckel bekommt, ist bei der Engländerin Magdalen Nabb nachzulesen. Die Reihe um einen einfachen, klugen sizilianischen Wachtmeister, der seinen Dienst in Florenz versieht, ist ein Kleinod der Krimikultur.«
Ultimo, Bielefeld

Tod im Frühling

Guarnaccias dritter Fall

Roman. Deutsch von Matthias Müller
Mit einem Vorwort von Georges Simenon

Schnee im März – in Florenz etwas so Ungewöhnliches, daß niemand bemerkt, wie zwei ausländische Mädchen mit vorgehaltener Pistole aus der Stadt entführt werden. Eine davon wird fast sofort wieder freigelassen. Die andere, eine reiche Amerikanerin, bleibt spurlos verschwunden. Die Suche geht in die toskanischen Hügel, zu den sardischen Schafhirten – schon unter normalen Umständen eine sehr verschlossene Gemeinschaft. Aber es war keine gewöhnliche Entführung. Die Lösung ist so unerwartet wie Schnee im März – oder *Tod im Frühling.*

»Nie eine falsche Note. Es ist das erste Mal, daß ich das Thema Entführung so einfach und verständlich behandelt sehe. Bravissimo!« *Georges Simenon*

Tod im Herbst

Guarnaccias vierter Fall

Roman. Deutsch von Matthias Fienbork

Die Tote, die an einem nebligen Herbstmorgen aus dem Arno gefischt wurde, war vielleicht nur eine Selbstmörderin. Aber wer schon würde, nur mit Pelzmantel und Perlenkette bekleidet, ins trübe Wasser des Flusses springen? Überall hieß es, die Frau habe sehr zurückgezogen gelebt. Was für eine Rolle spielten dann die ›Freunde‹, die plötzlich auftauchten? Wachtmeister Guarnaccia in seinem Büro an der Piazza Pitti in Florenz ahnte, daß der Fall schwierig und schmutzig war – Drogen, Erpressung, Sexgeschäfte –, aber daß nur weitere Tote das Dickicht der roten Fäden entwirren sollten, konnte er nicht wissen …

Tod in Florenz

Guarnaccias fünfter Fall

Roman. Deutsch von Monika Elwenspoek

Sie ist auf dem Revier, um ihre Freundin vermißt zu melden. Beide sind Lehrerinnen und ursprünglich zum Italienischlernen aus der Schweiz nach Florenz gekommen und dann geblieben, um illegal zu arbeiten – die eine in einem Büro, die andere bei einem Töpfer in einer nahe gelegenen Kleinstadt. Seit drei Tagen ist die bildhübsche Monika Heer spurlos verschwunden. Maresciallo Guarnaccia setzt sich mit seinem Kollegen in der Provinz, Niccolini, in Verbindung, einem wahrhaft überlebensgroßen, jovialen Römer, der nach einem Jahr im Norden immer noch Mühe hat, die vielfältigen Vernetzungen in seiner kleinen Gemeinde zu durchschauen, in der jeder mit jedem verwandt ist. Als die Leiche des Mädchens unter einem Haufen Tonscherben entdeckt wird, ist Niccolini völlig ratlos.

Tod einer Verrückten

Guarnaccias sechster Fall

Roman. Deutsch von Irene Rumler

Warum sollte jemand Clementina ermorden wollen, jene liebenswerte Verrückte, die jeder kennt im Florentiner Stadtviertel San Frediano? Wie sie in ihrem abgetragenen Kleid vor sich hin schimpfend immer vor der Bar mit dem Besen herumfuhrwerkte – das war ein allen vertrautes Bild. Erst als Clementina tot ist, wird klar, wie wenig man eigentlich von ihr weiß. Guarnaccia steht ohne einen Hinweis auf ein Tatmotiv da, in der brütenden Augusthitze. Bis er beginnt, Clementinas Vergangenheit zu erkunden, und zu den traumatischen Ereignissen vordringt, die das Leben der alten Frau so nachhaltig beeinflußten ...

Tod einer Queen

Guarnaccias siebter Fall

Roman. Deutsch von Matthias Fienbork

Alle haßten die lebende Lulu, und die tote Lulu war erst recht keine sympathische Erscheinung. Niemand wollte mit diesem unmöglichen Fall zu tun haben, schon gar nicht Wachtmeister Guarnaccia von der Carabinieri-Station am Palazzo Pitti. Es hatte andere Fälle dieser Art gegeben, und alle waren ungelöst geblieben. Auch diesmal rechnete niemand mit einer Aufklärung, doch als schon wenige Tage später die erste Festnahme erfolgte, waren alle Beteiligten verblüfft und beeindruckt. Nur der Wachtmeister nicht. Guarnaccia konnte sich, trotz aller Beweise, einfach nicht vorstellen, daß die launenhafte Peppina einen so kaltblütigen und komplizierten Mord verübt haben sollte.

Tod im Palazzo

Guarnaccias achter Fall

Roman. Deutsch von Matthias Fienbork

Mord, Selbstmord oder Unfall? Wenn es in einer der ältesten Adelsfamilien von Florenz einen Toten zu beklagen gibt, kann es nichts anderes als ein Unfall gewesen sein. Ein Selbstmord würde den Ruf der Familie ruinieren und den Verlust der dringend gebrauchten Versicherungssumme zur Folge haben. Wachtmeister Guarnaccia glaubt aber nicht, daß das, was im Palazzo Ulderighi geschehen ist, ein Unfall war. Doch darf er nichts von seinem Verdacht verlauten lassen, will er seine Stelle nicht riskieren.

»Donna Leons Venedig-Krimis sind längst Kult. Magdalen Nabbs Florenz-Krimis werden es gerade – endlich: Nabbs Detektiv ist eine einzigartige Figur.«
Saarbrücker Zeitung

Geburtstag in Florenz

Guarnaccias neunter Fall

Roman. Deutsch von Christa E. Seibicke

In der Villa Torrini, hoch über den Hügeln von Florenz, residiert die bekannte britische Schriftstellerin Celia Carter. Als sie ausgerechnet an ihrem Geburtstag tot in der Badewanne aufgefunden wird, glaubt keiner so recht an einen Unfall. Auch Maresciallo Guarnaccia nicht, der bald gerufen und mit der Auflösung des Falls betraut wird. Carters Ehemann liegt sturzbetrunken gleich nebenan im Schlafzimmer, beteuert, nichts gehört oder gesehen zu haben, und ändert auch im nüchternen Zustand seine Aussage nicht. Armer Guarnaccia! Erstens hat er mit Diätproblemen zu kämpfen, zweitens dauernd den sarkastischen Staatsanwalt Fusarri im Nacken, drittens der ständige Kampf gegen die italienische Bürokratie und nun diese vertrackte Geschichte! Als er kurz davor ist, aufzugeben, kommt unerwartete Hilfe.

»Ein weiterer Nabb-Krimi mit der besonderen Note von Florenz.« *Der Spiegel, Hamburg*

Das Ungeheuer von Florenz

Guarnaccias zehnter Fall

Roman. Deutsch von Silvia Morawetz

Endlich scheint das Ungeheuer von Florenz, der Mörder von acht Liebespaaren, gefaßt zu sein – nach über 20 Jahren Ermittlungsarbeit eine Sensation. Das Ergebnis des Indizienprozesses vermag Maresciallo Guarnaccia jedoch nicht zu überzeugen. Er sieht hinter die Kulissen einer korrupten Justiz, setzt dort an, wo diese schludrig gearbeitet hat, und stößt dabei auf schauerlichste Familienverhältnisse. Ein Roman, der behutsam mit einem brisanten Thema umgeht: dem Prozeß von 1994 gegen den mutmaßlichen Serienmörder von Florenz.

»Ein unheimlicher Thriller, in dem Vergangenheit und Gegenwart aufeinanderprallen in einem Florenz, das in Sachen Grausamkeit dem der Medici in nichts nachsteht und wo Lügen oft glaubwürdiger sind als die Wahrheit.« *Manchester Evening News*

Alta moda

Guarnaccias elfter Fall

Roman. Deutsch von Christa E. Seibicke

Olivia Birkett, Ex-Model und Ex-Gattin des Conte Brunamonti, die es dank unermüdlicher Arbeitsdisziplin und starkem Willen geschafft hat, sich einen Namen als Modedesignerin zu machen und die hohen Schulden ihres verschwenderischen Ex-Mannes abzuzahlen, wird entführt. Natürlich pickt sich Maresciallo Guarnaccias Chef die Rosinen aus dem medienwirksamen Fall, und der Maresciallo wird dazu abgestellt, im Palazzo Brunamonti die Tochter und den völlig verzweifelten Sohn der Vermißten zu beruhigen. Aber auf dem Dienstbotenweg erhält der geduldige Guarnaccia viel wichtigere Informationen als sein Chef.

»Wirklich meisterhaft. Nur selten ist die Ausnahmesituation einer Entführung so tiefgründig beleuchtet worden.« *Michael Stenger/*
Westdeutsche Allgemeine Zeitung, Essen

Nachtblüten

Guarnaccias zwölfter Fall

Roman. Deutsch von Christa E. Seibicke

Sara Hirsch bittet Maresciallo Guarnaccia um Hilfe: Sie hat das Gefühl, daß jemand in ihrer Wohnung war. Guarnaccia verspricht, am nächsten Tag bei ihr vorbeizuschauen. Doch da wird er wegen eines Einbruchs in die Villa eines englischen Kunstsammlers gerufen. Über diesen neuen Fall hätte Guarnaccia die alte Signora Hirsch fast vergessen. Als er sie schließlich wiedersieht, liegt sie tot in ihrer Wohnung. Guarnaccia plagen Gewissensbisse...

»Der Florentiner Polizist Guarnaccia ist ein angenehm altmodischer Held. Er kontrastiert wunderbar zum modernen Alltag seiner Stadt, den Magdalen Nabb nebenbei und anschaulich vorführt.«
Angela Gatterburg/Spiegel Special, Hamburg

Cosimo

Roman. Deutsch von Ursula Kösters-Roth

Florenz im Dezember: Ein fünfjähriger Junge steht starr vor Angst auf dem kalten Marmorküchenboden eines alten Patrizierhauses und traut sich nicht in sein Kinderzimmer zurück. Das Kindermädchen hat frei, die Mutter sucht Vergessen in einem langen Schlaf, der Vater ist auf Geschäftsreise. – Ein Familiendrama, dessen viele Facetten sich wie in einem Kaleidoskop erst nach und nach zu einem Bild zusammenfügen.

»In *Cosimo* muß der Leser selbst ermitteln, und das Material, das Nabb ihm vorgibt, besteht, wie im wahren Leben, nicht aus harten Fakten und unwiderlegbaren Indizien, sondern aus Schall und Wahn. Wie viele der besten Krimiautoren ist auch Magdalen Nabb eine erfolgreiche Verfasserin von Kinderbüchern. Deshalb gelingt ihr das Kunststück, die Geschichte von Cosimos Sterben hauptsächlich aus einer Perspektive zu erzählen, die besonders schwer glaubwürdig zu gestalten ist: aus der des fünfjährigen zukünftigen Opfers.«
Tobias Gohlis / Die Zeit, Hamburg

Eine Japanerin in Florenz

Guarnaccias dreizehnter Fall

Roman. Deutsch von Ursula Kösters-Roth

Sie kam und blieb – um ein Stück florentinisches Handwerk zu erlernen. Die junge Japanerin Akiko war so stolz auf ihr erstes Paar selbstgefertigter Schuhe, daß sie es immerzu trug, sogar am Tag ihres Todes. Guarnaccia, der in Florenz stationierte Sizilianer, verfolgt den Fall in einer Stadt, die er kennt wie seine Hosentasche, und befragt ihre Bewohner, deren Charaktere und Intrigen er noch weit besser kennt.

»Wir wünschen Maresciallo Guarnaccia noch viele ungeklärte Fälle.« *Maxi, Hamburg*

»Magdalen Nabb hat mit dem bedächtigen Maresciallo eine ebenso sympathische Figur geschaffen wie Donna Leon mit ihrem Commissario Brunetti.«
Brigitte, Hamburg

Magdalen Nabb
Das Zauberpferd

Roman. Aus dem Englischen
von Sybil Gräfin Schönfeldt

Eigentlich kann Irina Weihnachten gar nicht leiden. Denn dann sieht sie, wie andere Kinder mit ihren Eltern und Geschwistern Weihnachtsbäume aussuchen, und Irina hat keine Geschwister. Und einen Weihnachtsbaum gibt es auch nicht mehr, seitdem ihre Mutter beschlossen hat, dass Irina für diesen Zinnober nun zu alt sei. Sie solle sich für das Geld lieber etwas Vernünftiges wünschen. Aber was wäre für die Mutter wohl etwas Vernünftiges, überlegt Irina. Das rote Samtkleid, das sie in einem Laden im Stadtzentrum gesehen hat? Aber wann sollte sie das tragen? Sie wohnen schließlich weit draußen auf dem Land, wo es keine Partys gibt, ja nicht einmal andere Kinder zum Spielen. Und dann sieht Irina in einem Trödelladen unter allem möglichen Gerümpel ein Schaukelpferd mit verfilzter Mähne und fleckigem Fell. Das ist es. Das will sie haben! Irinas Vater lässt sich schließlich überreden, mit ihr in den düsteren Laden zu gehen, wo ein alter, blinder Mann in einem Lehnstuhl sitzt. Er spürt sofort, dass Irina Bella – so nennt er das Schaukelpferd – braucht. Nicht zum Spielen, sondern zum Gesundpflegen. Denn eine seltsame Geschichte ist mit Bella verbunden …

»Eine zeitlose Märchenwelt, die uns etwas über emotionale Wahrheiten sagt: ›Sag nie, dass irgendein Wesen auf dieser Welt dir allein gehört.‹«
Booklist, New York

»Ein wunderbar poetisches Buch über die Kraft der Phantasie.« *Kirkus Reviews, London*

Kinderbücher von Magdalen Nabb im Diogenes Verlag

Finchen im Winter

Mit Bildern von Karen Donnelly
Aus dem Englischen von
Ursula Kösters-Roth

Finchens Mama hat Grippe und nimmt eine geheimnisvolle Medizin, die der Arzt ›Filrur‹ nennt. Finchen langweilt sich, denn es regnet schon seit Tagen, der Kater ist mal wieder abgehauen, alle Bücher sind ausgelesen, das letzte Bild im Malbuch ausgemalt. Aber Finchen fällt immer was ein: Sie zieht sich warm an und geht auf einen Sprung zu Lena, ihrer Freundin von nebenan, mit der sie dreimal täglich Krach hat und sich dann wieder versöhnt. Doch bei Lena kann man diesmal nicht spielen, weil ihre Mutter Kopfweh hat. Finchens Freund Gerrit darf nicht raus, wenn's regnet, weil er sonst sofort Bronchitis bekommt, und seine Mutter hat einen dicken Schnupfen. Ob ihr wohl auch ›Filrur‹ helfen würde? Jedenfalls geht Finchen gern für sie Papiertaschentücher kaufen bei Frau Bock. Deren Mann hat ebenfalls Grippe, und Frau Bock kann nicht aus dem Laden weg, um bei Herrn Schuhmacher die benötigten Eier zu holen. Herrn Schuhmachers Hühnerstall besucht Finchen immer gern, also geht sie die Eier holen. Und allen Leuten, die sie unterwegs trifft, erzählt sie, dass ›Filrur‹ die beste Medizin gegen die umgehende Grippe sei.

Finchen im Sommer

Mit Bildern von Karen Donnelly
Deutsch von Ursula Kösters-Roth

Der Sommer ist schrecklich heiß. Doch Finchen – und ihrer Mutter – fällt immer was ein: Finchen darf im Hof in einer alten Zinkbadewanne planschen. Da wird sogar die verwöhnte Lena neidisch und schimpft solange, bis sie endlich auch mit ins Wasser darf. Was macht es schon, dass dabei ihre Locken baden gehen? Finchens Mutter bringt das mit ihrem ›Zauberhaarspray‹ ganz schnell wieder in Ordnung.

»Es sind leichte, schöne Geschichten, von Wissenden erzählt, ohne vorlaut zu sein. Finchen ist ein kleiner Schlaumeier, und wenn Lena sich dumm anstellt mit ihr, kann sie auch ganz schön patzig sein. Es ist Sommer und warm, und die Menschen sind vergnügt, und die Musik ist fast so schön wie das Leben, und wenn es so weitergeht mit diesen Nabb-Büchern, dann lesen wir alle nur noch Finchen-Geschichten, und die ganze Restliteratur kann uns gestohlen bleiben.«
Tages-Anzeiger, Zürich

Finchen im Herbst

Mit Bildern von Karen Donnelly
Deutsch von Ursula Kösters-Roth

Der Herbst kommt, die Blätter werden langsam bunt, und die Brombeeren sind reif. Finchen pflückt einen ganzen Korb voll für den Geburtstagskuchen ihrer Großmutter. Doch auf dem Nachhauseweg merkt sie, dass sie wieder einmal ihre Strickjacke verloren hat, und die war noch ganz neu! Als sie die Strickjacke schließlich gefunden hat, weiß sie nicht mehr, wo sie ihren Korb mit den Brombeeren abgestellt hat. Und dass Finchens Oma doch noch einen wunderbaren Brombeerkuchen backen kann, liegt nur an ihrem ›Zauberkorb‹... Jeden Herbst treffen sich die Kinder und Erwachsenen des Dorfes zu einem großen Herbstfeuer. Finchen hilft mit, die riesigen Äste im Park zusammenzutragen, damit es ein großes, schönes Feuer gibt. Und dann wird sie krank und darf nicht raus. Da beschließt ihre Mutter, bei sich zu Hause ein Herbstfeuerfest zu machen und alle Nachbarn und Freunde einzuladen – und das wird noch viel schöner.

»Finchen, die kleine sympathische Gestalt, die vor lauter Einfällen nicht zu bremsen ist, ist ständig auf Achse. Das bringt manchmal Ärger, Mühsal und Missverständnisse mit sich, ist aber in Form von Geschichten witzig zu lesen.« *Salzburger Nachrichten*

Finchen im Frühling

Mit Bildern von Karen Donnelly
Deutsch von Ursula Kösters-Roth

Der Frühling kommt – und Finchen legt in ihrem Hinterhof einen Minigarten an, in dem sie Petersilie, Löwenmäulchen und Kapuzinerkresse sät. An Ostern erfährt Finchen, dass Ostereier anzumalen viel lustiger ist, als sich mit Schokoladeeiern voll zu stopfen, und dass das allerschönste Osterei das Ei ist, über dem die Henne Mavis brütet, bis ein Küken schlüpft.

»Die neuen Geschichten von Magdalen Nabb zeigen auf wohltuend ruhige Weise die kleine Welt dieser liebenswerten Figur.« *Hits für Kids, Gustavsburg*

Auch als Diogenes Hörbuch erschienen,
gelesen von Uta Hallant